格子间 女人

The Lady in Cubicle

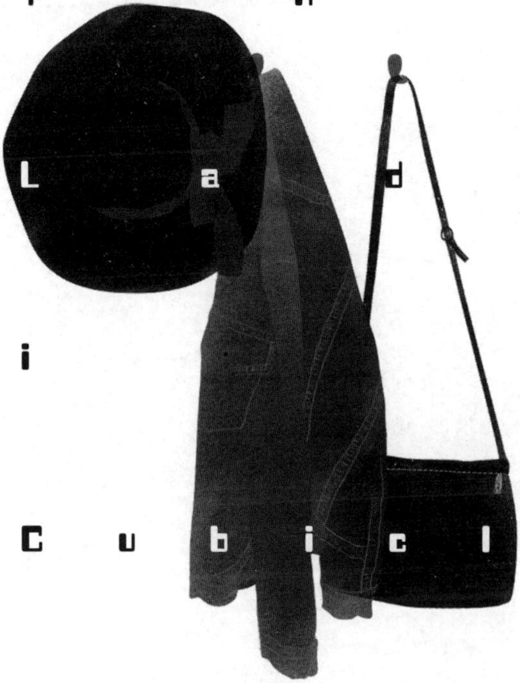

（珍藏版）

舒仪 著

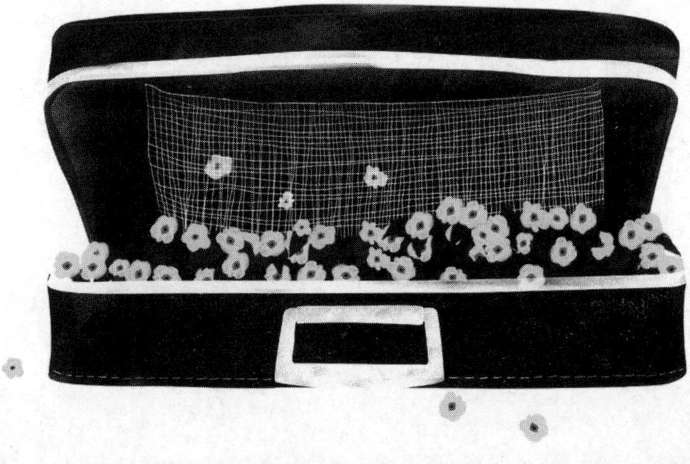

中国友谊出版公司

目录 | Contents

Chapter1

已经成形四十六亿年的蓝色星球上，
没有人是不可替代的。

{01}

叮的一声响，电脑右下角迅速弹出一个浮动窗口，显示有新邮件。

邮件的发件人，是MPL中国公司的执行董事长刘秉康。

谭斌扫了一眼，选择了暂时忽略邮件，接着写她的会议纪要。刘秉康与她隔了至少三层，八竿子打不着的关系。这种邮件是全体员工的内部邮件，往往类似新闻稿，充满宏观的规划与目标，没有什么实际内容。而对此时的谭斌来说，最重要的事情是必须在晚上9点半之前把会议纪要发出去。

此刻已是晚上9点10分，办公室内寂静无声，几百平方米的空间里，只有她一人还在挑灯夜战。

最后一个句号落下，谭斌按下发送键，然后抬头、伸懒腰、喝水，这才点开刚才的邮件，只一瞥的工夫，她就愣住了。

邮件里只有一句简单的英文，翻译过来是：程睿敏自即日起离开公司，不再担任大中国区销售总经理一职。

谭斌把这句话看了无数遍，确认不是自己眼花造成的幻觉，心中立即升起不祥的预感。

程睿敏进MPL已有九年了，在这封邮件发出之前，他从销售代表、销售经理、销售总监一步步做到销售总经理，在MPL中国拥有一人之下、万人之上的地位。如此身份，若属正常离职，总该由大中国区总裁亲自执笔写这封信，信中必会用尽感激肉麻之词，以示挽留和不舍，绝不会如此简单、仓促和冷漠。

都在IT这个圈子里混，低头不见抬头见，这是最基本的礼貌和尊重。但是这封邮件，显然是个异数。

谭斌走到窗前，茫然地注视着MPL大厦下面熟悉的灯光和路面。

这一晚，和北京初夏的任何一个夜晚相似，清风拂面，夜凉如水，立交桥上车灯如练，映照着CBD的不眠之夜。

但是，谭斌此刻却觉得手心冰凉，有山雨欲来风满楼的恐惧。类似的内容，她在五年前初进MPL公司时见识过一次。那次，是亚太区和大中国区分家，董事会的意见泾渭分明，董事们为几个位置拼得头破血流。整个过程异常残酷，所以她印象深刻。

谭斌犹豫着，好像应该立刻给自己的上司——北方区销售总监余永麟打一个电话。可是她又有点儿担心是自己神经过敏，也许这就是一次普通的离职呢？

她的上司余永麟是MPL中国北方区销售总监。余永麟原来也是一位喜欢加班的工作狂，但太太怀孕这几个月已经令他脱胎换骨，变成了一个模范的居家男人，每天傍晚6点按时下班回家。

三分钟后，谭斌终于按下了余永麟的号码。

不为别的，只因她知道余永麟是程睿敏带进公司的，两人又是大学同窗，一根绳上的蚂蚱，在公司内部可以说是一荣俱荣、一损俱损。

“Cherie，什么事？”随着余永麟的声音传出话筒的还有电视发出的嘈杂声。

“Tony，”谭斌吸口气，尽量让自己语调平缓些，“咱们的大老板Ray要离开公司了。”

“嗯？什么？”

噪声太大，余永麟显然没有听明白，回答得漫不经心，话筒里间或有女人低低的笑声。

谭斌着急地说道：“Tony，请找个安静的地方说话，我有急事。”

她的语气不同寻常，余永麟终于有所警觉，推开太太从沙发上站起身来，走到书房里。

“Ray，是Ray要离开公司了，你知道吗？”

余永麟的手机差点儿脱手落地。

“你听谁说的？”

“Kenny十分钟前发的邮件。”谭斌尽量平静地回答，心却一直沉下去，这事儿余永麟也不知道，事情肯定不对。

余永麟定定神，说道：“我知道了，现在就收邮件。你在哪儿？”

“办公室。”

“为什么还不回家？”

谭斌哭笑不得地说道："Tony，我在替你和欧洲总部那帮闲人开会，你忘了？"

"哦，是我糊涂了，抱歉！开完会赶紧回去，路上小心！"

"谢谢关心，谢谢！"谭斌一副感激涕零的样子，收线挂机，到此为止。她已尽到了一个下属的本分，其余的话，一句也不可多说。

余永麟扔下手机，冲进书房，打开手提电脑，连接网络，登录公司防火墙，进入邮箱，然后，他看到了那封奇怪的邮件。

余永麟的反应显然比谭斌快得多，很快就明白发生了什么事。"Shit！"他一脚踹上书房的门，开始拨打程睿敏的手机。

一遍又一遍，手机里一直是同样的提示音："对不起，您拨打的用户已关机，请您稍后再拨。"

那天晚上，MPL中国公司无数人在同一时刻拨打同一个号码，但他们听到的都是电话里那个呆板的女音："对不起，您拨打的用户已关机，请您稍后再拨。"

{02}

办公室里，谭斌收拾好东西准备离开。

她习惯性地察看着次日的备忘录。上午8点和客户有个交流会，比公司正常的上班时间提前一个小时，这意味着她明早5点半就要起床。

MPL员工价值观的第一条就是客户优先，自然包括尊重客户的工作时间，即使客户要求半夜开会，他们也要做出甘之如饴的样子，断不可有任何怨言。

会议地点是位于国贸中心的中国大饭店，日日例行堵得水泄不通的重灾区。而谭斌住在京城东北四环外的望京地区，每次在上下班时段开车穿越国贸，都会让她回想起去年参加公司团建，在腾格里沙漠徒步时的艰难和无力感。

仅想一下清晨里摩肩接踵的人，谭斌就狠狠地打了个冷战。

决定翌日清晨坐地铁去开会，她索性将自己的车留在公司停车场，打车回家。

冲完澡躺在床上，她又想起那封奇特的邮件。

"程睿敏自即日起离开公司。"这句话在她眼前不时闪现，就像水面上浮动的灯光。

提起程睿敏此人，他在公司九年间的升迁经历以及他作为MPL全球现今最年轻的VP，几乎是MPL的一个传奇。他不但是很多新员工心中的偶像，也一直是谭斌倾心效仿的榜样。

因为程睿敏是余永麟的上司，到底隔着一层，谭斌和他在工作中的直接接触并不多，除了每月一次的常规销售例会。这个例会通常被同事们戏称为"扒皮会"，不仅东南北三区的销售总监经常被扒得颜面无光，连他们下面所有的销售经理都要在程睿敏面前战战兢兢地一一过堂。

谭斌曾在程睿敏的助理处见过他的日程安排。密密麻麻的会议，一个挨着一个，令人眼晕。他的邮件，发出时间要么在上午9点以前，要么在晚上10点以后。

但程睿敏永远是一副神采奕奕的样子，和人谈话时神情专注、思路清晰，提问一针见血，态度温和。兼之他身段高挑，深色西装熨帖合身，面孔上有着浓浓的书卷气，无论气质还是谈吐，都让人感觉舒服，因此从未给人锋芒毕露的压迫感。

见过太多拿着鸡毛当令箭、坐个不大不小的位置便自认为是社会栋梁的职场白领，谭斌觉得程睿敏这点尤其难得。

人人都说程睿敏前途不可估量，真正锐不可当。那么今天到底出了什么事，会让公司以这种不合常规的方式宣布这么一个重要人物的离开?

谭斌翻来覆去地想了半天，好像除了MPL中国上一任首席执行官Oliver退休回欧洲养老，继任CEO李海洋上任，公司近来并没有太大的动作。

她实在百思不得其解。

谭斌想得太多，很晚才睡着。她好像只要一闭眼，就能听见“嘟嘟嘟”的声音不绝于耳。谭斌苦恼地睁开眼，伸手按停了手机的闹钟。

仿佛总也睡不够，目前她最大的愿望就是每天能睡到自然醒。可真的偷空休几天假，清晨6点半一过，她必定双目炯炯地醒来。她的听力变得异常灵敏，远处道路上机动车的刹车声、公交车的报站声、楼下隐隐的说话声，都听得一清二楚。多年来养成的习惯，让身体早就脱离了大脑的控制，有了自己的意志。比如此刻，她明明意识清醒，身体却顽强地不肯合作。

窗帘的缝隙间已有晨曦透入，屋内器物的轮廓渐渐清晰起来。北京的夏天亮得早，5点左右的天空就转为淡青色，地平线隐现霞光，随着时间的推移，愈来愈炽。

谭斌只好小声地和自己商量：“谭斌，你连自己都控制不了，如何控制别人？”

“唉，我说谭斌，你对自己是不是太狠了？今儿不跑步了好吗？”她翻个身接着自言自语，决定原谅今天的堕落，因为只睡了三个小时。

再挣扎一会儿，她还是爬了起来，半闭着眼睛摸进浴室。掬把凉水浇在脸上，才算彻底清醒，换过短裤和跑鞋，下楼晨练。

时间太早，出门的人还寥寥无几，小区的林荫路上只有不多的几个人在遛狗。

慢跑的习惯，还是大学时被逼着养成的，这些年她从中受益颇多。谭斌迎着晨风跑了30分钟，自觉从里到外如同新生，刚才的困倦竟像错觉，整个人顿时满血复活。

她锻炼完毕迅速地沐浴化妆，睡眠不够，从镜子里看自己有两个大黑眼圈。她冲着镜子攥起拳头："说吧，说谭斌是世界上最漂亮、最能干的女人！"

镜子不出声，也许在她的威胁之下，内心已经挣扎至破碎。她边涂面霜边哧哧地笑。

吃过简单的早餐，换上一套深蓝色的正装，谭斌提起电脑包匆匆出门。

由于长年坚持锻炼，谭斌的双腿修长结实，腰腹没有一点儿赘肉，穿起长裤和职业装来尤其漂亮，飒爽英姿中有一点儿不经意的妩媚。她所行经之处，总会有人回头冲着她的背影再三打量。

谭斌却没工夫享受自己引来的回头率，她正为狭小的个人空间烦恼不已。只听说地铁人多，可除非亲眼所见，她真想不出清晨7点40分的地铁1号线会拥挤到这种程度。人被挤得站立不稳，后背紧紧贴在铁栏杆上，身体扭曲成一个不可思议的角度。幸亏练过瑜伽，不至于太难受，她挥汗之余暗自庆幸。上到地面后她抱着电脑一路狂奔，总算按时抵达会场。

会议进行到三分之一，轮到谭斌发言，她长吸一口气，收紧腰腹，挺直脊背走向最前排。因为做宣讲陈述最重要的技巧之一就是身体语言的端正，这是谭斌从工程师转型为销售代表时接受的第一课。

谭斌毕业后在一家国企混了一年，才辞职加入了MPL。入公司五年，她算不上升得最快的，却是走得最稳的。刚做了三个月工程师，她就被发现有管理的潜力，转去做项目管理；半年后转行做销售，销售代表做满十二个月，即被提升为销售经理，从最不起眼的小项目开始做起，如今她已是北京地区的销售经理，负责北方区最大的销售区域，每年的销售额将近两千万欧元。

也难怪有新进的后辈爱慕谭斌，她站在演示板前，笑容自信，双眼闪亮，如《魔戒》中精灵女王的水晶瓶，从内到外都折射出光芒。

因为私下演练过两次，所以谭斌的时间拿捏得恰到好处，回答完客户的几个问题，正好三十分钟，和议程的安排分毫不差。

当她说完"谢谢"时，前排有人轻轻地鼓掌，谭斌微笑致谢。

落座后有熟悉的客户低声问她："听说小程走了，为什么？"

谭斌苦笑，坏消息总是传得最快，好八卦又是人类至死不改的天性。此刻不仅在客户中，恐怕在整个业内，程睿敏离职的消息都已传得沸沸扬扬，人尽皆知。

"我也不明白。"她回答。

不过谭斌并不知道，当她站在大屏幕前的时候恰恰错过了一个百年难遇的场面，事后同事添油加醋、七嘴八舌间才让谭斌对当时的情境做出一个大概的拼图。

{03}

程睿敏到达公司的时间是清晨7点半，这是他平时正常上班的时间。

跟久了程睿敏的人都知道他的习惯，如无特殊情况，他一定会在7点半准时到达公司，利用9点上班前无人打扰的安静时段专心处理邮件和安排当天的工作。

在MPL大厦的一楼大门处，他取出电子门卡晃晃，却没有听到熟悉的嘀嘀声。电子锁的绿灯闪了几闪，又变成红灯，这表明他的门卡已失效，入门权限被取消。

他反复尝试，结果依然令人绝望。

他的动静终于惊动了值夜的保安："先生，现在不是工作时间，请您9点以后再来。"

"我是这个公司的人，门卡坏了，请帮我开门。"程睿敏有些气恼，取出员工卡给他看。

玻璃门后的保安面无表情："对不起，先生，我没有这个权力。"

程睿敏瞪着他，气息渐急，向来温和亲切的销售总经理此刻不知什么原因有点儿失却从容。

看他神情不悦，保安的口气缓和了些："先生，您要是自己进来当然没有问题，可公司有规定我们就必须执行。今儿我为您开了门，明儿我的饭碗可能就砸了。"

这话说得在理，程睿敏也觉得自己过分，只好回停车场苦等了一个多小时。

9点左右，员工陆陆续续地开始上班。程睿敏依然进不去公司的大门。

这次接待他的是大厦的保安部经理："程先生，我接到通知，您不再是MPL公司的员工了。"

程睿敏简直怀疑自己落入了一个噩梦中。

"Kenny Liu、李海洋，随便哪一个，打电话给他们。"他失去了一贯的冷静。

前台的人看看他的脸色，又看看保安经理，见保安经理微微颔首，便开始拨打执行董事长刘秉康的内部分机。刘秉康接过电话只说了一句话："带他上来。"

保安经理亲自陪着程睿敏上楼。

此刻，大堂里站满了等电梯的公司员工，大家都好奇地看着这一幕。据目击者说，那时程睿敏大概已经意识到了什么，脸色极其难看，平日的风流倜傥荡然无存。

执行董事长刘秉康和CEO李海洋的办公室，都在19层。

19层除了刘秉康和李海洋两位的独立办公室，格子间里坐的大部分是公关部及战略发展部的员工。不少人一上班就已经看到了那个邮件，他们表面上假装忙着做事，实际上耳朵只只竖起，如定向雷达一般全部转向刘秉康的办公室，期望能听到些不同寻常的声音，好为茶余饭后增加更多的谈资。

刘秉康的房间内却始终安静。

一个小时后，程睿敏从刘秉康的房间里走了出来，脸色煞白。

有人看到他走进李海洋的办公室，李海洋的助理赶紧站起来说："李先生昨晚已经飞往新加坡。"

程睿敏霎时间面如死灰，嘴角却有奇特的笑意慢慢绽开。他转身走向电梯，目光变得沉静而决绝。

周围鸦雀无声。

两名保安紧跟着他，去16层收拾私人物品。

两部电脑的账户早已锁定，无法登入公司网络。程睿敏用一个硬盘拷走了电脑中的私人文件，其他东西全部放弃。

外间众人目瞪口呆地看着，个个震惊得无言以对。

铁打的营盘流水的兵，写字楼生涯多年，这些在职场混了多年的人按说早已见惯人来人往。但MPL进入中国二十年，一向强调个体尊重，如此决绝悲壮的解雇场面和MPL以温和著称的公司氛围格格不入。此刻这一幕，在MPL中国公司堪称空前绝后。

谭斌从中国大饭店打车回到公司楼下，先到旁边的星巴克买了杯焦糖玛奇朵，然后想起时近季度末，自己的车上还存着几张发票需要赶紧报销。

地下停车场昏暗的灯光里，她看到程睿敏颓丧的背影，他的双臂支在引擎盖上，半天没有动弹一下，像一座凝固的雕像。"雕像"终于动了，要去拉车门，却怎么也拉不开，最后一次差点儿跌坐在地上。

谭斌愣了片刻。习惯了波澜不惊的程睿敏，此时的失态令她十分惊讶。

她走过去。

"程帅……"销售团队的人平时开玩笑，都这么称呼程睿敏，谭斌小心地控制着自己的音量，希望不会吓到他，"要我帮忙吗？"

程睿敏好像没有听见，还在和自己的车门较劲。

谭斌伸出手，轻轻向上一扳，车门无声无息地打开了。

"谢谢！"程睿敏没有看她，直接坐进驾驶位。他想点火，手却抖得钥匙哗啦啦地响，无论如何也捅不进钥匙孔里。

"我的车就在旁边，您去哪儿？我送您成吗？"

谭斌还不知道发生了什么，但看到一向以整洁著称的程睿敏一身西装揉得稀皱，就明白一定出了大事。他这副魂不守舍的样子，完全不适宜开车。

程睿敏到底打着了引擎，这才回头看了一眼谭斌。他眼睛里那种完全认命的无奈感让谭斌再次惊了一下。

“不用了，谢谢！”他的声音似乎恢复了一些元气。

谭斌把手中的咖啡递过去：“刚买的，还是热的，您拿好。”

程睿敏又看了她一眼，居然没有客气，伸手接过，将纸杯放在副座前。两人手指相碰的瞬间，谭斌发觉他有极修长的手指，却触手冰凉，似触到一段多年前就已冷却的生命。

他的车绝尘而去，谭斌目送那辆深灰色的沃尔沃远离。不知为什么，他刚才的眼神，竟让她的心里沉得像吞了坨铅块。

回到格子间还没坐稳，谭斌就被召进了余永麟的办公室。

MPL中国公司的北方区销售总监余永麟是个标准的北京男人，身材高大，五官轮廓分明，浑身都透出一股精明劲。

“Cherie，我不想瞒你，”他看上去脸色铁青，“Ray一走，我也不会在这儿长待了。”

“到底发生了什么事？”刚才程睿敏给她的阴影尚未消散，顶头上司又冷不防冒出这么一句，谭斌瞬间有种天塌的错觉。但她竭力克服慌乱，让自己的声音听上去还算平静。

“不仅是我，恐怕最近还会有更多的人离开，”余永麟的笑容冷冷的，“按理说应该不会影响到你们这一层，不过你还是要有个心理准备，整理整理简历，电脑中的私人文件该删的删，该转的转，省得事到临头再措手不及。”

“我能不能问一句，到底出了什么事？”

余永麟看看谭斌，慢慢地说：“Cherie，知道太多对你不好。听我的话，出去安心工作，相信我，不会有事的。”

公司内谣言满天飞，谭斌无法静下心来。在茶水间里和消息灵通的同事闲谈了一会儿，总算弄清楚上午她缺席的时候公司究竟发生了什么事，也明白了为什么程睿敏会在停车场里失魂落魄到那种地步。

下属来打听小道消息，谭斌只得把余永麟的后半段话原样拷贝，以期稳定军心。

已是午餐时间，但她毫无胃口。独自坐在办公桌旁，她撑着头想了很久，盘算着银行里那笔用以应急的流动现金，若是自己不嫖不赌，活上八个月到一年大概没什么问题，这才渐渐心安。

{04}

正当谭斌胡思乱想之时，多年的闺密文晓慧打电话过来，约她一起吃午餐。谭斌中午一般不安排私人的饭局和约会，但今日非同往昔，她想了想，答应了。

眼前虽然一片兵荒马乱，但生活无论如何都要继续，节哀顺变是最好的选择。

文晓慧是谭斌的大学同学，毕业后也留在了北京，现在在一家韩国公司任职。两人的工作地点都在国贸，相隔两条街。午餐便约在附近的一家泰国餐厅。

谭斌照例先到，找好位置，叫了一杯冰水，才看见文晓慧推门进来。她穿着贴身短套装，冷艳的冰蓝色，如同第二层皮肤紧紧地裹着玲珑有致的身段，身姿曼妙地走进店堂，令半数以上的男客都回过头去。

谭斌看着好友款款走近，笑嘻嘻地吹了声口哨。在日韩系的公司里，女职员如何穿得美丽悦目也是工作表现的一部分，因此文晓慧妩媚性感的着装风格和刻意选择端庄干练的谭斌的着装风格截然不同。但谭斌常说她是小姐的身子丫鬟的命，因为文晓慧所在的公司，所谓的工作表现还包括毫无怨言地给男职员端茶倒咖啡，以及心平气和地积累年资。

“为什么又迟到？”谭斌佯作介意状。

文晓慧端起她面前的水杯喝了一口说道：“去银行。”

“三天两头听见你说去银行，银行都快成你家开的了，你真是个富婆！”

“富婆？”文晓慧马上做出狞笑状，“实话告诉你，我银行卡里已经没有一分钱了，信用卡透支了一万多元，下个月就打算吃你的软饭了，你看着办吧！”

谭斌慢条斯理地打量着她：“我旗下正缺小姐，你来吧，保证一个月把你捧成头牌红阿姑。”

文晓慧立刻去撕她的嘴，谭斌挣扎着还在继续，一边笑一边说：“钢管舞会不会？肚皮舞跳得如何？来，先飞个媚眼让我看看……”

两人笑了半天，直到服务生呈上菜单，才整整衣服，恢复各自贤良淑德的形象。

文晓慧一心两用，嘴一直没闲着。

“还和沈培在一起？”

“是啊，你要干吗？”谭斌警觉。

“想不通你们两个是怎么凑在一块的，简直就是南极撞北极，赤道遇冰川。”

谭斌装作听不见，埋头吃着。

文晓慧说的沈培就是谭斌的现任男友，京城小有名气的青年画家，比谭斌小两岁。文晓慧一直对沈培有偏见，认为他过于天真幼稚，绝非宜家宜室的可嫁对象。

谭斌听她说得过分，忍不住为沈培辩解：“他不是幼稚，他是天良未泯。”

文晓慧说：“那不是幼稚是什么？真不明白你看上了他哪点。亲爱的，你在蹉跎你宝贵的青春，明白吗？”

谭斌沉默了，然后说：“在他面前，我是个女人。”

“啊，原来如此，失敬失敬！那么遇到沈培之前，您又是什么呢？亦男亦女？非男非女？那不是人妖吗？”

谭斌好脾气地笑着，不想与她争口舌之利。

七年的职业生涯，谭斌坚持不懈地做一件事，就是设法抹杀自己的性别——当然并不是外表男性化，而是从心理上彻底把自己变成中性人。

走在现代化的写字楼里，随时能听到“女士优先”，但是女性的声音永远处于劣势。无论场面多么难堪，只能打落牙齿和血一起吞，不可轻易地流露女性的柔弱之态，梨花带雨更是办公室大忌；也不能喋喋不休地逢人诉苦，没有人会因为你是女性而手下留情。

清脆可口的青木瓜沙拉忽然变得难以下咽，谭斌垂下目光，假装专心地研究桌上的青花细瓷餐具。

“幸亏能挣点儿小钱，没有所谓艺术家的臭脾气，不然一无是处。”文晓慧仍然不肯放过她。

谭斌不服气地说道：“沈培总还算秀色可餐吧？”

“谭斌谭女士，您年纪老大充高龄美少女款，不觉得肉麻？男人好看有个屁用！”

当然，文晓慧女士仰慕的异性都是处在世界之巅，或纵横商界或捭阖政坛的成功男士。于是，谭斌颔首：“完全正确。”

“只会挣钱也没用，关键是他舍得把钱花在你身上。”

“说得真对，”谭斌嘀咕道，“要求这么多，难怪嫁不出去。”

文晓慧撂下筷子，夸张地捂着心口对她说：“谭斌，我严肃认真地告诉你，我的自尊心已经受到严重的伤害，今天这顿你买单！”

谭斌扑哧笑出声来，举手投降道：“我买我买。”

吃完饭，两人沿着街道走回去，边散步边消食。

谭斌很想把今天公司发生的事和文晓慧讨论一下，但在心中措辞很久，都觉得乱麻一般毫无头绪。最终，她问好友：“晓慧，你能告诉我，偶像破灭是什么感觉吗？”

文晓慧大学时很“粉”过一段时间韩团“欧巴”，被谭斌嘲笑至今。而谭斌，少不更事时就曾口出狂言：“我没有偶像，我的偶像就是我自己。”

曾经的年少轻狂，那样一无所有的青春，却有战无不胜的勇气。到如今热血已冷、红颜易老，谭斌低下头，心中无限唏嘘。

文晓慧却被问得愣住了，想了想，把脸凑到她跟前说道：“你的样子很惆怅啊！说谁呢？还破灭？”她把现在的当红男星一个个数着，“小李子？锤哥？抖森？小雀斑？哦，不会是李·佩斯吧？最近网上刚爆出他的出柜传闻……”

谭斌被气笑了，用力推了晓慧一把。

文晓慧踩着七厘米高的鞋跟站立不稳，一下跌倒，大声呼痛。

谭斌以为她真的受伤，吓得脸色发白，伸手去扶，被文晓慧顺手一带，顿时失去平衡，歪倒在她身上。两人搂着笑成一团。

此时春近尾声，阳光和煦，温度适意，路边的蔷薇与荼蘼开得正盛，写字楼里巨擘齐聚，身边来来往往的都是衣着光鲜的年轻白领，一派盛世的繁华与昌盛。

“真好是不是？”文晓慧感慨，“想吃就吃，想玩就玩，爹妈鞭长莫及，又没有老公管头管脚。其实不嫁人也有不嫁人的好处，咱们的好日子就这么几年。”

谭斌肚子里闷着一句话，可没敢说出来。她想说，是的，该有的都有了，独缺一个人，一个真正想得到的人，一个既可以心心相印又可以男欢女爱的人。她知道自己贪心，也许每一个女性内心深处都有如此的奢望，但能得到其中一样就已比大多数人幸运，应该感谢上帝的厚爱。

她到底也没有和文晓慧提起公司的事。两人工作都忙，虽然离得那么近，却难得见一次面，她不想破坏相聚的气氛。

{05}

下班后，谭斌有事在办公室耽搁了一会儿，就接到了男友沈培的电话。

“你还在办公室？”沈培问。

“你怎么知道？”

“我从4点50分就等在你们公司门口，到现在也没看见你出来。”

“有点儿活没干完。你来我们公司干什么？”

“我正好去你们公司附近吃饭，一起吃好不好？”

“我还得好久。”谭斌下午连着开了两个会，这会儿累得一个字都不想多说，语气也难免有点儿冲。

沈培却似有无尽的耐心，说道：“没关系，反正我没什么事，你甭着急啊，我等你。”

沈培又等了一个多小时。

等谭斌关了电脑取过外套出门，看见他那辆越野车停在路边，沈培正靠在车门上等她。路灯洒下柠黄色的光晕，清楚地勾勒出他修长的身形，剪裁合身的中式上衣给他平添了几分儒雅气质。

谭斌挺佩服沈培这个本事，多恶俗的款式都能被他穿出不一样的风格。无论他出现在哪里，都能把周围的环境和他自己硬生生地扮成一出偶像剧。

“吃什么？”她坐定后问。

“印度小厨。”

“我就知道，你最没情调。”谭斌原本还有点儿饿，听他一说店名马上泄气了。

沈培最爱“印度小厨”的咖喱拌饭，而谭斌对印度菜的印象却是一碗又一碗不同颜色的稀里糊涂。她永远搞不清那些绿咖喱、红咖喱和黄咖喱有什么分别。

已经过了晚上9点，小厨的生意还是不错。店堂间隐隐约约萦绕着印度音乐，扭扭捏捏的笛声，欲拒还迎，万分妖冶，令人总有错觉，觉得哪里会突然钻出一条美女蛇来。

为保持身材，谭斌一向不吃晚饭，只点了一杯红茶。坐在沈培对面，她点起一根烟，百无聊赖地看着青烟在眼前丝丝缭绕，然后袅袅散去。她没有烟瘾，只有烦闷或者困倦的时候偶尔抽一支提神。

沈培看来是饿坏了，吃得又快又急，几次差点儿噎着。

谭斌问他：“中午又没吃饭？”

“嗯，早饭也没吃。灵感一来不敢停笔，怕一撒手就什么都没了。”

谭斌有点儿心疼：“那你傻呵呵地等我干什么？自己先吃呀？”

沈培总算从盘子里抬起头，露出一口白牙笑了笑，不顾周围人的侧目，身体越过桌面，嘴唇在谭斌的额头上碰了碰。

“我想你。”他低声说。

谭斌顿时脸红了，原本冰冷的身体渐渐开始回暖融解。

旁边桌上有女客反复打量沈培，他却似毫无感应。沈培有一双漂亮的眼睛，双眼皮的痕迹极深，眼尾略略上挑扫向鬓角，就是俗语中的“桃花眼”，笑起来相当孩子气，极讨女孩子喜欢。而他的画家身份，似乎也是个极其容易招惹桃花的符号。

谭斌在大学修的是工科。学工科的女生基本都有个通病，就是瞧不上学文科的男生，总觉得他们感情大于理智，兼之眼高手低，志大才疏。

沈培似乎更加过分，学的居然是纯美术，不过他很有点儿自知之明，管自己叫画匠。

“画家？”沈培曾对谭斌说，“凡·高才称得上家，我就是一个俗人，顺手涂两笔，混碗饭吃。”

不过，沈培看上去混得很不错，很早就在三环边上买了三室两厅的公寓。如今房子的市值早已翻了几番，所以他最近又新添了一部丰田陆地巡洋舰，不然实在觉得对不起他凭空飞来的另一半资产。

谭斌虽然看着沈培，却眼神放空，彻底走神了，直到他在她眼前晃晃五指。

“干什么？”她勉强笑了笑。

“怎么了？不高兴？”

“没有。”

谭斌努力放松表情，她最不愿做的一件事就是把工作中的坏情绪带给朋友和亲人。话又说回来，沈培满脑门子都是他的风花雪月，她办公室里的那些事他不爱听，而且说了他也不见得懂。

沈培狐疑地看着她，一脸的不相信。

谭斌只好掐灭烟头，拍拍他的脸颊，给他一个安抚的笑容。沈培这才释然，招手结账。

回家的路上，沈培一边开车一边问：“都这么晚了，又是周末，今儿你就到我那儿，别回去了。”

“嗯。”

“你今天真的没事？唉，我也真是没出息，一见你拉下脸就心惊肉跳。”

没有人回答他。谭斌靠住他的肩膀，昏昏欲睡。

沈培不由自主地叹气，回过头专心开车。

直到车停在沈培公寓的地下车库里，谭斌才清醒过来。两人都累了一天，连彼此亲热一下的力气都没有，进门冲个澡便分别倒在床上。

画架前一站十几个小时，体力消耗也非同小可，沈培很快睡得不省人事。

谭斌因为要早起，不愿干扰沈培的作息，自觉搬到客卧，却翻来覆去无法成寐，索性起身走进沈培的画室里。

这是原设计中的主卧，被沈培执意改成了画室，主卧反而屈居一隅。

画室内的窗帘并没有拉拢，清白的月色一泻千里，墙角堆着大蓬绿色植物，滴水观音的叶子几乎延伸到屋顶，朝向月光的一面，镀银一般闪闪发亮。

房主人没有一般艺术家不修边幅的脾气，倒是有点儿洁癖，画具和颜料堆放得整整齐齐。房间正中放置着画架，几张未完成的画布上蒙着防尘的白布。

谭斌抱着肩膀坐进藤椅，透过整幅落地窗，小区占地五万平方米的人工湖映入眼帘，波光粼粼直映入她的瞳孔深处。

“程睿敏自即日起离开公司。”这行字又在谭斌眼前浮现，就像水面上浮动的灯光。回想起白天发生的一切，她苦恼地闭上了眼睛。

沈培起夜，看到画室里隐隐有人影走来走去，摇摇晃晃摸进来。谭斌正站在窗前，身上套一件银红色的睡衣，月光下纤维的细芒闪烁不定，似人鱼身上的鱼鳞。

“怎么还不睡？”他揉着眼睛问。

“睡不着。”

沈培走过来，双臂环过她的肩膀，语气出奇地温柔：“想太多是没用的，世界不会因为你的苦恼而改变。”

往往在半梦半醒的时刻，他文艺青年的气质会暴露无遗，说话如苏格拉底般深奥玄妙。

谭斌忍不住笑了，转过身把脸埋进他的胸口。

“斌斌，下个月我去甘南采风，和我一起去吧，你也散散心。”

“没问题，如果你能说服余永麟，给我两周年假，天涯海角我也能跟你走。”

谭斌说得信誓旦旦，却没有一丝诚意，令沈培十分失望，但这样的谭斌，他早已习惯。

在谭斌额头亲了一下，他说：“睡吧，快两点了。要不，付我钱，我可以抱着你睡。”

谭斌掐了他一把，指尖专拣着大臂内侧最细嫩的地方下手，只拈起一点点儿皮肉。沈培疼得牵心扯肺，“哎哟哎哟”地惨叫。

谭斌拧着他的脸：“住嘴啊，再叫就把保安招来了！”

沈培坏笑：“我就是想让你丢人。”

谭斌索性再来一下。

沈培躲不过，疼得直吸冷气，气恼之下使出蛮力横抱起她，穿过走廊，用力地把她扔在客卧的床上。

“睡觉！”他压低声音喝道。

谭斌的脸埋在枕间偷笑，翻个身便觉倦意来袭，躺了一会儿居然真的睡着了。

第二天清晨，谭斌起得早，本想给两人做顿早餐，却发现厨房的冰箱里已空空如也，无任何存货，只剩下啤酒和冰块。

她问沈培：“这两天你是怎么活下来的？”

沈培说：“想起来了就叫外卖呗。”

“想不起来呢？”

沈培头也不回地回答：“啤酒也是粮食嘛。”

谭斌气得简直说不出话来，自己开车去超市买了不少速冻的方便食品，填充到他的冰箱里。

沈培注意到谭斌神色不悦，捧着颜料一路追过来问：“又怎么了？一脸的苦大仇深。”

谭斌一脚踢上洗手间的门，大声说：“你就当我死了，别理我！”

沈培在外面用力踹门：“谭斌，这是我的私人财产，你再搞破坏，当心我报警！”仿佛他踹的不是他自己家的门。

谭斌被逗得笑出声，拉开门，心情倒没那么郁闷了。

她问沈培一个同样的问题：“沈培，你知道偶像破灭是什么感觉吗？”

沈培回答：“我的偶像是凡·高，他已经死了，就无所谓破灭不破灭了。”但对于“偶像”这个词，他自有独特的见解。

沈培说：“所谓偶像，只有那个人代表你不可能达到的目标，或者你没有可能涉足的世界，才会把他当偶像。”归总的结论就是：谭斌的偶像，有可能是巴菲特、普京，甚至希拉里，但绝不可能是程睿敏。

虽然绕嘴，但谭斌认为沈培说得不无道理，可她心里总横着一根刺，难以释怀。为什么看到程睿敏落势离去，她会心如刀割，感同身受？

沈培说：“这还不简单，你觉得寒心呗！没倒在敌人的炮火下，却死在自己人的暗箭下。你说说，你们这些人，为什么这么热衷于斗来斗去呢？难以理解，真是难以理解……”

沈培摇着头，回到画室继续工作。而他一摸到画笔，就会进入旁若无人的状态，彻底地沉浸在自己的世界里，完全忘记了女朋友的存在。

谭斌在画室门口静静地站一会儿，回客厅取了自己的东西，悄悄地关上门走了。

{06}

程睿敏已离职半个多月，但这件事激起的波澜仍未消失。慢慢也有消息传出来，说他被解雇的原因，是公司发觉他用不正当手段从客户处赢取合同，总部直接下令要求立即将他除名。

可谭斌明白这只是冠冕堂皇的官方说辞，就像上市公司的财务报表一样，表面无懈可击，实则暗藏乾坤。

虽然MPL公司所有的员工都要在入职时签署一份职业道德准则，声明在职期间保证不违法、不行贿、不受贿。可是做过销售的都明白业内的潜规则，若认真数起来，真没有干净的人。但其中最大的区别在于，如此手段，是给个人谋求私利，还是为了维护公司的利益。

盯着电脑的时间太久，眼球干涩滞痛，谭斌起身去洗手间点眼药水，听到隔间里有人打电话，声音还挺大。

“Ray也够倒霉的，生生地让人填了炮膛变成炮灰……嗨，神仙打架百姓遭殃，什么是欲加之罪你不明白？”

谭斌听出来，这是财务部总监助理的声音。她暗暗心惊，在公共区域打这种电话，还这么大声音，这姑娘大概是不想混了。

谭斌一直认为，千万别奢望你私下说的话老板会听不到。老板能知道一切，这是真理。所以跟任何人说话之前都要好好想想，该说什么，不该说什么。不该说的绝对不能说，可说可不说的也要闭嘴。

她蹑手蹑脚地推开洗手间的门避出去，看看表已接近下午茶时间，索性乘电梯下楼，躲在大厦旁边的小花园里，烦乱地点起一支烟。

高层之间的斗争，她不能听也不愿听。知道太多，说不定什么时候就会招来杀身之祸。她更关心的是眼前那点儿关系自身利益的事情。

程睿敏一离开，作为程派嫡系的中坚力量，余永麟的日子明显变得难过起来。谭斌好几次看见他开始收拾东西偷偷往家里带。看来大局已定，颓势难以挽回，余永麟一旦真的离开，自己又将何去何从？

一只长尾山雀落在附近的草地上，歪过脑袋打量着谭斌。她盯着这只胆子奇大的鸟，渐渐出神。

“Cherie……”

有人在她背后大叫一声，谭斌触电一样地跳起来。

身后的人，有一张微胖的圆脸，还有一对神似蜡笔小新的漆黑眉毛，原来是同事乔利维。他见唬人的目的达到了，正双手叉着腰哈哈大笑。

乔利维是负责东北三省的销售经理，和谭斌同级，顶头上司也是余永麟。谭斌和他分管不同地区，平日大家自扫门前雪，见面不多，没什么交集，也没什么明显的矛盾。但乔利维对付客户极有一套，酒桌上三杯酒落肚，多大的客户他也敢拍着肩头称兄道弟，偏偏不少客户吃他这一套，言来言往间大哥、老弟叫得极其亲热。如此风范，自然令谭斌心生羡慕，且望尘莫及。

“坐吧，老乔。”谭斌让出半边椅子。

乔利维是MPL内部少有的没有英文名字的员工。按说外企职员起一个英文名字原本是为了方便欧美同事称呼，中国人的名字他们很少能叫得字正腔圆，谭斌刚进公司时就曾被人唤作“糖饼”。但乔利维却不吃这一套，他说这是在中国，老外不努力学中文，凭什么中国人要适应他们？才不惯着他们。所以同事们都顺口叫他“老乔”。

此刻他坐在谭斌身边，掏出烟来：“来一支？”

“我有，谢谢！”

乔利维打量着她手中的烟盒，不屑地吊起嘴角：“这也叫烟？”

谭斌白他一眼：“这不是烟是什么？”

乔利维吐出个烟圈，轻声笑：“这就是圆珠笔芯，方便你们女士摆摆性感的姿态。”

谭斌仰起头笑：“去你的吧，什么话到你嘴里都变了味。”

“哎，Cherie，你听说了吗，Tony也要离开了？”乔利维终于步入正题。

“是吗？”谭斌眯起眼睛，“你听谁说的？我怎么一点儿也不知道？”

乔利维狠抽几口烟，闷闷地说：“Tony一走，北方区销售总监的位置可就悬空了。”

谭斌噤声，知道他还有下文。

乔利维果然问：“你觉得谁有希望上去？”

谭斌温和地回答：“老乔，Tony还没走，所以这件事的前提并不成立。至于谁坐那个位置，我管它呢？谁坐那儿我们不都得老老实实地干自己的活？除非他能把薪水立刻给我增加50%，我才会关注一下。”

乔利维也是聪明人，马上明白谭斌的言外之意——她并不想和他谈论这个话题。他扔了烟头，打算结束这次谈话，手指有意无意地掠过她的大腿。

谭斌马上警觉，往旁边让了一让。

乔利维若无其事地站起身，夸张地仰望一下玻璃幕墙，展开双臂做一个飞翔的动作。

“放风结束，走吧，一起回去。”

谭斌谢绝：“我还要去前台取快递，你先走。”

乔利维倒也爽快，挥挥手说：“我明天出差，咱们下周见。”

望着他的背影离去，谭斌轻轻地摇了摇头。乔利维年纪轻轻就顶着个啤酒肚，高血压、脂肪肝一样不少，显然吃得好，动得少。不是谭斌刻薄，她自己刻意追求健康的生活方式，难免会认为，如果一个人连自己的嘴都控制不住，别的修为大概也很有限。

没过多久，一直动荡不安的MPL再次爆出惊人的新闻。

几个中层经理陆续递上辞职信，其中就包括余永麟。因为这些人都被划进了程睿敏的嫡系，都是他带进公司或者一手提拔起来的人。一共七个人，全被扫地出门，斩草除根。

相比程睿敏，他们走得还算从容。不但按照自行辞职处理，公司方面提供言辞夸张的推荐信，而且他们或多或少都拿到了赔偿金，数字相当诱人。最多的，比如余永麟，赔偿金总数几乎相当于他半年的薪水。

谭斌在余永麟的办公室里落了泪。她还是销售代表时就跟着余永麟。他升她也升，几年蹉跎下来，感情亦师亦友，自是非比寻常。

余永麟拍拍谭斌的肩膀，把整盒纸巾递过去。他望着这唯一的女弟子，目光温柔。他实在不方便告诉她，这些年她也给了他无数隐秘的快乐。

从他办公室的玻璃墙望出去，总能看到她纤细的身影，电脑的微光映在她的脸上，越发显得皮肤细腻，五官楚楚动人。她的秀色曾是他四面楚歌和繁重压力中唯一的慰藉。

但谭斌的眼泪既让余永麟感动，也让他焦躁。他已经极力在为她开脱，但这一幕如果让人看到，他的努力全部白费。

到底还是欠点儿火候，余永麟想，有些机灵的人早就到刘秉康面前表忠心了，谭斌却依然感情用事。

“Cherie，哭一会儿就得了，又不是生离死别。让你的手下看见，成什么样子？”余永麟的声音极其平静，平静得甚至有点儿冷淡。

谭斌跳起来，一声不吭冲进洗手间，扣上隔间的门失声痛哭。

北方区销售团队自发订了饭局，给余永麟饯行。

一桌人都是善于调剂气氛的销售高手，这顿饭却吃得异常沉闷，以往饭桌上谈笑风生、黄段子乱飞的情景一去不复返。大家不知道该说些什么，席间只听得到碗筷相碰的叮当声。

最后，余永麟打破了沉默，勉强笑着说：“怎么回事，啊？都哑巴了？我又不是行将就木，马上就要入土，都吊着脸做什么？遗体告别吗？来，喝酒喝酒……”

没有人笑，谭斌手下的销售代表方芳已忍不住声音哽咽：“Tony……”

谭斌忽然浊气上涌，将红酒杯重重放在玻璃转盘上，大声说：“都举杯，谁不喝就往死里灌他！”

对面的乔利维立即附和：“对对对，干！都干了！”

所有的酒杯都放在转盘上，咣咣咣一阵乱敲，然后大家仰头，把2002年的拉菲当水一样灌下去。

余永麟按中国喝白酒的习惯翻转手腕亮杯，抬起头，他眼中已是水雾充盈。

“你们……”他咬牙，假装别人都看不到他眼角的潮意，“我……谢谢你们这些年的支持！好好干，兄弟们，山不转水转，咱们还有碰面的时候。”

饭局结束，共开了八瓶红酒，人人醉态可掬。

余永麟还能保持最后的清醒，他拦住正要刷卡付账的谭斌：“我来，这顿饭让我来！”

谭斌默默退开，没有和他客气。

翌日，余永麟办公室门上的名牌就被摘下，除了隔三岔五有清洁工人进去打扫，大多数时候都黑着灯。

如今MPL中国销售队伍的格局是执行董事长刘秉康兼任大中国区销售总经理，南方区销售总监曾志强仍任原职，而北方区销售总监的职位则由东方区销售总监于晓波暂时兼管。于、曾两位总监直接向刘秉康报告。

所有的业务依然正常运转。

已经成形四十六亿年的蓝色星球上，没有人是不可替代的。程睿敏和余永麟这一页，在MPL中国公司的历史中彻底地翻了过去。

Chapter2

不出头，不出错。
藏其心，但不掩其才。

{01}

日子过得飞快，很快进入了北京难熬的盛夏。

这一年的夏天很奇怪，直到6月下旬温度才一点点升上来，然后便一发不可收拾。高温倒还在其次，雨水又多，整个北京城像被倒扣在一口高压锅里。

办公室的空调温度调得太低，谭斌裹着一个大披肩，还是冻得涕泪交零。

北京地区的销售代表方芳递过来一杯热普洱茶："来，老大，暖和暖和。"

谭斌从密密麻麻的表格数字中抬起头，方芳一张粉扑扑的圆脸上正努力做出同情状，却掩不住幸灾乐祸的笑意。

谭斌皱起脸说道："小姐，外面39摄氏度，喝普洱茶？你不怕被心火烧死？"

"减肥啊，总要有点儿代价吧？"

"减什么肥？"谭斌拉紧披肩，低声抱怨，"你不知道吗？普达的集中采购马上就要开始了，应标那段时间就能要了你的小命。你还是留点儿脂肪紧要关头时保命吧！"

方芳和周围几个同事都会意地笑。

说起普达集团公司，它是MPL在中国最大的客户，每年的销售占全国销售总额的七成以上。集中采购的消息，三天前已由普达集团总部正式发布。

当时谭斌看完通知邮件，忍不住合手惨呼一声："苍天哪！"这把达摩克利斯剑在他们头顶悬了一年半，终于要落了下来。

集中采购就意味着销售合同的决定权从省公司收归总部，意味着MPL中国十年间在二十多个省公司打下的江山，80%将失去用武之地。但这还不是最坏的，最令人恐惧的是普达集采招标邀请书中那几个土生土长的中国供应商。

以前几次交锋，这些中国供应商的表现都令人心悸，他们在投标阶段的主要目的仿佛就是搅局。用低于成本的报价或者零销售赠送的方式，把几家跨国公司的价格一轮一轮地压到泥里去。基于这种忘我的奉献，最后他们或多或少都能从客户那里分到一杯羹。

正是因为这几家中国供应商的存在，这个行业的利润率一次次触底。这种状况不仅让MPL痛心疾首，其他几家跨国公司亦闻风丧胆。

曾有人问："为什么国际通用的市场规则，在中国便水土不服？"

没什么可说的，这是具有中国特色的社会主义市场。

"也叫爱国，阻止国有资产的外流。"一个客户曾半开玩笑半认真地解释。

提起这件事，谭斌就有点儿上火，因为担心今年的销售指标不能如期完成，她光洁的额头上居然冒出几粒醒目的红痘痘。

其实她情绪的不稳定不仅仅来源于普达集团的集中采购，还因为东方区销售总监于晓波。

于晓波一人兼管东、北两个大区，二十多个销售经理向他报告，事务繁杂，顾此失彼，渐渐有点儿吃力。

比如谭斌发给他的邮件，总是两三天后才能得到回复。没有公司的决策权限，如果他不回复，谭斌无法拍板决定，就得让自己的客户等着，绞尽脑汁地想拖延的理由。

乔利维和北方区其他几位销售经理，提起来也颇有微词。明眼人都看得出来，给北方区找一个全职的销售总监已是迫在眉睫。

谣言很多，有说委托了猎头在外面寻找的，有说从公司内部提拔一个的。谭斌自己分析，因为IT行业不同于快速消费品，它有自己特定的大客户群，客户关系高于一切。除非从条件相当的竞争对手那里挖一个过来，比如业内的FSK公司，否则外部空降的可能性几乎为零。

至于内部提拔，谭斌把所有人的资历筛选一遍，勉强够格的也只有自己和乔利维两人。虽然两人资历相似，但论起销售数字，东北三省的业绩比起首都北京的，就像它们之间的经济落差一般，是一条难以跨越的鸿沟。之前她从未想过，余永麟的离开竟会给自己创造一个升迁的机会。

想到自己能有机会挑起销售总监这个重担，谭斌有点儿害怕，可是也十分期待，低落的情绪因此逐渐消失。她每天收邮件、回邮件、开会、回访客户，一切如常，只有路过黑洞洞的总监办公室，心里似小虫在啃，缺了的一块便再也补不上。

这天快下班的时候，谭斌接到一个电话，号码很陌生。

“Cherie，是我，余永麟。”

谭斌吃了一惊，看看四周，压低声音问：“你还好吗？”

“谢谢你还记得我，Cherie，我挺好的，你呢？”

谭斌嗫嚅着没有出声。

无论好与不好，办公室都不是聊这种话题的地方，何况是对着一个曾经的敏感人物。

余永麟像是明白她的心境，电话里笑了一声：“也没什么，我刚签了一个新offer，晚上你要是没事，出来吃顿饭。”

“真的？”谭斌满心替他高兴，“恭喜恭喜！我请客给你庆贺。”

“哪儿有让你出钱的理由？说好了，你也甭开车，待会儿我去接你，车停在公司南边，你多走两步，免得让人看见不好。”余永麟说话随意，不再拿捏上司的腔调，但还是为谭斌想得周全。

临出门前，谭斌进洗手间整理妆容。

她幸亏在正装衬衣里多加了一件背心，松绿的软缎，配上白色宽腿长裤和金色凉鞋，勉强适合晚餐的气氛，还不算失礼。

等见了余永麟，她才发觉自己纯粹是多此一举。

一个月不见，余永麟依然是老样子，不过换了T恤和短裤，头发剃得紧贴头皮，像街边的小痞子。

谭斌见惯了余永麟西装革履的模样，很有点儿不适应，随即发现他开着一辆新车。

“嗬，换车了？”谭斌上下打量着余永麟，“说实话，前几天持枪抢劫运钞车的案子，是不是你做的？”

“是啊是啊，要不是刚抢了银行，谁舍得换车呀？”

谭斌眼波一闪，反应过来：“用MPL给你的离职补偿金买的吧？”

余永麟熟练地掉头，然后回头笑：“你还真聪明！”

谭斌一撇嘴：“我都跟你多少年了？要没这点儿主动配合的自觉性，怎么混啊？”她随手脱了衬衣，露出胸前和背后大片白皙的肌肤。

余永麟瞟着她，笑得龇牙咧嘴：“哎哟，这是干什么？我跟你说，Cherie，对我你用不着色诱，我早就是你的裙下之臣了。”

谭斌默契地拉下脸：“俗！你这人真俗，还特别低级趣味！”

余永麟笑得前仰后合。

等他笑够了，谭斌这才问："offer是谁家的？"

这回余永麟没有马上回答，只是专心开车，仿佛没有听见。此刻正是这个城市的交通高峰时段，窗外车流滚滚，双向八车道的东三环如一座巨大的停车场。

他们的车几乎在一寸一寸地往前挪，直到移至红灯前，余永麟一脚刹车，闷闷地开口："FSK。"

"什么？你去FSK？"谭斌瞪大眼睛。MPL和FSK一直是业内旗鼓相当的竞争对手，两家的销售队伍多年来几乎已经打成了见面就眼红的宿敌。

"很可笑是吧？做了几年的对头，打得头破血流，最后却被对方挖走了。"

谭斌细细地品味着余永麟的话，觉得实在荒谬，于是哈哈笑了出来。

真的，整个行业就这么大一个圈子，跳来跳去就是这几家。自以为一个筋斗十万八千里，睁开眼依然是如来的五指山。

"给你什么职位？"这是谭斌最关心的问题。

"北方区销售总监。"

谭斌不禁愣住了。

"你看，多可笑！"余永麟的笑容似乎有些苦涩，"我连名片都不用重印，改个公司名就成了。"

谭斌察言观色，余永麟的确不太高兴，她小心翼翼地调笑："这么说，从此我们就是对手了？余总监？"

"不错。Cherie谭，以后你要当心了！"

余永麟的话半真半假，谭斌转过头笑，心里却咯噔一下。

这几年MPL的销售份额一直屈居FSK之下，余永麟此番加盟FSK，对MPL真不是一个好消息。

余永麟则望着前方的路况，想起接受offer的过程，心里更不是滋味。

FSK提供的offer，虽然待遇和他在MPL时一样，管理的地盘却小了很多。因为FSK的销售地域分为四个大区，比MPL多一个西南区。

但是就这么个并不让他满意的机会，还是程睿敏为他争取来的。

程睿敏离开MPL一个月，FSK公司就找上门来，为吸引他加盟，竟为他平白造出一个业务发展总经理的职位，同样的副总裁待遇。

程睿敏却婉言谢绝，但听到FSK北方区销售总监即将移民国外的消息时，他当即推荐了余永麟。

"业务发展总经理，听着好听，其实是个空头支票，"程睿敏向余永麟解释，"他们看上的，是我在普达总部的那点儿人脉。"

程睿敏和余永麟的母校，是这个行业的黄埔军校，在普达总部和北方各省，师兄师弟多得像地里的花生，拔出来一嘟噜一嘟噜地连着筋带着骨。

“刘秉康为了他那点儿小心眼，竟然敢让你走，他不怕你去FSK吗？”余永麟说，“要说他也挺不容易的，简直是壮士断腕，够狠！”

程睿敏低头笑笑，不说话，笑容却有点儿凄凉。他的自尊心绝不允许他接受FSK的邀请，刘秉康大概深深地了解这一点，才敢做得如此决绝。但因为此事受他连累的人众多，如今他自顾不暇，能照顾到的也只有余永麟。

虽然不是很满意，余永麟最后还是接受了FSK的offer。他满面羞愧地对程睿敏说：“兄弟，你有骨气，我佩服！可我和你不一样，银行里还欠着两百万贷款，老婆马上又要生了……”

程睿敏揽过余永麟的肩膀，用力地拍了拍，表示一切尽在不言中。

“哎哎，并错线了，你想什么呢？”谭斌敲着方向盘提醒。

余永麟回过神，发现已错过右转的机会，他只好在下一个路口掉头，又费了九牛二虎之力，才找到停车的位置。

吃饭的地方是在燕莎北边的一家日本料理店，人不是很多，环境相对安静。

服务生带他们进去，轻轻拉开门。

包间里另有人在，他听到动静立即转身。白色的立领休闲衬衣，灯光下眉目清明，新添了一副时髦的玳瑁框眼镜，看上去愈加英俊斯文。

这不是程睿敏是谁？

谭斌心头突地一跳，呆立在门口。她没想到，会在这种地方见到他。

程睿敏站起身，朝她笑了笑：“你好，Cherie，好久不见！”

谭斌是见惯了大场面的人，此刻也有点儿局促。

“程帅……啊，Ray，你好！”

余永麟不耐烦地推着她：“坐坐坐，他都不是你老板了，还搞那些虚把式做什么？今儿没别人，就咱们仨。”

谭斌脱鞋踩上榻榻米。

程睿敏斟茶给她，“路上堵吗？”

谭斌低头喝一口：“还好。”

原来扒皮会的阴影仍挥之不去，就算程睿敏这般礼贤下士，仍令谭斌心惊肉跳。

那时每次会前，谭斌都紧张得频频上洗手间。她永远不会忘记某次扒皮会的遭遇。头天晚上她将资料发给程睿敏，有几个数据没有来得及核实，她以为无关大局能侥幸过关。没想到第二天他似乎闭着眼睛都能指出其中的谬误，不仅记忆力惊人，更仿佛对数字有天生的敏感。虽然他一直和颜悦色，谭斌却被他质问得冷汗直流，余永麟原想替她解围，也被他追问到瞠目结舌，最后像小学生一样乖乖认错。

自此谭斌养成了习惯，每拿出一个数据都要反复求证，再不敢轻易信口开河。

余永麟像是猜到了她的心思，笑笑说："Cherie，他现在是只纸老虎，你不用怕他。"

"不是怕，"谭斌恢复镇静，眨眨眼说，"我一见到Ray，下意识地就开始检讨今年的销售指标。"

她小心地避过任何可能刺激到程睿敏的单词。看得出来，程睿敏清减了许多。

程睿敏哑然失笑："原来我周扒皮的形象，这么深入人心。"

"不不，周扒皮比您仁慈多了。您经过资本主义的多年调教，他用的却是最原始、最低级的手段，井蛙怎可言海？夏虫更不可以语冰。"

余永麟顿时大笑："老程，听到没有？我忍你多年，终于有人说实话，大快人心，大快人心！"

程睿敏看向谭斌，点点头说："真惨，墙倒众人推。"但眼角眉梢却有绷不住的笑意。

余永麟用力地拍着谭斌的肩膀："行，有前途，不愧是我余某人调教出来的。"

谭斌微笑不语。拍马屁也是个技术活，既要不动声色，不能让对方察觉你的意图，又要恰好搔到他的痒处。这些年靠看客户的眉眼高低生存，此道她早已修炼至化境。

房间内吊灯低垂，映得谭斌颈间一块翠绿的石头温润晶莹，似一汪流动的碧水。那件背心的领口开得极低，却又十分有技巧，华丽的花肩胸衣似露非露，勾得人欲罢不能。

谭斌微觉异样，猛一抬头，程睿敏正从镜片后审视着她，眼神耐人寻味。

她笑一笑。

程睿敏立刻移开目光。也许是谭斌的错觉，他的脸似乎红了。

菜上来了，油金鱼寿司、牡丹虾刺身、烤鳗鱼，都是谭斌爱吃的。她瞟了一眼余永麟，心里有点儿犯嘀咕，这完全不像是余永麟的做派，他从来没有这样细心过。

程睿敏给她倒了一杯清酒："Cherie，那天谢谢你！"

"啊？"谭斌被芥末辣得眼泪汪汪，一脸茫然地仰起头，"哪天？"

程睿敏和余永麟对望一眼，都没有说话。

谭斌当然不会明白，她那杯焦糖玛奇朵，曾经充当过强心剂的角色。不然那天程睿敏走不出MPL中国公司，很有可能当场殒命，创造MPL的历史纪录。

程睿敏回到家就倒下来，高烧并发肺炎，烧得不省人事，在医院里待了整整一个星期。他的父母都不在北京，女友又在国外，只苦了余永麟，家里医院两头跑，既要对夫人晨昏定省，又时刻惦记着老友的安危。

六天后，余永麟接程睿敏出院。

坐在车上，程睿敏第一次跟他谈起那天的事："这倒霉事一来，总是脚跟脚。那晚徐悦然打电话来，我们俩彻底谈崩，我在酒吧喝高了，手机钱包全让人摸走。想着不能再倒霉了吧，没想到又亲自送上门去被人羞辱。"

余永麟这才知道，他被解雇的那一日，竟是他和相处七年的女友分手的日子。他的女友三年前拿着工作签证去了美国。两人分处两地，若即若离地坚持了三年，终于在他失去工作的时候，感情的缘分也同时散尽。

说起这些，程睿敏脸上带笑，语气轻松，眼里却是那种往事种种俱成灰的寂然。

余永麟在路边停车，转过身紧紧地拥抱同窗旧友。虽然两人的感受完全不同，但程睿敏的心情他能够理解。

余永麟跳过几家公司，对公司的依恋和忠诚度没有那么强烈，此时只是愤怒而已。而程睿敏研究生毕业后就进了MPL中国，自一张白纸入门到如今，从里到外都是MPL的烙印，血液里流动着的也是"MPL"三个字母。所有的一切都变得理所当然，包括一天十六个小时的超负荷工作，体力和脑力的长期透支。一朝起床忽然发现天地变色，形容为天塌地陷也不为过。

"别把公司当作家，"余永麟说，"你出卖体力，它付你薪水，看不顺眼一拍两散，就这么简单。"

程睿敏却像真的复原了，从此绝口不提"MPL"三个字。

余永麟更担心，他宁可程睿敏四处买醉，拍桌子骂娘，桃花朵朵向阳开，那才比较像一个正常人的反应。

程睿敏只是沉默，若无其事地恢复了正常作息，每天下午按时去健身房，跑步机上十公里，再加三十分钟器械。

看得余永麟直皱眉："老程，你这不是自虐吗？"

程睿敏说："你少管闲事！"

余永麟被噎得哑口无言，只好任他自生自灭。

直到余永麟拿了offer请客，程睿敏才开口建议："把你那个标致的下属也约出来，一起吃顿饭。"

此刻，见谭斌压根儿不记得那天的事，或者她是揣着明白装糊涂，程睿敏也不愿再提起。三个人都转了话题，聊起业界最近的发展。

谭斌平时看书特别杂，天南海北、乱七八糟什么话题都能胡扯一通，有些观点听上去还颇像那么回事。毕竟能根据客户的心情喜好随时转换话题，也是一个好销售最基本的素质。

这顿饭后来吃得非常热闹，谭斌却品出了点儿别的味道。因为程睿敏的眼神，落在她身上的次数实在多了点儿。

趁着谭斌去洗手间，程睿敏问余永麟："她会坐你的位置吗？"

"谁？你说谭斌？"

"嗯。"

"不可能。她太年轻，压不住场子。"

"还有谁具备可能性？"

"基本没有。"余永麟苦笑，"我还没来得及培养好接班人，就被扫地出门了。就算有合适的，你在MPL待的时间比我长，刘秉康是什么样的人，他会怎么做，你比我更清楚。"

刘秉康是台湾人，办公室书架上摆着全套大部头国学书籍，他把《孙子兵法》背得滚瓜烂熟，最信奉的一句话是："兵者，诡道也。"

以他的为人，怎么可能轻而易举地让一个人晋级？他要的是下属死心塌地的臣服，不把人的胃口吊足，他不会轻易吐口。

程睿敏转着手中的杯子，保持缄默，不再讨论这个话题。

饭后，余永麟赶着回去服侍太太，他用力地拍了拍谭斌的肩膀："徒弟，以后全靠你自己了，多保重！"

程睿敏送谭斌回家。一路上两人都不说话，狭小的车内空间，只有空调的声音咝咝作响。车窗外的东三环，灯火辉煌，璀璨的光华蜿蜒延伸，直至道路尽头。

谭斌支着头，有点儿犯困，只想快快到家，冲个澡上床睡觉。

程睿敏驾驶技术不错，车子开得熟练平稳。

为礼貌起见，谭斌觉得有必要开口说点儿什么，她清清嗓子："我住得太远，麻烦你绕了一大圈。"

"不客气，这是我的荣幸，尤其送像你这样漂亮的姑娘，机会并不多。"

程睿敏的场面话像他的驾驶技术一样，圆滑得滴水不漏。

"我怎么听着非常之言不由衷啊？"

程睿敏略微侧过头笑了，左颊上一道括弧般的笑纹引人注目："Cherie，你们女性是不是习惯怀疑一切？"

“一部分，只是一部分。”谭斌特意强调，“我们这种属于基因变异，大部分女性还是很温柔很传统的。”

“是吗？那你能不能告诉我，传统女性什么样？”

“无条件崇拜男性。”谭斌想了想回答，“遇到难事能哭、能流泪、能示弱，坚信白马王子会带她们离开恶龙的城堡。”

程睿敏再次侧头，从镜片间隙看看谭斌：“这话听上去很潇洒很前卫，其实非常刻薄，你知道吗？”

谭斌挑起眉毛：“愿闻其详。”

“像你们这样的，家庭背景良好，受过高等教育，又有合适的机会施展才华，经济上自给自足，毕竟是少数。其他的，她们没有选择，不靠男人又能靠谁？”

谭斌几乎被惊吓到了，一直在笑：“听听，简直像世界妇女组织发言人。其实吧，您也就是一变相的大男子主义，什么叫没有选择？自己不愿意选择而已。不过这部分女性的幸福指数是最高的，您知道不知道？”

如果可以，谁愿意自己站在露天地里风吹雨淋？谭斌自觉早已变成榨干的柠檬，别说流眼泪，哭泣的本能都在逐步退化。

程睿敏笑着摇摇头：“你还是年轻，真的太年轻了。”

“您在奉承我对吧？”谭斌夸张地摸摸眼角。

“我真心夸你，可惜你总是抱着戒备之心。”程睿敏踩下刹车，然后说，“到了。”

谭斌吓了一跳，看看窗外，黑黢黢的草地，灯火阑珊的楼群，果然是自家的楼下。

“您怎么知道我住这儿？”

程睿敏下车转到另一侧，为她打开车门：“你忘了，我们做销售的，第一要诀是什么？”

谭斌当然不会忘记——尽最大努力摸清目标客户的所有资料，性格、成长背景、教育背景、家庭、爱好……但程睿敏把她当作了什么？目标客户？

她一时说不出话来。

程睿敏一直目送她走进灯光明亮的公寓大门，才启动车子离去。

电梯里有一面半身镜，谭斌怔怔地看着镜子里的自己。彩妆半脱，额角鼻头稍稍露出本色，唇膏和腮红早已无影无踪。幸好她一向化淡妆，不会给人断壁残垣的凄惨印象。

她伸出食指戳着镜中人的脸：“世界上最不能相信的是什么人？是销售人员。人家逗你玩呢，你可千万甭当真。”

天气太热，在电梯里几分钟衣服已经湿得贴在背上。谭斌进门第一件事就是关窗开空调，等屋内温度降下来了，她脱下外衣跑进浴室。

浴室里摆着一色浅蓝的毛巾，四脚落地的老式浴缸，琳琅满目的香水浴盐，亮晶晶的玻璃瓶摆满架子，散发出扑鼻的香气。

拧开热水龙头，谭斌躺进浴缸里，这才长舒一口气，酸痛的脊椎骨开始一节节放松。

当初为买下这套两室两厅的公寓，她几乎和父母吵翻了。母亲还是传统观念，觉得谭斌多此一举。男人买房子娶老婆养孩子，母亲大人认为天经地义，殊不知外面的世界早已物是人非。

谭斌需要一个自己的窝，她不会为了一套房子胡乱嫁人。

此刻进了家门，环顾室内，一尘不染，简洁素净，到处是熟悉的味道，谭斌感到十分满足。关上门自成一统，门外落原子弹也与她无关，这些年的辛苦并没有打了水漂。

洗到一半，客厅里的电话不停地响。谭斌只好披着浴衣出来接听。

“为什么不接电话？”沈培的声音。

“我刚进门。”

“那手机呢？我以为你失踪了。”

谭斌摸出手机，原来下午开会时设成会议模式，忘了改回来。

“对不起，我没听到。”

“你总是这样，”沈培抱怨，“吓死我了，知道吗？我差点儿打110报警。”

谭斌只好干笑。

“算了，不说你了，”沈培气馁，“周末咱们去昌平好不好？”

“你又出什么幺蛾子？”

“两个周末你都在加班，想让你出去散散心。”

晚饭时谭斌多喝了两杯清酒，这会儿酒意上涌，热得心浮气躁，很有点儿不耐烦：“周五再说，谁知道周末会有什么突发事件？”

“也好。”沈培似乎叹口气，语气十分隐忍迁就，“那你早点儿睡，周五我给你打电话。”

谭斌内心忽然牵动，叫了一声：“小培……”

“什么事？”

“没事，”谭斌的声音异常温柔，“你也早点儿睡。”

沈培在那边对着话筒吹口气，吹得谭斌耳后一阵酥麻。他清楚而快乐地说：“我爱你，宝贝儿，晚安！”

{02}

事情被余永麟不幸言中。

MPL的传统，一般稍微重大的消息都会选择在周末或者节前发布。因为随后几天的休息日会消化掉潜在的骚动和震荡，假期结束便是一个全新的局面。

周五工作日的最后一个小时，宣布北方区销售总监任命的邮件，以刘秉康的名义发到MPL中国公司所有相关员工的信箱里。

邮件的内容，就是关于北方区新销售总监的任命。两个人，谭斌与乔利维，分管北方区；两人的头衔，都有一个Acting，即代理销售总监，都直接报告给刘秉康。不同的是，谭斌负责北京、天津、河北和河南地区，其余将近十个北方省份都划到了乔利维的名下。

这种情况很微妙，乔利维管的片儿比谭斌大，但都是业务发展一般的中型客户。谭斌管理的北京地区的客户，不仅是MPL全球最大的客户项目之一，也是MPL在中国最大的客户——普达集团公司总部的所在地。

在同一块业务里设两个平起平坐的位置，职责分工再详细，也不可能明晰到每一件具体的事情，其间的合作和摩擦都难以避免。情势摆明了要把两人架在炭火上煎熬。即使谭斌已提前知道消息，乍看到邮件时，心里依然是五味杂陈，兴奋、不满和失望兼而有之。

那天她难得准时下班，直接去了沈培的公寓。

沈培正戴着整副皮围裙和胶皮手套，站在水槽边清洗画笔，颈后的头发顺滑光润，完全够资格为洗发水做广告。

谭斌光着脚站在他身后，欲言又止，最后咳嗽一声。

“你来了。”听到她的声音，沈培迅速转身，张开水淋淋的双手，一把抱住她，低下头吻她的眼睛和嘴唇。

“沈培，我升职了。”谭斌搂着他的腰，把脸藏进他的胸前，低声说。

“好事啊，你一向能干。”沈培淡淡地说，神色没有任何波澜，就像听到今晚出去吃饭一样淡然。

“可是我并不高兴。”

“为什么？你不是盼升职好久了吗？”

“因为那不是我想要的，所以我很不高兴。”

沈培笑起来，抵着谭斌的额头，直看进她的眼睛中去：“宝贝儿，贪心不足蛇吞象。”

“沈培……”

“嗯？”

“你难道从来没有遭遇过不公平吗？为什么你从不抱怨？”

沈培把她抱紧一点儿，说道：“抱怨什么？我现在衣食无忧，女朋友又漂亮又能干，为什么抱怨？”

谭斌闻言抬起头，像是头回见面，细细打量着男友。

频繁的室外写生，让沈培露在外面的肌肤呈现出淡淡的棕褐色，却质地柔软，不见一丝风霜之色。他有一个身为著名国画家的父亲，入行之初就有人捧，占尽天时地利，成名轻而易举。在沈培的字典里，没有挣扎、奋斗这一类的字眼，他本人也没有太大的野心，所以在他的脸上找不到任何苦涩之态。

谭斌撇撇嘴：“要不怎么说，同人不同命呢！凡·高，不是天才吗？好，一生困苦，死了倒便宜了无数的奸商。像你这样的，却衣食无忧。”她自己都觉得，口气酸溜溜的，不同往常。

沈培拍着她的背，禁不住失笑：“其实我们这一行，最容易听到牢骚，一句怀才不遇，就可以抱怨一辈子。”

谭斌叹口气：“能抱怨怀才不遇也是种幸运。可惜职场中没有怀才不遇这回事，我们只会找个角落，反省自己学艺不精。”

她的语气调侃，嘴角那点儿笑容却让沈培看得心疼。他有点儿不知所措，松脱双臂放开她，脱下围裙扔在一边。他穿着一件牙白色的丝质衬衣，透过半透明的材质，肌肤若隐若现。

谭斌立刻主动搂紧他，把手从衬衣下摆探进去，摩挲着他背部结实的肌肉，心中忍不住生出猥琐的念头，嘿嘿地笑出了声。

沈培的朋友中，以不修边幅的居多，这似乎是业内不成文的规矩。贫困造就天才，好像早已成为公论，困窘衍生的戾气融入作品，才能焕发出非凡的生命力。像沈培这样起居讲究的八旗后裔，纯属其中的异类，很为同行诟病，亦连累他的画风，被激烈地抨击为华丽而空洞。但他的心态却很好，对此一概嗤之以鼻。

沈培说：“艺术家最重要的是什么？就是不要让他人的噪声淹没你内心的声音。”

谭斌对此曾肃然起敬。沈培时常有惊人之语。但是他随后一句补充，马上让谭斌的满腔敬意化为乌有。

沈培说：“迎合这些人有什么用？买我画的又不是他们。”

这些细节若传进文晓慧的耳朵里，一定会让她笑歪了嘴。很多时候，谭斌也困惑不已，自己和沈培是怎么走到一起的？

不过缘分这件事，经常不以人的意志为转移。两人的相识，说起来非常富有戏剧性。

某个周末，谭斌心血来潮，一个人跑到世纪坛美术馆消磨时间，在一幅展画前，她停步驻留了很久。

沈培就是那幅画的作者。那是他年少成名的第一幅作品，中国的毛笔和宣纸，落笔却是典型的西洋画风，曾在巴黎画展中得过铜奖。

看到一个美貌时髦的年轻女子站在空旷的展厅中，长久而痴迷地盯着自己的作品，沈培立刻被深深感动。他认为能够静心欣赏艺术之美妙的年轻女人，在现今这个急功近利的浮躁社会里，实在是不多。

他上前搭讪："您喜欢这幅画，是吗？"

谭斌转身，看清对面站着的男生，略长的头发在脑后扎一个短短的马尾辫，衣着粗看不修边幅，细看别具匠心，长着一张清爽漂亮的面孔，气质恍若年轻时的冯德伦。这身独特的装扮已将他的身份表露无遗，再瞄一眼墙上的画家简介，加上他脸上那种掩饰不住的自得与期盼，她便将这幅画的作者和眼前这位美少年款的男生画了等号。

于是她回答："对一件艺术品来说，仅用喜欢和不喜欢来评价，实在太亵渎了。你欣赏它，难道不是因为它与你的心灵极度契合，打动了你内心深处最柔软的地方吗？"

这句话让沈培几乎立刻将她引为知己。之后两人交换通信方式，约会，随后而来的是其他更亲密的方式，直至谭斌成为他的女朋友，都是顺理成章的事情。

沈培从来没有想过，自己会找一个在外企任职的女友。在他的眼里，此类女性过于市侩势利，非常不可爱，他一直以为自己会找个同行。但遇到谭斌之后，他才知道世间还有这样一类女人，外表斯文，性格却像男人一样坚定，且目标明确，永不言败，从不会为莫名其妙的小事哭泣。

沈培被谭斌深深地迷惑，然后猝不及防地掉了下去。那时他才知道，英文形容一个人坠入爱河为"fall in love"是多么贴切。

不过谭斌却一直没敢跟他说，当初她停下脚步，是因为那天穿了双新鞋，夹脚，很疼。即使后来沈培发现她其实对绘画一窍不通，参观画展只是为了附庸风雅，她也不打算把真相告诉他，决定把这个秘密永远保守下去。

不同的人执着于不同的东西，谭斌承认自己最大的弱点是难以抵挡美色的诱惑。就这样，她跟沈培相处了整整两年。

"来，给你看样东西。"

沈培收起画笔，拉着她的手，掀开画架上的白布。

三十厘米见方的油画，背景是一片朦胧的新绿，影影绰绰的旧屋顶，树干后探出少女羞涩的笑脸，两条油黑的长辫垂落肩头。

“猜猜，这幅画叫什么？”

谭斌凝神端看，画面中似有轻风吹过，斜飞的柳枝撩起画中人纷乱的刘海，露出明净的额头。

她犹豫地试探着问：“二月春风似剪刀？”

“对，”沈培击掌，显得分外高兴，“《春风》，就是《春风》。”

画中的少女笑容纯真，眉眼分明是谭斌的，只是比她的年轻得多。谭斌伸手摸过去，大惑不解地问：“这是我？”

沈培说没错，和他梦中的情景一模一样。

谭斌退后两步，再次细细地观看。

这幅画的风格和沈培以往的作品不太一样，色彩偏冷，画面始终弥漫着一层淡淡的忧郁。她喜欢这种年华不再的惆怅情调，可是事关自己，不能夸，一夸就成了自恋，所以她维持着一个神秘的微笑，亦如达·芬奇笔下的蒙娜丽莎。

“我一直想看看，”沈培说，“你离开这个城市，脱下这身职业装，究竟是什么样子。”

“哦，这样。”谭斌矜持地点头，谨慎起见，并不立即发表意见。其实有句话已经涌到嘴边，她又咽了回去。她想说，我脱光了什么也不穿的样子，你又不是没见过。

不过女人的言辞一旦豪爽过头，就变成了13点。这点儿分寸谭斌还有。

{03}

昌平区正北，就是著名的小汤山，京郊的温泉胜地。

沈培的朋友住在这里。这里是多年前没有禁止农民出让宅基地时自搭自建的农庄，前后占地一亩半，屋内的所有立柱都保持着树木的原生状态，正中的壁炉上还隐隐露着白茬儿。

主人是一对40岁左右的夫妇，有点返璞归真，穿的都是市面上少见的粗纺棉布，红花绿叶，蓝底白花，倒也相映成趣。

女主人的名字也非常别致，姓黄名槿，一种花的名字。

沈培给谭斌一大杯现榨的玉米汁，她端着杯子四下浏览，起初兴致盎然，后来发觉电力来自七八公里外的村落，自来水通过自建管道引进房间，热水要自己烧，夏天没空调，冬季无暖气。

谭斌觉得甚是不可思议。她和沈培都是城市的动物，早被宠坏，小区热水管道维修，停水一天就哇哇叫，完全无法忍受。她简直不能想象在这样的环境里如何维持生活质量。

午饭非常具有农家风味，冒着热气的大砂锅端上桌，原来是南瓜玉米炖排骨。

主人说，都是当地农民种给自己吃的，绝对纯净无污染，肉里也不会有激素。

砂锅的滋味非常鲜美，但谭斌吃得很少，秀丽的女主人殷勤劝客："多吃点儿，多吃点儿！"

谭斌只好向沈培投去求援的目光。

沈培笑着解围："甭理她，这么大的人，还能饿着？"说着，还是往谭斌碗里舀了一勺南瓜和玉米，"再吃两口，都是粗纤维的，不会让你长脂肪的。"

女主人说："啧，小沈还真疼女朋友。"

谭斌低头笑笑，慢慢把碗里的东西都吃完了。她很少有这么听话的时候，平常沈培看她每餐只吃一点点儿，开始也劝过几次，谭斌一句话就噎死了他。

她常说："你们见惯了肥胖的希腊裸女，审美观早就过时，做不得准。"

沈培听了，只好郁闷地闭嘴。

午饭后，陆陆续续有更多的人报到，谭斌有幸见到几个真正的美女。脂粉不施，布衣布裙，长发在胸前打两条粗粗的辫子，却是明眸皓齿，天生丽质。

原来这里是某个小圈子的定期沙龙，来的都是沈培的熟人与业内行家。

沈培周旋其中，如鱼得水，在谭斌面前的谨慎收敛完全消失，笑到深处，脸颊上轻易不见天日的酒窝都现了形，那双桃花眼更是顾盼神飞。招得几个女孩子的眼睛像胶水一样，牢牢地粘在他的身上。

谭斌远远地看着。虽然她由衷地觉得，沈培和自己在一起实在是明珠暗投，暴殄天物，然而胸口却不由自主地泛酸。看到那几个女孩她才明白，原来沈培的创作灵感竟然是来自这些美术学院的女生。

听他们谈结构、谈色彩、谈欧洲的最新流派，谭斌一句也插不进，索性开了后门走出去。

后院很安静，有几株足可合抱的槐树，树下悠闲地卧着两只芦花鸡。树间的麻绳上晾着雪白的床单，风从下面穿过，床单高高地扬起，像白鸽的翅膀。竹篱上攀爬着蔷薇和牵牛花，地面开满了不知名的野花。

此时阳光正烈，谭斌抬手遮住额头，神思有点儿恍惚。眼前的风景，像是时光倒退了30年。

她穿过篱笆，渐渐走远，突然间发出惊叹的声音，发现没有白跑这一趟。一片碧绿的湖水映入眼帘，彼岸的树林映入透明的湖心，山坡上铺展着如茵的绿草。周围如此安静，静得能听到断枝落地的声音。

谭斌仰躺下去，身下的草地柔软如绵，阳光透过眼睑，变成炫目的鲜红。身后尘嚣正逐渐淡去，MPL、普达、乔利维……都变得遥不可及。她迷迷糊糊地觉得，和沈培在这种地方过一生，可能也不错。

恍惚间，她似乎躺在草地上睡了一觉。

落叶被踩得沙沙作响，有脚步声逐渐接近，谭斌惊醒，一下坐起来。待看清来人，她松口气，又躺回草地。

沈培在她身边坐下，一下一下地理着她的长发。谭斌的头发又厚又密，修发时需要发型师刻意打薄。

“都说长这样头发的人，性格桀骜不驯。斌斌，将来驯服你的人，不知道是谁？”沈培的声音里充满了不易察觉的忧伤。

谭斌睁开一只眼睛，看看沈培又重新闭上，不明白他的文青脾气为什么又无端发作。

“过来做什么？不用陪朋友？”她顾左右而言他。

“谭斌。”

沈培贴近了叫她，眼睛里是她不熟悉的忧郁。谭斌的心口无端震荡。

沈培并不是缺根筋，他只是生性平和，万般烦恼皆不上身，这才是大智若愚的真智慧。

“你今天怎么了？怪吓人的。”谭斌想坐起来。

“我一直看着你，知道你不太高兴。谁得罪你了？”

谭斌一怔，她的确忘了，画家们最大的特征是敏感，但她也不知道刚才为什么会不高兴。是因为融不进沈培的圈子吗？还是嫉妒他和其他女孩过于亲近？好像都不是。

“说什么呢？我一直好好的，关别人什么事？”

“你说好就好吧。”沈培叹口气，脸色暗淡了下来，“我知道你从来不愿意和我说太多，因为我帮不到你。可是斌斌，你每天都那么端着，累不累？说实话，我一直希望你能天天开心，可我的努力看起来总是很傻。”

也许过于寂静的环境令人恍惚，沈培像是认定了，一定要敞开了和她坦诚相对。

谭斌不出声，沈培只好继续说道：“我想白了头发，也无法理解你们这种人，赢过了还想赢更多，爬到一个高度还要爬得更高，每天见人三分假笑，私下里却斗得一塌糊涂，到底为什么？很有满足感吗？”

为什么？谭斌答不出来。只知道你可以不斗，在职场中也能生存，但注定了永远是别人的垫脚石。

这些年过惯了一惊一乍的日子，每天的心情都像飘忽不定的中国股市，高开低走已是见怪不怪。牛气冲天的时刻，突然砸下一个噩耗，全盘崩溃，谭斌经历的也不是一次两次了。心灰意冷的时候，她也想过，还不如学人做只金丝雀，可也只是想想而已。那一行人才济济，要求色艺俱佳，不见得就比职场好混。而且收起所有自尊放低了姿态去讨一个人的欢心，更需要天分。

她做不到。

从五年前的某一日，谭斌把自己破碎的心攒在一起，重新填入胸腔时就已经明白，她只能在这条窄窄的路上跋涉，再没有别的选择。那样的海誓山盟最终都能变成一个笑话，她再也不能全心全意地信任一个人，再也不会轻信旁人给她的承诺。

见她沉默，沈培轻轻地摇摇头，也在她身边躺下，抬起手遮住刺眼的阳光。

“你知道我最怕什么吗？”沈培的声音似从地底下传出来。

谭斌取笑他：“红颜逝去只剩下如花？”

“这几天我一直做噩梦，眼睁睁地对着画布，一笔也画不出来，有人在耳边不停地说‘沈培，你江郎才尽了’，醒过来一身冷汗。”

类似的梦境，谭斌也经常遭遇，只是版本不一样。总有一个面目模糊的人，梦里声嘶力竭地对她大喊：“Cherie，你丢了一单大合同！”

这情景有点儿滑稽，两人各有各的心事，彼此间却无能为力，完全冷暖自知。

谭斌心中恻然，洒脱如沈培，也逃不过同样的苦恼。抚着他脑后柔软的头发，她慢慢说：“真有这一天，小培，我养你。”

“斌斌，谢谢你……”沈培很容易被感动，紧紧地抱住她。他知道都市中有太多的女子，期望男方是台永不枯竭的提款机。能有一个女人诚心实意地对他说“我养你”，他已觉自己过于幸运。

两人都不说话，只觉得这一刻颇有相依为命的荡气回肠。

身边的野花开得正盛，金黄璀璨如正午的骄阳，馥郁的清香明媚鲜活，绽放在夏季濡湿潮热的空气中。

{04}

回到城里已是周日下午。

沈培送谭斌到公寓楼下，依依不舍地吻着她的脸颊。

谭斌一边躲闪一边笑，心不在焉地下了车，满心惦记着快快跳进浴缸，好好洗一番。

电脑里还有下周的工作计划等着她完成。她裹着头发走出浴室，倒了杯咖啡，又摸出一支烟点上，这才走到书桌前。

镜子里偶尔瞄一眼，谭斌知道自己这个形象风尘气过重，活脱脱就是一妈妈桑。她叹口气，留恋地再深吸一口，然后掐灭了香烟。公司里30多岁的同事经常抱怨，说女人31岁是大关口，过了这个年龄，所有身体指标都会一路下滑。算一算自己的日子，离那一关也只剩下380多天了。谭斌不能不心惊，危害皮肤和健康的事，还是能少做则少做。

谭斌喝口咖啡，打开电脑的日历页面。这已是多年的习惯，其实周五加个班也能把这份工作计划写出来，但她情愿周日下午静静地待着，以便提前进入工作状态。

电脑上微信的图标上出现一个带数字的红圈。文晓慧正在线上找她。

谭斌问："什么事？"

文晓慧说："听说你升职了，什么时候请我吃燕鲍翅？"

谭斌回道："升什么职？没劲。"

文晓慧那头先抛出个诚惶诚恐的小图案，然后说："矫情。"

谭斌解释道："不是矫情，你想想，一个位置两人争，准要斗得跟乌眼鸡一样，赢了姿态也难看。"

"你的能力和业绩在那儿摆着，先一脚踩死他，让他再也翻不了身。"

"真狠。"

"当然，无毒不丈夫。"

谭斌郁闷道："我是女的，这辈子不可能是丈夫。"

文晓慧："那你就做一次小人。"

谭斌敲上一个头晕目眩的小人头。

"你别傻啊，该上就上，这世道资源有限，机会难得。"文晓慧一向快言快语，极其讨厌办公室里虚与委蛇那一套，谭斌明白跟她讨论不出什么结果，于是转了话题。

谭斌问："一个男的，要钱有钱，要人有人，34岁依然未婚，是什么情况？"

"他是gay？"

"不可能，他对我的身体有反应。"

文晓慧立刻送过来一个瞪大眼睛的小人头，然后是一只笑得满地乱滚的小狐狸。

谭斌发觉说错话，急忙解释道："我是说，我穿了件低胸衣服，他的眼睛老往那儿瞟。"

文晓慧笑出眼泪，说道："也许人家认为你是暴露狂。"

“说什么呢？好奇和好色的区别，我还分得出来。”

又一个满地乱滚的小狐狸。

谭斌忍无可忍，用力地打上四个字：“你去死吧！”

过了一会儿，微信图标又闪，谭斌想了想，还是点开了，还是文晓慧：“你喜欢他，就放手去追。”

谭斌给自己做了顿晚饭，打开电视有一搭没一搭地瞄了两眼。想了很久，还是决定给余永麟打电话，把目前的处境告诉他，听听他的建议。毕竟这么多年，能面对面说几句真话的，也只有他。

余永麟听完马上说：“恭喜恭喜，以后咱们平起平坐，别忘了，再见面可就是对手了。”

谭斌察觉到其中的言不由衷，当即发现自己做了蠢事。余永麟始终对MPL耿耿于怀，如今又已成为FSK的销售总监，他已经不再是以前的余永麟了。

怅然若失之际，想起自己无数的小习惯都沿袭自余永麟。比如永远提前几分钟到达约会地点，比如和重要人物打电话前先在纸上列出谈话要点，比如公共场合绝口不提任何与业务有关的话题……

谭斌立刻想打退堂鼓，说道：“Tony，我只是心乱，想找人随便聊聊，你要是不方便，就算了。”

余永麟犹豫了一下，说道：“我们家那位的脾气你也知道，我去请假，8点半见面，就在咱们经常临幸的那家酒吧。”

谭斌放了电话，脸埋在手心里坐了很久。刚才的一刹那，她忽然意识到一个事实，一个她绝不愿意承认的事实。原来她这几年做得风生水起，并不全赖于她的能干，而是余永麟在照应她。

开始时余永麟对她那点儿企图，谁都看得明白，但她一直装傻，他也就知难而退，自去结婚生子，从来没有难为过她。四年来能维持还算正常的上下级关系，只是因为她运气好，碰上一个合理的上司。这棵遮阴的大树不存在了，会不会所有的狂风暴雨都需要自己去抵挡？

窗外天色渐渐暗下来，谭斌惊觉，跳起身套上T恤和牛仔裤，胡乱洗把脸出门赴约。

她按时赶到，却没看到余永麟，等着她的，是程睿敏。

谭斌支开带路的服务生，冷眼站在暗处，双臂抱在胸前，静静地观察了一会儿。这姿势是她遭遇不可控制的场面时，不自觉地进入自卫状态的标志。

程睿敏正安静地靠在吧台前，大概是为了让人找起来方便。这一次他穿了件浅灰色的名牌V领T恤衫，那种柔软如丝的面料，谭斌见过它的广告，价值不菲。

程睿敏有足够的资格奢侈。他们这批加入公司十年左右的老员工，手头都持有公司的股票，年年分红，股价最高的时候，个人资产翻了不止十倍。

程睿敏盯着头顶的电视，似乎看得专心，可是明明白白地目无焦点。可能对大部分女人来说，看到一个清俊的男人无意中露出疲倦落寞之色都是件很要命的事。

所以，犹豫了很久，谭斌才上前招呼："Ray，怎么是你？"

程睿敏起身为她拉开椅子，说道："Tony晚点儿才能出来，他怕你等，让我先过来。"

两人都开车，不能喝酒，只好各叫一杯柠檬红茶。

谭斌还未开口，程睿敏已经熟练地接上，说道："这位小姐的茶不加糖，谢谢！"连这样颇为矫情的习惯他都一清二楚。谭斌抵着下巴研究他半晌，有心说句俏皮话，觉得造次，张张嘴又闭上了。

程睿敏微笑着看着她："你又想说什么？"

于是，谭斌开始问："请问程先生，您是否出身FBI？"

程睿敏很配合，咳嗽一声，正襟危坐地回答："坦白地说，罗伯特·米勒局长是我失散多年的兄弟。"

谭斌笑了出来。这个程睿敏还真懂得游戏规则，销售职业培养出的功底并没有丢弃。她勉强忍住笑，接着发问："第二个问题，您的眼镜呢？为什么不戴了？"

程睿敏愣了一下才明白她说什么，笑笑说："那回丢了一只隐形眼镜，来不及配，才把旧眼镜找出来。"

另一只则在他的左眼球上留了三天。他高烧昏迷的时候没人留意这个细节，直到他清醒，左眼已经发炎，红得像只兔子眼睛。

谭斌惋惜道："你戴眼镜挺好看的。"

程睿敏看着谭斌，笑容促狭地说："那你是觉得我现在不好看？"

他的眼神太过专注，看得谭斌耳后一点儿火热顷刻蔓延开来，想起以前的扒皮会，程睿敏的双眼也似探照灯一般，照得人无处遁形。谭斌端起杯子喝一口，借以掩饰窘态。

"没有，我绝没有那个意思。"

程睿敏笑笑，打算放过她，说道："你的事，Tony已经告诉我了，愿意听听我的意见吗？"

"当然！求之不得！"谭斌立刻提起了精神。

程睿敏喝口茶，直入主题。

“第一，不能争，一点儿争的意思都不能露，踏踏实实做好自己的事。”

这个论调很奇特，一般的职场秘籍都讲究该出手时就出手。

谭斌有点儿迷惑：“为什么？”

“有一个词，叫制衡，我想你一定明白它的意思。”

平日看历史，满篇的尔虞我诈，让谭斌明白一件事，即使功勋卓著，也不能一枝独秀，更不能功高震主，她点点头。

“有人想要平衡的局面，你不能成心破坏。”

“可是……”

“怕被抢了风头？”

“是。”谭斌老老实实地承认。

程睿敏转过头，吧台的灯光映进眼睛，他的目光深长幽远，尽头是一个不可知的世界。

他说：“Cherie，永远不要低估上司的智商。无论你做什么，都有人看着。如果你觉得做了很多，却不被赏识，那是因为他有意选择看不见，你明白吗？”

程睿敏的话，谭斌要消化一会儿才能完全明白。

她追问道：“那第二呢？”

“工作中真有了分歧，你和那边关上门怎么吵都没关系，但是绝不能当着下属的面争执。”

谭斌露出不以为然的表情。

“你觉得无所谓？”程睿敏语重心长，一脸恨铁不成钢的表情，“这是在逼着他们当场表态。他们选择任何一方，都会担心站错队祸及将来，刻意保持中立，又会把你们两个都得罪。一次两次看不出恶果，时间长了就会人心涣散。”

谭斌睁大眼睛，她还真没有想这么深。她的处世哲学向来是就事论事，工作中从不掺杂个人恩怨。

程睿敏的长篇大论还没说完：“作为一个团队领导，你应该尽力保护和帮助为你工作的人。做错事并不可怕，最可怕的错误是失去团队的凝聚力。”

谭斌琢磨半天，摊开手说：“我明白了，不就六个字吗？不出头，不出错。”

“Exactly！说得不错！”程睿敏看上去很欣慰，“藏其心，但不掩其才。你还年轻，再过几年，也许能更明白这句话。”

谭斌摇头：“可也太委屈了！不照这个规则玩会有什么后果？”

“我问你，一个成熟的公司，最重要的资源是什么？”

“人。”

“对，人。可它不是指一个人，一个superstar，而是整个高效的团队。任何个体，步伐一乱，都是随时可以抛弃的棋子。”

听得谭斌悚然心惊，她想问程睿敏：你呢？你是不是那个乱了步伐的棋子？难道对弃子的命运你也能安然接受吗？

不过即使有酒壮胆，她也不敢就此发问。

程睿敏却忽然笑了，笑得充满讥诮和自嘲。他说：“我跟你说什么呢？我自己都一塌糊涂，用尽心机，蹉跎半生，也不过如此。”

话中的辛酸似乎一言难尽，饶是铁石心肠，谭斌也不禁动容，却不知道怎么接话。沉默片刻，她说：“您这么年轻，哪里就说得上半生？”

“人生七十古来稀，马上就35岁了，难道不是半辈子？”

谭斌认真地点了点头，以证明程睿敏算得没错，70的一半，可不就是35？

程睿敏则向吧台后的调酒师做了个手势，“一杯马提尼，谢谢！”他转头问谭斌，“你要不要来点儿？”

谭斌慌忙摇头。平时陪客户是迫不得已，闲暇时间她可不愿再虐待自己可怜的肝脏。

酒精的重要作用之一就是令人的其他肌肉放松，舌后肌肉的功能却空前强大。程睿敏的闲话果然多起来。

“回想这些年，其他记忆一片空白，就是自一个会议室走进另一个会议室，一个城市飞往另一个城市……”

谭斌暗暗叹气，对自己说：看见没有？人不能太闲，闲了就开始思考人生，眼前是个现成的例子。不过他尚能侃侃而谈，应该还处在低级阶段，未到纠结我是谁、谁是我的最高境界。

她提醒程睿敏道：“一会儿你还要开车。”

程睿敏侧头看着她，扬起一条眉毛说道：“我当然记得，不过你会送我回家，对吧？”他属于那种酒精敏感体质，半杯酒下去就春上眉梢，眼眶四周隐隐泛出粉色。

谭斌偏过头，没有任何理由，脸一下就红了。

程睿敏的话，亦真亦假，调戏的成分太浓。其实更过分的风言风语，她尚且能应对自如，今晚不知为何却频频发挥失常。

过了9点半，酒吧的乐队开始演出，贝斯、吉他的弹奏声响成一片，说话要扯开嗓门，两人索性沉默下来，专心欣赏演出。

余永麟终于打电话过来，说夫人身体不适，实在出不来了。谭斌挂了电话有点儿黯然，愈加在心里检讨自己的过分，余永麟到底过不了这一坎，换作是她，恐怕也难以平心静气地面对曾经的下属。

程睿敏征求谭斌的意见："我们也走吧，明天你还要上班。"

"好。"谭斌叫过服务生结账。

"382。"服务生按照惯例，把账单递给程睿敏。

谭斌起身去抢："我来付，今天是我麻烦你，怎么能让你出钱？"

程睿敏却攥住她的手，眼神暧昧地说道："我说过，是我的荣幸。"

晦暗的环境和灯光，更借着酒意，愈发显得他眼珠乌黑，波光流转。

谭斌觉得掌心滑腻腻的，顷刻冒了汗。她想抽回手，程睿敏却握紧不放，颇用了点儿力气。她放弃努力，近乎哀求地看向他。

程睿敏忽然一笑，若无其事地放手，接过递回来的信用卡，然后说："走吧。"

谭斌的车停得很远，两人走过去花了七八分钟。

程睿敏问她："心情好点儿没有？"

谭斌据实回答："一身冷汗。"

程睿敏仰起头笑，似乎完全明白她在想什么。盛夏的晚风带着潮湿的暧昧，将他的T恤衫和长裤吹得紧紧地贴在身上，现出美好的身段。办公室里中规中矩的西服衬衫，曾把这一切掩盖得完美无缺。

谭斌沉默地发动车子，等着程睿敏上车。他却关上车门，向她挥挥手。

谭斌摇下车窗："为什么不上车？"

程睿敏俯低身体，臂肘支在车顶，看着谭斌并不说话。谭斌只觉得空气里如有化不开的黏稠，扑面而来。

过了一会儿，程睿敏幽幽地开口道："我不会给自己犯错误的机会。"

这近乎赤裸裸的表白了，谭斌目瞪口呆地看着他。他却站直了，退后两步，再加了一句说道："你放心，我不开车，我打车回去。"

谭斌发觉被戏弄，顿时露出一个恶狠狠的表情，在他面前一点点儿地升起车窗。程睿敏双手插在裤袋里，只是望着她笑一笑。

谭斌踩下油门，从他身边疾驶而过。他站在那里不动，静静地看着她离去。后视镜里，他的影子越来越小，直到车转过街角，再也看不见。

谭斌一路把车开得飞快，寂静的街道两侧，灯火辉煌的高楼大厦，似水面上漂移的游轮，从身旁一一掠过。她犹自感觉到背后有两道目光，似把她的背部熔出两个大洞，烧灼似的炙痛。

完全失去控制，整个晚上她都处于下风，任人调戏，一直没有机会翻身。谭斌恨得咬牙切齿。

半道手机响个不停，一个陌生的号码。谭斌整整心情，取出蓝牙耳机扣在耳朵上。

“您好，我是Cherie，请问您哪位？”

“Cherie吗？你好，我是Kenny Liu。”

谭斌出了一身冷汗。来电的是大中国区执行董事长刘秉康，她现在的直接上司。她自诩平口还算精明，竟会忘了把他的号码输入手机。

刘秉康的声音显得平易近人：“这么晚打扰你，没什么不方便吧？”

谭斌心里说：就算有不方便的事，也已经让你搅黄了。但她嘴里依旧诚惶诚恐地回答：“没有，我们都是24小时开机，随时待命嘛。”

刘秉康“嗯”了一声表示满意，然后说：“明天一上班，你到我办公室来，我们谈谈，好吧？”

他的客气令谭斌浑身不自在，她爽快地答：“好，9点我准时到您办公室。”

“那好，明天见。”不容多说，刘秉康很快挂了电话。

“Damn it！”确认电话确实已经挂断，谭斌这才用力地砸了一下方向盘。什么题目也不交代，让她今晚准备些什么？

Chapter3

操纵人一生荣辱浮沉的，
不是命运，而是自己。

{01}

周一上班，谭斌提着电脑直接上了19层。

为了这次谈话，谭斌特意换上了浅蓝色细条衬衣和海军蓝的长裤。据说蓝色能够提升心理暗示的效果，令头脑更清醒。

这是她第一次进入刘秉康的办公室，将近40平方米的地方，270度的落地玻璃窗，大半个北京城尽收眼底。几件仿红木家具线条疏朗，摆放得错落有致，屋角堆着七八盆绿色植物，似小型的温室花园。

朱门酒肉臭。谭斌不合时宜地想起楼下开放办公区一个挨一个的格子间。

刘秉康五十岁出头的年纪，个子不高，肤色白净，戴一副金丝半框眼镜，说话慢声细语，每句话的尾音都往上飘，典型的台湾话。

谭斌第一眼注意到的，是他的领带。深灰色的西装，浅灰色的衬衣，本来配得无懈可击，偏偏戴着一条深粉色的领带，视觉效果相当突兀。

谭斌相信，这肯定不是刘秉康自己的口味。但是刘秉康的妻子儿女都在美国，那么只有一种可能，为他选择这条领带的是另一个女人。

公司里的八卦，说刘秉康有一位秘密情人，就是一年前辞职离开的那个前董事助理。

“Morning，Cherie！你很准时，这是个好习惯。”刘秉康从办公桌后站起身，向谭斌伸出右手。

谭斌发觉自己有点儿走神，又不自觉演绎了以细节甄别真相的习惯，立刻把思绪的野马拉回原处，握住他主动伸过来的手。刘秉康的手心绵软肥厚，手指微凉。谭斌记得相书上说，有这种手相的人往往热爱玩弄权术。

他让谭斌在大班台对面的椅子上坐下。谭斌以为他会坐在办公桌后，他却拖过一把椅子坐在她的身边。

谭斌心里微微打了个突，这样刻意的平等关系，让她很不适应。不过平日她也留意到，往往走得越高的人，韬光养晦的水平越高，待人越谦和多礼。

或许这就是精英和普通人的区别，她不太确定。但她的紧张的确随着刘秉康的微笑渐渐消退。

“一直想找你们谈谈，可是抽不出时间……”刘秉康笑容和掬，“Tony走后，是不是有点儿吃力啊？”

谭斌浑身一凛，这个问题假设得太过险恶。她急忙敛定心神回答：“还好，没感觉到太大的区别。”

“哦？”刘秉康轻笑，“为什么呢？”

谭斌避重就轻地回答：“如果个别人离开，一个公司或者一个部门从此崩溃，那只能说明一件事，这个公司的管理出了大问题。”

“说得很好，”刘秉康露出赞赏的表情，“所以我一直强调，流程是最重要的，没有规矩不成方圆。这次危机我们能顺利渡过，就显示出了流程的重要性。”

谭斌挤出了一个赞同的笑脸，但没有接话。

她知道一件事，在公司内部，刘秉康代表的海外派和以程睿敏为首的内地派，多年的分歧就在这里。

内地派的人，多数见证了中国的改革开放，赞同不管黑猫白猫，只要签下合同就是好猫的思想。他们不太在意那些公司和那些条条框框，认为束缚过多。在中国这个地方，不变通就等于自掘死路。

而海外派的背后有总部撑腰，欧洲人一条筋到底的思维方式及莫名的骄傲，令他们不愿意去尝试理解所谓中国市场的特色。他们认为，法律、规矩、条款既然已经摆在那儿，就是需要遵守的，对破坏规则的人往往深恶痛绝。

但是中国的业务发展，这几年蒸蒸日上，靠的又是这些内地员工。所以从欧洲本土员工撤退、管理层彻底本地化开始，海外、内地两派斗归斗，却一直相安无事。

直到这次的程睿敏事件，谭斌不知道什么是骆驼背上的最后一根稻草，令刘秉康出手打破了这个平衡。

办公室的门被轻轻叩响，刘秉康的助理端着咖啡壶送进来。

“加奶还是加糖？”刘秉康取过纸杯，亲自为她斟出咖啡。

“黑咖啡，谢谢！”谭斌受宠若惊，慌忙双手接过。

“你不要紧张嘛，难得为女士服务一次。”刘秉康欣然一笑。

谭斌轻轻啜了口咖啡，味道确实香醇，与之相比，楼下咖啡机里出来的货色简直就是刷锅水。

“Cherie，”刘秉康说，“我一直对你印象不错。”

谭斌欠欠身说道：“谢谢！”

“不瞒你说，以前我非常不看好女孩子做销售。”

谭斌莞尔。不看好女性做销售的，岂止他一人？连自己的老妈都误会，劝她道：“斌斌，你在外面不会吃亏吧？报纸和电视上的故事，看得我心惊肉跳。”

女性做销售，首先，不能长得太好，长得太好客户就容易有非分之想；其次，做到一定的位置，一定会遭遇升迁瓶颈。因为市场瞬息万变，需要冷静的头脑和果决的判断力，传统意识中这两样是女性最欠缺的东西，更不用说如何应付公司内部那些自命不凡的男性的产品经理和工程师。

提起这些年的遭遇，谭斌几乎可立书十万字讲述自己的辛酸史，所幸她以无比坚韧的毅力克服了一个又一个难关，到底走到了今天。

她看着刘秉康，带着一点点儿挑战，说道：“那您如今怎么看？”她想问，你是不是也有性别歧视？

“你做得非常好，假以时日，前途不可限量。来，Cherie，谈谈你下半年的计划。”刘秉康几十年的修炼，岂会让她牵着鼻子走，顷刻便转了话题。

自余永麟离开，谭斌意识到这是个难得的升迁机会后，就一直在收集相关的资料，早已整理成一份详尽的PPT文件，这个问题还难不倒她。大老板们最关心的，不外乎销售和利润的真实数字，那是他们安身立命和飞黄腾达的根本。

她打开笔记本电脑，从几家大客户今年的业务发展计划和投资预算开始分析，有条不紊地过渡到自己那半个北方区的销售计划。

刘秉康听得很仔细，不时地插问几个问题。谭斌的资料准备得很细，虽然有些方面囿于经验，不能令刘秉康完全满意，可是到底有她自己的数据和分析支撑着作为底气。

四年前谭斌刚刚转做销售时，做事异常低调胆怯。余永麟曾经告诫她：“我不介意你说错话，但我非常不想看到你成为一个没有声音的人。”

这句话谭斌一直铭记在心，丝毫不敢懈怠，四年的时间已令她脱胎换骨。

最后，刘秉康表示基本OK，拍一拍谭斌的肩膀说道：“Cherie，好好做，以后你会发现，你所做的每一分努力都是值得的。我希望你能记住这句话，也希望你是第一个成为MPL中国销售总监的女性。”

管理学中有著名的“胡萝卜加大棒”激励理论，此时谭斌眼前就被吊起一根醒目的胡萝卜，不管她信不信刘秉康的承诺，这一次总算顺利过关。她收拾好电脑和文件告辞，却在门口遇到了乔利维，两人相视一笑，互道早安，乔利维侧身为她让出通道。

谭斌站在电梯口愣了三秒钟，因为她在想一个问题：刘秉康对她灌的那些迷魂汤，会不会换个名称主语，同样说给乔利维听？

昨晚，程睿敏的叮嘱又回到了耳边：藏其心，但不掩其才。那么她今天的表现，可算得上得体？

电梯门叮的一声打开，从里面先走出来的竟是首席执行官李海洋，一个胖胖的、面目和善的中年人，穿着一件颇具大佬气质的黑色盘扣衬衣。

“李先生。”谭斌吓了一跳，赶紧闪到一边。

李海洋点头微笑，看了她一眼，然后在身边人的簇拥下离开了。

谭斌长嘘一口气，这才踏进电梯。

MPL中国延续多年的传统，上下级之间没有特别的界限，再高的职衔，最普通的员工也能直呼其名。但这个规矩随着李海洋的到任被打破了。

谭斌在公司内部网上见过李海洋的简历，他是1978年内地第一批通过高考的应届毕业生，20世纪80年代中期去美国留学，算得上“海归派”的先驱。被猎头挖至MPL中国前，李海洋是一家北美公司的总经理。

比起民主气氛甚为浓厚的欧洲公司，北美公司相对来说等级更为森严，MPL只好俗随人改，上下皆尊呼李海洋为“李先生”。

谭斌不能理解，台上如此煞有介事，若一旦失势，立刻失去前呼后拥的排场，这份落差该怎么去适应？不过这似乎不是她应该操心的问题，她自己另有烦恼和压力需要应付，而且她的烦恼琐碎而具体。

谭斌按下关门键，电梯门缓缓合上，载着她迅速离开了MPL中国的权力核心。

{02}

随后的几天忙乱而有序，谭斌的升迁并没有引起太大的轰动。她的口碑一直不错，虽然年轻，又是女性，但胜在自律，情绪足够稳定。最难得的，是她从不把压力转嫁给下属，所以大部分人觉得这个结果还算众望所归。

谭斌手下如今有五个销售经理，三个销售代表。原来负责河南地区的销售经理周杨，因业绩突出，且是北京本地员工，被调回北京，接替谭斌负责北京地区的销售。在新销售经理熟悉客户和流程之前，谭斌在三个月内仍需兼任北京的销售经理。谭斌手下的销售代表方芳，就被划归给周杨管理。

找一个相对清闲的下午，谭斌把八名下属召集在一起，做了个简短的就职演说，要求几位销售经理把正在跟踪的项目理一理，做一份详细的项目背景分析报告，三天后交给她。然后宣布散会，大家一起吃顿晚饭，第二天就各奔东西。

相比之下，乔利维那边就高调得多。向他直接报告的销售经理将近十个，再加上各地的销售代表，二十多人济济一堂，气氛热烈，搞得像誓师大会，只差没有当堂歃血为盟。

会议室离谭斌的位置很近，一阵阵的哄笑声和拍桌子声，令她不时地跑神。

谭斌无端地感到烦躁不安，把手里的文件夹子用力摔在桌上。她挺讨厌的一件事，就是办公室里人为制造的噪声。比如放着会议室不用，却在开放办公区用电话高音量开电话会议，以显示自己的繁忙和专业。这种行为，几乎可以上升到人品的高度，公共道德观明显缺失。

她起身去茶水间倒了一大杯黑咖啡，一口气喝下大半，满口的苦涩令她冷静下来。望着总监办公室紧闭的房门，谭斌哑然失笑，还未正式交手，对方的一点儿风吹草动，就让自己先乱了阵脚。

想坐进那间办公室，只靠哗众取宠是远远不够的。谭斌撇下唇角，微微冷笑，从抽屉里翻出耳机套在耳朵上。齐豫穿越时空一般的清越声线，让她渐渐心定，精神再次集中在手头的工作上。

与东方区销售总监于晓波的交接，却比谭斌想象的要顺利得多。

于晓波在公司公用服务器上建了一个临时文件夹，根据管理流程的顺序，目录项一目了然，所有的交接文件按照日期排列得井然有序。

谭斌边看边不遗余力地猛夸：“Bowen，你这套文件管理，已经够得上开一门培训课程了。”

上海的男性虽然生活中有点儿过于细腻，但是工作上的敬业和仔细却让大部分北方男人望尘莫及。谭斌平常最头疼的，就是那些北方籍工程师差不多的对付劲。

于晓波矜持地笑笑，没有说话。

谭斌接着看下去，心里忽然浮起一个疑问，以于晓波的心细如发，前段时间怎么会出现明显顾此失彼的局面？按说程睿敏离开，销售总经理的位置悬空，应该是个极好的升迁机会，他应该努力表现得更好才对，为什么他会将自己能力的欠缺示于人前？

她想了半天不得要领，只得把这个问号暂时压在心底。

三天后交接结束，谭斌请他吃晚饭，半杯红酒下去，于晓波才略略吐露了一点儿隐情。

于晓波用筷子在空中画了个三角形：“以前有Oliver坐镇，与Kenny和Ray各守一方，三足鼎立，再折腾也出不了大乱子，都说三角形是最稳定的几何结构……”

Oliver就是已经退休的前任首席执行官。

谭斌想起洗手间里那个关于炮灰的电话，再把前前后后的情景在脑子里梳理了一遍，她一直纠结的事件真相终于现出了轮廓。

原来公司里曾有三股力量，代表欧洲本土的前首席执行官Oliver、代表海外派的执行董事长刘秉康和代表内地派的前销售总经理程睿敏，三派各自为政，各司其职，互相利用也互相牵制，维持着一个动态的平衡。

但这个铁三角在Oliver离职、李海洋即位的那一日，就已宣告瓦解，情势立刻变得微妙。程睿敏是内地人，李海洋也是内地人，程睿敏手里又掌握着极其关键的客户资源，一旦这两人联合在一起，刘秉康就变得势弱。而程睿敏被迫离职之前，恰好曾陪着CEO李海洋拜访过普达总部的高层。

所以刘秉康只能先下手为强，程睿敏被迫离开公司，他那一支里的中坚嫡系也陆续被清理干净，李海洋变得孤掌难鸣。

而刘秉康在事后兼任大中国区销售总经理，所有的销售总监直接向他报告，销售这一块重中之重的业务就完全绕过了李海洋。

刘秉康开掉程睿敏这个动作，几乎是一石三鸟，既瓦解了程、李联手的可能，又架空了李海洋，更给了其他蠢蠢欲动的人一个严重警告。

谭斌越想越心寒，背上的冷汗唰一下就冒了出来。

于晓波看着她，意味深长地说：“北京如今是个是非之地，你明白了吧？所以有多远我就逃多远。”

还有半句话，他闷在肚子里没有吐出来：有程睿敏的前车之鉴放在那里，留下来的，谁还敢再错一步？MPL中国此刻上上下下，都把“程睿敏”这三个字当瘟疫一样，避之唯恐不及。他也不想在同事面前屡次提起这个名字，犯这个忌讳。

谭斌开车回家，抬眼望出去，头顶乌云翻滚，似在酝酿一场暴雨。虽然是夏季，她却打了个寒战，从骨头缝里往外冒凉气。在底层的时候只知道埋头苦干，爬上一个台阶她才发现，前面的路更加崎岖难行。

职场中不见血腥的残酷，完全超越了谭斌的想象。想到程睿敏离职时几乎无法自持的样子，她心中的某处地方实实在在地揪着痛了一下。

她在这条路上又能走多远？毕业后就业七年，谭斌第一次感觉到了恐惧。

“没关系，”她拼命地给自己打气，“生活就是一个问题连着一个问题，你总要学会去对付它们。”

{03}

将每个销售经理提交的项目报告汇总之后，谭斌对自己负责的区域下半年的工作计划基本做到心中有数了。

接下来的两个星期和下属一个个谈心，敲定下半年的销售数字，和数个相关部门澄清责任权限，飞往辖下各个省公司拜访当地客户，同时还要兼顾北京的业务，谭斌忙得有点儿头晕目眩，觉得自己是典型的小船不可重载。

幸亏工作日很快结束，又到了周末。文晓慧约谭斌去置几件当令的夏装。谭斌累得要死，只想躲在家里睡觉，耐不住文晓慧一会儿一个电话的催促，只好换上轻便的平底鞋，去商场会合。

谭斌买衣服一向简单，固定的几个牌子，只要款式合适，颜色适宜，付了款就走。她衣橱里衣服的颜色差不多都是基本色，不用考虑搭配的问题。

在熟悉的品牌处，谭斌取了几条长裤和及膝裙，又挑了两件颜色清淡的衬衣，今天的任务也就完成得差不多了。

但她在一件大花的透明衬衣前流连了很久，套上身试一试，珊瑚粉的底色上盘绕着大朵枝叶缠绵的热带花卉，衬得整张脸明亮晶莹。

谭斌犹豫了几次，还是依依不舍地放下了，她并没有太多场合穿这种风格的衣服。

文晓慧看得不耐烦，不管三七二十一替她付了款，说道："你也换个风格，天天穿得像老太太，打算清修呢？"

"穿这件衣服能做什么？"谭斌白了她一眼，"阴阳双修？"

文晓慧嘴里正含着一口矿泉水，扑哧一下全喷在她的袖子上。

临走时想起沈培的衣橱也该换季了，谭斌又为他买了两件T恤衫。

交钱时，文晓慧被价格惊得直吸冷气，跺脚长叹道："哎呀呀，谭小姐，你这样会把男人宠坏的。"

谭斌随口说："我知道，你在嫉妒。"

文晓慧为之气极，扭头就走。

谭斌追上去赔笑："楼上那家餐厅的毛血旺和豆花不错，今天我请客成吗？"

"不去！那是你糊弄客户的地方，又贵又难吃。"文晓慧还在生气。

谭斌拉着文晓慧的手臂央求道："要不我们去吃海鲜火锅？姐姐，给点儿笑模样好不好？"

到了吃饭的地方，文晓慧坐下了犹自愤愤不平道："重色轻友，哼，就为个小屁孩儿。"

谭斌翻着锅底寻找蛏子肉，然后放进文晓慧的碟子里说道："都给你，我错了行吗？别生气了，生气容易长皱纹。"

"谭斌，你烦我也得说，"文晓慧并不理会她的讨好，"前天你妈给我妈打电话，你妈直唠叨了你半个小时。"文晓慧的母亲和谭斌的母亲曾是多年的同事。

谭斌的脸顿时挂了下来，这也是她不愿经常往家打电话的原因，母亲大人哪壶不开提哪壶，总拣她最不爱听的事啰唆。

她无奈地问："我妈都说什么了？"

"能说什么？老题目，愁你的婚姻大事，怪你之前不谈恋爱，现如今又跟个不靠谱的男人混。"

谭斌咬着筷子作不解状："我妈怎么就那么确定我嫁不出去呢？"

"谭斌，你看着我，说实话，沈培最近和你提过结婚的事吗？"

谭斌的脸色变了一下，垂下眼睛不再说话。沈培人是不错，但有一个致命的弱点，虽然他父母的婚姻还算平稳安乐，他本人却对婚姻有种异常的恐惧，常说婚姻制度是人类历史上最违背人性的制度。关于婚姻的话题，一直是两人关系中最不和谐的声音。

"他们那个圈子本来就乱，什么事没有？男人混到40岁幡然悔悟，那叫浪子回头，转个身还是一朵花，照样有18岁、20岁的小妞儿往上扑，可是你呢？"

文晓慧看着谭斌不停颤动的睫毛，知道自己的话过于残忍，可还是硬着头皮说下去。

"亲爱的，你在工作上英明果断，感情上真是智商堪忧，大脑发育极度不平衡。"

谭斌勉强笑笑："可是晓慧，这么些年，我也没有碰到更好的。"

五年前的伤害，谭斌至今尚未痊愈。虽然伤口上结了一层厚厚的茧子，按一按依旧闷闷地痛。这次轮到文晓慧不说话了，她夹起一筷子生菜，用力塞进嘴里。

文晓慧还记得谭斌大学毕业时的模样，秀丽的面孔带点儿未褪的婴儿肥，笑容甜美，整个人挂在瞿峰的臂弯里，眼角眉梢都是小女人的幸福满足。

瞿峰当年是学校里的风云人物，比她们高两届，迎新晚会时就盯上了谭斌，两个人一直走了四年，曾是校园里郎才女貌的一段佳话。

瞿峰毕业后在北京待了三年，混得并不怎么如意，转去上海发展。半年后便传出他与一个富二代女孩订婚的消息。

这个消息，文晓慧是从其他同学那里辗转听到的。谭斌自己没有主动提起过一个字，照常上班下班，只是把一头及腰长发剪成了短短的板寸，一个月内瘦了将近10斤，脸只剩巴掌那么大，乍看上去像尚未发育完全的小男孩。

三个月后谭斌辞职，进了MPL中国公司，从此变成工作狂，眼神话锋都渐现凌厉，等闲的男人再不敢轻易靠近她。

那把头发，还是认识沈培以后才慢慢养回来的，现在刚刚齐肩。

文晓慧在心里叹口气，觉得有必要重新认识一下沈培。

{04}

在沈培的画室里，谭斌跟着沈培学画画。但她明显是在拿他的颜料和画笔发泄压力，挤出大堆的颜料，胡乱涂抹在画布上。沈培抱着膀子站在她身后，对她糟践东西的行为视而不见，反而一本正经地点评："这一笔还不错，相当有灵气。哎呀，那一处，显然是个败笔。"

谭斌正没好气，扬笔在他额头上抹一下："这笔呢？"

沈培躺倒在地做昏倒状："啊，天哪，绝世奇珍啊！"

谭斌大笑，恶作剧之心骤起，索性整个人结结实实地趴在他的身上，干脆涂黑他的鼻头，两颊再添几撇胡须，沈培看起来就是一只形神兼备的小猫。

沈培眯起眼睛，一声不响地忍受着她的蹂躏，只为了她脸上近日难见的灿烂笑靥。

谭斌拼命地忍住笑，拽起他拖到洗手间的镜子前。

沈培对着镜子观察一会儿，用力地挤出一个忧郁的表情，转过身开口唱："Memory，all alone in the moonlight……"倒是唱得字正腔圆，声情并茂。

谭斌跑出洗手间，揉着肚子直跺脚："成心害人，哎哟，肚子疼死了……"

沈培从后面抱住她，嘴唇贴近她的耳朵，低声说："乖，这就对了，有什么大不了的？天又不会塌下来，做得不开心就辞职，我养你。"

谭斌回头，斜着眼睛似笑非笑地看他，自是嘲笑他前些日子还在为自己的发展担心，转眼就开始说大话。

沈培故作神秘压低了声音："我没告诉过你吧？老爷子给我留着几样好东西，咱俩就是天天胡吃闷睡，也能活几辈子。"

谭斌心头温暖，在外面一直是她想方设法逗别人高兴，难得有人肯彩衣娱亲，讨她的欢心。她捏捏沈培的脸："别胡扯了，你的行李准备得怎么样了？"

沈培正忙着收拾东西，准备他的甘南之行，他和朋友计划了很久的写生之旅。

入睡前他问谭斌："这次你真不能去？"

"我刚上任，正熟悉业务，而且普达集采马上要开始了，正是吃紧的时候，哪儿能离开？"

沈培的脸上明显露出失望的神色。

谭斌实在过意不去，亲亲他的嘴唇说："下回吧，我答应你，我发誓。"

沈培也就没说什么，脑袋拱过来放在她的枕头上，扭来扭去找到一个舒适的位置，很快就去见了周公。

他的睡相很安静，几绺额发散下来和睫毛的阴影混在一起，嘴微微张开，有种天真无邪的神情，像小孩子一样。

谭斌凝视他的面孔，又心疼又好笑，感觉自己像个小妈。她伸手刮了一下他的鼻子，熄了台灯。

{05}

两天后，谭斌飞往上海，去参加一个内部培训。

临行前的会议未能按时结束，谭斌从公司出发比计划晚了半个小时，她赶到机场的时候，航班更换登机牌的系统正好关闭。

谭斌差点儿哭出来，因为她只能改签了，但下趟航班要在晚上9点以后了。

她做出一副楚楚可怜的样子，权且死马当活马医："我就迟了两分钟，能不能通融一下？"

柜台后的大男孩抬头看看她，居然网开一面，伸手接过机票，查询一番后颇为遗憾地说："对不起，经济舱已经满了。"

谭斌的手臂软软垂下，准备老老实实去柜台改签。

那男孩把机票还给她，却朝旁边努努嘴："G岛15号，给您免费升舱，赶紧过去！"

谭斌愣了片刻，忽然反应过来，立刻心花怒放，连声道谢。都说人长得好不能代表一切，看人不能只看外表，但五官长得端正与否，这种时候最见真功。一张美丽的面孔，往往是张畅行无阻的通行证。

谭斌还是第一次坐商务舱。

后面的经济舱里人满为患，这里只有寥寥几个人。

商务舱的座椅宽度大概是经济舱的1.5倍，与前方座椅的间隔，维持着足够宽敞的距离，至少能让人把双腿完全伸直。空姐的笑容，也明显比在经济舱的时候甜蜜。

谭斌暗自感叹：真是腐败，这还是商务舱，头等舱恐怕更为变本加厉，难怪人人拼了命要往上爬，爬到VP一级，别的福利暂且不提，起码出差时不用再把身体辛苦地折叠几个小时。

等飞机爬到巡航高度，谭斌取出笔记本电脑。她还欠刘秉康一份北方区销售项目的总结报告，今天必须完成。相关文件一打开，她很快便投入工作，心无旁骛。

察觉到有人在她身边的位置坐下，谭斌皱皱眉，心里有点儿腻歪。前后左右都是空位，这人偏偏要挤在这里，司马昭之心昭然若揭。这年月就算泡妞儿，多少也该有点儿专业精神。

她没有抬头，从电脑包里取出防窥膜扣在显示屏上。

空姐推着车子来送饮料，谭斌要了一杯咖啡，正在四处寻找放杯子的地方，旁边座位上的人已经放下自己面前的小桌板，从她手里接过纸杯。

那人手指纤长，指甲修得干净整齐，竟像是在哪里见过，而且这手握咖啡杯的画面也似乎在什么地方见过。

谭斌脑子里嗡的一声响，蓦然转头，正对着程睿敏微笑的面孔。

“小谭，别来无恙？”他不再叫她的英文名字。

谭斌惊讶之下，说话都有点儿结巴：“怎么是你？”

刚才她对着电脑还在想，这种大部分由垃圾数据攒成的报告不知刘秉康要来何用。这份报告如果落在程睿敏手里，肯定会被质疑得一无是处。而下一秒程睿敏就在眼前现身，这份惊吓非同小可。

程睿敏看到她下巴几乎落地的表情，忍不住笑，反问她：“你呢？你怎么会出现在这儿？”MPL中国有规定，VP以上的级别才能乘坐商务舱，所以他有此疑惑。

谭斌发觉自己反应过度，努力定定神，开始比较正常的对话。

“哦，我迟到了，所以免费升舱。”

“有这样的好事？为什么我坐了十几年飞机，从没有享受过这种待遇？”

“首先您得会哭，”谭斌笑起来，“不仅会哭，还得会扮可怜啊！”

程睿敏翘起嘴角，左侧脸颊那道括弧一样的酒窝又露了出来：“这个要求对我来说有点儿高。”

谭斌边笑边趁机打量他几眼，正装的白衬衣，深灰色的西裤，领带叠得整整齐齐塞在裤兜里，露出一点儿灰蓝色的边缘。旁边的行李架下挂着一个黑色的西服外套。这种装束，要么是从商务场合中匆匆赶到机场，要么是下了飞机另有正式会议。

她眼中有掩不住的好奇之色，问道：“您这是……”话到舌尖打了个转，“出差？”

“算是吧。”程睿敏含糊地回答，显然不愿多谈。

谭斌颇为识趣，即时噤声，大脑略转几转，已经恍然。看样子程睿敏已另有高就，而且级别不可能太低，否则他不会坐商务舱。

很奇怪，一瞬间谭斌忽然觉得如释重负，仿佛走出低谷的是她自己。原来上下级的身份消失，她对他所有的敬畏也在这一刻消失。

谭斌合上电脑，轻轻地吐出一口气：“我该怎么称呼您？程总？”

程睿敏侧过头，为她的敏感略表惊异。

眼前的女孩穿一件贴身的白色麻纱衬衣，颈部松松地绕着一条领带一样的丝巾，美少女一般的干净清爽，不说话的时候像永恒的大四女生。但偶尔，她年轻的脸上会有一闪而过的寂寥，似历劫红尘。程睿敏在这一刻，又想起大洋彼岸已经分手的女友，这些办公室里的职场女性，只有在不经意的时刻才会流露出未经掩饰的柔软与脆弱。

前两次见面后，他曾与余永麟有过如下的对话。

“奇怪，那样的美色在身边多年，我竟没有注意到。”

“老程，只要你肯抬抬眼，就会发现，公司里的美女不止她一个。”

“是什么原因，让一个漂亮的女孩儿心无旁骛，为工作如此卖命？”

“我记得，你用同样的问题问过徐悦然，她怎么回答你？”

“她说，当她发现男人不再值得信任，她只好自己爱护自己。”

“就是如此，兄弟。万幸我老婆没受过那种教育，还知道嫁鸡随鸡，嫁狗随狗。”

想到此处，程睿敏牵牵唇角，脸上浮起一丝强烈的自嘲神情。他移开目光，欠欠身回答谭斌：“你可以直接叫我名字，也可以像以前一样，叫我Ray。”

这表示他已经默认了她的猜测，果然是高升了。

谭斌很戏剧化地拱起手：“恭喜恭喜！什么时候请客？”

程睿敏答：“只要你愿意，我的钱包我的人，随时随地恭候。”

“啧啧，听起来没有任何诚意。”

程睿敏回过头，神色凝重地说道：“我是认真的。”

谭斌禁不住笑，心里说，又来了。对这种暧昧的游戏，他似乎乐此不疲。这回她不再上当，干脆不接话。

程睿敏递过一张名片，说道：“我在上海要待一星期，你哪天没有饭局，想找人吃饭，随时call我。这算不算诚意？”

谭斌接过，正面果然印着“首席代表”四个字。翻到背面，原来是Engel公司，一家欧洲著名的网络公司，所经营的业务类型与普达公司极其相似，一直是MPL在欧洲的重要客户。

“哟，您终于从乙方翻身做甲方了！”谭斌惊讶。

“是啊，不过这甲方做得灰溜溜的。”程睿敏笑着，可笑里却有隐约的苦涩。

“压力很大吧？”

“彼此彼此，都是为人打工，换汤不换药。”

话是这么说，谭斌却明白，此汤非彼汤，此药也非彼药。她抬头看看程睿敏，有点儿明白他为什么不愿多谈，也明白他眼睛下方明显的黑眼圈从何而来。

论起行业排名，Engel公司在世界级的同行中绝对可以跻身前十名，但在中国，因为行业保护政策，它的发展非常艰难。目前的在华业务都是刚刚起步，还处在十几个人、七八支枪的创业阶段。

程睿敏这个首席代表，完全相当于拓荒者的角色，没有定规可依，也没有经验可循，一切只能摸着石头过河。业务发展还要依附于普达等垄断企业，算是他们的合作商。

做得好，自然成为公司元老，但稍有不慎，就会沦为长江前浪，被后浪拍死在沙滩上。唯一对他有利的，大概是他十年间在行业内建起的人脉，对他的新职位来说依然有效。

谭斌默默心算一下，发觉距离程睿敏离职已经两个半月了。回想这两个月，她的感觉竟像两年一样漫长，心情一直似坐过山车，上上下下，大喜大悲情绪变化，如同冰火两重天。

她把几句场面话在心里过了无数遍，但好像哪句说出来都假惺惺得不着边际。正踌躇着，程睿敏膝头的杂志滑落，他弯腰去拾。明亮的光线下，谭斌惊见，几根白发夹在乌黑的发丝间异常触目。谭斌彻底沉默下来，目光转向窗外。

飞机正在云上缓缓飞行，机身下云海翻涌，云海之上却是天宇澄净，阳光灿烂。

谭斌忽然想起当年转职时，余永麟说过的话："销售是最刺激的行当，也最摧残人的身心，我从不赞成女孩儿做销售，压力太大，代价太高……"

她转过头："Ray，我想问个非常唐突的问题，如果不方便，你可以不回答。"

程睿敏笑了，把手里的杂志塞进座椅靠背。过一会儿，他说："问吧，好像我还没有被人问倒的记录。"

"您后悔过当年的选择吗？我是说，选择销售这个职业。"

"没有。"程睿敏不假思索地回答。

"真的吗？"

"真的，"程睿敏静静地看着她，"你毕业得晚，没有赶上这个行业的黄金时代。那时公司面对新市场是一张白纸，客户对新技术有强烈的渴望，却一无所知。大家的要求都不高，彼此间从容探索磨合，我们在和客户一起成长，互相的信任和感情真正发自内心。不是每个人都有这样的机会，就算以后离开这一行，我也不会忘记这段经历。"

"也包括经历过的所有艰难、伤害和绝望？"谭斌问。

"没错，好的坏的都包含在内。"程睿敏笑笑，仿佛看透她的心事，"以前我常对Tony和Bowen他们说，不要怕艰苦和压力，每一段荆棘走过去，回过头看都是你人生的一笔财富。"

"可是脚踩过荆棘，真的会疼。"

“你避不过去，这就是真实的人生。你只能往前走，走过去，同样的东西就再也伤害不到你。”

谭斌下意识地捏着手中的纸杯：“也许后面等着你的，更坏。在你觉得不可能更坏的时候，更加坏无可坏。”

程睿敏顿时莞尔：“小谭，看不出来，你居然是个悲观主义者。”

“悲观不是坏事，凡事想到尽头，后来的每一分转机都是意外之喜。”

程睿敏侧头看她，这回是真的笑了：“和你说话挺有意思，那你做了五年销售，后悔过吗？”

“Never。”谭斌说，“路是自己选的，就算错了咬着牙也要走完，再说后悔也不可能重来一遍，何必难为自己，所以我从不回头看。”

就像她大学时遇到瞿峰，他是什么样的人，在学校时她就清楚。那时他从不参加同乡会之类的活动，拼命交往的是教授、系主任、学生会干部，出人头地的情结比谁都重。毕业时别人的纪念册上都是同学之间的祝福，他的纪念册前十几页是院长、党委书记、系主任等的签名。那时谭斌迷恋的，可不就是他那份与众不同吗？那么最后的结果，也是她求仁得仁。她绝不会事后浪费时间后悔遇人不淑，如果那样，还不如检讨自己为什么没有带眼识人。

谭斌在回忆中下意识地咬着手中的纸杯。

程睿敏忽然握住她的手，两人皮肤相触之处似有电流通过，让谭斌颤了一下。他却只是掰开她的手指，取出纸杯放在桌子上，温和地说：“已经咬烂了。”

纸杯上满是她的牙印，杯口边缘已被啃得惨不忍睹。

谭斌脸上立刻涌出两团红晕。她的皮肤很白净，是那种凝脂一样不透明的白色，那点红晕便像水面上的涟漪，眼看着渐渐扩大，最后连耳郭都似染上了胭脂，变得通红。

程睿敏的心脏在这一刻忽然变得柔软，没有任何前兆。

程睿敏不喜欢这种感觉，每一次不合时宜的心软，都会给他带来难以控制的后果。

他对前女友徐悦然心软过，让她为了追求自己的理想离开中国，结果她如黄鹤一去杳然不再复返。

他对前上司李海洋心软过，在最不该站队的时候带他去见关键的客户，却把自己送进绝境，被人以最决绝的方式，毫不留情地清除出局。

刘秉康对他说过的最后一句话，依然言犹在耳：“我对你个人没有任何成见，做出这个决定我也很难过，但这就是business，我不得不选择。”

这就是职责。

如果世上的事都依照这个原则，一切将会变得简单，只可惜不如意事十之八九。他确信，今后很长一段日子，他会一直记得刘秉康这句话。

程睿敏抬手按下服务键。

空姐迅速走过来，俯下身子低声问："先生，请问有什么需要？"

"咖啡，请为这位小姐换杯咖啡。"

空姐接过那个被咬得乱七八糟的杯子，职业化的微笑掩盖住了惊奇之色。她颔首，声音里似含着蜜糖："好的，很快就来，您需要再续点儿咖啡吗？机上还供应含酒精的饮料。"

程睿敏摇头，亦笑得温柔至极："不用了，谢谢！"

谭斌感觉自己在那位空姐眼里简直如空气一般，被选择刻意忽略。她冷眼看着两人眉来眼去，直到空姐袅袅离开，才撇撇嘴说："您这张机票真值得！往常都是千呼万唤始出来，这回的反应比110还迅速。"

程睿敏失笑道："你这丫头，有点儿刻薄啊！对乘客像春天一样温暖，有什么不对？"

谭斌只笑不评价，心想她为什么不对我温暖一下？还有前排那个胖子，让他按铃试试，看能不能享受到如此殷勤甜蜜的服务。

这时机身突然一振，然后开始剧烈摇晃，持续了很长时间，幅度大得简直让人内脏挪位。

谭斌一向自诩神经坚韧，此刻犹自五内翻腾，有要吐的冲动。她赶紧按住胸口。

头顶提示系紧安全带的标志亮了，广播里机长的声音波澜不惊地宣布：飞机遇到了强烈气流。

谭斌迅速扣上安全带。

程睿敏却没有动，紧紧闭着眼睛，脸色发白。

"你没事吧？"

程睿敏摇头，眉毛已经皱在一起。

谭斌看看他，不再出声，俯身为他系紧安全带，顺便把座椅前的清洁袋抽出来撕开，放在他的手上。

程睿敏勉强做出个谢谢的口型。

谭斌拍拍他的手臂，以示同情。她有过一次晕机的经验，一夜没睡直接上了飞机，结果晕机晕得特别厉害，吐得一塌糊涂，当时难受得只想从舷窗里跳下去，一了百了。

飞机再次猛烈摇晃，机身接连两个大俯冲，机舱内一片惊叫声。

谭斌觉得肠胃和心脏似乎都从嘴里抛了出来，二十秒之后才算复位。安抚住剧烈的心跳，她赶紧去看程睿敏。

程睿敏已经解开安全带站起来，空姐上前阻拦，可看到他惨白的脸色也不禁骇然，扶着他推开洗手间的门。

洗手间的门随即紧闭，外面听不到任何声音。

谭斌自顾不暇，强迫自己把注意力集中到不相干的事情上去，以缓解身体的不适。

几分钟后，飞机终于冲出了对流层。

过了好久，程睿敏才从洗手间里走了出来，乏力地靠在椅背上，双眼紧闭，但脸色没刚才那么难看了。

谭斌注意到他眼眶周围有鲜红的出血点，那是剧烈呕吐过的痕迹。她知道有些人的皮下毛细血管非常脆弱，遭遇稍大点儿的压力，比如呕吐时，血管末端就会爆裂，在皮肤表层形成触目的出血点。

尽职的空姐走过来探视，谭斌竖起食指，示意她噤声，然后做了个手势。空姐点头，取来毯子搭在程睿敏身上。

谭斌掰开程睿敏紧紧绞在一起的手指，把一杯热茶放在他手里，忍不住责备道："你这样的身体状态，根本不该上飞机。Bowen那次你知道吧？重感冒还要坚持飞，谁劝都不听，结果下了飞机直奔医院，耳膜穿孔。"

程睿敏本来没有力气说话，却闻声睁开眼睛，虚弱地笑笑说："Bowen那回是被我逼着赶到客户那儿救火，你以为他愿意吗？"语气非常无奈。

"是啊！"谭斌叹口气，"要不怎么说人在江湖，身不由己。"

程睿敏握紧纸杯，茶水的温热透过纸杯烙在手心，他的目光落在她脸上，似在探寻什么，有点儿茫然，但出奇的柔软、专注。

谭斌被看得非常不自在。异性的目光通常有很多种，但这一种，是她第一次见到，令她的身心如阳光下的雪人，逐渐融化。她察觉到某种危险的信号在渐渐逼近。

幸亏头顶的广播再次响起，提醒旅客系紧安全带，收起小桌板……飞机已经开始下降。

谭斌趁机避开眼光，检查安全带，调直座椅靠背，收起电脑，整理上衣，有点儿手忙脚乱。

程睿敏望着她线条柔和的侧影，微笑，然后也移开了视线。

{06}

随着咣当一声巨震，飞机降落在上海虹桥机场的跑道上。

因为商务舱的乘客无须任何等待，可先行下机。谭斌收拾手提行李准备起身，程睿敏却按住她："我先走，你再等一等，机场人多眼杂，被人看到你和我在一起，对你不好。"

谭斌一怔，随即明白他的意思。上次的大清洗，令于晓波这种人精都噤若寒蝉，她在公司根基尚浅，一旦卷进去，没有人会像余永麟一样为她开脱。

她点点头，朝他伸出手说道："再见！"

程睿敏轻轻地握住，手指留在她掌心的时间明显长得超过社交礼仪的要求。

"再见！"他说。

白衬衣的影子在舱门处停留几秒后，终于离去。

谭斌提起电脑包，作为商务舱中最后一个乘客慢慢跨出舱门。她的身后，大批的经济舱乘客在喧嚣声里踏上栈桥，渐渐有人超过她，大步流星地赶到前面。

一样的西服革履，一样的日行千里，都是商旅生涯中的无谓过客，却人人乐此不疲，引以为荣。

虹桥机场一如既往地人多车少。排队等待出租车的队伍，在50米的直线距离内弯弯曲曲绕了五圈。

粗略计算一下，谭斌估计排在她前面的至少有两百人。

她下意识地在人群中寻找程睿敏的身影，一个个看过去，人人汗流浃背，每张脸上都明明白白地写着"不耐烦"三个字。穿白衬衣的不少，但再没有人能把一件样式简单的正装白衬衣在纯净中穿出微微性感的诱惑。想来以程睿敏目前的身份，应该有公务专车接送，不用再排队轮候。

想起这一点，谭斌扫兴地收回目光，身体不耐烦地左右变换着重心。来上海出差，她最怕的就是在机场等出租车这一关。

等谭斌终于折腾到酒店，在前台办完入住手续，拖着行李走进房间时已是晚上9点50分。简单冲个澡，谭斌支起电脑继续她未完成的报告。她已经答应过刘秉康，今天一定会把报告交给他，失信不是她的风格。

按下邮件发送键，谭斌瞟一眼屏幕右下角的时间，凌晨1点半。

又困又乏，对着镜子往脸上涂免洗面膜时，她在心里反复斗争了无数遍：到底是做完今天的工作笔记再上床？还是不管不顾立刻睡觉？

谭斌有个私人习惯，每天结束工作时，会把当天做过的事情尽量回忆一遍。然后记下那些有特别意义的，或者记下那些做得不妥不周密的。五年下来，这些记录已经积存了厚厚一大本。

沈培偶尔翻过，对着那些令人费解的字母缩写皱起眉头。

"这都是什么东西？有什么用？"他问。

“算是日志吧。”谭斌回答，“你对自己成就的评价是一张张新画。我和你不一样，每天都在重复琐碎的细节，不及时记下来提醒，我怕回头的时候会怀疑自己的存在价值，每天忙忙碌碌却徒劳无获。有了这个，我起码能知道自己一直在努力。而且，”她扬起头，眼神充满向往，“没准儿有一天，我和乔布斯一样，有了写传记的资格，这将是多么翔实的史料啊！”

沈培的回答是：“小白痴！”

最终毅力还是战胜了懒惰，谭斌在桌前坐下，翻开笔记本。每天的这个时刻，是她除了日常签字以外，唯一用手和笔写字的时候。

谭斌写道：

> 见到程睿敏，他的镇静从容令我吃惊。很想知道这类人面对失败的真实想法。如果换作自己，可能会挖个坑学鸵鸟埋进沙堆，再不愿见到任何故人。因为这些人的存在，无时无刻不在提醒他曾经一败涂地的处境。对很多人来说，接受并承认自己的失败，是件非常困难的事。

谭斌捏着程睿敏的名片反复打量，右手下意识地按着圆珠笔，发出吧嗒吧嗒的噪声。

她接着写：

> 也有可能是痛到了深处反而麻木，多日之后所有积存的难堪痛苦才会逐渐释放……

写到这里，谭斌停下笔，抬起头，桌前的梳妆镜里映出她脂粉不施的清秀五官。

眼前似迷雾划破，露出另一张熟悉又陌生的面孔。

年轻的女孩下巴尖尖，一双乌黑的眼睛因为某种激烈的情绪，黑沉沉地愈加慑人。

身后的发型师捞起她丝缕分明的长发，异常惋惜地说道：“这么好的头发，剪了真是可惜，小姑娘，要不你再想想？”

“别啰唆，剪了！”年轻女孩言简意赅，声音里有不容置疑的决心。

张开的发剪犹豫片刻，终于合拢。柔软的长发伴着咔嚓的声音纷纷落地，灯光下如同有生命的物体。

女孩微微侧头，脸上没有任何心疼的意思，唇边只有冷笑，麻木、决绝地随着头发一同告别过去。

——我不要再爱上任何男人，再不给任何人伤害我的机会。除了男人，世上还有其他更多更美更重要的选择，爬上去，总有一天会把他们踩作脚底泥。

想起五年前最后一篇日记上的誓言，谭斌低下头有些恍惚地笑。那时候她喜欢把一切挫折归结为客观原因，自己总是善良无辜的，错的都是他人和社会；如今却明白，人这一辈子，太多的跟头是咎由自取。为了欲望，为了得到更多，在选择的瞬间判断失误。操纵人一生荣辱浮沉的，不是命运，而是自己。

只是那段难熬的日子，每天晚上她躺在床上，过去的一点一滴都如潮水一样涌上心头。她一夜夜地整晚睁着双眼，望着天花板上从窗帘间隙透过来的细碎光斑。胃部似被人大力拧绞，每吃下一口饭，都会引起刺激性的反应。

父母心疼她，却无能为力，只能眼睁睁地看着女儿一日日消瘦。

当她终于从灰色中慢慢走出来，踏实地吃下一碗米饭时，对面的母亲发出一声微不可闻的叹息。

那段日子消瘦疲倦的，并不是只有她一人。23岁的谭斌拉着母亲的衣袖号啕大哭，从瞿峰明确地谈到分手，积攒多日的眼泪终于倾泻而出。

母亲摸着她短短的头发说："斌斌，以后长点儿心眼，你要找的那个人是要过一辈子的，所以还是人品最重要。"

大多数人一辈子总要碰上几件伤心事，然而无论最初怎样痛不欲生，最终还是要继续活下去。有人跨过这道坎儿，从此活得更好；有人迈不过去，自此沉沦。

都说时间是最好的良药，但是谭斌多年后再回想，即使那个人的面目已经模糊不清，那一刻尖锐的伤痛，完全怀疑自身价值的无能为力，至今依然啮噬着她的心脏。

她不怕老鼠，不怕蟑螂，只怕井绳，那条咬过她的井绳。

电脑叮的一声轻响，打断了谭斌的回忆。

一封新邮件，发信人是刘秉康，发信时间是2点10分。

谭斌错愕地看了一会儿，几乎忘了点开。她没想到这会儿刘秉康还在处理邮件。而且从标题上看，显然是对她刚才那封邮件的回复。她实在吃惊于刘秉康的反应速度。

他身兼两职，说日理万机可能有点儿夸张，但日常工作千头万绪，费心劳神，这样旺盛的精力不是人人都能拥有。

"辛苦了，"刘秉康在邮件中说，"报告很好很清楚，非常感谢你的努力。唯一让我不满意的是关于竞争对手的分析。很明显，你和你的团队都没有强烈的愿望去了解你们的对手。就像你所知道的，不了解竞争对手的状况犹如战争中知己不知彼，胜算不会超过50%。因此你对所有销售机会的估计，都需要重新考虑。”

谭斌托着下巴想了半天，不知道该如何应对这个质疑。报告中有完整的几页PPT文件，对竞争对手技术方案的优劣势进行了详细的分析和比较。

刘秉康依然不满意，谭斌只能认为，他想知道的是技术参数以外的东西，比如关于商务和价格的信息。但是除了技术参数，其他很多事是没办法用白纸黑字表达清楚的，也不是靠正常途径能得到的。

最重要的是，程睿敏在职时，并不十分在意这种数据。谭斌记得他说过，对竞争对手真正有效的分析是建立在全面的信息搜集渠道上。而这种全面的信息搜集，只能依靠非常规的手段。

“战时获取对方情报通常靠什么？靠的是深入敌后的战地间谍。商业战争获取有效情报又靠什么？靠的是潜入对方公司的商业间谍。”他严肃地问下属，“你们做得到吗？做不到你们就不要把脑筋歪到这上面。作为销售，了解对手是必要的，但不能把自己的成功完全寄托在对手的失误上。如果你有这样的精力，为什么不去认真研究我们的客户，寻找他们真正的痛点，让我们的解决方案更贴近客户的需求？”

但是谭斌万万不能如此回答刘秉康，明说这是程睿敏时代的遗风。

当然她也不能说，她做不到。初进MPL的员工，都会接受一个洗脑培训，概括起来就是两句话，其一，“我不抱怨”；其二，“永不说‘不’！”。

谭斌私下腹诽过，这两句话简直是一剂精神鸦片，直译过来，就是对上司、对公司，永远不说“不”。

所以她犹豫着，开始缓慢地敲打键盘，琢磨着用英文如何措辞才能更妥当。

“先生，您的提醒非常正确及时。这点的确是我们的弱项，我也曾注意到这个问题，试图做过根本原因的分析。我私人的理解，是因为我们销售模式的关注点集中在‘客户第一’和‘共赢’的策略上，所以我们的销售经理，包括我，都没有真正意识到知己知彼的重要性。我会记住您的建议，并把它纳入下半年团队能力的发展计划中。再次感谢提醒。”

短短一段话，谭斌写了改，改了写，字斟句酌，花了很长时间。

刘秉康的质问无可厚非，MBA标准教材也是这么教的，企业战略决策管理中专门有一章讲的是竞争对手分析法。可是内心深处，她却赞成程睿敏的做法。

先修身、齐家才有可能平天下，而且公司和人一样，总有擅长的和不擅长的，趋实避虚是基本原则。但是纵观中国历史中每一次改朝换代，否定、推翻旧人立下的规矩，几乎都是必经之路，否则简直不能昭示新人的英明。职场亦如此。

所以谭斌认错态度极好，却故意把原因归结至公司的企业文化，希望能蒙混过关，刘秉康总不至于责怪公司几十年不变的企业文化。不过她很担心自己这点儿小聪明，刘秉康一眼就能看穿。

写完邮件，检查一下拼写，谭斌咬咬牙，终于按下发送键。

用脑过度，睡意一时间跑得干干净净。她打开电视随意看一会儿，回信就来了。

“亲爱的Cherie，”这一回显得很亲近，“这样很好，等你回到北京我们再详谈，下个月我希望能看到改善。现在，上床去，女孩子睡得太晚容易老。”

嗯，好像刘秉康还算满意。

谭斌心头顿时一松，立刻感觉困得头晕眼花。她麻利地滑进毯子，抬手关掉床头灯，在黑暗里一点点儿放软身体，心满意足地吐口长气。

谭斌没能完成为期三天的培训，第二天下午，一个紧急电话逼得她不得不改签机票，连夜赶回北京。

普达的集中采购正式开始了。

Chapter4

她的目的是做成事，
不可能讨每个人喜欢。

{01}

从上海飞往北京，国航最晚一趟航班，整整延误了一个小时，到达北京首都机场，已经是夜里12点半。

大厅出口处还有不少等待接机的人。谭斌目不斜视地穿过人群，拖着拉杆箱走向出租车站。身后似乎有人喊了一声，可她又累又乏，大脑早就呈现胶着状态，没有任何反应，依旧恍惚地往前走。

脚步声噔噔噔地追近，有人用手臂用力地圈住她的肩膀，接着她的身体被扳了过来，正对着身后的突袭者。

谭斌睁大眼睛呆住了。她登机前给沈培发了个短信，告诉他今天回北京，但她怎么也想不到，沈培会来接机。

沈培接过她的行李箱和电脑，捏捏她耳朵，笑嘻嘻地问："傻孩子，想什么呢？"

"你怎么知道我的航班号？"谭斌奇怪。

"你发短信的时候已经8点半了，我又知道你这个小财迷，为攒里程只坐国航，网上一查就知道了。"

"然后你就傻乎乎地等到现在？"

"对呀，我一趟趟地问，国航的柜台含含糊糊一直不肯说实话，直到起飞才告诉我到达时间。"

"傻子，"谭斌抬起手揉他的头发，"傻得跟什么似的！"

沈培顿时不乐意了，腾出手护住自己的头发："你才傻呢。"

从机场出来，到谭斌家半个多小时的路程，她坐在车上睡了一觉，直到沈培晃着她：“到家了，醒醒……”

谭斌迷迷糊糊睁开眼，空着手就往楼上走，连行李都忘了拿。

等沈培停好车带着行李进门，谭斌已经飞速完成沐浴，把自己扔在了床上。

“斌斌，先别睡，睁睁眼，我有事跟你说。”沈培上来啃她的脸。

谭斌胡乱地挥着手，像赶一只苍蝇，哼哼叽叽地抱怨：“你这人好烦哪，明天一早有会，让我睡觉。”

“什么破工作把人累成这样？”沈培不满地嘟囔，“后天我就走了，连句话都没机会说。”

“啊？”谭斌有点儿清醒，转身抱住他，“这就出发了？唉，怎么突然觉得怪舍不得的？”

“我也是，”沈培把下巴搁在她的头顶摩挲着，闷声说，“睡吧，我已经把行李放在车上，后天从你这儿出发。”

谭斌“嗯”了一声，贴近他的身体，口齿不清地说：“忽然想起一件事，你那双室外靴已经旧了，鞋底的花纹都快磨平了，明天去买双新的吧，我找时间陪你去。”

沈培没接话，抱紧她说一声：“好好睡吧。”

早晨谭斌去上班的时候，沈培还拥着被子酣睡，睡姿憨态可掬。谭斌站在床边看着他，悄悄笑一笑，把一枚备用钥匙放在床头柜上，退出去锁门离开。

{02}

每次大合同投标开始前，都会有一个投标预备会，普达公司的集中采购也不例外。这一次的投标预备会，是执行董事长刘秉康兼任销售总经理之后销售团队聚集最齐的一次，三大区销售总监以及各重点省份的销售经理几乎都赶到了北京。

进入正题之前，刘秉康先传达了一份MPL总部的新精神，大意就是本行业的设备市场利润越来越薄，MPL从今年开始，将从单纯的设备供应商逐步向方案咨询提供商转型。

然后他宣布了一个决定：“普达的集采，对我们是一个很大的挑战。为保证投标顺利，我们要成立一个临时的投标团队。今天在座的，都将是这个团队中的关键成员，当然，我们更需要一个投标负责人……”

刘秉康说到这里停顿了一下，目光有意无意地落在谭斌身上。后者立刻有了不祥的预感，脑后似有嗖嗖的阴风刮过。

“经过商议，一位漂亮的女士，将作为普达集采项目的投标经理，负责协调投标的一切事宜。她就是……Cherie！”

谭斌听到自己的名字在耳郭中回响，然后她感觉脚下的地板似乎突然消失了。

室内有片刻静默，不少人转头看谭斌，表情各异。

谭斌脸上还残留着刚才微笑的余波，毫无防备之下被砸得眼冒金星。这个头衔的责任太重了，重得她完全负担不起。大陆地区下半年销售目标的40%都押在这个项目的成败上，万一有个闪失，就算她粉身碎骨也难辞其咎。

MPL公司的其他国家或地区，经常会采用投标经理负责的方式进行投标管理，但那些投标负责人都是具有十几、二十年销售经验的专才。在大陆，若论起资历，东方区销售总监于晓波或者南方区销售总监曾志强，其实更适合担任这个角色。

谭斌本能地想站起来推辞，坐在对面的于晓波望着她不易察觉地摇摇头，然后抬起双手，轻轻鼓掌。会议室内的其他人如梦初醒，纷纷效仿。

这一下堵住了谭斌未出口的话，她只好堆起笑容，向同事点头致谢，并示意他们安静。

刘秉康接着说下去：“Cherie随后几个月的工作将会非常繁重，所以利维……哎，利维呢？”

乔利维从后排嗖地站起来，大声应道：“到！”

会议室内掠过一片低低的笑声，刘秉康也笑了，摆摆手说：“坐下坐下，投标期间利维会支持Cherie，主要负责普达总部的客户关系，你们要尽力协助他们两人的工作。”

乔利维相当配合，马上双手抱拳举过头顶：“诸位兄弟，看在党国的分儿上，到时候务必拉兄弟一把！”

会议室里再次哄堂大笑，气氛立刻轻松下来。

“Cherie呢？也表表态？”刘秉康问。

谭斌双臂拢在胸前，脸上依旧维持着笑容，心里却异常恼火。她十分不喜欢这种未和她有过任何沟通、突然袭击式的任命。但刚才于晓波的暗示，分明告诉她此事已成定局，反对无效，不要做徒劳的事。而乔利维的反应，更让她看得明白，他一早就清楚这件事。只有她一个人被蒙在鼓里。

她并不是害怕压力和责任，但最怕两人共同负责一件事的暧昧分工，而且会前竟没有任何人询问过她本人的意愿。

谭斌迅速地权衡了一下自己的处境：如果接受了这个投标经理的任命，做得好，是整个团队的努力，当然对她的升迁也会有很大帮助；但若做砸了，别人都可以做甩手掌柜，而她头上顶着负责人的帽子，无处可逃，板子只有落在她身上最顺理成章。这是一份利弊各半的工作。

但此刻看样子木已成舟，根本由不得她说一个“不”字。那么摆在她眼前的只有两个结果——要么成功，要么成仁，没有其他退路。

她站起来时，已下定决心。既然不能选择，那就一定要当着刘秉康的面，先把自己的位置摆正，即便死了也做个明白鬼。

于是谭斌开口，把程睿敏在酒吧时对她的忠告完全扔在脑后。

“谢谢Kenny和大家的信任，谢谢各位对我的认可，让我来领导这个投标团队。恭敬不如从命，客套话就不多说了，我会竭尽全力。我更相信我们团队的能力，有公司的支持，有大家的共同努力，这场仗，我们一定能赢得干脆漂亮。”

刘秉康看着她，点点头：“很好。谢谢你，Cherie。”

谭斌却起身走到了白板前：“请原谅，我这就想进入角色，给大家提个建议。”她转向刘秉康，“Kenny，可以吗？”

没有和谭斌共过事的人大概很难理解，为什么在她手下工作过的产品经理和工程师提起谭斌的名字总是喜恶参半。她清秀柔弱的外表极具欺骗性，只有进入工作状态，才能真正见识到她强硬的本质。而且一旦有人触到她的底线，她会马上翻脸，变得六亲不认。

刘秉康想来深知这一点，微笑着做个手势示意她继续。

“谢谢！”谭斌拿起了马克笔，抽开笔帽。

众人狐疑的目光追随着她的动作。

谭斌在白板前侃侃而谈：“这次投标事关重大，咱们必须吸收以前投标时混乱无序的教训。对外客户接口太多，对内沟通和协调不畅，每个人都忙得要死，其中不少却是重复工作，没有任何价值。所以我认为首先要保证的是，集采投标期间必须确保所有的信息流，统一口径，统一渠道，和客户正式的信息往来，无论是书面还是口头，都只能有一个接口。”

说到这里，谭斌的心头莫名其妙地掠过一阵不安，好像什么地方没有考虑周全。但她没有工夫细想，因为乔利维立刻接茬：“一直不都是这么做的吗？和普达总部打交道，所有的沟通和谈判记录都要通过客户经理Yvonne提交。”

“不错，”谭斌不动声色地点点头，“客户经理定位不清，也是混乱的原因之一，她在其中的角色，仅仅是一个接口、一个传声筒，并未起到负责人的作用，反而降低了沟通的效率。”

“那你说的接口又是什么意思？”

谭斌没有马上回答，她转身用马克笔在白板上画了一个漏斗的形状，数条代表不同部门的信息流，在她笔下从漏斗宽大的后部汇集到漏斗的尖端。

在漏斗的出口处，她写下两个粗粗的大写字母：BM（投标经理）。

下面鸦雀无声，在座诸人个个神态复杂，但都望着她不说话。因为如果采用谭斌的建议，就意味着投标期间，事无巨细都要让她知道。

会议室内静默很久，于晓波终于开口，微笑着，听不出任何情绪的动荡："也就是说，今天坐在这间会议室里的所有人，包括我、志强，还有老乔，都要向你报告？"

"是的。"谭斌镇定地与他对视。她不能垂下目光，只要此刻露出一点儿服软的姿态，以后她的话就会被当成耳旁风。

刘秉康也盯着她看了一会儿，眼神明暗不定，最后他打破了沉默说："Cherie的建议不错，我同意。"

他的话一锤定音，镇住了所有的异议。曾志强悻悻的目光、于晓波若有所思的神色，都被谭斌一一收入眼底。她微笑，这一次是由衷地感激。她说道："Thank you, Sir。"

和乔利维角逐北方区销售总监的位置，已经注定是一场艰苦的游戏，那她不能只接受它的机遇，还必须接受它的挑战。而每一次的挑战和压力，比如这次集采经理的头衔，她既然不能推辞，只能让自己相信这会是一个很好的提升自己的机会，会给她这一侧的天平上增加更多的砝码。所以她必须先下手为强，抢先制定游戏规则。一旦游戏规则确定，后续的对决就会对她有利得多。

散会后，谭斌在会议室外追上刘秉康："Kenny，有时间吗？我想和您谈谈。"

刘秉康看看腕表："只有十分钟，行吗？"

"行。"谭斌毫不犹豫地答应。

两人在开放区的咖啡桌前坐下。

"Cherie，现在只有我们两个人，有什么话你可以直说。"

谭斌捧着咖啡杯，小心地问："把我放在这个位置上，您放心吗？"

刘秉康摘下眼镜，揉着眉心低笑着说："怎么讲呢？昨天Bowen说他不能常驻北京，提议让你来做的时候，我还真有点儿犹豫。但是刚才你给了我信心，我相信你一定能做好。"

谭斌这才知道，原来让她做BM竟是于晓波的主意。这人为开脱自己，也太不够意思了！想了想，她皱起眉回答："您不知道，我心虚得要命，刚才您宣布以后，我腿肚子一直哆嗦。我一点儿心理准备都没有，简直像晴天霹雳。"

这么说的目的，是她想弄明白一件事：为什么工作分配要绕过她？

刘秉康重新戴上眼镜，镜片后的目光犀利而透彻。

"今天难为你了，Cherie。"他说，"普达集采事出突然，昨晚我和Bowen谈过之后，也打算和你谈谈，但你的手机一直关机。"

“Sorry,”谭斌赶紧申明，“那时我在飞机上。”

刘秉康站起身，手放在她的肩上说：“别想太多，我相信你的能力才会把你放在那个位置上。遇事多和Bowen他们商量，我也会支持你。我得走了，我们另约时间详谈。”

谭斌点头，心中的疑虑去了一半，有点儿后悔自己反应过激，刚才感受到的那丝不安再次划过心头。

没有回办公室，谭斌下楼躲进花园里，趁机平复心情，并盘算着下一步该怎么做。正叼着烟上下摸索打火机，啪的一声响，一只手按着打火机凑在她跟前，是乔利维。

谭斌点着烟吸一口，笑笑说：“谢谢！”

乔利维站在她身边，吧嗒吧嗒地把玩着手里的打火机。

谭斌知道他有话说，静静地等着他开口。

“Yvonne还是个小丫头，脸皮儿薄，又不经事，”乔利维也点起一支烟，“有些话传到她耳朵里，肯定会不高兴。”

谭斌知道他在说什么，在会上批评客户经理的定位，一定会得罪人，但她并不十分在意。她的目的是做成事，所以不可能讨每个人喜欢，这一点她老早就已经想通。她也曾被人轻视过、羞辱过，几乎每个人都是这么走过来的。想避免这样的尴尬，只能把自己修炼得更好更强，走得更高更远。

“我只是就事论事，并不是说Yvonne工作能力有问题。她要真觉得难受，应该去找她的老板谈，顺便重新定义一下她的职位描述。”谭斌语气尖锐。

乔利维失笑道：“我只是提个醒儿啊，没别的意思。以前投标的问题，你的确说到点子上了，不过，我觉得吧……其实你可以，那个，可以表达得更婉转一点儿。”

谭斌看了他一眼，心想：你站着说话不腰疼，投标经理的角色就是个无兵无饷的空衔儿。真的开始工作，北方区还好说，南方区和东方区，从总监到几个老资格的销售经理，哪个是省油的灯？不当场拿下，以后怎么摁得住？而且这本来是两个人的事，一根绳上的蚂蚱，你反而胳膊肘往外拐，我咬牙唱完白脸，你又来装好人。

但这番话只能腹诽。她吐了个烟圈，笑得相当无奈：“老乔，你觉得我措辞温柔点儿，他们就会高高兴兴地接受吗？才不会呢！决定他们态度的，不是我说话的方式，而是内容。”

乔利维挑起眉头又放下，表示他很不以为然。

谭斌问他：“你想让一个人死，会不会温柔地对他说，想死还是想活？”

乔利维摇着头说：“当然不会，这人肯定回答‘不想死’！”

“这就对了。一般人都害怕变化，任何改变，第一反应就是抗拒。所以你得问他，是上吊、吃药还是抹脖子？让他明白没有选择，一定要选，也只有死的方式。”

谭斌转身往回走，乔利维跟在后面说：“有时候吧，我真觉得你不该是个女的。”

“什么意思啊？骂我呢？”谭斌放慢脚步。

“当然不是，我是说，有时候你太强悍了，不像个女孩子。”乔利维笑，“我媳妇儿你不也见过吗？她连家里添几样餐具，都要我拿主意。”

谭斌头都没回地踏进电梯说道：“那是你媳妇儿有福气，我可没那个福气。”

但乔利维的话，让谭斌想起一件事。她发条微信给沈培说：“我要写计划，抽不出时间，你自己记得去买鞋。”

沈培回了一条道：“我就知道，你许的诺从来不算数。谭总监！”

谭斌便懒得再和他说什么，自去专心工作。刚把投标管理计划写个开头，她心里咯噔一下，忽然反应过来，明白了那点儿不安的源头出在哪里。

她在会上一时热血上涌，竟犯了个不该犯的错误，真不该说以前投标时如何如何。她那几句话，等于全盘否定了程睿敏在任时的做法，关键问题是，于晓波和曾志强两个昔日旧人，不幸亦被囊括在内。她成了一个踩人上位者，难怪当时于晓波神色古怪。刚才她显然也误解了乔利维的意思，现在看来他竟是一番好意，提醒她小心得罪人。

谭斌扶着额头呻吟一声，为自己的失言后悔，恨不得咬下闯祸的舌头，发誓今后绝不在血压升高的状态下开口说话。

但错误已经酿成，覆水难收，只好等以后合适的时机再做补救。

这时手机响，又是沈培的微信：“晚上按时下班，我在家等你。”

谭斌正懊恼得不知如何是好，抓过手机扔到了一边。

她为此烦躁了一天，直到临近下班，刘秉康发了一封邮件，才让她的心境多云转晴。

这个邮件发送给所有销售人员，并抄送售后、技术和物流等相关部门。邮件中明确说，谭斌全面负责普达的投标，并直接报告给刘秉康，请各部门支持她的工作。

谭斌对着屏幕笑笑，想起《围城》中关于教授和副教授的经典比喻，她此刻的心情就像二房、小妾终于被扶成正妻的感觉。

{03}

手头的活儿和邮件像永远做不完也回不完，不过5点下班的时候，谭斌还是强制自己关了电脑，离开公司。

她刚坐进车内，便听到手机响。谭斌看一眼号码，心跳立刻就加快了。这个印在一张名片上的号码，曾被她捏在手里揣摩几天，早就倒背如流。

按谭斌的习惯，每天晚上整理当天收到的名片，该输入手机的输入手机，该加进电脑数据库的加进数据库，然后将名片按顺序归档。但她不能理解自己为什么一直不愿意将这个号码输进手机，仿佛只有如此，才能压制住她内心深处毫无理性的蠢蠢欲动。

手机铃声一直在响，她迟疑一会儿，终于接了，说道："Ray，你好！"

"我一直在等你的电话，让人苦苦等待可不是好习惯。"程睿敏的声音透过电流，显得有些低沉。

谭斌忽然感到欣慰异常。原来这些天感觉到忐忑纠结的并不是她一个人，瞬间她心里就平衡了。

"我并没有答应你任何事呀！"她愉快地笑着，"而且，我已经不在上海了。"

"你现在在哪儿？"

"北京。"

程睿敏沉默了，过了一会儿叹口气说："真不走运。"

谭斌接话道："回北京吧，你要是想花钱，机会多得是。"

那边笑了一声，说："对，没机会也要创造机会，那好，咱们回见。"

"回见。"

谭斌挂了电话，点火起步，手机又响了一声，这回是沈培的微信："谭大总监快回家。"

她笑着咕哝道："催命一样，真讨厌！"

路上一如既往地拥堵，再碰上几个行动迟缓的菜鸟，难免让人脾气暴躁。

谭斌遇到一个西装革履的男人，开着一辆奔驰，却在她超车时低俗地伸出中指。她的怒火无处释放，只气得骂粗话、踹车门，自己跟自己赌气，咬着后牙槽发誓再也不在高峰时刻上路。

待谭斌停好车，小区内已是华灯初上，放眼望出去，西边天际还残留着一抹微红，前方万家灯火一片璀璨。

她抬头寻找，果然发现自家的客厅窗户透出温暖的橘黄色灯光。

谭斌微笑，觉得这种感受熟悉而亲切。她想起高中三年，每次下了晚自习又累又饿，只有家中窗口那一点儿灯光引诱着她一步三阶地跳上楼梯，因为她知道餐桌上一定为她留着爱吃的饭菜。

谭斌抬手敲门道："我回来了，开门！"

沈培闻声来开门，却让谭斌大吃一惊。

他一改往日的做派，头发剪得短短的，只剩下一寸多长，上身随便套了件白色的T恤，下面是条破洞牛仔裤，裤腿上满是大大小小的窟窿，像被虫蛀过。

换掉那些艺术家标志性的发型和特征，这类简单清爽的服饰愈发显得沈培眉眼细致、风流倜傥，好像上好的中国工笔白描。

谭斌坐下换鞋，顺便把手指伸进他大腿处的破洞中，嘻嘻笑着再抠大一点儿。

沈培攥住她的手说道："流氓，这条裤子我穿了十二年，不许乱动……文物，知道不？"

谭斌摸着他的头，忍不住嘲笑道："怪不得你们都喜欢留长发，再丑也忍着。原来没了头发，整个儿就是一个普通人，什么叫沐猴而冠，这回我明白了。"

沈培一声不响地低头凝视着她，表情变得极其严肃。

"生气了？"谭斌捏着他的脸蛋，姿态轻薄。

沈培抓住她的肩膀，把她顶在门上，同时抓起她的双臂固定在身后，维持着一个非常暧昧的姿势。

"对，我生气了，"他说，"后果很严重。"另一只手充满色情地在她身上游走，"小妞儿，今晚我要先奸后杀。"

谭斌怕痒，伏在他肩上笑得几乎喘不上气。

沈培索性一弯腰，抱起她就往卧室方向走。

谭斌抬起腿试图踹他，说道："哎，别闹了，放我下来！"

沈培却一脚踢开卫生间的门，谭斌惊见他嘴边露出两个平日难得一见的小酒窝。她知道不妙，尚未出声警告，已经连衣服带人扑通一声落进正在放水的浴缸里；更没提防花洒里蓦然出水，霎时被浇了个透。

谭斌尖叫一声，刚要扬起手臂遮住头脸，沈培已经跨进浴缸，边笑边按住她的双手，取过花洒，故意对着她的身体冲刷。

谭斌又笑又喘，在他身下扭来扭去地挣扎，软得一点儿力气都没有了。不消片刻，浅色的衬衣长裤全部被水浸透，贴身的内衣都现了原形。

沈培扔掉花洒，双唇随即贴上来："谁是猴子？嗯？"

谭斌的身体一下子绷紧，几乎弹离他的手臂。

"说啊！"沈培不依不饶地继续使坏。

"你欺负我……"谭斌蜷起双腿，声音似在呜咽。

沈培立刻就心疼了，抱着她坐起来，拨开她脸上湿透的长发。

"我怎么会欺负你？才舍不得……"沈培轻声笑着。

谭斌闭上眼睛，感觉着他的双唇羽毛一样轻轻掠过她的眉毛、她的嘴唇、她的脸颊、她的脖颈……

沈培身体的热度透过湿透的单薄衣物传递过来，比肌肤之间的单纯接触更让人着迷。谭斌睁开眼睛，开始几乎找不着焦点。密集的水线哗哗浇下来，然后她在水雾里看见沈培的脸。

沈培的眼睛在弥漫的蒸汽后面黑得有点儿惊人，湿漉漉的头发沾在他的额上，水珠不停地流下来，流过他乌黑的眉毛、颤动的睫毛、弧线美好的眼睑……

“斌斌，说吧，说你是我的，说你爱我……”沈培的声音在她耳边辗转。

谭斌没有出声，她始终说不出那句话，却贪恋眼前的身体。无论何时，沈培总是温暖的，带着阳光和自然的味道，光滑的皮肤下是蓬勃的血气与活力。

她甚至舍不得闭上眼睛。

最后一刻来临的时候，沈培张开双臂紧紧地抱住谭斌。他的脸在激情和欲望的烧灼下显得脆弱而痛苦，他似乎要拼尽所有的力气，让两人身体的每一寸都紧密贴合。终于，一阵电击似的痉挛掠过沈培的身体，他发出一声长长的，叹息似的声音，然后彻底地瘫软下来，像是生命在瞬间离开了他的身体。

谭斌抱紧他，这一刻觉得两人相处之时所有的不愉快和此时此刻的欢愉相比都显得如此渺小。

激情就像龙卷风，来得快去得也快，却总在身后留下一片断壁残垣。

谭斌皱起眉头，望着劫后余生的卫生间，不知从哪儿下手开始收拾。两人的衣物团在浴缸里，瓷砖上到处都汪着水，地毯被浸得透湿。

她连声叫：“沈培，过来擦地。”

沈培拉过薄被盖在头上，只当作没听见。

谭斌爬上床揪他的耳朵，他有气无力作柔弱状，说道：“你真狠心，我已经被榨干了，动不了了，明天再干活成吗？”

谭斌啐他道：“明儿一早你就跑了，骗谁呢？不成！”

沈培再提条件道：“先吃饭行不行？我快饿死了。”

谭斌这才想起，进门时好像见到餐桌上有几个碟子，上面还扣着几个瓷碗保温。她跑过去一看，果然是几个家常菜，看上去卖相还不错。

谭斌难以置信，惊奇地问：“你做的？嗯？难道今儿太阳是打西边出来的？”

沈培穿好衣服走出来，神色赧然道：“不是，叫的外卖。”

“嘿，我说呢，你一向十指不沾阳春水，怎么突然转了性？不对，”谭斌忽然起了疑心，“这两天你的表现都不太正常，无事献殷勤，准没好事，你想干什么？”

“小人之心。”

“说实话，坦白从宽，是不是做了对不起我的事？”

“唉，难怪人说唯小人与女人难养也！”沈培叹气，“你生日不是快到了吗？

不能和你一起过，只好先预支。预支，明白不？”

谭斌眨眨眼，算是认可了他这个说法。坐下喝了半碗汤，才闷闷地说：“我不过生日，25岁以后就不过了。”

“哎，”沈培咬着筷子问，“为什么？”

“一天天奔着三十大关去，有什么可庆祝的？”

“自欺欺人，你不过生日，30岁还不是照样来？”沈培话说得非常正确，却字字锥心。良药总是苦口，真话永远刺耳。

谭斌郁闷得不想说话，无精打采地挑起几根青菜，正要放进嘴里，眼角的余光忽然注意到餐桌后面的墙面上多了一些不同寻常的东西。

她“咦”了一声，站起来走到跟前。原来空白的墙壁上添了四幅带框的油画，除了她见过的那幅《春风》，另有三幅新画，风格迥异，画中的模特却都有一张相似的脸。

谭斌震惊地回头：“这是什么？”

“真不容易，你总算注意到了，我忙活了一个月，今天又差点儿让锤子砸掉手指头。”沈培从身后搂住她，“送你的礼物。生日快乐！”

谭斌伸出手指，轻轻地抚摸着画布上突起的油彩，一时间百感交集，竟一个字也说不出来。

“这是一个系列，看出点儿什么没有？”

“画中人经历了不同的年龄？”谭斌犹豫着说。

“对，你瞧，宝贝儿，”沈培指着最后一幅，画中女子的眉梢额角沧桑难掩，双眼却清澈坦然，浸透了穿越岁月的睿智和优雅，“多少人曾爱慕你年轻时的美貌，可我更爱你经受过岁月摧残的容颜。”

谭斌仰起脸，眼眶微微酸涩，但忍不住调侃：“真有你的，敢这么大无畏给女友庆生的，你可能是第一人。”

“我想告诉你，真老了也没什么可怕的，看，你还是很漂亮。”

“嗯，把我画得真难看。”

“说话当心，”沈培的手挪在她的脖子上，手指作势收紧，“不要羞辱我的作品。”

谭斌却转身抱住他说道：“我喜欢，谢谢你！”

“斌斌，”沈培拥着她站了一会儿，小声说，“等我回来，搬我那儿去吧。”

“干吗说这个？”

“你去上海这几天，我一直在考虑，我……我……咱们还是试试两个人的生活好不好？”

谭斌抬头，略微有点儿紧张，问道：“理由呢？”

大半年前，两人曾讨论过同居的可能性，但几句话一说，就开始话不投机，最后彻底谈崩，冷战了一个月。再和好时，两人都故作若无其事，谁也不愿再次提起这件事，相关话题也成了禁忌。

沈培嗫嚅道："我……你也知道，我就是害怕结婚，总觉得两人好好的感情，加上一张纸就变了味儿……"

他怀中柔软的身体蓦然变得僵硬。

"明白，"谭斌依然在笑，可是眼神渐渐变冷，"我是想问，同居之后呢？"

"我不知道，所以想试试。如果感觉还好，我要娶你，宝贝儿。"

谭斌干笑一声说道："换句话说，你感觉不好，我就得拎着箱子落荒而逃，对吧？"

"我不是这意思……我……"沈培没料到谈话如此不顺，上来就失去主动，预计的步骤完全被打乱，只好硬着头皮说下去，"我只是害怕，害怕两个人之间突然掺和进来两家人，也不敢想象如果没有了爱情，两个人因为别的原因还要凑合在一起。"

谭斌冷笑道："人最后都是要死的，那你生下来做什么？"

"你别说得这么难听成吗？这不是在跟你商量吗？上回我说过，如果结婚，我一定会娶你。"

"哎哟，是吗？我是不是要跪下来感激您的大恩大德？"

"你……你讲不讲道理？"沈培被逼到了墙角，开始口不择言，"我为了你好，不想耽误你，别忘了你马上就29岁了！"

"谢谢您的提醒！"谭斌挣脱他的手臂，倔强地面对着他的眼睛，声音变得尖刻而生硬，"沈培，我跟你说两句话，你好好记住！第一，我有父母的家，有自己的房子，婚前我不和任何人同居，这不是底线，是原则，没有讨价还价的余地。"

"我……"

"第二，我从没有逼过你结婚，如果结婚让你这么痛苦，你从这儿马上出去，外面是你的自由世界！"谭斌的声音有点儿哆嗦，眼泪堵在眼眶里，转来转去始终没有落下来，"你以为你在买家电，先搬回家试用几个月再付钱？真可笑！你不觉得自个儿太天真了？你也用不着委屈自己，谢谢，我不需要，一点儿都不需要。"

连珠炮一样的语速，堵得沈培张口结舌，根本插不进嘴。

谭斌则甩手走进卧室，把房门重重地摔上。

"我错了，是我犯浑，咱不说了成吗？"沈培备觉内疚，追进来道歉，"我挑着走前的日子和你商量，就是为了给你给我都留下一个人想想的时间。"

"想什么？没什么可想的。"谭斌的话里不留丝毫余地，"对不起，明天我要上班，想早点儿睡觉，你走吧。"

卧室门哐当一声，在沈培身后再次重重地关上。

沈培一个人在客厅里，垂头丧气地坐了很久。他想不通自己到底是哪句话说错，又从有理变无理，被谭斌噎得哑口无言。上一次也是这样，说着说着就激动了，谭斌就甩下脸再不肯正面交锋。

为了给两年的感情做个交代，沈培想了很久，才下定决心，非常有诚意地做出最大让步，他愿意克服自己的恐惧，一点点儿尝试。但谭斌的反应却和想象中的大相径庭，最后竟造成这么一个局面。

沈培不由得叹气，想想自己在外面也是玉树临风的著名青年画家，怎么到了谭斌跟前就变得笨嘴拙舌，总是像小媳妇儿一样受气？

他试着扭动卧室的门把手，门应声而开。谭斌并没有锁门，这让他的心里感觉到一点儿安慰。

两个人第一次背对背睡在一张床上。

翌日清晨吃过早餐，沈培就要出发了。

谭斌从起床起，就一直把沈培当透明的，不肯和他目光对视，也不说一句话。

沈培暗自叹息，取过自己的背包，准备换鞋离开。但那双户外靴的鞋带系得相当紧，他用鞋拔努力拔了半天，额头冒出一层汗，也没能把右脚挤进鞋里。

沈培自小就不大会系鞋带，从来都是他妈或者保姆帮他松松系好，让他一脚套进去了事。可是户外靴不一样，鞋带不收紧，自然弊端多多。沈培又不想觍着脸求谭斌帮忙，只好一筹莫展地继续和靴子较劲。

谭斌实在看不下去，走过来夺下靴子，解开鞋带又扔回他脚下。

沈培噘着嘴看她，动也不动。

谭斌内心挣扎半天，骂自己一声“真没出息”，还是单膝跪在地板上，先帮他穿好，再一点点儿抽紧鞋带。

望着她鼻尖上细密的汗珠，沈培的心融化得一塌糊涂，摸着她的头发说：“昨晚对不起！”

谭斌在鞋带上系了一个花结，顾左右而言他道：“出门在外，你自己保重。”

沈培搂紧她，额头轻贴在她的额头上，许久未动。谭斌扬起眼睛，两个人额头遮蔽的阴影里，她看到沈培的睫毛在不停地抖动，被什么东西粘得湿湿的。

他说：“斌斌，你一直是我的骄傲，相信我，我爱你，我不想失去你。”

谭斌低头不说话。

沈培又拖延了片刻，终于松开手站起来：“别送了，我从小就怕送别的场面，车开的时候看着你我会难受。”

他轻轻地关上门，脚步声渐渐远去。

谭斌靠在窗口望着楼下的空地，七八辆清一色的越野车，都是沈培甘南之行的同伴。

沈培钻进驾驶座前，仿佛看见她的影子，冲着窗户方向用力挥挥手。

这一支醒目的车队，在众人好奇的注视中，声势浩大地穿过小区，沿着道路渐行渐远。

{04}

当谭斌向文晓慧转述当晚的情景时，语气依然十分激烈。

“我愿不愿嫁他还不一定，他倒来劲了！哼，他以为是在市场上买大白菜呢，一划拉一堆，由着他挑三拣四，还像是给了我天大的恩惠。稀罕吗？我后面的追求者，老的少的，没有一个排，也有一个加强班……”

她以为文晓慧会像往常一样，立刻把沈培损得一无是处。但是没有，文晓慧只是盯着她看，嘴里啧啧连声。

谭斌不悦地说：“您是什么意思？幸灾乐祸吗？”

“哪儿敢！”文晓慧笑着说，“就是奇怪，沈培的婚姻恐惧症也不是一天两天了，从不见你发这么大脾气。以前我挤对沈培，你总是替他说话，今儿是怎么了？不大对劲啊！”

这么一说，谭斌也意识到自己的确有点儿失态，似乎从前一天的预备会开始，整个人就始终处在一种混乱亢奋的状态中。一天之内两次感情用事，情商一路下降，这种反常现象顿时让她心生警惕。

“您平时不是专修喜怒不形于色吗？瞅瞅，这一脸黑线，两百米以外都看得清楚。”

谭斌摊开手，无奈地说：“我也不知道怎么回事，当时就觉得心里一团邪火，像点着的炮仗，嘣一下就炸了，拦都拦不住。”

“最近有不顺心的事？”

“你说我迁怒？”谭斌认真地想了一想，摇着头，“昨天还真有点儿不高兴，不过还不至于到发那么大火的程度，我一直挺注意的，不把负面情绪带回家。”

“那就是更年期提前？”

“一边去！”

“哎呀，戳到痛处也别恼羞成怒啊！”文晓慧咧开嘴笑，“那就剩下一个可能了，你心里有了别人？”

“越说越离谱，没有。”谭斌马上矢口否认，声音却没有刚才那么响亮。因为文晓慧话音未落，她脑子里第一个跳出来的居然是程睿敏的名字。

荒唐！谭斌对自己说，哪儿跟哪儿啊，做什么白日梦呢？

文晓慧点着她的脑门说：“说谎了吧？看看你的那个什么，哦，微表情，目光闪烁，眼珠滴溜乱转，这不是心虚是什么？”

“哎，我说，文晓慧同志，您正经点儿行吗？我这在谈一个相当严肃的问题。”

“行，咱严肃。”蜷在沙发里的文晓慧坐直了身体，“那我问你，很早你就说过，沈培害怕结婚，那你为什么还要一直和他混？”

谭斌胡乱地翻着手中的杂志，没有回答。

“我问你呢！每次一提到实质性问题，你就不吭声了。”

谭斌还是没有说话，起身走到客厅落地窗前，拉开窗扇，迎着风点着一根烟。

夏日黄昏的最后一缕光线，把她的身形勾出一个单薄的剪影。文晓慧望着她的背影，不禁轻轻摇头。

谭斌只是闷头抽烟，过了一会儿狠狠地说：“你就甭做那个弗洛伊德的款儿了。是我高估了自己成吗？我以为我人见人爱花看花开，没有搞不定的男人，我以为我能成功感化他，我以为我垂青的男人会感激涕零地下跪求婚，没想到最后让人家挑来拣去，我脆弱的自尊被严重伤害……”

文晓慧扑哧笑了出来，走过去搭住她的肩膀说：“谭斌，记得大学的舞会吗？那时候咱俩眼光多高啊！等闲的男生都不带正眼瞧的……”

“当然记得。我还记得，低于一米七五的男生，咱叫人家‘根号三’。”

“是的，那时候真刻薄！”文晓慧大笑，“我还记得咱俩一起看金老的武侠小说，我喜欢乔峰和令狐冲，你喜欢的是谁，还能想起来吗？”

谭斌立刻斜着眼睛看过去说：“又想嘲笑我？我就是喜欢陈家洛，就是喜欢三心二意的花心男人，怎么了？”

“嘘嘘嘘，镇静镇静，你看你现在，一碰就跳，哪有总监的气度？”

“都是让你刺激的。”

“我是想告诉你，你难道没有发现，你喜欢的类型皆是身家清白、温文尔雅，所有心事都埋在心底的闷骚男人？”

谭斌心头蓦然一跳，说道：“那又怎么样？”

“所以我一直奇怪，你居然能和沈培走这么长时间。”

谭斌静下来，沉默许久说：“沈培有沈培的好处，和他在一起比较轻松。他对自己没什么要求，也不会给同伴任何压力，他更不会和我玩心眼儿。”

“谭斌，这种事，局外人的话你只能当个参考，决定权在你自己手里。不过据我的经验，男人说他不想结婚，他那些乱七八糟的理由统统可以忽视，90%逃不过两个原因，要么他觉得那女人配不上他，要么他想逃避责任和承诺。我看啊，沈培很像第二种。”

“太深奥了，基本上没有听懂。”

文晓慧抬腿踢了她一脚，说道：“那就好好听着，你对男人的了解基本还是一张白纸。他们为什么逃避？因为觉得自己不够强不够好，你要的东西他可能给不了。他觉得压力太大，为了躲避失败，维持他们可怜的自尊，只好后退，表示他根本不在乎，明白吗？”

谭斌不以为然道：“我对他没任何要求，他有什么压力！”

“哎，问题就在这儿，为什么没要求？因为你自个儿都能解决，你瞧瞧你，有房有车，又拽得跟什么一样，哭笑都避着人，一般的男人哪儿敢往你身边靠……”

谭斌侧过头笑着说：“晓慧，咱们认识这么多年，我就觉得你这回说话最靠谱。”

“看，一夸你就翘尾巴！这点你和沈培真像，都自恋得要命。”文晓慧撇撇嘴。

“行了，你也差不多。”谭斌忍住笑问，“那最后10%是什么原因？”

“童年受过恶性刺激，身边没有成人给他做出正常婚姻的榜样。”

“嗯，好像挺有道理。那么男人专家，告诉我现在怎么做。”

“我才懒得掺和你们的事。道理跟你讲明白了，你自己权衡做决定。”

“真没义气。”

文晓慧犹自仰脸望着窗外，不知在想些什么，过了半晌说：“男人就那么回事，这年月早没有此情不渝的故事了，真的走不到一块，趁早分，犯不着在一根绳上吊死。”

谭斌又不便发表任何意见了。

“舍不得是吧？”文晓慧拍着她的脸，“妞儿，男人漂亮不能当饭吃，你就是这点想不开。我还有一句话劝你，知道你热爱工作，可这是个男人的世界，所有的游戏规则都是他们之间的默契。你想挤进他们的地盘，只靠死干是不行的，你必须先服从他们的规则，还要有个男人肯提携你，做你的保护伞，为你遮风避雨，你才能梦想成真，真的爬上去。”

“照你这么说，几百万自食其力的劳动妇女，都买块豆腐来撞死算了。”

文晓慧笑笑说道：“不信就算了，事实会教育你。亲爱的，十年后你还能说这么大声，我佩服你。”

文晓慧离开后，谭斌心里像堵着一块石头，闷闷不乐地上床睡觉，感觉人生真是千疮百孔，没有任何意义。

夜里她睡得极不安稳。半夜听到窗外狂风大作，惊雷滚滚，她迷迷糊糊地爬起来关窗。

大雨倾盆而下，水声隔绝了室外的一切杂音，她感觉像身处海中的孤岛。谭斌呆呆地望着漆黑的天空，半天挪不动脚步。雨水从窗棂处飞溅，夜风吹得她浑身冰凉。

凌晨3点，她忽然意识清醒，想起沈培临走时抵着她的额头说："你一直是我的骄傲，相信我，我爱你，我不想失去你。"

这一刻谭斌才意识到，那沾湿他睫毛的东西竟然是眼泪，他居然在哭。她深觉震荡，脊背靠在墙壁上，半天动弹不得，为自己的后知后觉而难过。

在这个雷电交鸣的深夜，无数往事纷至沓来。文晓慧说沈培在逃避，她自己又何尝不是在逃避？

突然间她明白了，其实她内心深处并不是十分自信，无论是感情还是工作，都不像她自己想的那样洒脱。她惧怕被人漠视，被人否定，才会在被触到痛处的时候，用最尖刻的语言伤害别人也伤害自己。因为她要用这种方式表示自己不在乎，一点儿都不在乎。

谭斌回到床上，裹紧毛巾被蜷成一团，却翻来覆去再难入眠，只觉得房间内变得闷热异常，空气污浊。她起身取过手机，在备忘录里编辑了一段长长的话，准备明天白天发给沈培。

> 小培，那天我情绪激动，说了一些过分的话，请你原谅，别往心里去。我只是想让你明白，无论多么强势的女人，内心都需要足够的安全感。有了安全感，她才会对一段感情产生希望和热爱。这种安全感既来自男人的语言，也来自男人的行动。而我一向认为，求婚是对一个女人最大的尊重和爱护。所以，请你理解我那天的失望和失态。

第二天一早，天际放晴，空气难得的干净清凉。谭斌跑完步冲个澡，神清气爽之际难免感觉昨夜是在自寻烦恼。那段话并没有发出去，一直留在她手机的备忘录里。

上班的路程比平日顺畅，因为昨夜的大雨，很多新手没有上路。

途遇红灯，谭斌等得无聊，取过手机，还是发了一条简单的信息给沈培：

> 那天我说话太冲动，对不起。你一路保重，回来我们再谈。

没到办公室，沈培的回复就回来了，只有三个字：

我爱你！

谭斌笑笑，知道这件事暂时告一段落。等沈培回来，也许两人都要狠狠心，真正坐下来摊开了谈一次。那很有可能是一个精神极度透支的过程，目前她实在没有时间和精力考虑这种事，自己区域的销售管理和普达集采、八小时之内一个接一个的会议，已经让她应接不暇。

{05}

接下来的日子，谭斌完全进入了自己的角色。

即将到来的普达集中采购的投标，将是未来两个月的重头戏。今年下半年中国区的销售额能否完成，赌注全押在这个大项目上。

其实，业内的跨国供应商，从MPL、FSK到SCF，几家大公司，无论从技术方案、供应链管理到售后服务，都大同小异，难分伯仲。所谓的销售，其实就是做人的工作。所以趁着普达的标书正式发布前的空当，谭斌一直在琢磨，如何完善MPL在普达北京总公司的人际网络。

她对着电脑屏幕上普达总公司的组织结构图，发了半天呆。

这次全国性的集中采购，完全由普达北京总公司负责。但非常不幸的现实是，以前的设备采购项目均由普达各个省的分公司自行操作，因此MPL这些年的精力都放在普达下面的省公司上，和北京总公司的关系维持得并不是很到位。虽然设有负责总部的客户经理，但因级别太低，始终没能和普达总公司里的中高层建立起紧密的联系。两年前程睿敏升任销售总经理，他已经意识到问题所在，开始亡羊补牢，到他离任前已略有建树，但起步毕竟迟了很多。

相比之下，MPL多年的老对手FSK，这方面就做得非常聪明，公司内部一直特设着几个VP职位，不干别的，专门用来发展和客户高层的关系。

谭斌这几年一直负责北京地区的销售，业务对口单位是普达北京分公司，和总公司很少有交集。因为业务需要，她也和总公司的技术、工程部门打过交道，但都是泛泛之交，和那几个关键部门的关键人物素未谋面。

想了很久，谭斌发了一个会议邀请给对接普达总部的客户经理王弈，就是她在上次投标预备会上提到的Yvonne。

她很想约王奕一起聊聊，但又担心上次会议的内容已经被人传到王奕的耳朵里，对方不肯合作。不过王奕的回复很快来了，只有两个字母：OK。

谭斌略微松口气，特意从抽屉里找出一小盒瑞士巧克力，带到会议室。

王弈长着一张讨人喜欢的娃娃脸，一说话语速又快又急，活像打机关枪，嘴皮子稍微慢点儿的人根本就插不进话。谭斌只希望巧克力能占用她的嘴一会儿，让两人都有个喘息的机会。

王弈接过糖盒，神色十分尴尬，迟疑半晌说："Cherie，我知道你对我有成见，不过无所谓，我自己觉得问心无愧。"

谭斌便明白自己的担心变成现实，那天她说过的话果然已经吹到了王奕的耳朵里。她笑笑说："Yvonne，我想有些事可能你误会了。我只是对以前的某些流程有意见，并不是针对你。有些事，不是我们这个层面能决定的，我非常理解你。"

王奕坐在她对面，看了她一会儿，也笑笑说："我很高兴你能这么想。"

"谢谢你！"谭斌轻轻叹口气，"我一向是对事不对人，如果无意中伤害到你，我道歉，真对不起！"

"算了算了，我没那么小心眼儿。"王奕挥挥手，"我们说正题吧，你找我做什么？"

"普达总公司的几位关键人物，我想了解一些情况。"谭斌将普达总公司的组织结构图映射到白色屏幕上。

王奕脸上的表情一下变得十分无奈，说道："抱歉，我帮不到你。这几个关键客户，Ray在的时候都是他自己在维护，他从未要求我去接触，我就一直不方便往深处介入。"

谭斌很失望，但仍不肯轻易放弃："没关系，我只想了解一下这几个人的基本情况。"

王弈摇摇头，毫不起劲："好吧，我只能把我知道的都告诉你。"

听了几分钟，谭斌暗暗叹气，明白她不是谦虚，而是的确帮不上任何忙。程睿敏虽然已离开很久，但对MPL中国业务的影响仍未完全消退。这一次MPL中国的队伍竟要从零开始发展客户关系。

和普达投标团队正式沟通之前，谭斌决定自己先和普达总公司的相关人士接触一下，心底有数，才好有的放矢。

时值炎炎盛夏，比起写字楼里20摄氏度恒温之下的清凉，回访客户便成为一件苦差事。停车场暴露在骄阳下，地面温度至少有50摄氏度，拉开车门一股热浪袭来，人进去像洗桑拿一样。

现任北京地区的销售代表方芳，是个脸蛋圆圆的年轻女孩，她跟了谭斌两年，虽然现在向销售经理周杨报告，但有时谭斌也会把她暂借过来一天半天，以便和客户会面的时候至少能有个记录会议纪要的人。这事说起来有些尴尬，因为是代理总监，还没有资格配备助理，谭斌只能用这方法应急，让方芳帮忙处理一些杂事和简单的文档。

芳芳刚出校门三年，还不太会隐藏自己的情绪。跟着谭斌跑了两天，忍不住牢骚满腹道："这都是总部该做的事。他们过得倒滋润，没有完成销售指标的压力，坐在办公室里发个邮件、写份报告就齐活儿，咱们这么身先士卒的做什么？"

谭斌看她一眼，淡淡地说："方小姐，开口前请三思。"

她的语气并不强烈，但让方芳脸上一红，知道自己过分，总算收了声。

同样的遭遇，谭斌却笑吟吟的，尽量让这个过程变得愉快。既然有些事无论是否情愿都非做不可，那又何必跟自己较劲？

正如走江湖的人各有各的成名绝技，建立客户关系这件事，则各人有各人的做派。

谭斌的样子赏心悦目，说话善解人意。客户很乐意在工作之余，对着红颜知己聊聊轻松的话题。她自觉还当得起"红颜"两个字，可是知己，那则是事主一厢情愿了。

女性做销售的确有性别局限，进退行止都要有足够的分寸。客户中最多的是四五十岁的中年男人，奋斗十几二十年到了今天的位置，前途是否无量还值得商榷，个人生活却早已定型，日常最大的调剂就是无限的桃色幻想和有限的局部实施。

谭斌常挂在嘴边的一句话是："卖命可以，出卖骨气也能商量，卖身，就不必了，MPL付不起。"她能修炼到今天，其中的苦涩和厌倦自不必多言。她入行五年，手下还没有摆不平的客户。

但是这一回，谭斌遭遇了滑铁卢。

普达集团总公司的作风和下面的省分公司完全不同。

集团总经理魏明生，职位相当于部级，就算几家跨国公司的CEO想约见他也要费点儿功夫。几位副总和大部分中层干部，因为身居天子脚下，见多识广，小恩小惠难以打动他们。他们能将甲方倨傲的姿态做到十成，油盐不进，软硬不吃。

和这次集中采购关联最大的两个部门，是总公司业务部和总工程师室。业务部经理田军和总工程师陈裕泰，他们的态度对未来的产品选型有着举足轻重的作用。但就是这两人，让谭斌真正地感受到了挫折，原来那套水磨功夫几乎没有用武之地。

田军四十岁出头的年纪，说话不温不火相当客气，倒是没有一点儿甲方的架子。面对他，谭斌却觉得非常不踏实，接触几次，两人的谈话依然停留在表面，无法深入下去。

而总工程师陈裕泰对谭斌就异常冷淡，她电话约过几次，想和他见上一面，都被冷冰冰地拒绝了。

王弈实在看不下去，偷偷劝谭斌："Cherie，你还是放弃他吧，别在他身上浪费时间。”

“为什么？”

“我也只是听说，七八年前他还是个普通工程师的时候，被咱们公司某个人严重地得罪过，他一直记恨到现在，提起MPL就鼻子不是鼻子，眼睛不是眼睛。”

谭斌一筹莫展，眼看多年的不败历史就此画上句号，真不甘心。她咬牙，心中暗暗发誓，陈裕泰、田军，不拿下你俩我“谭”字倒过来写！

虽然这么发了狠，但心里还是沮丧万分，因为她完全不知道从何处下手才能攻克这道坚硬的壁垒。

Chapter5

所有的不羁和激情随着身外之物的增加，
终有一日会烟消云散。

{01}

7月中旬，普达集团的集中采购正式启动。下发标书之前，总公司召集国内外各家设备供应商开了一次招标准备会。

谭斌作为MPL中国的代表，带着六七个同事在会场里找了个不显眼的地方坐下。

大概数一下，可容纳百人的会议室里，有十几个供应商的代表就座。MPL的老对手们都在，除了FSK和SCF，还有几家最近几年发展得如日中天的国内公司，比如众诚和汇信。这些公司作为民族企业被扶持多年，已经隐隐有了和跨国公司分庭抗礼的趋势。

很意外地，谭斌见到了老上司余永麟。

其他同事倒没什么，一窝蜂过去招呼，拍着肩膀互问现状。余永麟笑容满面，并未露出任何不自在，取出名片一一分发："来来来，见者有份，友谊第一，比赛第二。"

只有谭斌落在后面踌躇。曾经的师徒和上下属，竟在这种场合以竞争对手的身份见面，过去说什么呢？

她终于硬着头皮上前："Tony，怎么样？还好吗？"

余永麟脸部的肌肉似乎僵硬了片刻，随即恢复正常，露出职业化的微笑："好，好得很！"

站在他面前的谭斌，穿了一件藏青色的小西服，同色的及膝裙，长发全部盘在脑后，露出明净的额头，唇膏是低调的梅子红，一派成熟妩媚的职业风范。还是他熟悉的风格，但她的眼神和微笑却如此陌生，不再是他曾经心仪过的那个倔强的女孩。

余永麟沉默了，一时找不出合适的应酬话。

谭斌尽力想化解两人之间微妙的尴尬，看看四周夸张地说："嘿，这场面，可不是你说的对打擂台，简直就是群英会嘛。"

余永麟轻松下来，压低声音笑道："这些都是龙套，最终能巅峰对决的，只有FSK和MPL。"他挤挤眼说，"小心啊，我不会客气的。"

谭斌刚要回敬两句，转眼瞥见普达业务部经理田军走进会议室，在主席台正中就座，陆陆续续有更多人走上主席台，接着麦克风扑扑响了几声，会议就要开始了。

于是各厂家代表赶紧各就各位，会场逐渐安静下来。

参加这次会议的普达重量级人物只有田军一人，他的开场白大部分都是场面话，并没有太多的信息。

谭斌心不在焉地听着，盯着田军只顾想自己的心事。按说集中采购的负责部门，应该是总公司的工程建设部，为什么是业务部的田军作为唯一的中层代表出席预备会?

她收敛注意力，试图从他的发言里寻找破绽，并在心里罗列着各种可能性，最后的猜测集中在一点上：普达尚未公布招标小组的成员名单，但很有可能，田军是其中的重要负责人。

谭斌悄悄地摸出手机，发了个简单的邮件给刘秉康。

田军发言完毕，在台下的掌声里略略欠身，便提前退场。

随即，主持人开始公布详细的招标流程，众人都竖起了耳朵。

原来普达此次招标，为彻底体现公平透明合理的原则，共分为两轮。第一轮集采核心设备，第二轮集采周边设备。

第一轮针对普达集团核心设备的招标，两周后开始。各家供应商先分别与普达进行技术交流，普达集采招标组集体评议后，确定供应商的入围名单，然后进行公开招标。这一轮结束，按照技术和商务两方面的分数之和，确定五个供应商进入下一步合同谈判阶段，决定最终的供应商和市场份额。

第二轮针对各省的外围设备招标，依据第一轮确立的供应商短名单，采用邀请招标的方式。其他步骤均与第一轮相同。

也就是说，假如第一步技术交流没有入围，根本就没有参与游戏的资格。而如果第一轮招标没有进入短名单，不仅第一轮的核心设备颗粒无收，第二轮的外围设备亦无缘问津。

如此复杂的招标方式，听得谭斌频频直吸冷气，但让她感觉安慰的是坐在不远处的余永麟，脸色也是阴晴不定。她由此确信，FSK的同行此时也不会太好受。

像FSK和MPL这样的跨国大公司，一直充当着行业领头羊的角色，和普达已合作多年，无论是技术水平还是市场份额，都占有绝对的优势。因此招标方式越简单明了，对两家跨国公司越有利。而游戏规则过于复杂，便宜的往往是浑水摸鱼的人。

不过，谭斌想起余永麟刚才说的巅峰对决，不禁笑了一笑。多年来，MPL和FSK一路PK，MPL的市场份额却一直被FSK压在下面，永远是千年老二。

古龙的小说里，叶孤城输给西门吹雪是因为心有杂念，输在了人类的欲望上。那么这一次，既然客户更改了以往的游戏规则，MPL是不是反而会有咸鱼翻身的机会？

会议结束已接近下班时间。谭斌低声交代身边的同事，立即回公司开会。明知又要挑灯夜战，却没有人口出怨言，投标期间熬夜是再平常不过的事，甚至有人尝试过四十八小时不眠不休。几个人脚步匆匆，迅速离开。

她没有看到，身后余永麟望着她的背影，脸上有难以察觉的失落。

{02}

余永麟和同事吃完饭，没有像往常一样火速回家报到。他开车拐上长安街，将车直接停在了程睿敏的写字楼下。

电话只响了两声便被人接起，接听者竟是程睿敏本人，而不是他的秘书，显然他一个人在办公室工作。

“出来，”余永麟说，“陪我喝酒去。”

程睿敏的声音听起来颇为无奈，说：“改天吧，今天实在走不开。”

“不管，”余永麟心情低落，说话便有点儿蛮不讲理，“我的车就停在路边，禁止停车带上，十分钟之内你不下来，我自己打110叫拖车，回头你替我付罚金。”

程睿敏只好现身。

“给你一个半小时，”他坐进副驾驶座，一边系安全带一边说，“回来还有事。”

余永麟看着他说：“用得着这么矫情吗？不至于吧？程首代！”

程睿敏却指指手表说：“快点儿啊，现在开始计时，一个半小时，我是认真的。”

余永麟回过头，学着京剧老生的腔调，抑扬顿挫地长叹一声道：“我啊，这些日子深刻理解了什么叫富在深山有远亲，穷在闹市无人问。想当年，我进你办公室都不用敲门的，如今约你吃顿饭都得通过秘书预订，今非昔比了，这怎不由人珠泪儿滚滚？”

最后一句他唱得原汤原汁，韵味十足，程睿敏失笑道：“行了，等这段时间过去我请你喝1996年的Leroy。”

余永麟说："不敢奢望，您发达了甭忘记老同学就行了。"

程睿敏只是笑，却没有接话，而是解开衬衣袖扣，调大空调的出风量，凑在空调前长出一口气。

"今儿这温度还觉得热？"余永麟不经意地问，"我记得你以前不怕热啊！"

"不是，这些日子总觉得胸闷，喘不过气，可能天气的原因吧，气压低，湿度又高。"

余永麟认真地看了他一眼说："你脸色可不怎么好看，咱可都不是十八、二十岁的年纪了，悠着点儿，别太拼命了。"

"非常时期，没办法。"程睿敏无奈地说，"公司的重要人物要来了，他一直对中国市场的发展不满意。这一次，多少得给他看点儿实在的东西。"

"你最近忙得神龙见首不见尾，就为了这个？"

"嗯。"程睿敏合眼靠在椅背上，眉心现出细细的纹路，一时间疲态尽露。

余永麟看着他直摇头，立刻关掉车内的音响。

程睿敏闭着眼睛说："你开着吧，没事。"

"看来这天下资本家的心都一般黑啊！"余永麟啧啧连声，"说起来欧洲都是高福利国家，怎么榨起人来也这么狠？"

"这几年投入的资金像进了无底洞，业务至今发展不起来，他没法跟董事会交代，压力也挺大的，我能理解他。"

"你准备怎么对付他？"

程睿敏叹气："想让他见见部委的几个重要人物，却找不着合适的内线，正犯愁呢。"

余永麟耸耸肩说："要我说，你活该。放着你家老爷子的关系就是不肯动用，过几年他退下来，你过了这村可就没这店了。"

程睿敏的嘴角动了动，想说什么却没说出来。他慢慢转过头，望着车窗外鳞次栉比的高楼大厦，好一会儿才重新开口："我十几年没跟他好好说过话了，为这事求他，老爷子一准儿得把我乱棒打出来。"

"你后妈不是挺疼你的，求她呀！"

"少起哄，还没到那地步。"

"那你想怎么办？你自个儿对着后视镜瞅瞅，脸都是绿的。"

程睿敏真的扳下镜子瞄两眼，苦笑道："我毕业就进了MPL，以前真没觉得大公司有什么好处，离开了才知道，自己早被惯坏，没有一点儿自理能力了。以前倒杯咖啡都有助理抢着做，如今什么事都要自己操心，眉毛胡子一把抓，连改个机票都要亲自打电话，简直崩溃！"

“你如果自己去创业，岂不是要死人？”余永麟大笑，“我认识一个人，自己有家公司，那可是从出纳、会计到搬运工，都要撸起袖子亲自上手。”

“所以，”程睿敏叹口气，“我现在急需一个得力的市场部经理，应变能力强，能吃苦不怕压力的，有这种人才你替我留意着，我愿意高薪挖角。”

说话间已到了目的地，余永麟熟练地把车子倒进车位。这家位于工体南门的酒吧，是他们离开MPL之前常来的地方。

两人落座，各点了酒水，余永麟接着刚才的话题问：“老程，要不，我过去帮帮你？”

程睿敏立刻摇头说：“为了你媳妇儿肚子里的孩子，你还是算了吧！当下的环境和政策，谁也说不准怎么变，说不定哪天总公司决定撤资，马上就黄了。我连累过你，一次足够，不想再有第二次。”

余永麟哑然，喝口酒不再作声。

程睿敏倒是看出点儿异样，问道：“为什么想换地方？”

余永麟低着头，笑笑，却不回答。

“干得太累？”

“不是，”余永麟吐口长气，“就是闹心。我一直以为，欺生这种事，只有小学、初中的半大孩子才干得出来，没想到FSK的爷们儿也都好这口。”

程睿敏忍不住笑出来。

“真的，别笑。我跟你说，走的时候以为MPL的内部倾轧已经算是顶峰了，谁知道FSK百年老店树大根深，‘阶级斗争’更是无处不在，人和人斗的经验更丰富。”

“那是，有人的地方就有江湖，甭管中国人还是洋人，为争夺有限的资源，斗争是人性常态。”

“一点儿都不错。就说这集采，没人愿揽这瓷器活儿，赢了大家利益平分，输了屎盆子全扣一个人脑袋上。谁傻呀？谁都不傻。最后就我一个新来乍到的倒霉蛋儿愣被推上去，想起这个我就特别仇恨刘秉康。”

程睿敏笑容有点儿僵硬，转着酒杯没有说话。很久没有听到这个人的名字，有些陌生，也有些茫然，但不再像当初针扎一般刺心。

余永麟也意识到自己说话唐突，立刻辩白道：“我没有怪你的意思，在MPL，这几年该得到的我都得到了，真的栽了，咱愿赌服输，”他岔开话题，“哎，说点儿别的，今天普达开集采预备会，你猜猜，MPL派出的代表是谁？”

程睿敏的注意力果然被吸引，猜到：“于晓波？”

“错。再猜，你往那最不可能的人上面猜。”

程睿敏眼波一闪：“谭斌？”

"哎，没错！老话说的，教会徒弟饿死师傅，今儿我算是彻底体会到了。也不知怎的，我一见她就开始浑身不自在！"

程睿敏轻皱起眉头道："奇怪，那边怎么会派个新手出来？"

"因为晓波不肯干。"

"为什么？晓波一向特别能审时度势，按说这是他往上走的机会。销售总经理的职位，不可能一直空着。"

"晓波的脾气你也知道，四平八稳，他没有七分以上的把握不会轻易出手。有你和我们几个血淋淋的前车之鉴，他才不会去以身蹚雷呢。"

程睿敏对这个答案有几分意外，他注视着余永麟，内心不免隐隐作痛。他沥尽心血，用五六年的时间才建立起一支充满凝聚力的销售队伍，没想到摧毁它，竟是如此容易！而军心一旦涣散，整个队伍的创造力就会逐渐清零，从此人人自危，遇事只求自保。难道这就是刘秉康斩草除根想要的结果？

因为害怕他和李海洋结盟，毫不犹豫地把他赶出公司，还可以称得上迫不得已。但把余永麟这批人劝辞，简直就是自断双臂。任何事都是过犹不及，杀一儆百已经足够，外弛内张足以驾驭人心。程睿敏不相信商场中浸染几十年的刘秉康会不懂得这个道理。离开MPL很久了，他依然难以理解刘秉康。以刘秉康的阅历与经验，不会预测不到一系列冷血动作的背后带来的后果是什么。难道对权力的欲望真能让一个人失去理智？

"老程，"余永麟像是看透了他的心思，拍打着他的手臂，"你说说，老刘究竟在想什么？搞得如今捉襟见肘，连个像样的总监都挑不出来。权力让人疯狂，这话说得真不错。"

程睿敏喝口啤酒，认真想一想，还是摇头，然后慢慢说："话不能这么说，把机会给新人，是比较冒险，但也可能是支出人意料的奇兵，你千万别掉以轻心，最后栽在自己徒弟手里。"

"你说谭斌那丫头？唉，怎么说她好呢？这几天我一直在检讨，她是我手把手调教出来的，一直以为她还算是个比较忠心的人，没想到我居然也能看走眼！"

程睿敏抬起眼睛看着余永麟，脸上明显存在疑问。

余永麟有点儿酒意上涌，话多得刹不住车，说道："你不知道，老刘现在想尽办法在MPL消灭你的痕迹，她跟得那叫一个紧，那叫一个贴心。晓波那么无所谓的一个人，都让她给气得不行了。我简直不敢相信，这女人一旦势利起来，比男的可怕多了……"

程睿敏打断他："不至于吧？我觉得谭斌说话做事挺上路的。"

"得了吧，老程，你就是天真！在学校时这样，在社会上混这么多年了还这样，严重的理想主义者，总把人往好处想。”余永麟非常不以为然，接着又把MPL内部预备会上谭斌的原话一一复述。

程睿敏听着听着，唇边的笑容渐渐消失，把杯中的啤酒一口喝干：“这是晓波的原话？没有你的演绎吧？”

“我骗你干吗？”

半杯酒喝得太急，程睿敏扶住额头，忍受着突如其来的眩晕，几乎没有听到余永麟的回答。

余永麟依旧在喋喋不休。

“谭斌那丫头，甭看长得秀气，其实心狠着呢。知道当年我为什么铁了心把她从售后调过来？那时候她做项目经理，有个项目拖了两年，总也签不下终验证书。因为客户的经办人没得到什么好处，就存心刁难，死活不肯放手，换了几个人都拿不下。轮到谭斌，她每天8点准时去那人的办公室上班，拖地打水，然后坐旁边陪着办公，一点儿都不把自己当外人。泡了大半个月，那人终于忍受不了，乖乖在证书上签了字。我一瞧，行，心够狠，脸皮够厚，抗压能力也特强，是做销售的材料，毫不犹豫就把她挖过来。没想到，她这踩人上位的水平，也是炉火纯青……”

程睿敏一声不响地推开酒杯，站起来离开。

余永麟在身后叫：“嘿嘿嘿，你怎么走了？”

“不是答应你一个半小时吗？时间到了，回去做事。”

“这算怎么一回事？你走了谁买单？”

程睿敏头都没回道：“你拿发票来找我报销。”

余永麟没好气地骂了一句，刚要招手叫服务生结账，看见程睿敏又大步走回来。

“改主意了？”他斜着眼睛问。

程睿敏却重新坐下来，压低声音道：“忘了告诉你，普达投标组成员已经内定，梁副总出任正组长，但只挂个名，三个副组长，分别是工程部、业务部和设备部的一把手。这其中真正主事的是业务部田军，你必须首先搞定他。”

“我的老天！”余永麟即时酒意消散，张大嘴坐直了身体。他的声音虽低，但充满了不确信的惊疑：“田军？他终于跻身第二梯队了？果然所谓谣言不是空穴来风，都传说梁副总一退，他极有可能升副总，是真的吧？”

程睿敏对余永麟的问题避而不答：“我约了他后天谈事，到时候你打电话给我，找个理由一起吃饭。”

余永麟欣然捶了一下桌子说：“太好了！”

{03}

同一时刻，MPL中国公司的16层，门口贴着“作战室”标示的会议室里依然灯火通明。

会议桌一角，胡乱堆放着宅急送的比萨包装盒，空气中弥漫着一股似酸非酸的奶酪味道。

室内坐着的除了谭斌和乔利维，还有常驻北京的几个北方区销售经理，其他人则是通过远程电话和虚拟会议系统介入。而刘秉康晚上另有商务约会，只露了个面，交代谭斌几句话便匆匆离开了。

时间接近晚上9点半，会议依然没有结束的迹象。

普达的评分规则并没有引起过多争议。毕竟一个行业里竞争了多年，竞争对手彼此间的优势劣势都清清楚楚，无须多言。普达自己的技术标准就是十年前在MPL和FSK这些跨国公司的参与和帮助下，从无到有，用了几年时间慢慢建立起来的。论起技术优势，FSK和MPL均占头筹。

但是相比土生土长的国内企业，跨国公司的劣势也很明显。居高不下的成本只能让他们在国内以利润换市场的价格战中望洋兴叹，然后一点点儿被攻城略地。所以说到底，对MPL来说，最大的挑战还是来自价格。

而且像MPL这种业界数一数二的大公司，仅仅进入第一轮的短名单是不够的，还需要在综合排名中名列前茅，才有可能在后续的商务谈判中取得优势，才能保住目前的市场份额。

下午，刘秉康接到谭斌的邮件，告知已经通过私人关系从普达内部搞到了招标小组的完整名单。

谭斌猜得不错，田军果然紧随梁副总之后，作为第一副组长跻身招标小组的前列。

此时，投影仪在室内的大屏幕上投射出普达的组织结构图，普达总公司内所有和投标相关的关键人物，包括各省公司的一、二、三把手的名字都显示在一张表格里，不同的颜色标示着每个人对MPL的态度。

醒目的三种颜色代表三种不同的客户类型：绿色代表攻守同盟或者友好人士；黄色表示态度不明确的；红色，就是明确反对MPL或者属于竞争者阵营的。一眼望过去，红、黄两色所占的比例共有40%左右。虽然少，却因其浓重的色彩饱和度显得异常醒目。

很不幸，业务部经理田军的名字尚被黄色覆盖着，而让谭斌备受挫折的普达总工程师陈裕泰也出现在招标小组的名单里，而且是刺目的红色。

乔利维正在白板上勾画着他们彼此之间的关系："普达总部山头林立，各个省公司在京也各有后台，这表中的二十多个目标人物，彼此的关系微妙又复杂，没有探清敌情之前，千万不可妄动……"

谭斌接受了上回的教训，除了在大家跑题时提醒一声，一直就没怎么说话，只是安静地聆听。她不得不佩服乔利维钻营的能力——不过一个星期的工夫，他就把普达上上下下翻了个底朝天，掌握了不少藏在水面下的信息。显然在她努力构建普达总公司关系网的时候，乔利维也在做着同样的努力。

乔利维介绍完毕征询意见的时候，谭斌开了口。

"我完全同意老乔的分析，但我有一个建议，"她口齿清晰地表达自己的意见，"按照普达以前的习惯，技术交流一结束，标书很快就会下来，所以我们只有三至四周的时间去做客户关系。这很不如意，但我们必须面对现实。很显然，想争取到所有人的支持，对我们来说是不可能完成的任务，所以我们只能把精力分配在维持同盟者、争取中立者上面，目前依然态度消极的客户，我建议暂时放弃。"

乔利维像被踩了尾巴一样跳了起来，说道："放弃？你能保证被放弃的客户，他的决定不会左右最终的结果？"

"我不能保证，"谭斌看着他，态度温和却坚定，"这本来就是场赌博，有舍有得，谁也不可能做到面面俱到。"

"没试过你就知道不可能？Cherie，你难道忘了？做销售的，哪怕只有1%的机会，也不能轻易说放弃。"乔利维笃笃地敲着桌子，倒是没有动气，但寸步不让。

"老乔、Cherie，"于晓波的声音及时从会议电话里传出来，"这个问题我们下来再讨论，已经快10点了，早点儿散会让大家回家。"

谭斌立即醒悟，目光迅速扫向那几个销售经理，他们正睁大眼睛，像看戏一样兴致盎然地注视着两位代理总监，以及他们之间不见硝烟的隐秘火拼。

想到程睿敏提过的关于团队凝聚力的问题，她有所警醒，及时刹车："今天先到这儿，都辛苦了，大家赶紧回家休息。下一步的行动计划明天会发给大家。"

会议室内顷刻间就走避一空，会议电话上的同事也一个个离开，只有于晓波依然保留着接入状态。

谭斌关上门坐下来，向乔利维道歉道："老乔，对不起，我不是有意让你下不来台，但这件事，我们人力有限，时间也有限，真的要认真考虑取舍。"

她的态度突然软化，语气充满真诚，让正处于自卫状态的乔利维吃惊，愣了片刻，他笑着说道："前半段的道歉我坚决接受，后半段请允许我誓死保留。"

于晓波则慢悠悠地表明了立场，说道："我同意老乔的意见。和FSK相比，我们没有任何优势，只能尽量减少一切失误的可能。那些不待见MPL的客户，多接触总比不接触多点儿机会。”

从上次预备会之后，谭斌就察觉于晓波对她的态度有了微妙的变化。无意之间，他总是在不动声色地与她唱反调。她知道自己不经意间得罪了他，面对一个老资格的销售总监，而且还是一个很有可能升任销售总经理成为上司的人，谭斌不想和他发生正面冲突。她咬着嘴唇犹豫了一会儿，让步道：“既然二比一，我收回自己的话。那麻烦老乔做个客户发展计划出来，明天咱们一块去见Kenny，让他咬个牙印儿。”

事已如此，她只能以退为进，明天见了刘秉康再表明自己的立场，让刘秉康当场裁决。

散了会，谭斌去洗手间，刚一推门，就听到空旷的洗手间里传来断断续续的哽咽声。

谭斌浑身的汗毛立刻奓了起来。洗手间里的灯光虽然足够明亮，但这个时间的写字楼里，基本上已经人去楼空，乍一听到那悲悲戚戚的声音还真让人吓一跳。

她被迫在越来越大的哭泣声里解决内急，刚要拉门离开，却站住了。这声音听上去好像还挺熟悉。

谭斌轻轻地走过去，面前一溜儿隔门，只有一扇显示着“有人”。

微微俯身，她看到一双白色的圆头皮鞋，鞋面上系着俏皮的蝴蝶结。

这双鞋早上还被谭斌特意夸过，很有20世纪60年代的优雅风范。鞋的主人，是她升职前的下属，北京销售代表——方芳。

谭斌抬手敲门道：“方芳，我是Cherie。一会儿你洗把脸出来，我在三号会议室等你。”

隔间内的哭声戛然而止。

十分钟后，方芳蔫蔫地坐在她面前，额发湿漉漉地贴在脑门上，眼睛和脸都是肿的。

谭斌递给她一大杯热巧克力。

“谢谢！”方芳接过捧在手里，声音也是哑的。

“出了什么事？”谭斌问。

方芳低下头，泪珠又骨碌碌地滚出来，呜咽着说道：“我不想干了！”

谭斌松了口气，揉揉酸涩的双眼，无奈地笑：“这是你第几回说不干了？”

“这回是真的。”

“为什么？难道客户又给你气受了？”

“不是，被Young骂了，他太过分！”方芳得到倾诉的机会，满腹的委屈像倒豆子一样哗哗涌出来，“明明是他自己稀里糊涂，就是和客户开会约个时间这么一点儿小事，一天三变，惹得客户不高兴。我替他挡完骂，回来好心提醒一句，他居然也骂我，骂我对客户一副奴才相！有这样做上司的吗？都是爹妈养的，一样的人，凭什么他能骂得这么难听，我就得低声下气看他的脸色？”

听到这里，谭斌心中有瞬间的后悔，后悔刚才不该多事将方芳留下，现在她已是骑虎难下。

Young就是周杨，目前接替谭斌担任北京地区销售经理，方芳的直线经理。周杨二十七八岁，人挺能干，对付客户也很有一套，但和内部同事打交道，说话却总是不太客气。谭斌已收到不少人对他的抱怨了。方芳跟她两年多，两人关系一直不错。若非如此，方芳也不会有一种优越感，敢在上司的上司面前肆无忌惮地数落自己的上司。

但这个孩子显然不明白，如今两人已隔了一层，这样越级告状，实在是办公室里的一大忌讳。每一种管理模式，都要依靠既有的结构维持平衡，越级就是对这种结构的颠覆，很少会有公司刻意地容忍或鼓励这种行为。以谭斌的位置，当然不方便直接插手下属和他下属间的恩怨。

“方芳，”她决定实话实说，让方芳明白她的态度，“对于这件事本身，因为我不了解当时的具体情况，所以无法评价对错。Young的沟通技巧一直有问题，这我知道，我会找时间跟他谈谈。但他毕竟是你的上级，你得学会自己去和他沟通，我没有办法帮你。”

方芳抬起头看着她，眼中满是惊疑的神色。

谭斌暗自叹口气，接着说：“我一直把你当小师妹待，如果你还认我是大姐，就听我一句话。不是所有的人都能和你投契，尤其是上司的风格。你不可能像在饭店一样，可以按照自己的喜好点菜，只能人家上什么，你吃什么。即使不喜欢，你也要尽量自我催眠，告诉自己很好吃、很好吃，火候到了你自然会觉得那就是珍馐美味。”

方芳抹干净眼泪，赌气说：“干吗让自己那么委屈？不喜欢我可以换菜馆。”

“你可真是个孩子！”谭斌笑起来，“有没有听过一句话，天下乌鸦一般黑？哪儿都一样的。”

“他最喜欢别人吹捧他，难道真让我天天对着他溜须拍马？我做不来。”

谭斌按住怦怦乱跳的太阳穴，知道自己刚才一番话完全是对牛弹琴。极度疲倦之下，她尽量保持着仅有的耐心，决定一说完就离开办公室。

“方芳，”她站起身说，“想赢得上司的信赖，不是靠溜须拍马或者无条件顺从就能做到的。我告诉你，最好的相处模式是，他的强项你能欣赏，他的弱处你能填补，这才是维持信任的捷径。回家吧，冲个澡睡一觉，其他的事明天再说。”

谭斌狠狠心走开，方芳依然呆坐在会议室，半天不见动一下。也许回家她还要哭上一场，但没有办法，成长的阵痛没有人能替代。哭过了她就会明白，不想让人轻视，首先要有不让人轻视的资本。弱者的自言自语总是难以被人听到，不是声音不够大，而是因为这个世界的规则，兜兜转转总为强者存在。

还能感觉到受伤，证明她的感官依然年轻敏锐。若干年后，她也许不会再为别人的一句话就痛哭流涕，也许会变得八面玲珑、左右逢源。但圆滑光润的代价，是感觉变得日益迟钝闭塞，心中再没有大开大合的波澜，年轻时飞扬的想象力将逐渐枯竭，所有的不羁和激情随着身外之物的增加，终有一日会烟消云散。

回去的路上，谭斌忽然想起自己好像很久很久没有狠狠地哭过了。每次有点儿哭的意思，总会下意识地转移注意力，看书看电视，不给自己自伤自怜的机会。过了那个时候再回头，就会发现这世界上其实没有什么事值得她真正为之哭泣，为之辗转反侧。

{04}

到家之后，谭斌已是筋疲力尽，也顾不得天气潮热是否合适，尽量调低空调的温度，放了一浴缸热水跳进去。

精油的味道渐渐挥发，乱糟糟的心事似乎也随着汗水排出体外。正当神昏身软时，放在客厅的手机不合时宜地响了。

谭斌实在懒得动，由着它呜哇呜哇地响了很久，终于安静下来。

刚松口气，手机又开始唱。唱得谭斌实在坐不住了，水淋淋地爬出浴缸，取了手机跑回浴室。

号码是沈培的，这让她有点儿高兴，毕竟好些天没有听到沈培的声音了。

“沈培？”

“是我。斌斌，你在干什么呢？”沈培那边的信号并不是太好，说话声断断续续的。

“泡澡。”谭斌趴在浴缸边沿，懒懒地回答。

汗出得太多，身体仿佛已被控干，不再储存一点儿水分，头有点儿昏，她不敢乱动。

“怎么说话这调调？是不是病了？”

“没有，我好好的，别咒我。你在哪儿呢？”

“甘肃碌曲，昨天就已经进入桑科草原了，”沈培显然很兴奋，“你真该跟我一起来，夏天的草原太漂亮了！漂亮得我找不到任何形容词形容，完全失去了语言能力！”

谭斌轻声笑：“我看你抒情挺好嘛。甭绕弯了，说，找我什么事？”

沈培在电话里“呸”了一声道：“你真没情趣！”

“你那点儿小心眼儿，打完座机换手机，就为了告诉我草原多么美丽？鬼才相信。”

“好吧，服了你，其实、其实我是想问你句话。”

“说，我听着呢。”

沈培却不出声了，谭斌只听到耳边呜呜的声音，不知是电流声，还是桑科草原上清凉的夜风的声音。

“说话呀，你怎么了？”

沈培咳嗽，再咳嗽，终于道：“嗯，那个……结婚手续是不是很麻烦？”

手机差点儿脱手滑进浴缸，谭斌瞪着手机，简直怀疑搭错了线。

“斌斌？”

谭斌回过神道：“你刚才说什么？结婚手续？”

“嗯。”

“你没发烧吧？还是酒喝多了？”

“又侮辱我，我很认真的。”

“你三分钟的热度，我早领教过多次了。”

“这回我绝对是真的。你别打岔，让我一口气说完。今天我见到藏民的灌顶法会，很多很多的人，用了几年的时间，从青海、四川、内蒙古，一步一个长头磕到目的地。我站在一边看着，我一直在想，那么多人用尽一生等待的竟是一个虚无缥缈的来世，只是为了一个无法验证的承诺，就把一生最好的时光都献给了他们的信仰，除此之外一无所求。如果有一天，他们知道维持生命和希望的那根细线，另一端却是空无一物时，他们会怎么样？”

谭斌的脑子转得有点儿吃力，她已经很多年没有思考过如此深邃的话题了。她和沈培，一个活在真实的物质世界里，一个活在虚无的精神世界里，经常会出现这种关公战秦琼的场面，一方侃侃而谈，一方不知所云。

“会怎么样？”想了半天她才说，“我只能想到一个词，万劫不复。”

“是。我忽然觉得，以前的作品简直没法儿见人。他们说我的画风华丽又空洞，我一直不爱听，现在想想，也许他们是对的。”

谭斌不再说话，静静地聆听。

“斌斌，我想跟你说，原来我一直担心爱情不能持久，两个人总有从互相倾慕到相看两厌的一天，所以我害怕结婚，害怕任何形式的束缚变成感情的枷锁。但现在我不这么想了，生命的真相无论如何不堪，我们都得去面对，我不想为了将来的不确定，轻易放弃手里可以把握的。斌斌，你等我。”

这句话，谭斌完全听懂了，也被感动了，说道：“好的，我等你回来。”

沈培的沉默透过电波维持良久，谭斌似乎能察觉到一片静寂中他的满足和快乐。他终于说："太晚了，你好好睡，我挂了。"

谭斌从浴缸里爬出来，裹上睡衣走到客厅。沈培为她画的那组四季，在温暖的餐厅的灯光下辉映着柔和的光泽。她伸出手，轻轻抚摸着右下角"I love you"的签名，一个快乐的微笑慢慢地浮上她的唇角。

{05}

自普达总公司的招标预备会之后，MPL中国整个销售部门日常工作的节奏骤然加快。

产品经理们开始按照普达的具体要求，夜以继日地准备技术交流的文档。

谭斌一边要负责自己区域内销售的日常管理工作，一边要照应普达集采的准备工作，同时还得帮助北京地区的新销售经理周杨熟悉客户和流程，但她自己的烦恼却无人可以分担。

那天谭斌和乔利维一起跟刘秉康汇报客户关系发展方案，出乎她的意料，刘秉康竟然也同意乔利维和于晓波"一个都不能放弃"的想法，并且十分赞赏乔利维连夜赶出的那份方案，要求他负责跟踪推进，每周发一份总结报告。

谭斌满心的失落只能埋在心里，对这个决定表示接受。

接下来团队再次开会，确定采用人盯人的方式，给每个人分配相对应的发展对象。乔利维挑选的是三个和MPL关系一直友好的客户，谭斌却默默地在田军和陈裕泰的名字后面写上了自己的名字。

面对其他同事诧异的目光，谭斌笑笑说："不是说好的不抛弃不放弃吗？这两块硬骨头，就留给我去啃吧。"

可是时间过去一周了，她的"不抛弃不放弃"计划却无任何进展。

这天是周五，谭斌从普达总部返回公司，被前台的女孩叫住："Cherie，你的快件。"

一个边长为十厘米的方形纸盒，包装得整整齐齐。发件人的姓名极其陌生，谭斌只知道那地址是央视附近一家著名的写字楼。

她一路嘀咕着回到座位："真奇怪，别是炸弹或者霍乱细菌什么的吧？"

放在桌上拆开了看，剥开几层纸盒，里面躺着一个精致的木头盒子，上面镌刻着西番莲的古朴花样。再抽开盒盖，谭斌喊了一声，睁大了眼睛。

盒子里竟是一枚绚丽晶莹的田黄印章。

就算平日她对这些琐碎的小玩意儿不感兴趣，可是跟着沈培耳濡目染，关于鸡血、田黄的市值多少也知道一些皮毛。看那田黄的成色，温润细腻，似半透明的凝脂，即使是彩冻石仿冒的，亦属其中的上品，价格无论如何不会太便宜。

她疑惑地取出来凑在眼前细看。触手之处清凉滑腻，章底手刻的几个字笔意浓郁，是古朴圆熟的小篆。

眯起眼睛努力辨认，也只能勉强猜到两个字。看看底部还残留着红色的印泥，谭斌哈口气盖在白纸上，这下倒是看清楚了，却呆住了，半天不说话。

那七个字是：十分红处便成灰。

谭斌少年时代最喜欢的一位作家，某本书里曾用过这句话。那时她还在读高中，尚不明白乐极生悲以及盛极必衰的辩证关系，只是无端觉得触目惊心，似有一盆冷水从头浇到踵。在少年的心里，“十分红处便成灰”似乎比“开到荼蘼花事了”更加惨烈。

很久以后她才知道这句话的真正出处。但多年之后再见，最初的那份震荡感依然存在。

谭斌诧异地盯着红色的印记，到底是谁呢？

想起文晓慧曾经评价她的男友：“和平年月又不指望他替我挡枪子儿，那么他肯在我身上花费金钱和时间，应该还是爱我的。所以如今送礼都恨不得把价签双手奉上，以示情真意切，还有谁肯送如此个性的礼物？”

她拿起木盒细看，才发现木盒底部另有张卡片。小小的一张白色卡片，正面用流利的行草写着：“恭祝芳辰。”翻过来两行同样的笔迹：“晚来天欲雪，能饮一杯无？”

而签名，则是谭斌曾经在合同上见过无数次、熟得不能再熟的三个字：程睿敏。

明天，8月31日，就是谭斌29岁的生日，这是一份有心的生日礼物，一个别致的邀请。

谭斌拢起双臂坐下，不知是不是正好在空调风口下，感觉有点儿冷。

她料着程睿敏是做事极有分寸的人，这枚印章很有可能是仿邓石如的近代赝品，价值不会太离谱。按说谭斌多少见过些世面，比它更贵重的礼物也收过，关键是这份礼物前后没有正常铺垫，仿佛突然劈下一个惊雷，她没有足够的心理准备。

前几次见面，程睿敏言语间若有若无的暧昧，她不是察觉不到。但虚荣心作祟，谭斌没觉得有什么不妥，反而相当享受这点儿成年男女之间的暧昧。

仅此而已。

这世上诚然有很多美轮美奂的好东西，但不是人人都有足够的资格买单。勉强拥有，也不代表从此就能所向披靡，心想事成。最好的方式是远远地欣赏评点一番，然后抛掷脑后。

这是谭斌从时尚杂志炫目的大牌广告中得来的经验。

可是这份重礼一出，仿佛窗户纸被捅破，一切都变了味道。似程睿敏这般人才，觊觎的人不知有多少。他犯得着八字尚无一撇，就贸然抛下赌注吗？

下意识里，谭斌强烈感觉这不是程睿敏的风格。

她收起印章，决定赴这个约会，看看葫芦里装的究竟是什么药。

“更待菊黄家酝熟，共君一醉一陶然。”程睿敏用的是白居易的诗，回他的自然也是白居易的。

谭斌一直没加过程睿敏微信，这句话是编辑成短信发出去的。

她一心以为很快会有回复，但是没有。一直到下班，手机响了又响，都不是她等的号码。

谭斌便有点儿牙痒，心想敌进我退，敌退我进，这战术程睿敏玩得真是娴熟。

已是周末，同事陆续告辞，她还在闷头处理邮件。

手机再响，空荡荡的办公室里听来格外惊心。谭斌瞟一眼来电显示，若无其事地转开脸，等它唱完大半首歌，方按下通话键。

“您好，我是谭斌。”典型的公事公办的腔调。

那边似乎被噎了一下，半天没有声音。

“请问您哪位？”谭斌假惺惺地追问。

“程睿敏。”终于报名。

“有事吗？”自己都觉得自己真矫情，刚才那条短信不是自己发的吗？

程睿敏显然也被弄糊涂了，沉默片刻回答：“我刚下飞机，才看到你的短信。”

“嗬。”谭斌一下子泄气，意识到自己的无聊，立即换了一副口气，“对不起，今天事太多，我差点儿忘了。程总，谢谢你的礼物！”

“你已经收到了？”

“收到了。很特别，我很喜欢，谢谢！”

程睿敏轻笑一声道：“就是说，你的短信，我可以理解成一封邀请书？”

谭斌“嘿”一声，然后说：“这叫一个黑白颠倒，明明是你先开口的，你发的投标邀请书，我最多算是回了一个报价单。”

“谁先开口并不重要。”他慢条斯理地回答，“小谭，要不要我提醒你？我约的是冬季，你可是提前到了秋天。”

谭斌哑然，一时间找不出任何话反驳。

程睿敏在谈判桌上纵横十年，三十六计驾轻就熟，论起口才和心计，哪一样她都不是对手，还是藏拙为妙。

“算了，我从不跟女孩子计较，”程睿敏说，“还是我牺牲一次，让我来开这个口吧！明晚你方便吗？”

“没问题。”谭斌不想再耍什么花样，老老实实地回答。

“总要先吃晚饭。你想吃什么？”

“龙虾。”谭斌心头窝火，一点儿都不客气。

“真狠啊！”程睿敏在电话那头笑，“好，你挑个地方。”

“有什么可挑的？东边吃来吃去就那么几家，都像一个师傅教出来的。”

“那我就做主了，刚想起一个吃海鲜的地方，明天带你过去。”

“什么地方？”

程睿敏故意卖着关子：“明天你就知道了。”大概他以为谭斌会接着问他到底在什么地方。

“那好，明天见。”谭斌却答得干脆，根本不打算成全他。

“明天见。”一向沉静自制的程睿敏忽然有了微弱的挫败感，结束通话前他补充一句，“穿得随便点儿，带件薄外套。”

{06}

周六早晨开始，谭斌陆续收到不少短信和电话，父母、同事、朋友都在祝她生日快乐。

谭斌很感动，没想到有这么多人记得她的生日。

下午沈培的电话打进来的时候，她正手忙脚乱地换衣服。

听沈培抱怨完糟糕的路况，谭斌如实汇报说：“我要去和别人吃烛光晚餐了！”

沈培说：“去吧去吧。没有其他人做比较，你不知道我的好。”

谭斌说：“臭美！”

沈培回敬道：“好好玩，等我回来你就没机会了。”

谭斌“呸”了一声。

沈培哈哈大笑，很快挂了电话。

和程睿敏约定的时间已到，谭斌还在镜子前皱眉。她的衣柜里向来欠缺休闲的衣服，程睿敏一句“穿得随便点儿”，着实难为到她了。

最后她只好胡乱套件小T恤，下面是条军装休闲裤，侧面啰啰唆唆一堆口袋。她又扎起头发，只在脸颊上补点儿胭脂就出了门。

程睿敏的车停在楼下，人站在车子外。看到谭斌走近，不禁露出惊讶的神色。

他说："天哪，这一身看上去只有18岁。"

谭斌没有接受这俗套的赞美，讪笑道："您说的是衣服吧？谢谢！"

程睿敏居然罕见地脸红了。

谭斌也就不忍再说什么，自己开门坐进车里。

副座上放着一大束香水百合，她拿起来："我的？"

程睿敏点头，笑意盎然地说道："生日快乐！"

谭斌有刹那间的失神，这是第一次在自然光线下见到他的笑容，温和澄净如二月春风。她轻轻地呼气，让自己从屏息中慢慢松懈下来。

"系上安全带。"程睿敏低声提醒。

离得这么近，谭斌才能听出他声音里掩不住的沙哑疲惫，她不安地侧头看看他。程睿敏的形象还是一贯的清雅妥帖，神色略见疲倦，可是眼神灵动，依然是她从前熟悉的神采。

谭斌放下心来，低头扣上安全带。

带子长度有点儿紧，她扭过身子尽力调整。

"松手，我帮你。"程睿敏俯身过来，离她极近。他的身上有沐浴液清薄的香气，微凉的指尖偶尔触到她裸露的肌肤。谭斌忽然觉得不自在，略仰仰身道："我自己来吧。"

程睿敏笑笑说："好了，我们出发。"仿佛没有留意到她的局促。

谭斌把视线移到窗外。

周末的街道不复平日的窄仄，虽然已是8月底，下午4点左右的阳光依然炽烈，白花花地照在柏油马路上，整个路面表层浮动，像是笼罩着一层水雾。

车内温度清凉，封闭的空间里满是百合馥郁的清香，音响开得很低，放着一首谭斌熟悉的歌，歌手的声音似在絮絮低语："你载着我的岁月沉浮如河水，无论走过多远，我们的过去依然让我新奇……"

程睿敏开车时仍旧习惯性地沉默。车子轻快地拐上东三环，一路向南。

车过十里河，谭斌终于察觉不对："再往南就出北京了。"

程睿敏说："没错，咱们奔着京津塘高速去的。"

"京津塘？"谭斌的下巴几乎落地，"我们去天津？"

"差一点儿，塘沽。"

谭斌挑起眉毛看着他。

程睿敏解释道："今天是休渔期结束的第一天，一会儿上了高速你就知道了，全是北京牌子的车，都是往塘沽方向去的。"

谭斌喃喃道："真奢侈。"为吃顿饭来回往返300多公里，她实在无法理解这种热情。

看她把眉毛、眼睛、鼻子全皱在一处，以表示完全不以为然，程睿敏忍不住笑道："我们可能将近两个小时才能到目的地。后座有松饼和咖啡，扛不住了你就先垫一垫。"

谭斌不饿，可是听到"咖啡"两字就有点儿忍不住，探过身取在手中。

纸杯上是熟悉的logo，味道也是熟悉的，星巴克家的焦糖玛奇朵。她看一眼程睿敏，想象不出这人的脑容量究竟有多大，连她如此不起眼的一个偏好他都记得清清楚楚。

她揭开杯盖，香浓醇厚的味道让她记起初夏的某个中午，阳光灿烂，满城新绿，她也是这样手持一杯咖啡，踌躇满志地走进公司的大厦。随后发生的一切，完全颠覆了她按部就班的职场生涯。

一转眼时光飞逝，北京的秋天即将来临。已经逝去的这个夏天，有足够的理由让谭斌记忆深刻。以往的岁月里，没有一个季节令谭斌把"物是人非"四个字理解得刻骨铭心。

她喝口咖啡，立定心思随遇而安。

车子上了京津高速，两个方向的车流果然明显不均，往南去的，清一色全是京字打头的牌照，高中低档，各色车型应有尽有。

谭斌叹为观止，担心地问："会不会堵车？"

程睿敏摇头："高峰是上午，第一拨尝鲜的已经过去了。"

"这是在雍和宫抢烧头香吗？还是吃了第一只螃蟹有奖杯颁发？"她依然不能理解。

程睿敏侧头，虽然墨镜遮着大半张脸，但看得出他在笑，为她那点儿执着的劲头。

"人有追求总是好的吧。"他回答。

他们的目的地是一艘港口停泊的旧海轮。此时太阳尚未完全落山，舱顶的霓虹灯已经亮了起来。不出意料，特意来赶场的食客很多，大厅、包间座无虚席，一片熙熙攘攘。

谭斌站在门口溜了几眼，发现一个有趣的现象——这里的服务生，竟没有一个女性，清一色白衣黑裤的男生。就连门口舷梯处的迎宾，都是几个西服笔挺的英俊小伙。

程睿敏报出姓名，那个长相清秀的男孩子客气回应："程先生请，老板一直在等您。"

脚下的舷梯皆为簇新的不锈钢，亮得能映出清晰的人影。一阶阶通往不同的舱层，尽头处是顶舱的甲板。

程睿敏回头照应道：“当心脚底打滑。”

谭斌摇摇头，表示没关系。

“程小幺。”头顶蓦然响起一个浑厚的声音，居然压住了周围的喧嚣。

谭斌抬起眼睛，只看到一个身材高大的男人正吊儿郎当地斜靠在栏杆上，式样简单的白衬衣，下摆一半落在长裤外面，袖子一直卷到肘部。背着光她还没有看清五官，那人已经一阵风似的卷下来，一把抱住程睿敏。

谭斌吃惊，禁不住后退两步。

那人大力地拍打程睿敏的后背，连声说：“程小幺，天天忙什么呢？人影儿都瞧不见，二子他妈一直惦记你，想起你就抹眼泪。”

当着谭斌的面，程睿敏明显有点儿尴尬，低声说：“我有朋友在，你给我留点儿面子。”

那人便抬起头看向谭斌。长相一般，30多岁，五官不见特别出色，就是传统的鼻直口方，眼睛虽不大，却精光闪烁，自有一股逼人的气势。

谭斌朝他微笑。他这才放开程睿敏，上下打量他几眼道：“人模狗样的，哎，我说，你怎么越长越回去，年纪都长到哪儿去了？”

谭斌咬紧下唇，把脸转到一边，不好意思让程睿敏看到她拼命忍笑的模样。

程睿敏无奈地动动嘴角，把车钥匙递给那人说：“后备厢里给你带了几瓶酒，记得给我留一瓶。”

那人顿时眉开眼笑道：“成啊，还惦记着兄弟，哥哥我没白疼你。”他望着谭斌，“妹妹来一趟不容易，想吃什么告诉哥哥，千万别见外啊！”

“行，我们有什么吃什么，你忙你的去吧。”程睿敏推开他，就手拉过谭斌，“来，我们到舱顶等着，透透气。”

谭斌没有反对，回头冲那人笑笑，跟着程睿敏爬上顶舱的甲板。

甲板上另有一番天地。虽然地方不大，只能放置一对藤椅和一张桌子，却三面临水，视野开阔，蓝白两色的帷幔在晚风中猎猎作响。

程睿敏指着远处密麻麻的一片船桅说道：“那些就是靠港的渔轮，北京市场的渤海海鲜，很多来自它们。”

“哦，”谭斌踮起脚尖，“每天都有吗？”

“对，这家店天天派人去蹲点儿，船一靠岸就现金交易。咱们待会儿吃的，离水不会超过三小时。”

谭斌无法压抑好奇，问道：“刚才那是老板吗？为什么他叫你小幺？”

程睿敏为她拉开椅子，笑着说：“他是我的高中同学，名叫严谨。我们是当年班里关系特铁的三个人，自称三剑客，他是老大，我年纪最小，所以就成了小幺。”

想起那人一口一个“程小幺”，谭斌还是想笑。

程睿敏接着说：“S中有名的三匹害群之马，有些老师现在还记得我们，一提起来就摇头。”

S中是个什么样的学校，地球人都知道。谭斌忽然想起一件事：“你在北京上的高中？我怎么记得你是南方人？”

“你没记错。”程睿敏把两条长腿跷在栏杆上，眼望着前方，一时没了下文。

远处夕阳下的渔船，逆着光勾勒出一幅黑色的剪影，寂静而安详。谭斌静静地看着他，预感到下面会是一个特别的故事。

“小时候我妈一直驻外，我爸忙得顾不上管我，我是跟着外公在厦门长大的；初中三年级才回的北京，南方待惯了，怎么着都不适应，一不高兴我就离家出走，轮着去他们两家蹭吃蹭喝，尤其是老二，他妈把我当小儿子一样疼。”

程睿敏没有再说下去，仰起头微笑，眼睛里却分明是沉溺往事的光影变幻。也许是谭斌敏感，觉得他平平淡淡的语气里似乎暗藏着令人不易察觉的悲伤。她移开视线，适时地保持沉默。

此刻，西方天际燃烧着一片灿烂的晚霞，蔷薇色的余晖闪烁不定地照在水面上，万点金鳞霍霍跳动，周围的一切都似笼罩在金红的焰火中。

谭斌靠在栏杆上，看得几乎呆住。平日生活的城市，日出日落皆藏匿在高楼大厦的背后，这般瑰丽的景色简直无处可觅。

程睿敏打开一罐啤酒递给她：“很漂亮是吧？可惜是内海，不然更壮观。”

谭斌说：“我不能看见太美的东西，看着它转瞬即逝，心里就难受。我妈一直说我是贾宝玉的脾气。”

程睿敏转过头看着她说：“奇怪的比喻，临风流泪的，不是林黛玉吗？”

“你不知道，我们家是把我当男孩子养的。自小我也只和男孩子玩，搞得现在经常觉得自己性别倒错。”

程睿敏微笑，轻轻碰一碰她手中的易拉罐说：“来，为你倒错的童年干一杯。”

谭斌与他碰杯，将剩余的啤酒一口气干了，便有点儿唏嘘：“小时候总发愁日子如此漫长，为什么总也长不大。十七八岁的时候又觉得自己永远不会老，没想到走着走着真的就奔三十了，好可怕！”

她自嘲地笑起来，并没有注意到程睿敏正从身后含蓄地打量着她。

谭斌的身后是缤纷绚烂的云海，夕阳最后的余光在她的侧脸上描出一道金红的光晕，柔软干净的肌肤，绒绒的质感似六月枝头的蜜桃。

似看到什么不该看到的东西，程睿敏迅速掉转目光，和她一起专心欣赏云海的变幻。

太阳终于完全落下去，整个天空和海面也跟着暗淡，头顶的颜色一层层变幻，从玫瑰紫、葡萄灰到黛青，最后完全归于夜的沉寂。

“下去吧。”程睿敏说。

包间内已经备好了餐。清蒸花盖蟹、白水蛏子、海胆刺身，毫不花哨的烹调方式却因为材料的新鲜，鲜甘味美至极，当即把城内饭店的海鲜比成了脱水的芦柴棒。

谭斌不禁食指大动，但她吃蟹的水平一向差劲，正要不顾矜持直接上手，刚才那男子，饭店的老板严谨推门进来。

他递给程睿敏一张对折的白纸，说道：“你托的那事，我帮你办成了，你直接跟这上面的人联系。可那人说了，帮你没问题，但当年你砸人家那一黑砖，人家还记得呢。”

听到“砸人黑砖”几个字，谭斌不自觉地睁大了眼睛。

严谨朝她笑笑说：“妹妹，我跟小幺说两句话，你不介意吧？”

谭斌识趣地放下餐巾说：“我去洗手间。”

程睿敏却立刻伸手，按在她的手背上说：“小谭不是外人，严谨，你说吧，没关系。”

仿佛通电一般，谭斌的脸呼一下热起来。她犹豫片刻，迅速抽回了自己的手。

严谨看看他，又看看谭斌，眼中闪过一丝了然的笑意。

程睿敏假装没看见，只是说：“要不你跟他递个话，要不要我们俩找个地方单练？大不了我让他还一砖头。”

严谨哈哈大笑，起身拍着他的肩膀说：“你俩找地方决斗吧，我不管了。你们慢慢吃，我也不做灯泡。妹妹，哥哥走了啊！”

谭斌笑着摆手说：“再见！”

他却站住，换了一口天津话说：“程小幺，这水灵灵的一姐姐，像朵刚掐下的花儿似的，你好好爱惜，可别糟蹋了。”

程睿敏几乎崩溃，说道：“您赶紧走吧，我求您了！”

服务生在旁边偷笑，结果被严谨揪着前襟，一路拽出门，说道：“跟我出去，你怎么一点儿眼力见儿都没有？”

他向谭斌挤挤眼睛，将包间的大门咣当一声关死了。

房间内的两人被他或真或谑地一通搅和，不约而同地感觉到了尴尬。

程睿敏说："他说话就这样，从来没个正经，你别介意。"

谭斌笑答："没事，挺有趣的一个人。"

程睿敏取过手边的酒瓶，用一方餐巾垫着亲自倒酒，说道："来，美食当前，岂可无酒？"

他的手势优雅而纯熟。琥珀色的液体流入透明的玻璃酒杯，玫瑰和新鲜荔枝的香味倾溢而出，芬芳扑鼻。

谭斌瞄一眼商标，立刻"哎哟"一声，说道："Gewürztraminer？我没看错吧？您真够奢侈的。"

"眼力不错！"程睿敏笑着说，"这也算是酒遇知己，总算值得。"

"承让承让。"谭斌接过酒杯，深嗅一口，笑道，"平时要陪客户出入一些场合，恶补过葡萄酒的常识，今天只是正常发挥。"

程睿敏举起酒杯说："祝你寿与天齐，年年十八。"

"那不变成千年的妖精了？您这祝寿词真别致！"谭斌禁不住笑，"多谢吉言。"

酒甫一入口，丝绒一般美妙的触感从舌尖一直延伸到舌根，柔软香醇的感觉难以描摹。

谭斌轻叹道："早知道有这样的好酒，刚才不该喝啤酒的，掺着喝太容易醉了。"

程睿敏有点儿意外，说道："我听说你很有点儿酒量？"

"唉，那是谣言，传得多了就变成真的了。"

程睿敏将青柠檬的汁液淋在海胆上，然后推到谭斌的面前，随口问："事实是什么？"

"您还记得TD公司的王总吗？"

"嗯，记得。"

"五年前我接手TD的项目时，王总还是综合部的主任。不知道我前边那个销售经理做了什么事让他对MPL深恶痛绝，我第一次带着产品经理去拜访，他当着其他部门主任的面，大骂我们是汉奸和洋奴，指着鼻子让我们滚出去。"

程睿敏皱着眉笑道："嗬，对女士也这么不客气？"

"不只，还有呢。吃饭的时候，放了十杯白酒在我面前，数落一句MPL的罪状，就让我喝一杯酒。说得急了，我直接把十杯酒折在一个茶杯里，拍着桌子说，'我要是都喝了，咱们能不能记忆清零，从头开始'？他们就都看着我不说话，我只好硬着头皮一口气灌下去。三两多啊，那些人当场全部石化，我就在众目睽睽之下摔门走了。"

"然后呢？"

"然后？"谭斌侧头笑，"做英雄当然不那么容易。回到酒店我抱着马桶，吐得天旋地转，躺了一天才缓过来。以后王总逢人就说，哎呀，MPL的那个小谭，能喝啊……我这好酒的名声，就是这么传出来的。”

程睿敏停了手，若有所思地看着她说：“女孩子做销售，总要多吃点儿苦。”

谭斌倒是不觉得：“无关性别，都有这时候吧。咱公司里那些男孩也没少喝过。想从别人口袋里掏钱出来，总要有代价，我早习惯了。”

程睿敏缄默了，过了一会儿说：“那是你第一个合同吧？我记得合同金额并不大。”

谭斌微微颔首。是挺小的，小得别人都不屑于正眼看。

她还记得签了合同兴冲冲地回到公司，有人当着她的面不屑地说，不过是别人手指缝里漏下的点心渣子，气得她几乎当场流出眼泪。

但谭斌只是装作没听见，低头走开，事后依旧一丝不苟地督促着售后，保证了设备按时交付使用，并和那位王主任不打不相识，成了朋友。

谁也没有想到，半年之后，这家公司突然在海外上市，王主任升任总经理，新官上任的第一把火就是改造整个公司的管理设备和信息系统。

鉴于MPL中国第一期的表现，没有任何异议，轻松赢得了二期、三期扩容合同，合同的数额大得惊人。

谭斌就是靠着这个合同逐渐脱颖而出，成为同期销售经理中的佼佼者，而那个把TD公司当点心渣的人，现在是谭斌的下属。

这件事也让谭斌得到了一个教训，不要轻视任何人任何事，因为你无法预测明天会有什么奇迹发生。拿破仑尚且有遭遇滑铁卢的一刻，谁也不能保证自己是人生途中的常胜将军。

想起往事，谭斌有点儿感慨。很多次她在客户处受到屈辱，发誓改行，但形势稍有改善，就忘了自己的誓言，依旧挂着职业化的笑容，应对同样的人和事。五六年的时间，说长不长，说短不短，她居然跌跌撞撞一路挺了过来。

她正想得出神，一壳剥好的蟹肉放在了她面前的盘子里。

因为一会儿还要开车，程睿敏滴酒未沾。但他吃得也不多，几乎没怎么动筷子，只是静静地听着她说话，唯有剥蟹的动作极其熟练。

谭斌抬起头问：“你怎么不吃？”

程睿敏笑笑说：“我从小在厦门长大，海鲜对我的吸引力没那么大。”

谭斌便不再多话，只顾自己埋头苦吃。

程睿敏凝视着她年轻的面孔，眼中渐渐露出温暖的笑意。

他说：“第一次总是印象最深刻的。我签的第一个单子，在海拉尔。几个人在那儿泡了三个月，当地只有羊肉，吃到反胃，体重下降了七八斤。合同终于签下来了，我们跑到三里屯串酒吧，一家家挨着喝过去，醉得在大马路上排着队唱歌，把警察都招来了。”

谭斌想着当时的情景，扑哧一声笑出来。

等她吃得差不多了，程睿敏为她续上半杯酒，轻描淡写地问：“小谭，你现在还好吗？我是说，你的工作。”

谭斌想说，很好，谢谢你的关心。但是酒精的热力渐渐蒸发，她有点儿管不住自己的嘴，心里像有只小手撩拨着她一吐为快。

认真地想了一下，她回答道：“怎么说呢？不太好，经常觉得迷茫，不知道自己在做什么。说真的，不觉得比升职前更好。”

程睿敏看着她，似乎欲语还休，过了一会儿才笑着问道：“别人升了职只有春风得意，你怎么意兴阑珊的？”

谭斌的神色有点儿苦涩，低下头说：“Tony离开后，我才知道他为我们挡了多少风雨。以前只顾往前走，遇到问题就扔给Tony去解决，我只要关心合同能否拿下，一切就OK。现在，和其他部门的摩擦和内耗，维持团队内部的平衡，就已经让人精疲力竭。我挺怀念你们都在的时候，觉得那时候的我比较快乐，一切尽在掌握中。如今却常觉得失控，好像失重一样落不到地面上……”

她忽然沉寂，发现房间里只有她自己的声音，程睿敏盯着手中的酒杯，显然走神了。

“Ray？”

程睿敏回过神来，说道：“对不起！”

他喝了口酒，醇香浓郁的液体顺着食道一路滑下，却忽然间变得酸涩，有什么东西似乎在瞬间脱离了他的控制。

服务生送上姜茶和洗手的姜水，谭斌抹净手指上的水渍，打算结束目前不着边际的对话，尽快进入正题。到现在为止，她都不相信这顿晚餐的目的只是为了给她庆祝生日。

“Ray，谢谢你带我来这儿。我很喜欢这个地方，很喜欢这顿晚餐。那么现在，我们能不能开始谈正事了？”

“什么正事？”程睿敏看着她，“为什么要这么说呢？为什么不能把今天这顿饭当成朋友间一次普通的晚餐呢？”

谭斌回答：“程总，您的时间有多么宝贵我知道。以前在公司，您给我的印象就是特别能透过现象看本质，做事弹无虚发，从来不在无谓的人或事上浪费任何时间。所以我特别想知道，您今天是为了什么呢？”

程睿敏盯着她看了半天，唇角慢慢浮现出一缕奇特的笑意，终于点点头说：“好吧，你赢了，你说得对。这么说吧，我正通过猎头找一个市场总监，你有没有兴趣？”

谭斌蓦然抬头，情不自禁地坐直了身体。她忐忑一晚等待的镜头终于等到了。

齿颊流芳的微醺悄然退却，谭斌觉得自己的心一点点儿落回实处，胸口却有点儿发凉。四周安静了下来，只有空调在头顶嗡嗡作响，射灯的暖光透过酒杯，雪白的桌布上映出微微晃动的波光。

谭斌的目光落在程睿敏的脸上。这张脸这双眼睛，多数时候都是波澜不惊的，就算调情，也永远是胸有成竹的从容不迫。她微笑着，清了清嗓子，正襟危坐，与他彻底拉开了距离。

“这就是传说中的挖角？”她说，“您觉得我特别合适？”

谭斌的头脑其实有点儿混乱，想不明白程睿敏究竟要做什么。如果纯为挖角，前面那些暧昧的铺垫岂不是过于浪费？说起她的条件，并不算特别出类拔萃，人才市场里车载斗量。

程睿敏说：“现在的市场总监能力很好，但显然不适合公司的现状。我想要的，是一个性格坚忍、能屈能伸、不计较成败的总监。”

“能让我先看看职位说明吗？”

程睿敏不知道从什么地方摸出两张A4的打印纸，隔着桌子推过来。

果然是有备而来，谭斌觉得好笑，同时也有隐隐的失望。她低下头，迅速而专注地看了一遍，又推回去，声音充满歉意：“程总，十分感谢您的垂青，可是这份工作显然不适合我，很抱歉。”

程睿敏脸上显现出惊讶的表情，似乎没有料到谭斌居然是这种反应。

谭斌接着说：“程总，您是明白人，我也就实话实说，只有两种情况我会考虑离开现在的公司。一是发展遇到瓶颈，再没有上升空间；二是走到顶峰时急流勇退，为下一份offer争取最好的条件。可现在，显然不是离开的最好时机。”

程睿敏扶着额头耐心地听她讲完，这才垂下眼睛，无声地笑一笑。然后，他对折起那两张打印纸，还是放在谭斌的面前。

“留着吧，也许有一天你会改变主意。”

谭斌想了想，没再坚持，收进自己的手包，笑嘻嘻地说：“好，可我并不希望有那么一天。”

手指碰到一个硬邦邦的东西，她想起来，取出来放在桌子上，是那个雕工精致的黄杨木盒。

“这件礼物太贵重了，我自觉没有接受它的资格，”谭斌说，“不过感谢您能记得我的生日。”

程睿敏打开看了看，抬头问谭斌：“你喜欢吗？”

“它很风雅，也很别致，懂它的人会非常喜欢它。”

他拉过谭斌的手，把盒子放进她的手心里，说道："喜欢就留下，真正能明白这句话的人并不多。"

这一次谭斌没有躲开，任他握着，说道："可是这么贵重，我怎么谢你？"

程睿敏说："当然有办法。"

谭斌抬起眼："什么？"

"做我的总监。"

谭斌笑道："抱歉。"

"还有一个办法。"

"您说。"

"那就以身相许。"

谭斌不由得笑了。眼前之人，一向实则虚之，虚则实之，让人不知道他究竟哪句是真，哪句是假。她索性眨眨眼说："那更不可能，我快要结婚了。"

程睿敏的表情凝固片刻，随即不动声色地松开手，微笑道："恭喜！早知道这样，我应该送你一对百年好合的印章了。"

这顿饭的后半段吃得相当沉闷，两个人仿佛都有些不知所措，最后草草收场。尽管如此，和严谨告辞准备回京时，也已经将近晚上9点了。

严谨不放心，追出来问："小幺，你能开车吗？要不我送你们回去？"

程睿敏显然并不领情，说道："我喝得不多，还不到醉驾的程度。"

{07}

回来的路上，连续一段日子的精力透支，再加上酒意，谭斌渐觉眼皮沉重，开始还有一句没一句地搭着话，后来就很不争气地睡着了。

睡梦中脖颈支撑不住头部的重量，东倒一下，西歪一下，她睡得极不舒服，觉得非常不耐烦。后来她又觉得冷，抱紧膀子几乎缩成一团，居然还做梦，梦见一个人走在雪地里，彻骨的冷，白茫茫的一片看不到人烟。

等谭斌迷迷糊糊地睁开眼睛，意犹未尽地伸个懒腰后，发觉自己依旧歪靠在车座上。身边没有人，车窗外一片寂静，只有头顶的路灯亮着，柠黄的光晕映进来，仪表盘上反射着点点荧光。

探头看看外边，谭斌霍地坐起来，这才发觉身上搭着一件男式外套。她拾起外套，推开车门走出去。

程睿敏的沃尔沃居然已经停在谭斌住的小区里。他就坐在不远处的石凳上，低着头，正一下一下地按着手中的打火机。也许是打火机出了问题，他始终没能点燃嘴里的香烟。

谭斌略为吃惊，因为印象里从未见过他抽烟。她从包里摸出自己的打火机，轻轻走过去，单手拢着火苗，凑近他的脸前。

程睿敏抬头看看她，点着烟，却没有抽，只是拿下来捏在手里，拍拍身边的位置说："坐一会儿？"

当夜正是满月，清辉泻地，青石板的小路上一片银光，石凳前大片的太阳菊开得茂盛，药香扑鼻。小区的花园内人迹寥寥，身边只有秋虫的振翅声，间或从喷水池里传来几声断续的蛙鸣。

这样的环境往往会让人心思恍惚，冲动超出理智。谭斌犹豫着，一时间没有挪动脚步。

程睿敏露出一点儿愕然的表情问道："你害怕？"从谭斌的脸上看到肯定的答案，他笑起来，"怕我趁机做点儿什么？"

谭斌拢起双臂，悻悻然说了实话："不是怕你，我是怕我借着酒意对你做点儿什么。"

程睿敏一愣，接着笑不可抑，他欠欠身，换了英语说："我由衷地感到荣幸，亲爱的女士。"

谭斌也笑，理理衣服在他身边坐下。就算她之前有无数微弱的想法，也被饭桌上那张offer彻底粉碎。原来一切皆来自她的错觉。

外企中混过多年的人都明白公私分明是最基本的底线，这叫职业道德。公事私事夹缠不清，说得好听点儿那是性情中人，说得不客气一些就是情商低下。

初入职场，人在底层，只要肯吃苦，靠着一点儿认真和勤勉就能脱颖而出。千辛万苦爬到中层，彼此间智商类似，每个人都有些特别的能耐，此时是否拥有广泛的人脉和长远的眼光，成为能否更上一层楼的重要砝码。

到了程睿敏那个位置，已经不再是能力高低的较量。高手之间的对决，拼的是耐心，只等对方无意中露出命门，一击足以致命。谭斌相信他绝对不会自埋炸弹，招个情人或者女友放在身边，让人轻易抓住把柄，十年道行顷刻间毁于一旦。

那些温馨贴心的小玩意儿，对一个做惯销售的人，对揣摩客户心思早已驾轻就熟的人来说，认真做起来并不算难事。这已是日常生活的一部分，天长日久自然技艺纯熟。

谭斌自嘲地轻笑，为曾经不切实际的奢望和幻想。到现在要是还以为他在含蓄地追求自己，那就太自作多情了。

但是真相挑明之前，两人之间那点儿将破未破的张力与莫名的吸引，却让谭斌无端想起遥远的初恋。

"最近很辛苦？"程睿敏问她。

“嗯？”谭斌回过头，一张脸有点儿娇媚慵懒的迷茫，像是心思到了极远的地方。

“刚才看你睡得那么香，不忍心叫醒你，”程睿敏不由得放低了声音，非常自然地从她手中接过外套，披在她的肩上，“入秋日夜温差大了，当心着凉。”

这样发自内心的温柔体贴，又不像是假的，仍旧让人感觉温馨。

谭斌稍稍错开身子，借着路灯看看表说：“太晚了，不方便请你上去坐，等哪天你有时间吧，我回请你吃饭。”

程睿敏点头笑笑，一双眼睛乌黑深邃，没有泄露出任何情绪，却似洞悉一切。

谭斌摆摆手，微笑着转身离开。

目送谭斌轻盈的背影走进公寓的大门，程睿敏方掏出手机，按下开机键。三分钟之后，嘀嘀声开始不绝于耳，消息一条条涌了出来。

谭斌却在电梯门在眼前缓缓打开之时，才“哎呀”一声醒悟，原来身上还披着他的外套。她推开大门追出去。

程睿敏的车仍然停在原地未动，谭斌松口气，紧走两步，但她随即又迟疑地停下脚步。

程睿敏正伏在方向盘上，一动不动，只有背部有轻微的起伏。

“Ray？”谭斌有些不安，轻轻碰碰他的肩膀。

程睿敏迅速抬起头，这一刹那他的面容有说不出的憔悴，看得谭斌心口莫名地纠结。

但他的表情瞬间变换，马上恢复了神采。

“怎么了？”程睿敏问。

“忘了还你衣服，不好意思。”

程睿敏探身接过，笑笑说：“快回去吧，好好休息。”他发动引擎预备离开，谭斌退后两步为他让出道路。

“小谭。”程睿敏又摇下车窗。

谭斌走近一步，坦然地望着他。

“这次集采是场硬仗，跟你们以往遇到的招标都不一样，任何时候你都不能掉以轻心，需要步步为营，找准客户的痛点再出手，你明白我的意思吗？”

“明白，”谭斌认真地点头，“谢谢你！”

沃尔沃终于绝尘而去，谭斌一个人在楼下站了很久。她想听听沈培的声音，拨过去却是“您拨打的用户暂时无法接通”，像是进入了移动信号的盲区。

谭斌有点儿沮丧，洗过澡换了睡衣躺在床上。也许因为车上睡的那一觉，午夜已过，她却依然头脑清醒，没有一点儿睡意。

她在床上翻来覆去，回味着这个晚上的每一个细节，对自己的表现十分不满意。谭斌从来不认为已有男友或者已婚的女人，接受另一个男人的倾慕或者对其他男人心生爱慕是多么十恶不赦的行为。她只是不喜欢那种感觉：每次见到他不是开心而是害怕，因为预感到千年道行很可能会毁于一旦，会让她原本执着的心变得患得患失，辗转反侧。

谭斌在床上躺了很久，依然没有将混乱的心情理出头绪，只好强迫自己将心思转到工作上去。想到程睿敏最后那句话，她的心跳蓦然加快。程睿敏以前的工作风格一向是惜字如金，很少说废话，因此今天他也绝不会无缘无故地提醒她要步步小心，难道他已经知道了什么内幕？

她翻来覆去地想，想得难以入睡，只好光着脚跳下床，困惑地在卧室里踱来踱去。她想起最近正在准备的技术交流，产品部门准备的技术文件，几年如一日，并没有太大的变化。如果她是客户，恐怕也不会有过多的兴趣关注。但大家都确信，凭着MPL的技术实力，技术交流这一关不过是陪着忝居末座的小供应商走个过场，入围是铁板钉钉的事，所以没有人真正发力，只求不功不过而已。

现在谭斌却感到心虚，如果MPL墨守成规，FSK却另出奇招，肯定会影响第一轮的技术印象分，进而影响下一步的商务谈判。

普达如今的痛点在哪里？兴奋点又在哪里？他们最大的烦恼是什么呢？

谭斌走不动了，立刻进书房打开电脑，上网搜寻资料。互联网的确是个好东西，终于被她找到一篇有用的文章。普达集团公司魏总经理一个月前的访谈，题目是《进入微利时代的行业发展》。

文章不长，只有3000多字，谭斌几乎一个字一个字地读完，字里行间搜寻着有用的信息。文中说，普达今年的最大挑战，是如何在面对成本控制的同时还要尽力挖掘新业务增长点。

谭斌揉着酸涩的双眼，心中已经有了明确的打算，技术交流需要重新布局。她把文章下载保存，发到自己公司的邮箱里，然后带着心事重新回到了床上。

谭斌睡着了，而且开始做梦，梦见有人从身后抱着她，轻吻着她的后颈和背部，呼吸掠过她脑后的碎发。过电一样的战栗，如涟漪一般波及全身，她知道不是沈培，因为完全是两种感觉。她回头，努力想看清那人的脸，却听到耳边熟悉的音乐声。

闹钟响了，谭斌被惊醒。她没有像往常一样即刻跳下床，而是懊恼地把脸埋在膝盖里。根据心理医生的专业解释，她也明白梦境和现实的关系，只是她不相信自己隐秘的欲望会在梦境里如此赤裸裸地出现。

谭斌在患得患失里度过了她的29岁生日，身边的一切还是和往日一样，没有任何改变。

Chapter6

没有人能够完全代替你，
也没有任何人、任何环境能够毁灭你的光荣和梦想，除了你自己。

{01}

每个周一上午都是普达投标团队的例会。

不出所料，谭斌刚把更改技术资料的要求提出来，几个产品经理立刻就炸了锅，七嘴八舌，乱成一片。

“已经花了一个多星期的时间准备，再去重新找资料，时间哪儿来得及？”

“这都是公司全球性的标准文档，谁敢乱改？出了问题谁负责？”

“技术交流就是个过场，至于费这么大劲吗？”

谭斌不出声，只把双手交叉放在桌面上，静静地看着他们。迫于她眼神的威压，产品经理们逐渐安静下来，不约而同地把目光转回自己的电脑屏幕。

“说完了？”谭斌问。

没有人回答，隔了很久，有一两颗脑袋轻轻点了点。

“你们都上过Consulting Selling这门课吧？如何获得客户的认同感还记得吗？”

Consulting Selling，就是所谓的顾问型销售，最近几年兴起的新型销售观念。它强调通过对客户心理的完善把握，挖掘出客户内心真正的需求，并提供完整的解决方案，替代传统的单一型软硬件销售。

有人轻笑道：“哦，不就是和Seven Habits齐名，并称外企最重磅的自我麻醉剂那门课吗？”

谭斌瞟他一眼，神色凛凛，饱含杀气。那人不觉噤若寒蝉，立刻闭嘴。

谭斌收回目光，接着晓之以理、动之以情地说道：“我们传统的演示材料，都是向客户填鸭一样灌输，我们将会怎样怎样。可是每个供应商只有半天演示的时间，我们抽到的次序又比较靠后，经过前面七八家的疲劳轰炸，如何才能吸引客户？只有把客户的痛点和兴奋点优先考虑到，将我要怎样放在第二位，才更容易获得客户的认同，吸引他们的注意力。”

室内众人反应不一，赞成、漠然、不置可否、事不关己……谭斌不动声色地扫过去，将每张脸上的表情收入眼底。好在事先有所准备，她将电脑中的一份文件调出来，用投影仪投射在会议室前方的大屏幕上。

这是普达近十年的收入和利润增长曲线图。图中看得很清楚，收入曲线一直呈现强劲的增长趋势，利润却从三年前开始，由迅速增长渐趋平滑。

谭斌用激光笔指点着那条利润线：“这是普达如今最大的痛点，他们感兴趣的不再是我们的产品是否具有全球先进的技术，而是……”她停顿一下，特意加重语气，“能不能帮助他们缓解眼前的痛苦。”

旁边一直憋着不出声的乔利维插话：“话是这么说，可我有点儿担心，第一轮就这么较真儿，会不会过早暴露实力，被其他供应商当眼中钉？”

谭斌心里颇有些恼火。每次都这样，虽然共同负责一件事，但两人的思维总是南辕北辙，她都有点儿怀疑乔利维是故意跟她作对。

她朝乔利维笑一笑，尽量委婉地说：“MPL在普达的市场份额一直排第二，其他家供应商早把咱们的底细摸得门儿清。老乔你以为藏着掖着，竞争对手就不把MPL当眼中钉了？这想法是不是太天真了点儿？而且这次招标的方式和以前完全不一样。如果我们在第一轮就比分落后，第二轮也一定会受到影响。”

乔利维摇摇头，明显一副好男不跟女斗的架势：“我话说到了，听不听是你的事。”他干笑一声，“毕竟你才是投标负责人嘛，你说什么就是什么好了！不过这事，我觉得……有点儿悬，时间也挺紧张，这不是让产品部的兄弟们接着加班加点吗？”

眼见产品经理们频频点头，谭斌要深呼吸两次才能压下心口的一股怒气。

她干脆把乔利维当作透明的，只对那些产品经理说：“我还是坚持我的建议，前面的主导部分，换掉MPL公司的设备简介，改成包含新业务的一揽子解决方案和全球成功案例的介绍。你们别忘了，招标小组的主要负责人田军是业务部经理。他最感兴趣的，当然是能帮助他扩展业务和增加收入的东西。”

有人发问：“咱们的新业务和普达的利润有什么关系？”

“由于竞争和终端业务降价的压力，普达传统业务的价格在逐年下降，这是利润增长放缓的主要原因。”

“我们能帮他们做什么？”

“和其他竞争者完全不同的新业务让他兴奋，全球相似客户的成功案例给他信心。”

一个产品经理终于松口：“Cherie，你跟我们头儿说吧，如果他同意，我们照做就是了。”

但产品部的部门经理Philip可没有他的属下这么好说话。他通过会议电话接进来，一口香港普通话，声音软中带着钉子，不卑不亢：“支持销售的工作当然是我们的主要工作，但其中涉及一些政策，让我很难做呀……Cherie，你看这样好吧？你发个邮件给我的团队所有人，同时抄送我在总部的Dot Line Manager（虚拟直线经理），看看他有什么建议？你看这样好吗？”

这看似客气合理的一番话，却让谭斌哑然。

按照MPL的组织结构，产品部和销售部平起平坐，并没有上下级关系，Philip的要求也无可厚非。但是什么事情一到了总部，准会从简单到复杂，瞬间上升几个高度，没有半个月的时间，前因后果都解释不清楚。

谭斌想捶桌子。难怪客户总是抱怨MPL反应迟钝，这消耗在内部扯皮的精力不知浪费了多少时间。平时和产品经理合作，就跟哄着长辈一样。做技术的人，脸皮往往特别薄，客户稍有微词，就立刻觉得为五斗米折了高贵的腰肢，还得谭斌上赶着安慰他们受伤的心灵。这些坐在后方的人，永远不会理解销售们对客户斜肩谄媚、看人眉眼高低生存的滋味。

她心灰意冷地宣布：“散会。”

谭斌下午被执行董事长刘秉康一个电话传上楼，汇报最新的进展。提到今天产品经理的反应，谭斌几乎苦笑：“我实在搞不定了。”

刘秉康刚从欧洲开会回来，看样子情绪不错。他啜了一口咖啡，含笑注视着她：“所以你希望，我帮你说服Philip？”

“Kenny，您真是慧眼如炬。”谭斌脸有点儿红，索性认了。

“为什么一定要这样做？”

谭斌从笔记本中抽出早就打印好的访谈，轻轻放在他面前。

刘秉康只看了个开头便笑起来：“我已经拜读过了。”

谭斌简单说了自己的看法，然后问：“您觉得我的想法有意义吗？”

刘秉康身体靠向椅背，微笑着弹一弹那两张纸：“你能从里面抓到有用的信息，很好。但是Cherie，最重要的一点你并没有注意到。”

谭斌挺直了脊背：“我是一个字一个字看的。”其实她想说：不可能。

“你再看看倒数第二段。”

谭斌凑过去细看。

那一段的意思很模糊，大意是说，普达明年初很可能进行机构重组。她略有所悟，头脑却有点儿乱，抓不住清晰的关键点。

刘秉康问："知道为什么要机构重组吗？"

谭斌摇摇头。

"因为他们要在海外上市。"

"噢，天哪！"谭斌吃惊，"这可是大动作。"

"是啊，所以对普达的中高层，今年最大的痛点不仅仅是利润的压力，还有重组后每个人的位置。"

谭斌支着下巴没有说话，显然在为自己的迟钝反省。

刘秉康笑笑："你是女孩子嘛，对政治不太敏感，情有可原。"

那"女孩子"三个字中无意流露出的轻视让谭斌感觉非常不愉快，但她只能无奈地耸耸肩。

"好吧，"刘秉康收拾桌面上的文件，看来要打算结束这场谈话，"目前的工作都在可控范围内，还不错。修改技术文件不是难事，我跟Philip讲一下，按照你的想法去做吧，有什么困难，直接来找我。"

谭斌反应很快，立时配合地喜动颜色，只差甩着并不存在的马蹄袖，脆生生地应了一句："喳——"

她很明白，自己有点儿刻意地拿着鸡毛当令箭，但没想到刘秉康真的答应出面周旋。这一刻她觉得室外漫天雾霾之上灰蒙蒙的天空都似乎蓝了许多。

{02}

那天下班，谭斌又是晚上10点才踏进家门。

产品经理们加班，她也只好陪着，还得让部门助理照应着好吃好喝。按说她下面的几个销售经理也能帮着照应，但是他们各有各的地盘要料理，谭斌实在不忍再给他们添乱。

从镜子里看过去，一张素脸，灰扑扑的，没有半分神采，好像一片风干的树叶。

谭斌感到惊心，想起刚过去的29岁生日，不禁暗叹，果然是岁月如飞刀，刀刀催人老。睡前她往脸上涂面膜，自怜自伤之下，用量明显就比平常多了一倍。正跷着腿躺在沙发上假寐，她忽然接到文晓慧的电话。

"谭斌，你睡了吗？"文晓慧一改往日的阴阳怪气，声音闷闷的。

"没呢，正糊着一脸面膜等它干呢。"

"我想现在去你那儿，方便吗？"

谭斌终于听出点儿不对劲来："晓慧，你哭了？出什么事了？"

文晓慧沉默片刻说："到了再说行吗？"

"行，你来吧。要我接你吗？"

"不用，我开车过去。"电话挂了。

谭斌颇为诧异，印象里文晓慧永远是天塌下来当被盖的脾气，她长得好，从小就是男生没事献殷勤的对象，还从来没有见过她如此无精打采的样子。

等待的无聊中，她拿起电话又拨了一遍沈培的手机。依然是同样的提示：您拨打的用户暂时无法接通，请您稍后再拨。

"讨厌！"谭斌嘀咕一声，扔下手机为文晓慧准备睡衣和寝具。

门铃一响，她扑过去开门，门外果然站着文晓慧。粗看上去她并没有什么不妥，黑白宽条纹的针织连身裙，照例短至膝盖以上10厘米，穿着7厘米高的细跟系带凉鞋咯噔咯噔地踩进来。

她进门就直奔浴室，谭斌隔着门把睡衣、毛巾、护肤品一样样递进去，犹自听到她像以往一样抱怨洗面奶的泡沫不够细腻。

但谭斌站在卫生间门口不敢离开，文晓慧进门时她就已察觉到异样。尽管文晓慧低着头刻意遮掩，但散披在两颊的长发并没有能遮住她红肿的眼睛。

过了很长时间，文晓慧才披着浴袍走出来，开门撞见谭斌关切的目光，便知不用再过多解释，她简短地说："我和张伟光分了。"

"啊？"谭斌惊得只发出一个短促的音阶，没敢胡乱接话。

张伟光是一家房地产公司的副总，文晓慧的男友。谭斌的印象里，这两人起码半年前就已经开始谈婚论嫁了。

文晓慧说："他另有人了，而且今天被我不小心堵在床上。"

"什么？"谭斌差点儿被噎着，直怀疑自己的耳朵出了问题。

"你没听错，"文晓慧嘲谑地笑，"知道吗？那女的才19岁，还是大一的学生呢。"

谭斌赶紧握住她的手，引她在卧室床边坐下，这才评价道："19岁？他多大？有37岁了吧？都够格做叔叔了，这是欺骗无知少女啊，他也不怕折了阳寿？"

"无知？你说那小丫头？"文晓慧仰起头哈哈笑，笑得有些歇斯底里，笑得眼泪顺着脸颊簌簌流了下来。

"晓慧……晓慧……你别这样……"看着女友失态的样子，谭斌心中难过，嗓子一时间也哽咽了，却又不知从何安慰，只能取过面巾纸胡乱擦抹着她的眼泪。

文晓慧止了笑，尽管眼泪像坏了闸的水龙头，依然源源不断地往下流。但她脸上仍然维持着笑意，声音更是平静得诡异。她说："亲爱的，你可真天真啊！现在的小姑娘，早不像咱们那会儿了。她站在我面前，你都想不出她有多镇静，我还没说什么，人家已经一套一套地把我教训了一顿……"

谭斌按着她的手说："这种人，你何必跟她生气？"

"我没生气！我跟一个毛孩子生什么气？"文晓慧拨开她的手，"不过，你知道那孩子说什么吗？她说，'大姐，你都快30岁了，还没有成功地把自己推销出去，我要是你，早就金盆洗手、归隐山林了，还跟后辈争什么？你凭什么跟我争啊？你根本争不过我'。"

"晓慧，这种混账话何必记得这么清楚？她什么人？你什么人？跟她一般见识，不是自贬身价吗？来，我这儿有药，先吃一片，好好睡一觉，有什么话咱们明儿再说。"

"我没事，我睡得着。"文晓慧紧咬着下唇，秀美的五官几乎扭曲，她终于伏在谭斌的肩头失声痛哭。谭斌紧紧地搂着她，无比心疼，却又无从劝起，只能任她哭泣。遭遇伤害之后能哭出来就已经是痊愈的开始，若干年前，她经历过同样的伤痛。

说起张伟光这个人，谭斌只见过一次，一直觉得不过尔尔，过于狂妄，也过于浮躁，是谭斌挺不待见的那种男人。不过她一向不喜欢干预别人的生活和选择，尤其是密友的男友，更不适合随意评价。但文晓慧从幼儿园时就开始就颠倒众生，在男人堆里所向披靡，还没有吃过这么大的亏。

"晓慧，你吃晚饭了吗？我给你下碗面好吗？"见文晓慧慢慢平静下来，谭斌试图分散她的注意力。

文晓慧抬起眼睛茫然地望着她，过了一会儿摇摇头说："我不饿。"

谭斌从厨房里端了杯热牛奶回来，偷偷溶进去一片药，然后问："还有挽回的余地吗？"

"余地？"文晓慧轻声笑了，"还能有什么余地？我扇了她一个耳光就走人了。"

"那张伟光呢？"

"他就是一个人渣，从头到尾，没敢说一句话。"

谭斌轻轻地叹口气，完全说不出话来。碰上这种男人，还能怎么样？撒泼？打滚？一哭二闹三上吊？不要说受过多年高等教育的人完全做不出来，就算做得出来，也于事无补，不过是白白娱乐了那对男女，日后变成别人亲热时的笑料。真遭遇这种事，只能自认倒霉，有多快走多快，有多远走多远，以后辨识男人更需擦亮双眼。这个道理，想必阅人无数的文晓慧比她更明白。

她蹲下来，握住文晓慧的手说："晓慧，我不想拿些场面话劝你，这方面你一直比我聪明，也比我明白。我只要你答应我一句话，不要因为不再爱了你就恨他，我不是为他说话，因为否定他就等于彻底否定你的过去，那你就是为了这个不值得的男人完全否定了你自己。你记住，他就是一个男人，其他的什么都不是！"

文晓慧又红了双眼，颤声说："我害怕，谭斌，我害怕从头开始，我情愿时间倒流，从来没有认识过他……"

谭斌再次抱住她，说道："我明白，我都明白。晓慧，你忘了吗？我也是这么过来的。答应我，什么都别想，一直往前走，明年这时候再回头，你会庆幸他放弃你，没有在他身上浪费更多的时间。"

文晓慧脸色苍白地抬起头，忽然苦涩一笑，充满自嘲地说："以前有很多人，我当他们是吃天鹅肉的蛤蟆，肆无忌惮地伤害，从来没有想过，我也能有今天。你说，这是不是报应？"

谭斌将她抱得更紧了一点儿，说道："亲爱的，这件事不是你的错，完全不是，别急着把责任往自己身上揽，更别拿对方的错误惩罚自己。"

夜里谭斌没睡踏实，耳边一直听到文晓慧翻来覆去，似乎还有隐约的啜泣声。她想爬起来看看，可是开了灯，却见文晓慧在一旁合目而眠，呼吸平稳，没有任何异样。

谭斌又倒回床上，怀疑自己已经是严重的神经衰弱。折腾到凌晨两三点，她才觉得眼皮沉重，一觉迷糊到了天亮。

文晓慧上班时间比谭斌早，所以起得更早，除了红肿的双眼已看不出任何异样。她神色平静地刷牙、洗脸、化妆，再从衣橱里挑一套谭斌的职业装换上。

两人身材差不多，上班也都是所谓的正装，但衣服一上身就看出区别来。谭斌的衣服在她身上像大了一号，到处都有余地。

文晓慧对着镜子笑着说："真难看。谭斌，你真的会买衣服吗？"

化妆的时候，文晓慧又抱怨道："谭斌，你能不能换个香水啊？几十年如一日都是雅顿的绿茶，先不说它的味道淡到在男人那里一点儿存在感都没有，就说这香味，已经沦落成街香了好吗？买个面巾纸都是类似的味儿。"

谭斌撇撇嘴，只当作没听见，心里却稍觉安慰——还有心情挑剔衣服和化妆品，看来已无大碍。

她上前帮文晓慧扎起长发，装作不经意地说："晚上还来我这儿吧，我一个人也怪闷的。"

她想起文晓慧自认识张伟光之后就退了租住的房子，搬进张伟光的公寓。两人关系结束，文晓慧立刻就失去了栖身之地。但这种话又不好明说，她怕让文晓慧尴尬。

"不用了。"文晓慧立刻就明白她话里的意思，"谭斌，咱俩多年的闺密了，若有需要，我不会跟你客气。但是我很累，就是想自己待着，你别多心。"

"那你住哪儿？"

"我可以先住几天酒店，同时让中介找房子。"文晓慧用正红色的唇膏将双唇涂抹得明艳动人，回过头粲然一笑，“不用担心，我没事。为个男人寻死觅活，我从我妈那儿没有继承这种基因。”

明知她在强颜欢笑，谭斌还是摸摸她的头发，给了她一个安心的笑容说：“好吧，下班我给你打电话。”

文晓慧穿上外套，噘起红唇朝她飞一个吻，姿态娉婷地开门走了。

谭斌站在飘窗前，目送她走出公寓楼，走向小区大门，一路上不断有男人向她行注目礼，她时装模特一般的步履因而走得更加妖娆多姿。

谭斌笑笑，终于安下心来，看看距离自己出门还有点儿时间，便打开计算机上网浏览一下当日新闻。

一条并不起眼的行业新闻标题吸引她挪动鼠标点进了正文。新闻本身没有任何价值，正式的官方语言写道Engel公司CEO昨日抵京，与某部长会面。一看就是公司出钱买来的通稿。

但是文字旁边的照片吸引了谭斌的视线。画面正中自然是两位笑容满面的正角儿，而一片深灰商务西装的背景中，有一张清俊沉静的面孔，格外引人注意。

谭斌又开始咯咯地咬着杯子边。这么说，周六那天程睿敏是扔下了所有迎驾事宜，专门陪她耗了大半天。她开始反省自己的态度是不是有点儿过分？不管他的目的到底是什么，诚意好像还是足够的。

很快到了要出门的时候了，并不容她多想。谭斌拎起背包和车钥匙，汇入每日浩浩荡荡的上班车流中去了。

{03}

谭斌今日的目的地，不是公司，而是普达集团总部的办公大楼。

这些日子她一直在寻找能和业务部经理田军深入交谈的机会，但这种深谈的气氛显然不是办公室里能培养出来的。她也曾试图邀请田军在外面的餐厅吃饭，田军答应了，但赴约时却带着三四个部下同来，搞得谭斌腹诽不已，心说：又不是我要非礼你，至于这么小心吗？

对于田军，她一直不知道该怎样评价才算确切。无论和田军谈什么，他都会礼貌地点头，但点头并不意味着他听进去了，而是表达着不耐烦，意思是“我知道了”或者“我听说了”。他待人很客气也很周到，身上没有一般甲方常见的傲慢和无礼，但每一次面对他，谭斌都感觉底气不足。这种温文中拒人千里的气质，不知为何总让她想起程睿敏。

今天的会面依然令她气馁，但随后似乎出现了某种转机。

从田军办公室出来，谭斌没有马上离开，而是在工程部几个熟人的办公室里挨个泡了一遍，打听到不少关于投标的小道消息。她正准备打道回府，听到有人聊起运动的话题，间或夹杂着田军的名字。

谭斌立刻接上话头，把她半瓶子晃荡的运动知识发挥到极致。天知道，这些零零碎碎的知识都来自时尚杂志，当然是《高尔夫》《时尚先生》之类所谓给成功男士看的杂志。

谭斌很少看那些女性杂志，通篇都在教育女性如何取悦男性，她觉得极其无聊。

离开普达时，她禁不住暗叫一声“天助我也”。田军居然是东直门外某家壁球俱乐部的会员，而谭斌的壁球水平不错，在壁球最流行的时候曾经痛下过苦功。

下班后，谭斌开车到俱乐部，先办了一张十小时的体验卡，然后拉着年轻的教练聊了会儿天。对付这种年纪的大男孩，不用费多大功夫，只要不遗余力地猛夸，夸得他云山雾罩、一脸潮红、找不着北的时候，谭斌得到了她要的信息。

她的目的很简单，她要掐准时间在这里蹲点，等待田军出现，再做出无意邂逅的样子来。

20岁出头的小教练涉世不深，显然被这位姐姐的盛赞迷昏了头，很快供出田军的锻炼时间。按照他提供的信息，连续几天，谭斌下了班就来俱乐部练球，边找感觉边踩点。

事实证明，这是一份有效的情报。

周六下午4点半，谭斌刚和陪练打了一局，便看到了要等的人。于是谭斌抹净汗水，装作不经意的样子与目标擦身而过，然后把脸部肌肉调整出惊喜的样子，“哎呀”一声回过头。

时机选得正合适，田军恰好也转身，略显惊奇地看着她。但是，谭斌随后发现，百密终有一疏，不如意事总是十之八九。

田军并不是一个人，他身边的同伴取下球镜，一身白色的球衣，风致翩然，对着谭斌露出含蓄的微笑，笑容中却有不易察觉的揶揄。

这个人，竟是程睿敏。

谭斌立刻傻掉。田军前几天都是一个人独来独往，未曾有人同行，所以她设计的剧本里并没有第三者的出现。

这两人凑在一起实在出人意料，谭斌心里有根弦立刻颤了颤。不过，她很快把情绪调整到位，上前轮流招呼道：“田总，您好！哟，还有程总，真巧！”现在程睿敏也摇身变作甲方，虽然Engel公司三五年内成为MPL公司客户的希望比较渺茫，但毕竟是潜在的客户。

比起办公室里一本正经的样子，穿着运动服的田军显得异常随和。他起身让座："是小谭啊，来，坐坐。"

谭斌正中下怀，连忙致谢，还未正式落座，程睿敏已经打开一罐汤力水递过来，声音很低，却充满着洞悉一切的了然。他说："确实，很巧！"重音完全放在最后两个字上。

锻炼后的他一额碎汗，头发濡湿，看上去心情愉快，比平日精神得多。

谭斌猜测，也许是刚刚送走大老板，一时间如释重负的缘故。她不动声色地接过，温和地回答："当然，无巧不成书，无利不起早嘛，程总。"言下之意，不用挤对我，大家都一样，不然您在这儿又是为了什么呢？

程睿敏摸着下巴笑一笑。

田军没有注意到两人眉毛眼睛来来去去，只是打量着谭斌堪称专业配置的球衣和球拍，好奇地问："怎么，小谭你也喜欢壁球？打得怎么样？"

"还行，"谭斌小心地回答，"以前练过，扔了一段时间，后来觉得其他锻炼强度都不够，就又拾起来了。"

"啊！"田军几乎被惊着了，"壁球的速度比网球快得多，很少有女孩子的体力能坚持半个小时以上。敢这么说话的，还是头回见到，真的假的？"

程睿敏望着她似笑非笑，在旁插话道："真的假的练练不就知道了？"

谭斌趁机拎着拍子站起来说："田总，早就听说，您的水平够专业级的了，我仰慕已久，可是一直不敢露丑。今天这机会实在难得，您要是不嫌弃我资质平庸，就帮我指导指导？"

田军还在犹豫，谭斌已经打蛇随棍上，说道："田总，是不是要我叫您一声师父？"她活泼地抱拳，"师父在上，徒儿这厢有礼了！"

田军忍不住笑，拍着她的肩膀说道："好徒儿，来！"他分明来了兴趣，拿掉颈间的毛巾，开始活动腰腿和手臂。

谭斌转过头说："那就对不住程总了，要不您先自己练着，待会儿我陪您玩一局？"

程睿敏眨眨眼，只是轻笑，但没有出声，似乎明白她的言不由衷。

田军也抱歉道："小程，不好意思啊！"

程睿敏摇摇手说："你们玩你们玩，我耐力不行，干脆休息会儿。"

一局下来，田军顿时对谭斌刮目相看。她的球风快而犀利，角度刁钻，节奏感却非常出色。谭斌自己也有些得意，十年里每天晨跑5公里练出来的体力，一般人一时半会儿还真达不到这境界。

田军对此十分惊讶，说道："每天？我的天，女孩子能这样意志坚定的确实不多见，你怎么坚持下来的？"

"没什么呀！"谭斌一直不明白，不过每天一个小时的锻炼，很平常的个人习惯，为什么人人都把她当异类？

田军递饮料给她，闻言抬抬眉毛。

谭斌接着解释道："肯定也有想偷懒的时候，比如三九天，冷啊，不想出去。那就对自己狠心一点儿呗，这件小事都搞不定，那我基本上不用出去混了。"

田军忍俊不禁，对程睿敏说道："发现没有？你们两个说话的口气非常像，到底是一家公司出来的。"

程睿敏不经意地回答："有吗？我没注意过。"

"以前你说过，不能控制自己的人就不可能控制别人。记得吗？"

程睿敏想一想，然后摇着头说："忘了。我什么时候说过这么违心的话？"

谭斌意外地抬起头来，觉得奇怪，她分明记得他说过的。当她还是销售新人的时候，程睿敏时任北方区总监。在新人的入职培训课上，面对台下十几张年轻热忱的面孔，他这样开始他的致辞。

"人最大的敌人是自己，你所有的抱负和激情只能为自己所控制，完全掌握在自己手里。没有人能够完全代替你，也没有任何人、任何环境能够毁灭你的光荣和梦想，除了你自己！成功的机会总是留给那些能够控制自己的人！"

The glory and the dream！光荣与梦想！

培训教室里，十几颗同样年轻的心灵，顷刻间被程睿敏煽动得热血沸腾。谭斌亦不例外，刹那间只觉双眼湿润。她甚至把整句话做成屏保，一直用了三年，直到更换电脑。

但是这句话的原创者，如今却是一副兴致索然的样子，似乎完全不愿再提起。谭斌低下头，默默地喝着手中的饮料。

田军抬起手腕看表，她这才惊觉，立即建议道："田总，您看正好到吃饭点儿了，今天您一定得给我个机会，一起吃顿便饭。"

这次田军没有拒绝，问程睿敏道："你也一起来？"

程睿敏露出雪白的牙齿，笑得很促狭，说道："和美女共进晚餐的机会多难得啊！我不能做这个电灯泡。"他拎起球包甩在肩上，真的说走就走。

田军只好对谭斌笑着摇摇头，并不介意他的调侃。

去饭馆的路上，谭斌收到了一条短信，只有五个单词：

Well done.Keep going，Girl！

她握着手机，悄悄地扬起了嘴角。

田军像是对谭斌发生了真正的兴趣，不再冷着一张公事公办的脸，笑起来神色明快。两人聊天的话题很发散，从行业新闻开始，到网上最热的话题，后来不知怎么转到孩子的教育上。

提起十几岁的女儿晴晴，田军不胜烦恼，终于露出了感性的一面。

“我想早点儿送她出去读书，可这孩子，英语成绩一直提不上去。”

谭斌斟出红酒，慢慢地说：“小孩儿贪玩，又在青春逆反期，您不能逼着她学，最好找点儿好玩的东西，让她先提起兴趣。”

“什么办法都试过了，英语夏令营，带她出国玩，家里接待交换学生，都没用，这孩子该怎么着还是怎么着！”

“唉，可怜天下父母心！”谭斌适时地叹口气，以示同情，“还是她自己肯学才行。最好有语言环境，没有咱们就要下点儿功夫。”

田军问：“小谭，你进外企前，英语是怎么学的？”

谭斌低头笑笑说：“不瞒您说，当年我应聘MPL时，英语也不好，尤其是听力。和面试官面谈，他能听懂我说话，我却听不懂他说的，只好临时找个中国同事在旁翻译。他很坦白，说非常欣赏我的工作能力，可是很为我的语言能力遗憾。当时我也很郁闷，我将他军说，不是有三个月试用期吗？敢不敢给我三个月时间？听力再不行我就自己走人。”

“嗬，立军令状啊，你可真够狠的！那后来呢？”

“他居然真的收了我。我从国企辞职出来，自断退路，只能背水一战。用的方法比较笨，就是找来喜欢的电影，隐藏字幕，一遍一遍反复看，直到演员说了上句，我马上就能接下面的台词，然后再换另一部。等我看完十几部，有一天突然发现，日常工作中的交流居然没问题了。”

田军听得忘了动筷子，问道：“整个过程有多长？”

“四个月左右吧，过程很枯燥，可是凭着对片中帅哥的喜爱，硬是坚持下来了。”谭斌笑起来，蘸着酒，在桌上画一条折线，“您知道，语言能力的提高，往往不是曲线上升，而是一个平台期接一个平台期的跳跃，关键是持之以恒的坚持。”

田军盯着那条折线迟疑了片刻说：“小谭，你看要不这样？下周六打球我带上晴晴，有空你和她聊聊。我和她妈说话，她根本就当是耳旁风。”

谭斌一口答应道：“行，我试试。”

能进行到这一步已经完全超出了她的预期，这顿饭收获颇丰。余永麟说过，只要用心去寻找，每个人都有他的软肋。而田军的软肋，看来就是他的女儿。

想到程睿敏临走时那个可恶的微笑，谭斌不禁出神，他的软肋又在哪儿呢？他和田军的关系，乍看过去相当亲密随便，鉴于之前他与MPL的恩怨，会不会对集采结果有消极影响？

谭斌瞬间觉得千头万绪纷至沓来，脑中一片混乱纷纭，不由得皱起眉头。

{04}

回家的途中经过超市，她停下车，买了不少水果，又打电话给文晓慧。

文晓慧接得很快，说道："不过去了，每次都连累你睡不好。"

"没事，不是周末嘛，你来吧，我做水果沙拉给你吃。"

"算了，你自个儿留着慢慢享用吧。"

"放我鸽子，真没人品。这么多水果让我一个人吃到什么时候？"谭斌倒在沙发上，以手扶额，连声哀叹。

文晓慧没有立刻反应，听筒里传来咔嗒一声轻响。听得谭斌心里一沉，这是打火机的声音。几天的时间，向来反对抽烟的文晓慧已经手势纯熟。

"哎，告诉你一个秘诀啊！"文晓慧的声音显得轻松无比，"碎果肉配上八喜的朗姆葡萄冰激凌，再加点儿百利甜，味道好得没话说。"完全若无其事，她再也不提起当日的旧话题。

谭斌不好勉强，也许文晓慧需要更多的时间去复原。过了一会儿，她说："出去玩一趟怎么样？最近马尔代夫和巴厘岛都在打折。"

"去过了，都没什么意思，都一样。而且你又不跟我去。"

"或者去欧洲？那我可以考虑一下。晓慧，我觉得你应该一个人出去走走，当你觉得世界很大的时候，那个曾让你伤心的人或许会变成尘世间的一粒沙子。"

文晓慧沉默一会儿说："让我想想。谢谢你，谭斌。"

"甭跟我见外，有什么事，随时打电话。"

"好。"

"晓慧……"

"什么？"

"我不是一个合格的朋友，对吧？"

文晓慧吓了一跳，说道："你想干什么？和我绝交？"

"不是，我只是觉得，每次我有事，你总是第一时间赶到，帮我打点一切。轮到你，我什么忙也帮不上。"

"你是个白痴！"虽然用词贬损，文晓慧的语气却是温柔的。

"真的，晓慧，我很抱歉。"

那一头的文晓慧托着下巴，啼笑皆非地考虑着如何回答。线路间一片寂然，静得似乎能听到她手中纸烟燃烧的声音。

过了一会儿她开口，声音平静地说："谭斌我跟你说，这几天我想了很多，有些事，完全是我咎由自取，可不管怎么样，我还有父母和你这个朋友。将来哪天，无论我混得多惨，总算有父母可以投奔，他们会随时无条件地收容我。无论别人怎么想，只有你永远不会错看我。我觉得自己很幸运了，你千万别胡思乱想。”

挂了电话，谭斌握着话筒呆了半晌，文晓慧能想开她自然欣慰，可她突然间变得如此成熟懂事让她非常不适应，她更习惯那个言行无忌的旧友。

另有一件更让人不安的事，谭斌想起来就心惊肉跳。从她生日那天开始，一直无法再联络上沈培。

她和沈培的联系方式，就是一部手机，手机信号中断，两人之间唯一的联系也就消失了。到这个时候，谭斌才发觉，虽然和沈培相处了将近两年，但对他生活圈子的了解依然停留在最浮浅的表层。

沈培的父母，因他从未起过觐见双方父母的念头，所以她只见过照片，素未谋面。沈培带她见过几次朋友，很想让她慢慢适应小圈子的风格。谭斌并不抱怨，可每次都闷得几乎流眼泪，他察觉到，也就停止了努力。但她同样也从未带沈培进入自己的社交圈，是怕双方话不投机，彼此尴尬至无言以对。

临到今日，想找个人打听消息都无从下手，也不知道沈培的父母是否和他有联络。谭斌踟蹰了很久，终于翻出了兰州同事的电话，硬着头皮拨过去。那位同事的老公在当地移动公司工作，可以用某种方式查到手机机主与移动网络的交互信息。

半个小时后同事回了消息，说沈培的手机最后一次网络登记是上周六下午5：07，位置在广河县三甲集镇的国道附近。也就是说，从那个时候起，他的手机再没有开过机。

同事是个热心人，不住地宽慰谭斌，说沈培他们的车队可能是进了无人区，没有网络信号，或者找不到手机充电的地方，一直没有开机。她还说，七八辆车十几个人在一起，没有消息就代表好消息，否则不会一周都不通音信。

谭斌握着电话的手，不受控制地哆嗦了一下。

“周一我再找公安局的朋友打听，Cherie，你放宽心，不会有事的。”好心的同事安慰道。

勉强笑着谢过同事，谭斌打开搜索引擎，输入“甘肃三甲集镇”几个字。仿佛是为了加重她的不安，随后跳出来的信息像烧红的烙铁一样，灼伤了她的眼睛。

“三甲集镇，曾被美国《时代》周刊称为中国最大的毒品集散地之一。”

谭斌呆呆地盯着这行字，脑子里嗡嗡直响，似一群黄蜂在头顶盘旋。可她什么也做不了，只能等待，惴惴不安地等待，无能为力的感觉让人崩溃。

她只能在睡梦中为沈培的安全担忧，一早起床，其他该做的事还要接着做，世界不会因为她的焦虑而停止运转。

Chapter7

信息公开与共享，
是维持团队凝聚力的重要方式。

{01}

周一例会完毕，谭斌照例向刘秉康汇报集采进度，包括周末和田军的接触。但她隐去了程睿敏在场的若干细节，原因很简单，一来刘秉康不见得喜欢听到程睿敏的名字；二来她也不能确定，程睿敏和田军的关系是否真的会影响到集采结果。

谭斌决定缓一缓再说。

刘秉康听她讲完，并没有马上做出评价，垂下眼睛思考片刻，把液晶屏幕转过去对着她："这份报告你看过了吗？"

谭斌凑上前细看，原来是乔利维的客户关系报告。

她摇头："没有，我从来没有收到过乔利维的任何报告。"

这是谭斌对乔利维最不满的地方。除了一些敏感和保密信息，谭斌所有关于投标的邮件和报告是向整个投标团队公开的。她相信，信息公开与共享，是维持团队凝聚力的重要方式。但乔利维的报告，她却从来没有看见过。

大概谭斌没能隐藏住自己的情绪，直接暴露在脸上，刘秉康看着她笑了一笑："整体的客户关系，大家做得都很好，但有一个问题，我一直想问问你。"

谭斌立刻支起耳朵，凝神聆听。

"利维说，做责任分配的时候，你选了田军和陈裕泰，这两个人是出名的难缠，而你的长项在工程部和设备部，为什么反而选他们？"

谭斌默默地望着眼前的屏幕，在心里琢磨着自己的措辞。乔利维在背后扎针，是意料之内的事。她只是疑惑，按说这不是一件大事，为什么刘秉康会专门提出来问她？乔利维到底对他说了些什么？面对刘秉康，此刻她该不该说实话？想了想，她觉得还是应该实话实说，刘秉康没那么容易骗过，而且她完全没有私心，犯不着因为这事让他怀疑自己的诚信。

谭斌放下纸杯，态度相当严肃："我是投标经理，要对集采的最后结果负责。而田军是决定这次集采的关键人物之一，我别无选择。至于陈裕泰先生，我觉得短时期内说服一个成年人放弃他的成见，几乎是一件没有可能的事。我选他，是想让其他人，不要在他身上浪费任何时间和精力。"

刘秉康仿佛有点儿意外，抬起眼睛。

"Bowen和利维都坚持，一个客户都不能放弃。我尊重他们的意见，但对自己的看法依然保留。二十、八十原则说得很清楚，百分之八十的利益，是百分之二十的客户给我们带来的。我明白自己在做什么，向来都是有舍才能有得。"

"我明白了，"刘秉康点点头，"Cherie，你也不要多心，利维也是为工作，担心这两个人的态度会影响到将来应标的结果。"

"我完全理解。"谭斌淡淡一笑，一点儿都没有把心中的愤怒摆在脸上，"这两个人的态度是否会影响应标还是个未知数，可是同事之间，尚未开战先自我怀疑，对自己的战友都不能开诚布公，结果是什么，却是早早可以预料到的。"

刘秉康也笑笑说："利维的问题，我会和他谈。来来来，先放下这件事，我们来回顾一下北方区三季度的销售情况。"

时间又逼近季度末，销售目标的完成情况再次成为每一个销售总监头上的紧箍咒，谭斌马上感到头疼。她已将自己负责的区的情况整理出来，形势不是太坏，但也并不容乐观。假如最终的数字距离计划相差很远，那倒也无所谓了，没有希望也就没有了焦虑。但谭斌负责的区域的状态却离计划只差了一点点儿，这才是最让人纠结的事情。

她打开早就准备好的PPT文件，正要开始讲解，放在手边的手机开始无声地震动。

那是一个北京的座机号码，非常陌生，谭斌伸手挂断。刚把注意力重新集中在电脑上，那个号码又顽强地拨了进来，按了，没过一分钟，手机再次嗡嗡震动。谭斌几乎恼羞成怒。

刘秉康只好说："你先接电话吧。"

谭斌抱歉地笑笑，站起来走到一边。

手机里是个陌生的女声："是小谭吗？我是黄槿。"

黄槿？谭斌快速在记忆中搜寻一遍，一无所获，就有点儿不耐烦："对不起，我不记得了，您是……"

"我是沈培的朋友。你们夏天来过我们家，在昌平，还记得吗？"

昌平别墅里秀丽好客的女主人形象一下子浮现在谭斌的眼前，她恍然道：“哦，你是黄姐？”

“是我。”

“黄姐您好，请问有什么事？”

“我在沈培的父母处，你现在能来一趟吗？我告诉你地址。”

谭斌感觉诧异，隐约有点儿不祥的预感，问道：“我正在开会，请问什么事？能不能等我开完会？”

黄槿显得焦躁不安地说道：“你最好马上来，小谭，沈培出事了！甘肃来的警察正在家里……”

周围的声音从谭斌耳边消失了，她死死地攥着手机，双腿开始发抖。

“Cherie？”像是另一个世界的声音。

谭斌抬起头，结结巴巴，语无伦次地说：“对……对不起，Kenny，家里出了事，我要马上回去……”

{02}

谭斌不记得是如何跌跌撞撞地把车开到了后海附近。按照黄槿给的地址，车倒进一条幽深的胡同。

胡同外面看着毫不起眼，但尽头处别有洞天。整整齐齐的一座四合院，清水脊的门楼，方砖墁地，院内古槐蔽日，苔痕侵阶，格局宽敞明亮，却静悄悄地不闻人声。

黄槿站在大门外，看到她出现，立刻现出如释重负的神色，把她引进客厅。客厅正中的沙发上坐着三个人，其中一人看她进来，马上站起来，其余两人却岿然不动。

凭着多年的职业习惯，谭斌只扫了一眼，便大致辨别出几个人的身份。三个人都穿着便装，却掩不住身上特殊的彪悍气质。坐着的两人，一老一少，脸颊上各有两团红晕，这是常年外勤风吹日晒的痕迹，就是俗称的“高原红”。

谭斌的心直落下去，但一直落不到尽头，下面如无底的深渊。

站着的那人开口，一口京腔：“你是谭斌吧？”

谭斌点头。

“请坐吧。”他指着沙发对面的藤椅。

谭斌梦游一样坐下去。

“我是西城区××派出所的，这两位同志来自甘肃省公安厅，想请您配合一下，调查一些情况。听懂了吗？”

谭斌机械地点点头。

“那好，我们就开始吧。请问你和沈培是什么关系？”

“朋友。”

“说清楚一点儿！”甘肃警察中年纪较轻的一个毫不客气地呵斥她。

“男女朋友。”

“8月31日，也就是上周六下午3点58分，你在做什么？”

谭斌顿时起了反感，这是在审问犯人吗？她抬起头说：“我没那么好的记性，想问什么您照直了说。这种问题我可以拒绝回答。”

那人瞪起眼睛要发脾气，但被北京警察拦住了。他向谭斌解释道：“我们查过沈培的通话记录，他向外界打出的最后一个电话在31日下午3点58分，通话对象就是你。”

谭斌握紧双手，右眼下一小块肌肉不受控制地突突乱跳。

“他都和你说了些什么？”

谭斌正色回话道：“我愿意配合，也可以回答，但请先告诉我，沈培究竟出了什么事？这点儿知情权我还有吧？”

那三个人对看几眼，其中年纪最大的一位点点头。

年轻的警察取出一个透明的塑料袋，放在中间的茶几上。

谭斌慢慢拿起来，浑身冰凉，抖得像风中的落叶。塑料袋里是一只棕色的户外靴，鞋面上沾满了泥巴和暗褐色的血迹。鞋底的花纹已经严重磨损，鞋带正是她亲手打上的花结。

“这只鞋你认得吗？”

谭斌没有回答，全部精神都集中在那刺目的血迹上，双手依旧抖个不停。

过一会儿，她抬头问：“血……是他的吗？”

“是。”

窗外的天色不知什么时候阴暗下来，惨淡的光线映着谭斌褪去血色的嘴唇，漆黑的眼珠里满是惨痛和绝望。

那警察看得心软，叹口气问身边的同仁道：“告诉她吗？”

老警察上上下下打量着谭斌，再点点头。

原来警方是9月2日才接到报警，那时沈培已与车队失散两天。

车队的同行者报案时解释，他们为避开过多的旅游人群，早就放弃高速改走国道。8月31日下午，广河县附近的国道，因连日下雨路面坍陷，车队只好离开国道，带着一名当地向导在草原中觅路而行。

海拔3000米以上的草原，天气瞬息万变，中途遭遇罕见暴雨，沈培与车队失去了联络。雨停后车队休整，百般尝试，却再也无法联系到沈培。车上还有另外一名搭车的同伴，同样毫无音讯。

当地警方经过两天的寻找，终于在距国道百多公里处发现了沈培的丰田。越野车仰面朝天翻倒在一片草甸子里，失踪的同伴很快被找到，可惜已是一具尸体。他胸部以下被车身死死压住，死亡时间估计是9月1日。

反复的现场勘查，证明这名同伴很有可能是翻车时被甩出车外，车体翻身，正好砸在他的身上。尸检结果也证实了这个推测，死者的死亡原因是外部剧烈撞击引起的内脏大出血。

所有的私人物品都留存在车内，不见任何异样。沈培却失踪了。

警方以车祸现场为中心，派出骑警四处寻觅，随即在草丛里发现这只染血的户外靴。找到靴子的地方，紧挨着一片水草丰美的草甸，连日的暴雨，将所有可能的痕迹冲刷得干干净净。

接下去三天更为细密的搜寻，依旧一无所获。车祸前后究竟发生了什么，没有人知道。沈培生不见人，死不见尸。

年轻警察的叙述到此为止。

“姑娘，你现在可以讲了吧？”老警察问。

谭斌神色茫然地看着他。

见惯生死的老警察不为所动，依然紧追不舍地问道：“沈培电话里都和你说了什么？”

谭斌垂下眼睛，艰难地开口道：“他抱怨路况不好。”

“还有呢？”

“他祝我生日快乐。”

两个警察惊奇地对视，然后问：“就这些？”

还有，他让谭斌去和别人吃饭，她就高高兴兴地去了。也许他遭遇不测的时候，她正和程睿敏坐在游轮上临风把杯，笑语晏晏。

谭斌深埋下头，牙齿互相撞击的声音清晰可闻。

再问其他问题，她都是答非所问，前言不搭后语。见她情绪极不稳定，警察估计再套不出什么，只好作罢，留下联系方式告辞。

黄槿递过一杯热茶，在一旁坐下。

谭斌如获至宝，双手紧紧抱住，冰冷的手指逐渐回暖。

黄槿叹口气道：“对不起，他们一定要传你问话。”

谭斌把茶杯贴在额头上，闭着眼睛不肯说话。

“你甭着急，沈培吉人自有天相，不会有事的。”

谭斌还是不说话。

黄槿把手盖在她的手背上，双眼中满是同情地说："警察没有放弃，还在接着找他，让我们等消息。"

"他们问我那么多问题，究竟为什么？"谭斌已经开始冷静下来。

"有两名被通缉的毒贩，最近逃入桑科草原，车祸现场附近也发现了逃犯的行踪。"

谭斌迟钝的大脑又开始转动："他们怀疑沈培和毒贩有关系？"

"也不是，他们的工作程序是这样，所有可能性要一一排除。"

谭斌低头喝茶，却一口呛住，她咳得弯下腰去，满脸通红。

黄槿为她捶背，不禁无声叹息。遇到这样的事，旁人再惋惜，也总是隔着一层，心如刀割的感觉只有亲人感同身受。

谭斌终于站起身，望着正房的方向。那里窗帘低垂，窗下一池锦鲤，绿荫掩映中静寂无声。

"叔叔阿姨还好吗？"她问。

"先生血压升高入院观察，师母在照顾。"停了停，黄槿又补充，"他们暂时不想见人。"

谭斌点点头，她很明白。此刻她也想找个犄角旮旯把自己埋进去。不用说话，也不用解释，爱哭就哭，爱笑就笑。

{03}

直到离开沈家，谭斌才感觉到痛，胸口处像被扎进一把钢刀，呼吸间如在火上炙烤，疼得她吸不进空气。喉咙口更似被人塞进一把沙石，她想哭，却无论如何都流不出眼泪。

恍惚中出门开车，拿稳了方向盘，她才感觉虚脱一般，眼前青蝇乱飞。

眼见前方路口红灯亮起，谭斌跟在一辆旧捷达后面，踩下刹车等候，闭起酸痛的双眼。

也就十秒钟的工夫，便听到正前方的车子踩了一脚油门。谭斌以为开始变灯，迅速坐直，准备挂挡起步。前方的捷达却又没了动静，谭斌正暗自奇怪，忽见捷达的倒车灯亮了起来。

谭斌大惊之下，狂按喇叭示意对方停车。那辆捷达却不管不顾，依旧提速倒车，谭斌下意识抓紧方向盘。

一声巨响，前车的尾部贴上来，谭斌的背部狠狠撞在座椅靠背上，大脑一片空白。两三分钟后，她才从魂飞魄散的状态中恢复，不禁怒火中烧，立即跳下车看损失。自己的宝来引擎盖已经拱起，一侧大灯被撞得粉碎。

谭斌摸出手机正要拨打122，捷达驾驶座的车门打开，一个女人坦克车一样地冲上来，二话不说就猛推了她一把。

谭斌一个踉跄，差点儿坐在地上。

那女人已经逼到她面前，一开口声震屋瓦，说道："你会开车吗？追尾要负全责，知道吗？"

谭斌本来一腔怒气无处发泄，听到这里反而气极而笑，说道："哎哟，碰瓷的？好啊，您先旁边等着，喝口茶运运气，警察来了再表演不迟。"

那女人哇啦哇啦地叫起来，句句不离粗口。谭斌疲倦至极，几乎站立不住，实在懒得跟她说话，走到一边拨通122，报上地址和方位。

周围陆陆续续围上来不少看热闹的人，被堵在后面的车主不耐烦地按着喇叭。

捷达车上又下来一个男人，因为天热，脸涨得跟猪肝一样。

谭斌以为他能讲点儿道理，没想到此人一开口和身旁的女人一个调调："你会开车不？欠修理是不？"

出门碰上这样一对极品，再加上沈培生死不明的刺激，令谭斌有毁灭什么的暴力冲动。她的血直往头上冲，拿出了轻易不现的彪悍，说道："你们两口子是不是缺钱啊？缺多少，说吧！叫我一声姑奶奶，我啐给你们，给你们全家买药都管够！"

话音未落，她左脸上已挨了重重的一掌。半张脸顷刻间火辣辣的，还未等她缓过神，右边脸又挨了一下。牙齿似乎撞到舌头上，剧痛，一嘴咸腥的味道。

谭斌呆住了。自小被父母当作掌上明珠一样，从未舍得动过她一个指头。她活了二十九年，还是第一次挨打。

狂怒中的她完全失去理制，回到驾驶座，倒车，加油门，在一片惊呼声中，宝来朝着捷达咣当一声撞上去。

周围的人还没有回过神，第二声巨响，夹着女人的凄厉的尖叫声。

那女人原本站在车侧，被翘起的保险杠挂住裤腿，长裤一直撕裂到大腿上方，剐破的地方鲜血淋漓。那男人反身从自己的车后拎起一把扳手冲过来，将谭斌一把从车里拖了出来。

随后的现场完全陷入一片混乱，直到110赶到才控制住场面。

据现场目击者的口供，捷达车里的那个男人，扳手落下的第一击就把宝来的侧玻璃砸得粉碎。第二下是冲着谭斌去的，但是有人飞扑上来替她挡住，第三下也砸在那个人身上。

再后来，又有人冲上来，一脚踹倒了捷达男人，两人滚在地上打成一团。

再后来，警车就鸣着警笛赶到了。

这些事，谭斌都是后来才知道的。她在玻璃粉碎的一刹那，眼前一黑，失去了知觉。

{04}

谭斌清醒时，人已在医院。眼前模糊一片，有人试图和她说话，她的耳边却嗡嗡声不断。

她努力睁开眼睛，荫翳退去，眼前的轮廓渐渐清晰。

“你醒了？”有人凑近，干净的沐浴液味道，像是午后被太阳晒得滚烫的草地的气味。浓眉下清朗的双目，那是双温柔而深远的眼睛。

“是你？”谭斌十分意外，开口说话才发觉自己声音已经嘶哑。

“是我。”程睿敏看着她笑一笑。

谭斌游目四顾，周围入眼皆是白色，即刻明白自己身处何地，昏迷前的记忆全部回转。看到身体并无大碍，她略微安心，挣扎着要坐起来。程睿敏按住她的肩膀：“别乱动，手上扎着针头呢。”

床边输液架上，晶莹无色的葡萄糖液体正一滴滴不紧不慢地滴落。

“你怎么会在这儿？”不用镜子，谭斌也知道经过刚才那场混乱，自己一准儿披头散发，色相皆失。以如此狼狈的形象面对程睿敏，实在让她心不甘情不愿。

“正好路过，就送你来医院。”程睿敏说得轻描淡写，并不想提起那场闹剧。当时和他在一起的，还有刚从塘沽过来的严谨，因为斗殴伤人被巡警带走，现在还被扣在派出所里。

“我是怎么回事？”

“没事。医生说你只是因为情绪过于激动，血管异常收缩造成的暂时性缺氧，休息一下就好了。”

“给你添麻烦了。”谭斌轻声道谢。

情绪失控之下的一场发泄，似乎已耗尽所有的力气，她感觉疲倦，重新闭上眼睛。不想追究原委，也不愿再回想记忆里乱七八糟的一幕，她情愿像蹩脚电视剧中的镜头，醒过来说什么都不记得了。可她仍记得每一个细节，包括听到沈培噩耗时心脏破碎的脆响。她依然记得沈培温暖的身体，记得他在电话里问她结婚手续是否麻烦，记得他说，“相信我，我爱你，我不会放弃你。”她浑身颤抖起来，感觉到前所未有的孤单和恐惧。

程睿敏为她掖一掖被角，问道：“冷吗？”

谭斌不作声，整个人瑟缩在被单下，止不住地发抖，牙关打战。

程睿敏不安起来，说道：“我叫医生。”

他站起身，衣袖却被人拽住。谭斌紧紧地揪着他的袖口，似溺水之人抓着最后一块浮木。

她的脸肿起半边，唇角破损，一缕缕头发被冷汗粘在脸上，睫毛上有细碎的水滴闪烁。曾经令男性侧目的强悍，此刻统统远去，重新还原为女性的柔弱，眼中只有哀伤和依赖。

程睿敏忍不住伸出另一只手，替谭斌拨开眼前的湿发。

谭斌嘴唇开始颤抖，一点点儿下撇。她不看他，脸转到一边，眼泪一颗一颗落下来。她抬手去抹，泪水却流得更加迅急。

程睿敏试着去擦拭，最终把手覆盖在谭斌的眼睛上。他的手指微凉，手心却温暖而干燥，安抚人心的力量透过体温汩汩传递过来。

眼泪刹那间疯狂涌出眼眶，谭斌终于哭了出来。没有任何声音，只有灼热的泪水顺着他的指缝不停地往下流。他站着不动，感觉心脏抽紧，像日光下的黄油，慢慢化作一摊液体。她柔软的身体倒在他怀里一动不动，脸色苍白，眼睫低垂，那一刻他知道，他的心已经真正沦陷。

耐心地等谭斌把悲伤发泄干净，逐渐安静，程睿敏在床边坐下问：“有一个故事，你愿意听吗？”

谭斌转头看着他，水洗过的眼睛黑白分明。

“我两岁的时候，在护城河上玩，不小心掉进冰窟窿，从此我特别怕水。小学开游泳课，别的孩子都利利索索跳下去，只有我站在池边哆嗦，老师的威胁利诱没有任何作用。后来有一天，外公趁我不注意，抱起我扔进游泳池，我又踢又踹，吓得拼命哭叫，然后突然发现，我居然漂在水面上，而且就要游到池边了。”

谭斌不明白他为什么要说起这样的陈年旧事，更不知该如何接话。

“虽然学会了游泳，可为这事我一直记恨着他。直到有一天外公对我说，地球上百分之七十的地方都被水覆盖着，小敏，你回避不了，总有一天你要面对它，并且学会对付它。”

程睿敏低下头微笑道：“人最怕的是生老病死，可是每个人都避不开逃不过，你总要学着面对。”

谭斌呆望着天花板，脸上并无特别的表情。过了一会儿，她静静地问：“你都知道了？”

“你的手机一直在响，我想通知你的家人和朋友，就替你接了，是一位姓黄的女士。”

谭斌撑起身体问：“她有什么事？”

“她已经来了，就在外边。我和她谈过，建议等你情绪稳定了再见她。你现在愿意见她吗？”

谭斌点头。这时，程睿敏的手机嘀嘀响了两声，他取出看一眼，又放回去：“那我先走了。”

“谢谢你！”这一次，谭斌的感激是由衷的。

程睿敏自然听得出其中的差别，他犹豫一下，还是隔着被单拍拍她的手，给她一个鼓励的微笑，说道：“还没到最坏的时候，哪怕有百分之一的希望都不要轻言放弃。”

谭斌勉强回他微笑，却笑容苦涩。

“保重！”程睿敏说，“有什么我能帮忙的，一定要让我知道。”

走出门诊大楼，余永麟正在门外等着他。

“完事了？”程睿敏靠着花坛的水泥墩子，脸色有点儿发白。

“啊，给了事主5000块钱，私了了。”

“严谨呢？”程睿敏觉得有点儿对不起严谨。因为他一个电话，严谨撂下生意从塘沽赶回来，结果被牵连进这桩麻烦事。

余永麟回答：“也放出来了。他说替你把车开回去，在家里等你。”

程睿敏仿佛松了一口气，就势坐下，问道：“怎么这么久？那俩人特难缠是吗？”

“可不是，”余永麟直点头，“那夫妻俩忒生猛了，而且好像局里也有熟人，搞得我那兄弟都皱眉，差点儿搞不定。”

“严谨没当场尥蹶子吧？”

“谁？你那发小儿啊？”余永麟忍不住笑，“这回碰上一个生瓜蛋小片警，他进去就被关小黑屋去了，让大灯照了仨小时。”

程睿敏皱起眉头：“人没吃亏吧？”

“那倒没有。主要是那男的被揍得不轻，你想啊，两口子都血糊糊的一身伤，尤其是女的，像被强暴过一样，换谁也得给他们打同情分。”

其实这还不是主要原因，关键是严谨进了派出所，嚣张得像回自己家，整个一痞子相，两句话就把办案的民警气得脸色发青。碍着面子，余永麟没好意思说，他当时只以为遇到了黑社会大哥。

严谨的为人，程睿敏当然更清楚，把余永麟叫出来就是怕严谨暴脾气发作，再捅出大娄子。

“真不好意思，”他说，“为这点儿无聊事，上着班还要麻烦你。”

“见外不是？朋友嘛，不就是用来坑的吗，此时不坑何时坑？”

程睿敏笑起来，看见余永麟手里的矿泉水瓶子，他伸出手道："饶一口。"

但他含着一口水，却半天咽不下去，脸上现出隐忍而痛楚的神色。

余永麟回头问："怎么了？"

程睿敏没出声，闭上眼睛。

"老程？"

程睿敏睁开眼睛，若无其事地说："没事。"站起来的时候身子却直打晃。

余永麟扶他一把，说道："到底有事没事？守着医院呢，挂个号去？"

程睿敏低声说了实话："刚才也挨了两下，背疼。"

"什么！"余永麟一听就炸了，"你干吗不早说？验伤了没有？走走走，先照个片子。"

程睿敏扒拉开他的手说："照过了，就是软组织挫伤，没别的毛病。"

余永麟还在嚷嚷道："你为什么不提供验伤证明？早知道你也受伤，我给他钱？我直接让他号子里蹲几天去！"

大门口医生和患者来来去去，有人投过诧异的目光。

程睿敏无奈道："瞅瞅，你都这反应，让严谨知道，他还不当场碎了那人？"他叹气，"本来理就不在咱们这边，息事宁人算了。"

一句话提醒了余永麟，他安静下来，过了一会儿摇摇头说："一块待了五年，为什么我就没发现，Cherie的性子竟这么暴烈？刚才那两人一口咬死，说她故意开车撞人，他们真要起诉，可够得上故意伤害罪了。"

"谁都有情绪失控的时候，不能怪她。"程睿敏凑近，低声说了几句话。

余永麟立刻瞪大眼睛说："真的？"

程睿敏点点头。

"这也忒邪性了，好好的一个人还能生不见人、死不见尸？"余永麟脸上变色，拔腿就往门里走，"我去看看她。"

"别！"程睿敏一把拉住他，"她心里正难受，你去了还得强颜欢笑应付你，你就甭添乱了，送我回家！"

程睿敏住在机场高速附近，绿树丛中掩映着一片颜色鲜明的联排别墅。

严谨正百无聊赖地站在大门前，双手插在裤兜里望着来车的方向。他身上的衬衣揉得一塌糊涂，上面又是血又是土，领口一直撕裂到锁骨处。路边经过的人难免好奇地打量他。

严谨倒也不在乎，是男的就吊儿郎当地看回去，看见女的就冲人笑一笑。

老远看到余永麟扶着程睿敏下车，他小跑着过去。

余永麟一路压着车速，高速上时速都没敢超过60公里。可每次轻微的震动透过尾椎骨上行，都让程睿敏一身接一身地出冷汗。好容易熬到家门口，瞧见严谨的模样他不禁皱起了眉头。

几个小时前，两人一个奔医院一个进派出所，都没顾得上互相看几眼。按照严谨后来的说法，程睿敏当时一个心眼儿都在谭斌身上，压根儿就没想起还有兄弟身陷困境，典型的重色轻友。

不过，看到程睿敏，他还是很高兴，上前一把搂住肩膀捶了几下，得意扬扬地笑着说："怎么样？我荒了多年的功夫，使出来照样威震京西吧？"

程睿敏的脊背顿时僵硬，痛得眼前一黑，人往前直栽过去。

幸亏余永麟眼明手快扶住他，看着严谨几近恼火地说道："他背伤得厉害你不知道？"

严谨放下手，这才发现程睿敏的脸都变了颜色。他愣了愣，随即反应过来："真中招了？"

余永麟点点头。

严谨两条眉毛竖成倒八字，抓着程睿敏的胳膊要看伤势："你为什么不早说？你傻啊，还是白痴啊？"

程睿敏被质问得烦躁，说道："我怎么知道会这么疼？"

"你瞅你那样子！"严谨竖起食指直杵到他的眼前，"你心眼儿不灵光，长眼睛没有？那是什么？铁扳手你知道不？你就不知道避一下？"

程睿敏推开他的手，对余永麟说："你先回去吧，嫂子也要人照顾，这儿还有严谨。"

余永麟站住，小心地看着他问道："你真的没事？"

程睿敏无奈地说："要不要我把病历给你看？"

余永麟释然，苦笑了一下说："那我真走了。岳父岳母提前驾到了，我每天都得回去请安，你瞅瞅，现在我就是一夹心饼干，内外交困。"

程睿敏扶着他的肩，轻轻地摇了摇，表示理解和同情，说道："赶紧走吧，回头我和严谨找机会谢你。"

严谨也过来，正经八百地跟余永麟握手道别，又做出一脸的诚恳之色，说道："多谢了！这是兄弟的片子，您拿好，以后有什么要帮忙的，一个电话，兄弟上刀山下火海在所不辞。"

他一旦正经起来，就和平日的嬉皮笑脸大相径庭，像换了一个人。那名片也很特别，米白色的纸面上只有一个电话、一个人名。

余永麟被逗得笑出了声，收起名片要告辞，又被程睿敏叫住，拉到一边低声说：

"先给你打声招呼，老爷子今天给王司长打了电话，见面的事，他的秘书在安排。"

余永麟吃惊道："你真去见你爸了？"

"嗯，不然我怎么会在后海那儿出没？"

"老程，"余永麟一脸诧异，"上回被你们CEO那老头儿逼得差点儿跳什刹海，你都没搬动老爷子，田军倒有这么大面子？"

程睿敏抬起眼睛笑笑，眼神通彻，带着许久不见的犀利，余永麟便觉得头皮有点儿飕飕地发紧，像是又回到了MPL时代。对着这双眼睛，任何客观理由或者辩驳都会变得苍白无力，即使未做亏心事也会无端地觉得心虚。

他听到程睿敏说："我看他是只潜力股而已。"

普达即将到来的机构重组，已经在中高层引起一场大地震，人人都在寻找机会或者后路。田军要争取的是即将退休的梁副总的位置，所以正在四下活动。这当然是冰层下的暗流，表面上一切依然平静如昔。

余永麟想了想问："什么时候能见面？"

"没说，应该很快。到时候你陪着田军见他，我就不去了。"

余永麟的头顶像是轰隆打了个响雷，他跳起来问道："什么意思？你什么意思？"

程睿敏连忙按着他安抚道："你一惊一乍做什么？我还要在这个行业混，介入太深不好，后面的事，你已经足够应付了。"

余永麟表情凝固片刻，接着放松下来，笑了笑说："我明白，多谢了！"两人如今的身份，一个是普达的合作伙伴，一个是普达的设备供应商，早已分道扬镳，泾渭分明，再不是两个人在MPL合作无间一致对外的时候了。

严谨在一旁笑眯眯地看着。他一直想不明白，这些所谓的金领白领，每天绞尽脑汁穷折腾，风里来雨里去的，到底图的是什么？年薪百万又怎么样？剥去外表的光鲜，还是个打工的，永远是给别人做嫁衣。

对严谨的疑问，程睿敏向来嗤之以鼻，说道："你一个卖鱼虾蟹贝的农民企业家懂什么？"

不过今天严谨没有立刻回嘴，程睿敏显然伤得不轻，从门口到客厅，几十步的路走出了一头汗。直到伏在沙发上，他才松了一口气。

严谨想撩起他的上衣，说："让我看看，伤哪儿了？"

程睿敏用力地揪着衣服下摆，不耐烦地抵抗："别烦我！"

但他明显不是严谨的对手，三两下就被按住双手，衬衣被卷起，严谨则吸了口冷气。

背部横着两块狰狞而触目的瘀青。

严谨一脚一脚地踢着沙发腿："当时我怎么没一个窝心脚踹死那人？"

"我这沙发很贵的，"程睿敏抬起手，指指落地窗外的花园，"外面有铁栅栏。"

严谨停住了脚，真的转头打量一番，然后看着他认真地问："你当我和你一样傻啊？"

程睿敏埋下头笑，却不小心牵动伤处，不由得皱紧眉轻轻吸气。

严谨只好问："家里有止痛喷剂吗？"

"有，电视柜下面。"

严谨取过来看一下有效期，卷起袖子说："来吧，缓了疼再说，24小时以后才能热敷。"

小心上完药，他蹲在程睿敏身边说："哎，小幺，那姓谭的妞儿，你不是口口声声说跟人没关系吗？那你今天这舍己为人、英雄救美，演的又是哪一出？"

程睿敏没出声。真要细究动机，他自己也说不清楚。原是堵车堵得心烦，上前看个热闹，但一见到那个纤细的身影，完全孤立无援的样子，脑子一热就冲了上去，什么都忘了。

犹豫了一会儿，他开口道："上回在塘沽，我把事彻底办砸了。"

严谨马上把脸部所有能皱的地方都皱了起来："难怪，走的时候我怎么看怎么不对劲，两个人都灰头土脸的，你对人做什么了？"

"我揣着别的心思去的，临时又改了主意，结果乱了步子，一塌糊涂就败下阵了。"

"嘿，就这么点儿事！"严谨摸着下巴上新冒出来的胡茬儿，笑得不怀好意，"我以为你要对人霸王硬上弓呢。不过那小妞儿是有点儿意思，看人的时候吧，眼神唰唰唰，像在剥人衣服。"

程睿敏哭笑不得，转过脸去不再理他。

"人家不甩你对吧？"严谨挤对他，"泡个妞而已，有你这么费劲的吗？真给兄弟丢人。"

程睿敏直后悔自己多了一句嘴。

严谨还在继续说："当年老二就是个傻子，没想到你比他还傻。就说你那个徐悦然，当初我怎么劝你的？甭跟她磨叽，生米煮成熟饭先娶回家，再哄她生个孩子，她就老实了，什么事业、什么追求，都不算什么。你不听，结果怎么样？鸡飞蛋打，到手的鸭子，飞了！"

程睿敏只回了他两个字："快滚。"

"啧啧啧，真不和谐。从小你就这样，没词了就开始犯浑，几十年了你一点儿长进都没有。回家见你亲爸爸，还要抓着我壮胆，瞧你那点儿出息！"

程睿敏索性抓起靠垫闷在头上。

严谨望着他嘿嘿笑，总算报了农民企业家的仇，心满意足地站起身，熟门熟路地摸到卫生间。今天他也吃了不少亏，颧骨和眼角都挂了彩。

正到处寻找创可贴，严谨忽然想起一件事，大声问："小幺，你那心上人，叫什么？哦，谭斌，你得和她对对口供你知道吗？"

没有人回答他。

严谨对着镜子咕哝道："挺漂亮一妞儿，怎么起个男人的名字？"

等他收拾清爽出来，程睿敏仍在沙发上维持着原姿势。严谨走过去碰碰他："小幺，床上躺着去。"

程睿敏没有任何反应。

严谨吓了一跳，急忙凑近，见他呼吸均匀，表情和缓，原来是睡着了，这才放下心。他摇头，不明白他天天这样做得如此辛苦，都是为了什么呢？

这时，什么地方隐约传来了手机铃声，声音闷闷的，似被什么东西捂着。

严谨四处寻找，终于在沙发靠垫下发现了程睿敏的手机。他看看程睿敏，似乎并未被铃声惊动，赶紧用垫子卷起手机离开客厅。

手机还在响，屏幕上闪动的是"谭斌"两个字。

严谨眼珠转了转，按下接听键凑在耳边。

谭斌听到一个陌生男人"喂"了一声，立刻道歉："对不起，打错了。"

她挂了手机，看着号码直纳闷。这是她从保存的短信中拨过去的，按说不会出错。再试一次，依然是那个陌生的声音："Hello！"

谭斌犹豫了一下，问道："请问这是13901××××××吗？我找程睿敏。"这个号码她已经可以背下来。

那边说："号没错，可是小幺不方便，妹妹你有事，跟哥哥说是一样的。"

印象里管程睿敏叫"小幺"的，只有一个人。

谭斌想起他的脸，却记不起他的名字，只好跟着他顺嘴胡诌："那就麻烦哥哥了，请程睿敏接电话好吗？"

"不是我蒙你，小幺真不能接电话。"

谭斌迟疑了一下说："他……他没事吧？派出所找我问话，我刚知道他被人砸了两下，伤着了吗？"

"哎哟妹妹，真让你问着了。"严谨一脸坏笑，声音却显得沉痛无比，"小幺他伤得很重，疼得死去活来，这会儿连床都下不来了。"

他往客厅方向看了一眼，心说天地良心，我可一句谎话都没说。

手机里立刻没了声音。

"喂喂……"

谭斌的声音再传过来，已经变得干脆利落。她说："告诉我地址，我现在过去。"

严谨抬头看看天色，窗外阴云压境，一场秋雨眼看就要下来了。

他笑笑说："好，我说，你记着。"

种子已经播下，至于长出什么样的果子，那该是当事人的烦恼，他已经尽力。

{05}

门铃响起时，程睿敏正在书房处理邮件。以为严谨忘了东西去而复返，甚至没有从门禁里看一眼，他就打开了房门。

门一开，门里门外的两个人都愣住了。

程睿敏从浴室出来不久，头发还湿漉漉地垂在额角，身上只松松地系着一件浴衣，胸口肌肤若隐若现。

"小谭？"他在慌乱中退后一步，差点儿被门口的地毯绊倒，"你……你怎么来了？"

谭斌同样感觉局促，目光闪躲，一时间不知道落到什么地方才合适。不过，她最先恢复常态，视线挪到他的脸上，装出没事人的模样。

"对不起，我在门外等一会儿。"

程睿敏回过神，赶紧系上衣带，让出通道："请进请进，你先坐着，我换件衣服。"

如果没有看错，他居然红了脸，逃跑一样离开了客厅。谭斌在沙发上坐下，低头笑了。

一照面，谭斌就知道自己被人耍了。虽然下午在医院见过面，直觉没有严谨说得那么严重，但她心中忐忑不安，不顾黄槿的劝阻，执意打车过来。她无论如何也不会想到，竟会遭遇春光乍泄的场面。

她怔怔地看着程睿敏走下楼梯。他已换过T恤和运动裤，步履从容，但留意观察，她依然能发觉异样。他的手臂动作颇为僵硬，坐下时小心翼翼，背部似无法挺直。

谭斌的心脏狠狠地抽动了一下。来的路上她无数次回想当时的情景，一遍遍在心里模拟着，如果换作自己，会不会不假思索地扑过去？但她最终发现，即使是沈培，她也不能完全保证，电光石火的一刻自己能够勇敢上前。

有什么事正在发生，再迟钝也该明白了。

那一天的云层压得很低，黑压压似夏日暴雨前的一刻。谭斌在出租车的后座，将额头抵在车窗上，双眼渐渐泛红。

世间无数人相遇相离，缘起缘灭，时和运缺一不可，早一秒晚一秒都只能擦身而过，注定是过眼烟云。

谭斌静静地坐着，什么也不想说，但她发觉自己的目光一直驻留在程睿敏的身上，像十四五岁少女时代那样贪婪与依恋，想多看一些，再多看一些，既有缘无分，就只能从此远离。

“喝点儿什么？”程睿敏问她，“红茶可以吗？”

“不用，谢谢！”谭斌摇头。的确是什么也喝不下，从看到沈培的那只鞋开始，感觉就像吞过一块焦炭，从口腔到食道，一直烧灼似的疼痛。

程睿敏微笑着问道：“身体好点儿了？你怎么过来的？”便装的他看上去年轻而放松，与平日西装革履衣着整齐的程睿敏不太一样。

“打车来的，”谭斌如实回答，“我打你手机，你朋友接的，说你伤得很厉害，伤得……不能活动。”

程睿敏笑笑，总算明白了严谨临走时说的话，到底是什么意思。

他说：“小幺，背伤了，腰还是能动一动的。”

他又说：“本来想教育教育那俩人，不过……咳，再等等，没准儿有个理由，让我心一软，能放过他们。”

谭斌沉默地注视着程睿敏。纵使千言万语，她能说的话也只有一句：“今天的事，不知道该怎么谢你！我自己闯的祸，连累到你和你的朋友，我很抱歉。”

“你想得太多了，”程睿敏望着她，“举手之劳，别放在心上。”

这么近的距离，看得到谭斌眼中的伤感和迷茫，他们之间只隔着一个茶几，却似隔着千山万水。即使近在咫尺，却永远无法靠近。

程睿敏退后，靠在沙发上，柔软的丝绒面料并不能减轻背部的疼痛，更不能缓解心口的酸楚。两人一时间都沉默下来。

玻璃窗外的云层却是越压越低，几乎一眨眼，室外就黑得像深夜，空气中始终酝酿着一种不安的气氛。

谭斌抬头，尚未说话，天空中电光霍然一闪，几秒钟后雷声炸响，轰隆隆一声接一声，近得如在耳边，狂风把露台处的纱帘高高卷起。片刻，豆大的雨点先落了下来，接着传来噼里啪啦的声音。

谭斌站起来，惊异地问：“冰雹？”

程睿敏探头看了一眼说：“是，还挺大。”他想关上露台的推拉门，却无法如愿，稍微用力，背伤就像撕裂一样疼痛。

程睿敏倚着门框定定神，谭斌已经走过来，拉上门站在他的身边。他勉强忍痛的表情，并未逃过她的双眼。

“你坐下好吗？我来关门。”她望着他，是祈求的口气。

程睿敏只得朝她笑笑。

片刻后，天色亮了许多，蚕豆大的冰雹霰弹一样四处跳跃，弹在玻璃上啪啪作响。

“今年天气真怪，秋天了还有雷雨和冰雹。”程睿敏说。

“嗯。”谭斌分明走了神，她想看看他的伤势，又觉得唐突而冒失。

程睿敏极力想驱散凝滞的空气，于是继续刚才的话题，问道：“派出所找过你？”

“啊？对，他们找我问话。”

一天之内，两次和同一个派出所打交道，想起那个片警惊异的表情，谭斌嘴角有一丝无奈的笑容。

“你跟他们怎么说的？”

谭斌低着头，有点儿惭愧：“前面照实说的，后来的场面，我说被伤致脑震荡，不小心就把油门当刹车了，他们一直追问，我一口咬死，就是错踩了刹车。”

“挺好，”程睿敏笑笑，“严谨要和你对口供，我告诉他，他根本没有见识过销售精英忽悠人的水准。”

谭斌更加羞愧，说：“不好意思。”

“以后千万小心，女孩子一个人在外面，遇到不讲道理的能忍则忍，你得先保证自己人身不受伤害。”

“我知道，”谭斌点点头，随后补充，“你也一样，先保证自己不受伤害。”她抬起眼睛看着他，眼神中复杂的含义足以让程睿敏将目光避开。

谭斌看着他的侧脸，能看到额头到下巴那条流畅的曲线，却看不到他脸上的表情。窗外暴雨如注，室内没有开灯，他的表情完全在黑暗的影子里。

“今天只是凑巧。”他说。

“我明白。”

他转过脸，端起茶杯凑到嘴边，却发现茶杯里是空的。他放下杯子，谭斌已经提起旁边的欧式细瓷茶壶。茶壶和茶杯都是白底描金的纤巧细瓷，谭斌倒得平心静气。再加进一半牛奶，她把茶端起，递给程睿敏，那种默契，像两人已经演练过百次千次。

程睿敏握着茶杯，迟疑很久，虽觉难以启齿，终于还是问道：“你男朋友的下落有没有进展？”

“有。”谭斌的声音很低，“警方今天找到了他的手表和相机。”

程睿敏挑起眉毛，微觉意外。

“手表和相机？”

“是，有两个人用它们和牧民交换食物和衣服，据说，那两人的样子很像警方通缉的毒贩。”

程睿敏心里咯噔一下。如果沈培真的在草原中遇到逃犯，的确是凶多吉少。他伸出一只手，手指无意识地涂抹着茶几上的水渍，平常他很少有这种不知所措的动作。

谭斌勉强一笑，说道："我觉得……还好吧，总好过……好过……生死不明。"她的声音颤抖，然后哽咽，最终没能忍住，深埋下头，手遮着额头和眼睛，双肩和背部剧烈发抖。

程睿敏挪到她身边，踌躇良久，轻叹口气，只把手放在她的肩头，安抚地拍着，就像他平日安慰沮丧的下属。

"警方还在找那两人对吧？"程睿敏勉强组织着措辞，自己都能感觉到语言的无力，"他们现在最想的应该是活着逃脱追捕，不见得有伤人的心思。你安下心，再等几天，说不定就有消息。"

这一次谭斌却很快平静，抬手抹去眼泪说："对不起，我失态了。"

程睿敏慢慢地退回原处，说道："明早去雍和宫上炷香许个愿吧，都说雍和宫的香火是最灵的。"

谭斌一怔，说道："我不信佛。"

"看得出来，"程睿敏温和地说，"我也不信。但是那个地方也许能让你感觉到平静和希望。而奇迹，只有你真正相信的时候，它才会出现。"

谭斌低下头不说话，眼角还有未干的泪痕。

外面冰雹的声音渐渐止了，只剩下单调的雨声，瓢泼般，不见丝毫停的迹象。

客厅的电话此时骤响，程睿敏说声"对不起"，走到书房接听。

笑声一传出来，便知道是严谨。

"喂，上手了没有？我没搅黄你的好事吧？"

程睿敏异常恼火，说道："你把人巴巴地骗来，这么大雨怎么办？你滚过来，把人送回去。"

此处是别墅集中的地方，很少有空出租车经过，天气不好的时候更难打车。

严谨笑得简直喘不上气："程小幺，这是多好的借口啊！老天都在给你创造机会，你再矫情，当心天打雷劈。"

"少废话，赶紧开车过来。"

"我没那闲工夫。"严谨一字字说完，啪的一声挂了电话。

程睿敏气得说不出话来，站在窗前犹豫了好半天，不知道该怎么处置如今的尴尬局面。他回到客厅，发现谭斌站在楼梯过道处，正仰脸注视着墙上的照片。

楼梯下的空间长约六米，十几平方米的墙壁上挂满了相框。那些相框是程睿敏从世界各地搜寻来的收藏品，各种材质都有。其中一部分黑白照片，颜色已经发黄，显然经过了不少年头。

谭斌看到戴着红领巾的少年程睿敏，一位五六十岁的清瘦老人搂着他的肩膀，身后是S大著名的标志。

更早一些的照片，一看就知道是母子两人，眉眼的神韵颇为相似，那女子脂粉不施，身上的装束是20世纪80年代初的服饰，五官秀丽，笑容温柔，竟是难得的天然美女。

一路看下来，谭斌隐约觉得少点儿什么，却又想不起为什么。此刻让她目光定格的是一张彩色照片。

三个十八九岁的少年，并肩勾腿坐在石栏上，对着镜头笑得青春灿烂。虽然年少青涩，但容貌与今日相比似乎并无太大变化，一眼就能认出。照片中的严谨咧着嘴毫无顾忌地大笑，程睿敏则笑得收敛，头顶却直直竖着两根手指，乍一看像蜗牛的触角。而手指的主人，坐在程睿敏身边，一脸无辜地看向前方，笑容纯真清澈。他的面容在三兄弟中最为出色，五官轮廓分明，谭斌不由得凑近多看了两眼。

程睿敏静静地站在书房门外，谭斌看照片，他看她的背影，两个人都没有动。客厅内一时间没有别的声音，四周只有不停的雨声。室内气温在雨后骤然下降，近灯光处似凝起一层雾气。

直到谭斌转身，发现程睿敏就站在身后，吓了她一跳。

"对不起！"她立刻道歉，"一时好奇。"

程睿敏的目光越过她的肩头落在墙壁上，笑了笑说："没关系，挂在这儿就是给人看的。"

谭斌问："三剑客？"

"对。高考完拍的，挺傻的是吧？"

谭斌抿紧嘴唇没有出声，分明是有点儿默认的意思。

程睿敏走过来，伸出手指在相框玻璃上抹了一下。指尖一层薄薄的灰尘，像已经尘封的往事。

"转眼就十几年了，做梦一样。"他说。

"都一样。"谭斌微笑，"我现在还常做高考的梦，发下来一堆卷子，旁人唰唰地答题，我却一个字都看不懂，梦里一身一身地出冷汗，醒过来按着心口庆幸，说幸亏是梦，这时才能想起已经过去十年了。"

程睿敏看了她一眼，失笑。

"这几年和高考有关的梦少了，又换了花样，不停地丢合同，各种各样的原因……"谭斌顺嘴说下去。她知道自己话多，可是只有不停嘴地说话，才能勉强压下胸前的钝痛。

"你太紧张了，对自己要求太高。"

"你说得对，以前Tony批评过，我对人对己都太苛刻，凡事强求十全十美，连累周围的人都陪着我紧张。”

这些人里自然也包括沈培，不一样的是，沈培从不抱怨。之前以为他天性温厚，但把前尘旧事一一过目，谭斌发觉，不过是他有足够的耐心容忍她。

程睿敏却保持沉默，望着谭斌出神。一天之内她似已憔悴许多，浓密的长发胡乱扎在脑后，碎发溅落，散在额角颈后。原本标致的面孔因为没有上妆，脸颊嘴唇都缺乏血色。

程睿敏终于伸出手，抚摸着她茸茸的鬓角，语气非常温柔。他说：“这没什么，不要总是苛责自己。”

谭斌受惊一样抬起眼睛。两个人站得如此接近，可以看到对方瞳孔中小小的自己，但又似隔着一线天。她不敢动，也不能动，整个人如同被点了穴道。这一刻似乎除了他的身体，他其余的一切都碰触了她，紧紧地拥抱了她。

不知过了多长时间，谭斌忽然醒悟，踉跄后退，语无伦次地说：“太晚了……对不起……我该回家了。”

程睿敏也退后，身体靠在楼梯上，像刚打完一场仗，累得几乎说不出话。他看向露台，大雨还在不停地下。

“我想……”他的声音越来越低，“你回不去了。”

谭斌像是明白了他的意思，又像是没有完全明白，所有的矛盾挣扎都清清楚楚地暴露在脸上。

看着她略带凄惘的神色，程睿敏的心口疼而苦涩，但能见到她片刻的挣扎痛苦，到底还是值得的。

谭斌最终镇静下来，说道：“明天还要上班，我真的要回去。”

程睿敏无奈地说：“这附近方圆3公里，不会有一辆空出租车，你如何回去？”

谭斌没有回答，而是绕过他走到沙发处，从背包里取出一个印有“同仁堂”标志的塑料袋。

“明天开始，每天一丸，黄酒化开，敷在伤处。”她把一盒活血化瘀的外伤药放在茶几上。

程睿敏远远地抱臂站着，并不说话。

谭斌把背包挎在肩上，抬头笑一笑，摇了摇手里的手机：“可以约专车的，你没有试过吗？”

程睿敏的脸上没有任何表情，不置可否。

谭斌坐在玄关处换鞋，再抬头，程睿敏已把手臂支在墙上，挡着她的去路。

“别回去了，”他的声音很平静，“这种天气，又是城外，别说你叫了车不一定有人愿意来，就算来了，你一个女孩子，自己回去也不安全，我今天又实在不能开车。”

谭斌安静地看着他，坚决地摇头。

“留下来有这么难吗？你对我连这点儿信任都没有？”程睿敏依然维持着风度，紧绷的嘴角却分明有压不住的火气。

他明显误会了。谭斌想说，不是不信任他，她不能信任的是自己。但是她忽然间松懈下来，这样子较劲，为难自己也为难别人，有什么意义？又能证明什么？

谭斌颓然脱下穿了一半的鞋，低声说：“好吧，麻烦你了。”

她忽然改变主意，倒是让程睿敏一怔，好一会儿才反应过来。他带她到一层客房。客房面积不大，却家具齐全，墙上挂着小液晶电视，外面连着一间小小的浴室。

他从衣柜里取出一套未拆封的男式睡衣裤，并一一交代：“厨房有电热水壶，冰箱里有饮料，你别拘束，当在自己家一样。”

谭斌也客气得不得了：“今天骚扰你太多，实在抱歉。”

程睿敏牵牵嘴角，表情似笑非笑，带着一点儿奚落的味道。

谭斌避开他的眼光，低声说：“今晚伤处可能很疼，冰敷会好过一点儿，实在顶不住，可以吃止痛药。”四年前她曾在浴室摔过一次，知道那种滋味，那天晚上疼得她大哭一场。

“知道了，谢谢！”程睿敏点头，“我在二楼，有事你叫我。”又特别强调说，“房门可以从里面上锁，从外面用钥匙都打不开的。”

谭斌知道她刚才把他得罪了，索性紧闭嘴唇，什么也不肯说，反正欠他的已足够多。

程睿敏便不再多话，关门离开。

浴室里一次性的洗漱用品十分齐全，谭斌洗完澡换上睡衣，看看表还不到9点，她却拉上窗帘关了灯，在黑暗中睁大双眼默默躺着。一天内发生的事太多，其实就算回家躺在自己床上也睡不着。

她不停地想起沈培，想起两个人曾经的过往，一幕幕像在眼前放映着一部过去的电影。她随手打开电视，正在播一部爱情片，影片的最后，女歌手用无比哀怨的声音唱出：“恋爱中每一个瞬间都可能就是一生，时光都已经不再，你比我更永恒……”

谭斌静静地坐在黑暗中，眼泪流了一脸。她害怕独自面对一片寂静，静至无法逃避自己真实的内心。

遥控器把频道变来变去，变幻的光影映在谭斌的脸上，闪烁不定。一直到凌晨三四点，她终于支撑不住，昏昏沉沉地睡过去。梦中迷迷糊糊的，似有人轻轻推她手臂，她不耐烦地皱眉，翻个身接着熟睡。

睁开眼就已经8点半，谭斌“哎呀”一声坐起来。看看四周，觉得有什么地方不对劲。电视关了，遥控器放在床头柜上，自己身上搭着一床薄被。原来夜里她并非做梦，分明有人进来过。

谭斌怔怔地坐了一会儿，才磨磨蹭蹭下床，进浴室洗漱。洗脸台上有强生的婴儿护肤品，勉强适用。没有化妆品，只能以包里的粉饼和唇膏草草对付。

然后，她发现昨晚脱下的衣服不见了，正咬牙站在房间正中，犹豫是给程睿敏打电话呢，还是穿着睡衣出去，房门哗啦哗啦响了几声。

谭斌只好拉开门，门外站着的却是一个40多岁的中年妇女。她手臂上搭着的正是谭斌失踪的衣裤，已经熨烫整齐。

“姑娘，”那中年妇女嗓门挺大，“小程上班去了，他让我把衣服收拾了交给你。”

谭斌道谢接过，看到她腰间一条保洁公司的围裙，才明白这是替程睿敏收拾房间的钟点工。

十分钟后，谭斌换了衣服离开，最终也没好意思问问这位大姐，到底是谁进过她的房间。

程睿敏一早就去上班，既没有解释，也没有留下只言片语。

那天早晨，两个人都在尽量忘记昨晚发生过的事。

Chapter8

我要站得比他高，
才能真正看到他。

{01}

谭斌第一次迟到得这么离谱。

她原想休几天年假，但一打开邮箱便知道基本不可能。需要她处置的事一件接一件，她的位置，连一个可以暂时接手的人都没有。

她匆匆地走进办公室，白衬衣配灰西裤依然无懈可击，但可以遮着大半张脸的墨镜却挡不住她异常苍白的脸色。摘了墨镜，能清楚看到左眼下青肿的痕迹，以及嘴角结痂的伤口。

同事和她若无其事地打招呼，对她脸上的伤痕视而不见。这种可能涉及隐私的话题，除非双方关系特别近，谁也不会主动提起，除非当事人自己解释。

一晚上只睡了三四个小时，谭斌撑得异常辛苦，眼前一阵阵发黑，只能靠咖啡提神。而且她一想起沈培，胸口便像刀剜一般锐疼，此刻情愿有事情把脑子占满，这样才不会胡思乱想。

打开电脑检查邮件，满屏的文字在眼前跳跃不定，让人心头烦躁欲呕。谭斌定定神，喝口咖啡，努力集中起精神。

她看到发件人里有刘秉康的名字，不敢怠慢，立刻点开。昨天下午两人谈到一半，谭斌就匆匆离开，刘秉康晚间飞往新加坡之前给谭斌留下作业，今天务必把三季度的销售数字落实。对谭斌管辖下的五个省，他给出的新销售目标比半年前的预测高出了20%。

这是程睿敏离开后的第一个季度，如果数字惨淡，刘秉康脸上会很不好看。并且也是谭斌担任代理总监后的第一个季度，任务是否能完成，对能否把“Acting”这个单词从她的名片中去掉也至关重要。对两人来说，除了实现目标，都没有任何退路，也没有任何讨价还价的余地。

谭斌扶着额头，觉得一侧太阳穴一直乱跳。昨天她对能不能完成原定目标还心存疑虑，这新增加的百分之二十简直能要了她的命。

普达的集采合同，下个季度才有可能完全结束，计入销售业绩，对本季度的数字没有任何帮助。河北和天津地区的销售机会，既没有意外也没有惊喜，唯一可以挖掘到增长机会的是北京地区。

她只好把北京地区的销售经理周杨叫过来。但他一看数字就跳了起来，说道：“绝对不可能！”他嚷嚷，“这是谁同意的？简直疯了！”

谭斌没好气地说：“Young，少安毋躁，不是在和你商量吗？”

带了两个多月团队，谭斌基本上已经摸透了他们的脾气。周杨是那种典型的吃软不吃硬的消极性格，对任何建议要求，第一反应肯定是否定，但如果能按捺住他的性子，说明道理之后，他也会接受。

周杨气哼哼地坐下，脸扭到一边，鼻孔里似乎向外喷着冷气。

谭斌只装作没看见，慢腾腾地继续说：“这是Kenny敲死的数字，我还没有点头，因为没有和你们确认。退一万步说，即使我们不能完成，也该有个合理的理由和数字，让Kenny明白对吧？”她紧紧地盯着他的眼睛，“Young，我太了解你，兜里总喜欢藏一点儿，把所有可能签合同的单子都拿出来吧。当然，该藏着掖着的我也会帮你。”

周杨只好接上投影仪，把销售数据表打在大屏幕上。他边调整焦距边嘟囔道：“反正我做不到，太没谱了。你看南方区的总监，为了一个数，和Kenny当场拍了桌子。Cherie，该强硬的时候你也得强硬，不能最后让我们顶雷呀？”

谭斌看了他一眼说：“别的区关起门来什么样你知道吗？”

周杨嘀咕道：“至少老乔那边没听说增加金额。”

谭斌有点儿生气，但时间有限，她懒得和他理论，只顾专注地盯着屏幕，强迫他一个个确认机会率。最后把所有机会率在百分之八十以上的销售额加起来，得出的数字已经非常接近想要达到的目标。

周杨照例反对，但是口气不再强硬：“这不行，百分之八十的机会随时会崩盘，老大你不能害我！”

有了这个数字，谭斌心里多少有了底。她不想太逼他，又要给自己和刘秉康一个交代，只能采取折中的办法。

“这样吧，Young，咱们这里达成一个共识，第一，你必须保证完成原来的目标金额；第二，我答应你，这多出来的部分，我只当作可能完成的目标报上去。只要能签下合同，你需要任何资源，人手也好，折扣也好，都可以提要求。”

周杨立刻直起身：“真的？”

“真的。”

“那好，”周杨马上开出条件，“我要换销售代表。”

谭斌惊讶道：“方芳？”

“对。”

“为什么？”

“我没有带过这么笨的下属，她不知道自己该做什么，你也不知道她天天在做什么，偶尔让她办件事，你知道她说什么吗？她居然跟我说，她是销售代表，不是秘书。”

谭斌沉默片刻，然后问：“她不知道该做什么，你有没有告诉过她该怎么做？”

周杨不屑地回答：“都要别人告诉她，还要她干什么？您天天教育我应该怎么做了吗？”

谭斌稍微思考一下，很快明白问题出在什么地方。方芳跟着她的时候，每个月的月初，这个月该做什么，她会写一份详细的计划交给方芳，每周五两人共同回顾完成情况，月末再做一次总结。看来就是因为她那时管得太细太多，反而限制了方芳自己做决断的能力。周杨是大咧咧的风格，最讨厌做计划，他自己心里当然有数，跟着他的人却难免一头雾水，无所适从。

谭斌看看腕表，已接近午餐的点儿，只好长话短说：“Young，我相信你是最好的销售经理，不然不会把你放在北京的位置上。但我对你有一个要求，不要轻易否定你的下属，你是他们的上级，对他们的成长负有责任。他们做得不好，你自己首先要反省。想过没有，球队输了球，先下课的为什么往往是教练？”

周杨并不同意，一副抬杠的架势，说道：“如果是中国足球队，谁下课都没用。”

谭斌无奈，做个暂停的手势说：“好好，回头咱俩找个时间细谈，你先保证销售完成目标。今天我会和方芳先谈谈。”

但她没想到，午饭时刚和方芳提起话头，方芳就哭了，说：“我不干了，真的没法再和他共事。”

谭斌递纸巾给她，说道：“哎哟，怎么又哭了？以前你没这么多眼泪啊。”

方芳把脸埋在纸巾里，抽噎一会儿止住眼泪：“你给我调到别的地区吧，哪儿都行，出差也没关系。我快被折磨疯了，自从转到他名下，就没有痛快过，怎么都是错，我压根儿就没做对过事。”

谭斌放下筷子，苦笑，发觉自己低估了事态，这已经不是调停可以解决的矛盾。想了想她说：“我问你，假如我给你调个地区，你发现和新上司也合不来，那时候该怎么办？”

方芳抬起泪眼，看着谭斌说：“Cherie，你真的不明白他为什么一定要把我换掉？”

“为什么？”

“我跟了你两年，他一直认为我是你的人，怕我跟你告状，对我处处忌讳。他那点儿猫腻事，我都不稀罕说，跟一辈子没见过钱一样……”

“方芳，”谭斌厉声制止她，“这是最后一次，以后我不希望再听到同样的话。我上次跟你说的，你根本没有听进去。Young的工作能力很强，跟着他你能学到很多，为什么你就不能调整心态，好好和他相处？”

“我已经尽力在做了，我尊重他，事事都征求他的意见，可他呢？他为什么不调整心态，学学怎么去尊重别人？他要做什么，从来不提前打招呼，想起一出是一出，我还要天天和他玩猜心游戏，猜错了就发脾气。他是谁呀？我孝顺自己爹妈都没这么上心过。”方芳的声音不自觉地变大，言语冲动而激烈，脸涨得通红。

谭斌叹口气：“方芳，你在客户面前不是这样的。你能针对不同的客户对症下药，为什么不能把你的上司也当作客户？”

“上司和客户能一样吗？”

“为什么不一样？在客户那里你销售的是产品，在上司跟前你销售的是自己。职场中哪儿有什么黑白之分？上司更不适宜用好坏来评价。”

“那用什么？”

“公平，或者非公平。你为他做事，贡献你的时间和精力，他给你资源和个人发展的机会，双方等价交换，只要交易公平就好。至于什么合不合得来，那不是职场的表达方式。你现在的关键是调整好心态和Young好好相处，这是你工作的一部分。答应我，再坚持三个月，如果集采结束，你还是不能适应，我们再谈论换地方的可能性。”

方芳垂下眼睛，手指紧紧地绞在一起说：“对不起，我知道你压力很大，还给你添麻烦。不过，Cherie，你要小心Young。虽然你刚才说职场中不能以好坏评价一个人，但我必须得说，他不是一个好人。”

谭斌无奈地摇着头：“算了，赶紧吃吧，待会儿还有会呢。”

回到办公室，谭斌写了一份邮件发给人力资源部的同事，请她给周杨安排关于领导能力的培训。沟通是双方面的，公平起见，周杨也应该学会如何和女性下属相处。

{02}

那天下午，谭斌提前离开公司，真的去雍和宫上了三炷香。在北京生活了近十年，她却从未走进过雍和宫。这次她学着别人的样子，像模像样地磕头、上香。

临到许愿，她心里翻来覆去只有一句话：请保佑他平安回来！

一滴眼泪落在蒲垫前，水晕迅速洇开，消失在砖缝里。

随后几天，谭斌和黄槿一直保持着联系，她知道沈培的父亲已经出院，但血压依旧不稳，在休养。甘肃警方连日来的搜索徒劳无获，既无沈培的消息，也没有两个毒贩的行踪。

谭斌每天上班下班，机械地处理着手头的日常业务，外表看不出任何异样，可实际上她夜夜失眠，仅靠每晚临睡前的一杯红酒和一粒安眠药才能睡几个小时。药物控制下的梦境支离破碎，醒过来记不得其中的细节，但每次都会有沈培浑身是血向她呼救的情形。

直到有天晚上，谭斌从噩梦中醒来，觉得胃部像被人拿毛巾绞住一样难受。她在卫生间吐了好久，又在浴缸边坐了十几分钟，这才意识到，再找不到沈培，下一个倒下的很可能就是她了。

其间，文晓慧发微信和短信都不见谭斌回复，打电话语焉不详，她终于焦躁起来，下班时在公司门口堵住她。

谭斌看到她明显一怔，有些意外，但什么也没有说，拉开车门坐进去。等她转过脸，文晓慧猛吸一口冷气，问道："怎么像抽过大烟，整个人都缩了水？这脸上……到底出了什么事？"

谭斌眼角的青紫略有消退，却依然触目。她无法再隐瞒，只得一五一十地交代。但她没有提到和程睿敏独处的一夜。

那天之后，程睿敏没有再联系过她，她也从来不敢回想那一夜的任何细节，仿佛心口温软的一块无法碰触，她只能将那晚的记忆深深地埋藏起来，生怕一见天日，那点儿暖人的温度便会随风飘逝。她几次欲拨电话，按下拨通键前又改了主意。她不知道除了问问伤势，还能跟他说什么。

文晓慧开车，一直保持着沉默，然后问："这么大的事，为什么一个人闷着？"

"我都不知道如何消化，说给你听有什么用？多一个人担心。"

文晓慧用眼角的余光瞟她，表情无奈地说："行，你就一个人死撑吧，我看你哪天崩溃。”

谭斌却聊起了别的话题，说道：“你还好吗？”

“你指什么？”

“所有。”

“你是想问，我和张伟光的事吧？”

谭斌不说话，表示默认。

“他打过几回电话，我没接。周末在家收拾房间，瞧见他送我的那些东西，看着恶心，却下不了决心处理。佩服人家言情片女主角，几克拉的钻戒，一扬小手，嗖一声就甩进海里，多潇洒，觉得自个儿拖泥带水的特没劲。”

谭斌听得哭笑不得。

“比较特别一点儿的新闻是，那丫头前天找过我。”

“啊？”谭斌感到意外，“她已经占尽便宜，还找你干什么？”

“不甘心哪。你想啊，她觉得那么大一块香饽饽，出尽百宝才弄到手，就等着我撒泼打滚哀求她放手，好巩固巩固胜利者的成就感，我却没声了。她多没趣，多寂寞啊！”

“哎哟，人家还是一个孩子，你不能以大欺小嘛。”

“我已经很收敛了，按我以前的脾气，说不准再给她一个大嘴巴。可我现在已经想明白了，懒得跟她动气了，我也不恨张伟光，既已散了就是路人，每一段感情都是自己的前世今生。只有妥善掩埋上一段感情，才能继续开始新的旅程，对吧？”

谭斌终于笑笑，心头一块石头落了地。

车子到了小区门口，两人挥手道别。转过身，谭斌脸上的笑容就垮了下来，进了家门，房间里还是她离开时的样子，拖鞋一左一右甩在玄关处，一室的岑寂扑面而来。

她脱下外套，打开客厅的顶灯，走近餐桌后的墙壁。墙上的四个谭斌的画像静静地望着她，透过一层柔软的灰尘，凝望着她尚未出现皱纹的脸庞。

谭斌将额头贴在画上，轻轻道：“你快回来吧……”

{03}

尽管谭斌心里搁着再多的事，日子还要继续。周末和田军依旧约在壁球俱乐部，他果然带着女儿晴晴来了。

那是个十四五岁的小姑娘，穿一身运动服，脸有点儿圆润，可是眉清目秀挺可爱的，就是话少。谭斌连续欠觉，体力便有点儿跟不上，一局下来就脸色发白，只好请来陪练继续。

她在一旁逗晴晴说话，那小孩却挺酷，回她话时总是“嗯”“啊”“是”，一直没有超过三个字。

谭斌摸摸她的头，心说这孩子颇有乃父之风。

趁着田军下来擦汗喝水，她走过去商量说：“我想带晴晴出去玩半天。”

田军今天的目的本来就不是为了打球，就不假思索地同意了，并开玩笑地说：“打骂都由你，只要不把我们晴晴拐卖了。”

临到和晴晴商量，她从齐刷刷的刘海下面，目光灼灼地打量着谭斌，半晌才点了点头。

谭斌曾向年长的同事请教过十几岁孩子的心理，同事给她推荐了两本小说，据说出自其女儿最喜欢的两位网络言情天后。

谭斌用了一个晚上的时间，其间忍过无数次关闭电脑的冲动，终于看完了一本。她深感困惑，频频地问：“我这么大的时候，看的是古龙和亦舒，最不济也是严沁，现在的孩子在想些什么？”

同事一言以蔽之，说道：“Cherie，你显然老了，也过时了。”

此刻，过时的她也只能硬着头皮上阵。

临行前谭斌多了个心眼，怕引起不必要的误会，追问了一句道：“嫂子知道吗？最好和她打声招呼。”

田军惊讶于她的细心和敏感：“没事，你们去吧，我和晴晴她妈已经说过了，她知道。”

谭斌的宝来还在车行整修，此行特意借了文晓慧的车代步。问晴晴想去哪儿，她顾左右而言他道：“谭阿姨，我喜欢你的头发。”

不容易，这回的话总算多于三个字。谭斌笑笑回应道：“你头发也挺好看，谁带你收拾的？”

“我妈，”晴晴恨恨地揪着刘海，“她的审美土死了，又不许我自己拿主意。”

谭斌想笑，又怕伤了孩子的自尊心，只好扭过脸强忍着。一时想起自己的高中年代，偷偷喜欢同班的校篮球队长，渴望能引起他的注意，刚在头发上玩点儿花样，便被母亲发现，斥为不务正业，勒令立刻改回原样。

回顾自己灰扑扑的少年时代，谭斌时常感觉遗憾。有时和母亲玩笑着提起，母亲亦有悔意，但仍然嘴硬地说道：“我那是为你好，否则你怎么能考上大学？”

她忽然同情起晴晴，索性带她到自己常去的发廊。

学生不能烫发染发，也不能变化太大，和发型师商量半天，发型师终于下了剪子。

晴晴显然挺有主意，并没有听任他们摆布，不时制止发型师的手势，询问他的意图。

谭斌感觉尴尬，发型师倒显得怡然。这小孩虽然挑剔，可还算有礼貌，他平日见识的顾客比她难缠的大有人在。

在发型师的手下，新发型渐显雏形。其实也很简单，不过刘海削薄，露出部分额头，两侧头发剪短，修出层次，自然内卷的发梢遮住鼓鼓的腮帮，脸型顿显秀气。

晴晴对着镜子看了半天，终于点头“嗯”了一声，表示还算满意。谭斌如蒙大赦，深觉现在的小孩不好对付。

再上车，晴晴明显活泼起来，问题又多又刁钻，问得谭斌无法应付，几乎败下阵来。像是“你长这么好看，老板会不会骚扰你”，或者“你的老板帅吗？你是否会爱上他”之类，谭斌冷汗直冒，不知该如何回答。

晚饭两人去了马克西姆西餐厅，谭斌耐心教她如何点全套西餐，如何用葡萄酒佐配不同的食物。

这时候，晴晴已完全放下了戒心，絮絮向谭斌述说心事。少女的烦恼无非是暗恋某位学长，却得不到回应。

谭斌给她倒了一点点儿水果汽酒，笑笑说：“高一的时候，我也喜欢过一个人。他学习很好，所以特别骄傲，傲得凡人不理的那种。我很生气，心说有什么了不起，然后拼命用功，直到名次和他并驾齐驱……”

晴晴听得出神，一路问：“后来呢？是不是他开始倒追你？”

“不是你想象中的故事。”谭斌说，“等我超过他再回头，忽然发现，他也不过是个普通人，我以前看到的那些让我着迷的优点，都是我自己一厢情愿加在他身上的……”

这么深奥的话，晴晴居然听懂了，她问：“我要站得比他高，才能看到真正的他，对吗？”

谭斌欣慰地点头，同时拍拍她绯红的脸蛋，以示鼓励。

终于谈到学习，谭斌尽量轻描淡写地说：“英语只是门工具，不用想得太复杂，掌握了它，它就能帮你打开世界的另一扇窗，你会看到许多别人看不到的东西，包括你爸爸妈妈。”

不知道这些话能在晴晴的心中停留多久，但周一和田军见面，她发觉所做的努力已在田军身上出现效果。当邀请田军出席周四的技术交流时，田军没有立刻拒绝，只是为难地解释：“前面几个交流我都没有去，只参加你们的，对其他供应商不公平。”

谭斌只好退而求其次，说道：“那您能派个代表吗？我们准备的应答书，不全是技术方面的，与业务发展也有关系。如果只有设备部的人参加，对最后的结果评定不能算是很全面、很公允，您说对吧？”

田军犹豫片刻说道：“把你们的资料留下，我看看。”

谭斌见他口气松动，立刻取出事先准备好的文件。不过涉及保密，她只能把内容提要摘出来，又挑了几页和业务发展有关的文字打印出来。

田军默默看了两遍，然后客气地说：“这些信息，最感兴趣的应该是市场部。这样吧，我和市场部廖总打声招呼，请他们派代表出席，你看行吗？”

口气虽然委婉，表达的意思却很坚决，业务部在前期不会介入。谭斌有点儿失望，心里暗自揣度了一会儿，觉得市场部的廖总也是招标组副组长，如果能有市场部副经理一级的人出面，勉强也压得住场面。

而招标刚进入状态，逼得太紧，容易适得其反，反而招人反感。她趁机鸣金收兵，忙不迭地道谢。

{04}

当天晚上10点左右，谭斌接到了一个奇怪的电话。手机接通，信号非常不好，时断时续，只听到一个人大声地喊着话，她却听不懂一个字。

以为有人恶作剧，谭斌耐着性子问：“你是谁？您能说普通话吗？”

那边顿时安静下来，过一会儿，吧嗒一声挂了电话。

谭斌摇头，把手机扔到一边，接着写她的邮件。写着写着，不知心里哪根弦触动了一下，她的手突然有点儿发抖。

从手机里调出刚才的号码，三秒钟后，网上查询的结果分明是：卡号归属地，甘肃甘南。

谭斌手指冰凉，几乎捏不住手机。她拨回去，铃音一遍遍回响，却没有人接。再拨几次，对方关机了。

谭斌无计可施，一时间紧张得浑身哆嗦。咬牙坐了一会儿，她翻出钱包，里面有张卡片，是上回甘肃省公安厅两个警察留下的联系方式。

这一次很顺利，只一声回铃，电话就通了，听声音是那个老警察。他抄下号码，告诉谭斌保持手机和其他通信方式24小时畅通，对方很可能再打回来。现在首先要确认的，是打电话的人的确和沈培有关。

谭斌回答：“可是他们说话我听不懂，该怎么对话？”

“听你的描述，很可能是当地藏民，他们很多不会说汉语，可听得懂。我们马上申请监听和翻译，但人员设备到位，法定程序批准，都需要时间。你听着，再有类似的电话，用缓慢清楚的普通话告诉他，留下联系方式，很快会有懂藏语的人和他们联系。”

当晚谭斌把客厅的座机挪进卧室，手机铃声调至最大，生怕再次错过来电。但整晚手机都没有再响起。

第二天一早，谭斌再次尝试着拨回去，那个号倒是开机了，依然如故，无人接听。听筒里一声接一声的回铃音，让谭斌焦躁无比，觉得自己再次接近崩溃边缘。但她最终没有忘记将这件事通知黄槿，请她转告沈培父母，沈培的下落终于见了一点儿曙光。

上午10点的时候，兰州警方终于传来消息，谭斌提供的号码果然是甘南自治州的移动号段，持机人位于碌曲阿木去乎附近。老警察告诉谭斌，从后天开始，她的手机和座机、沈培父母的电话，都将被公安局监听。

虽然不会监听公司业务往来的通话，谭斌还是按照规定向直接上司刘秉康和人力资源部做了通报和备案。

刘秉康感觉谭斌最近郁郁寡欢，这时候才知道出了什么事，建议她休几天年假，将手头的工作暂时转交乔利维。谭斌想了想，不再坚持，同意了。她现在的样子，虽然外表看不出异常，可在神思恍惚的状态下继续工作，说不定会捅出大娄子。

面对乔利维，谭斌只说家里有私事要处理，交接完工作，便收拾东西准备回家。乔利维却探过身，神秘地说："Cherie，你知道吗？本月的业务会议，除了日常列席的其他部门的头儿，李先生也要来参加。"

谭斌霍地抬起头问道："什么？"

李海洋，三个月来几乎被销售队伍遗忘的CEO，居然又在人们的视线中出现。她一向认为事物反常即为妖，这是不是预示着将有不寻常的事情发生？

看她一脸惊讶的表情，乔利维轻轻地给出了答案说："欧洲总部那边的架构刚刚调整完毕，这事你肯定知道吧？现在轮到各个区域的分公司重新划分蛋糕，咱们的李先生在总部找到了靠山，恐怕要趁机上位了。"

谭斌"啊"了一声："又要开始重新站队了？"

"是啊！"乔利维笑起来，"你看，Ray和Tony他们，真是六月飞雪，走得比窦娥还冤。要是再忍一忍，忍到现在，将来到底是谁的天下，还真难说啊！"

谭斌一时间震惊过度，几乎不能言语。升职以后她的眼界骤然放宽，终日在这些人精里辗转，看清了更多曾经模糊不明的细节。

刘秉康在MPL数年经营，前任CEO离任时，他几乎把所有重要的部门都换上了自己的人。李海洋初来乍到，一直想插手几块重要的业务，无奈对方关防严密，几乎水泼不进，直至他在程睿敏身上找到突破点。程睿敏和刘秉康长期不和，在公司中高层已是公开的秘密，去年下半年开始，因长期发展战略上的分歧，两人关系更加恶化。

而程睿敏最后被迫离开公司，明显是因为急于求成，以至于错误地判断形势，高估了李海洋，也低估了刘秉康。

于是某个关口李海洋果断弃卒，刘秉康则阵前挥泪斩马谡，程睿敏就成了牺牲品。其后以余永麟等人的离职作为代价，促成了暂时的平静，但李、刘两人的较量一刻未曾停止过。此刻新一轮的权力角逐即将上场，平衡被打破，又会出现新的动荡和混乱。

见她不出声，乔利维追问："这事你怎么想？"

谭斌笑笑："这跟咱们没什么关系吧，老乔？虽然说一朝天子一朝臣，但最后总得有人出力干活吧？"

她不是在敷衍乔利维，而是真的有感而发。谭斌的天性里没有任何赌徒的成分，喜欢稳扎稳打。形势未明朗化之前，她能做的只有继续规矩做人，握紧客户和销售数字两个重要资源。

坐在出租车里，将这几个月销售部门捉襟见肘的窘况仔细回忆一遍，谭斌暗自叹口气，不自觉地开始怀念昔日程睿敏在任时井井有条的状态。她拿出手机，犹豫一会儿，终于按下程睿敏的号码。

"您好！"程睿敏的声音非常低。

"我是谭斌，一直也没过去看看你，实在抱歉。"谭斌小心斟酌着措辞，"背上的伤，好点儿了吗？"

"已经没事了，谢谢你！"程睿敏的声音大了点儿，但还是有气无力。

"你怎么了？生病了？"谭斌起了疑心。

程睿敏在那边轻轻地笑着说："不是，刚从欧洲回来，正倒时差呢。"

"哦，不好意思，打扰你休息了。"

"没关系，反正醒了。小谭，你那边怎么样？"

"嗯，还在等消息，"听他声音沙哑，谭斌不忍多说，"你赶紧休息，回头再聊，我先挂了。"

她把手机从耳边移开，没有听到手机里传来的最后一句话，一个女人的声音说："程先生，您身上带着心电监测仪，不能使用手机。"

{05}

谭斌申请了四天年假，可几天来她过得并不安稳。日常工作中的千头万绪，三个小时的交接并不能交代一切，还是有电话和邮件不停地骚扰。不过警方的行动还算迅速。首先根据手机的位置定位，将持机人锁定在方圆十几公里的范围内，一天后居然找到了机主。

但传讯结果让人大失所望。

机主只是阿木去乎附近的一户普通牧民，那张手机卡是他的一项副业，作为流动的公用电话，服务对象是秋季迁徙期路经此地、偶有通信需要的草原牧民。

警方调出通话记录，发现这个号码果真只有打出的电话，少有被打进的记录。

据机主回忆，那天晚上确实有一个男人找来，打了一个电话就匆匆离开了。他之所以对这个男人还有印象，是那男人拿着一张旧报纸，上面有一个手写的电话号码，字迹歪歪扭扭，潦草而敷衍，仿佛是蘸着酱油匆匆写下的。

而第二天一早，这个男人，包括他的家眷、牛车和羊群都离开了阿木去乎的地面，沿着草原继续向南迁移。

警察取出两个毒贩的照片让机主辨认，他摇头，再换沈培的照片，他还是摇头，坚持说没有见过这个人。好不容易找到的线索在这里中断了。

谭斌接到黄槿的电话，听说警方有新进展，立刻放下一切，十万火急地赶到沈培家。但她没有想到，等来的竟是这样令人失望的消息。

谭斌伏下身，双手掩着脸，忽然间悲从中来，再也不想抬头，全身的力气都似乎消失殆尽。

黄槿轻轻地碰碰她，附耳道："师母已经不行了，你可千万得撑住。"

这是谭斌第一次见到沈培的母亲，清雅秀丽，远远看上去年轻得令人吃惊，走近了，才能从眼角额头看出年纪。沈培的眉眼明显来自她的遗传，但并未尽得神韵。此刻，她靠在椅背上，双眼红肿，眼神呆滞，从头到尾没有说一句话。

谭斌深呼吸，让自己的情绪尽量稳定，走过去蹲在她的身前说："阿姨，您别难过，我觉得这是好消息。"

她微微抬起睫毛，看谭斌一眼，目光毫无焦点。

"您想想，在那种地方，只有沈培才知道我的手机号码。这至少说明一件事，沈培他很可能还好好活着，而且在设法跟我们联系，并没有落在逃犯手里……"

谭斌控制不住地哽咽，终于说不下去，转过身，抹去眼泪。

沈母看着谭斌，眼睛里有一闪而没的厌恶。她开口，声音颇有些生硬："黄槿，我有点儿累了，送谭小姐回去吧。"黄槿送谭斌出门，疑惑地问："谭斌，真像你说的，沈培他没事？"

谭斌不语，望着天空，半天叹口气说："我不知道，也许他吉人自有天相。"

后来的几天，在谭斌的记忆里拥挤而混乱。

她不大的两居室里，又挤进来三个人，两个负责监听的便衣警察，一个民族学院的藏族学生。他们在客厅里边执行任务边聊天看电视，谭斌一个人闷在卧室上网、收发邮件，困了就和衣在床上睡一觉。环境的杂乱反而减轻了她心头的压力，那几个夜晚不再有梦。

好在这一次，并没有让人们等太久。

手机的铃声，在清晨6点左右响起，扰人酣梦，愈发惊心。0941，甘南地区的长途区号。

谭斌直接从床上跳起来，光着脚跑进客厅。一切就绪，她手指哆嗦着按下接听键。

依然是她听不懂的方言，但其中分明夹杂着一个熟悉的名字，虽然发音不准，却足够辨认。

沈培……

沈培……

谭斌求援的目光投向那个藏族学生。

他上前，用藏语对话几句之后，诧异地抬起头问："斌斌是谁？"

谭斌的心脏剧烈狂跳，说道："是我！"

藏族学生说："他说他是××寺的喇嘛，有人要和一个叫斌斌的说话。"

谭斌扑过去，膝盖重重地撞在茶几上，疼痛钻心。她什么也顾不上，几乎是爬过去对着话筒，双手簌簌地发抖着，说道："小培，是你吗？我是斌斌……喂，小培，求你，你说话呀……"

人们紧张地等待着，电话里却静默一片，只有电流声咝咝地响。

不知过了多久，一个声音终于传过来，微弱嘶哑，但谭斌还是听出了那个熟悉的称呼："斌斌……"

这一声久候不至的呼唤，让谭斌闭上了眼睛，眼泪如泉水般涌出，说道："是我……小培……你在哪儿？"

"斌斌……"

"我在……我在这儿！"她的眼泪顺着脸颊流了一脸。

电话里却又没了声音，只余一片沉寂。

"小培……"

听筒中传来一片背景噪声，接着有人大声说话，是藏语。

"快回话！"一个警察焦急地催那藏族学生开口。

另一个立刻站起身，走进书房关上门向上级汇报最新情况。

谭斌跌坐在地毯上，呆呆地看着他们忙碌，耳畔嗡嗡作响。过了半晌，她终于反应了过来，伸手去抢电话："你们在说什么？为什么不让沈培说话？"

那个警察正在纸上边写问题边让学生照章发问，皱着眉头向同伴使个眼色。另一个警察几乎是半拖半抱将谭斌带离客厅。

“丫头，”他不停地埋怨，“你平时瞅着挺聪明的，怎么这会儿反而犯浑？电话那头到底是什么人，咱还不能确认……”

谭斌埋着头不出声。

“甭数落她了，”同伴探进头来，“我们赶紧回局里。”

“完事了？”

“啊，总算可以交差，回头通知兰州那边，把人领回来就行了。”

他伸个懒腰，对谭斌笑笑说：“你可以把心放在肚子里了，今晚睡个踏实觉。”

“他人在哪儿？到底出什么事了？”

“细节暂时不能告诉你，我们有纪律……”

“我不想听这个！”谭斌相当无礼地打断他，“什么时候可以让家属见面？”

“我保证，不会太久。他只是受了伤，被人救起，已经没事了，你放心。”警察解释，并没有生气。几天来眼看着这个女孩寝食难安，神色凄苦，不由得让人心生恻隐。

翌日傍晚，就从兰州传来消息，在玛曲附近的一座藏教寺庙中，终于找到了沈培。根据寺中僧人提供的线索，州公安局又迅速找到了几天前打电话的那个牧民。

事情的经过很快明晰。

原来那牧民按照传统习惯，秋季举家南迁，途经广河县，在草丛中发现了奄奄一息的沈培。

当时的沈培遍体鳞伤，身上除了撕烂的内衣裤，没有任何值钱的东西，也没有任何证件可以证明他的身份。即使在昏迷之中，隐约听到人声，求生的本能还是让他睁开眼睛，拼命挣扎着爬向路边的牛车，张口求救：“救命……”

但沈培的声音太过微弱，爬到一半已耗尽力气，再次陷入深度昏迷。幸亏被牧民的妻子发觉，见他还有一口气在，面相上看又不像坏人，于是带上他继续迁移。

沈培伤势严重，又没有好的消炎和外伤药，一路上他高烧不退，人事不省。偶尔也有清醒的时候，可双方语言不通，他不知道身在何处，也不知道怎么和外界联系。

直到碌曲县，遇到一个略懂汉语的喇嘛，神志模糊的沈培一直喃喃念着一个人的名字，在喇嘛的追问下吐出一个模糊的电话号码，这就是谭斌接到奇怪电话的由来。

经过这名喇嘛的指点，牧民把沈培送到玛曲的一座寺院里，请僧人收留救治。寺中的僧人有不少是修行甚深的藏医，那些神秘的藏药在沈培身上却不甚见效。他的情况时好时坏，僧人们以为他熬不过去，准备放弃，他却在某个清晨奇迹般地退了烧，神志逐渐恢复清明。

警察找到沈培，将他送进甘肃人民医院的时候，他已无大碍，可以自己下床扶着墙慢慢走路。

医院的检查结果，证实沈培曾受过严重伤害，幸运的是均系外伤，且愈合趋势良好，不会留下太多后遗症。但警方急于想知道的是那两个毒贩的下落，可沈培非常不配合，警察软硬兼施，他死活就是不肯开口说话。僵持了几天，看在沈培父亲的面子上，无可奈何的警方只好先送他回京。

没有人知道离队后的沈培到底遭遇过什么，从暴雨时离开同伴迷路，到被牧民救起，这一段时间的记忆似乎是一片空白。

{06}

两天后的北京首都机场，谭斌和沈培的父母，沉默而不安地等待着兰州至北京的航班。

三个人都很紧张，尤其是沈培的母亲。毫无血色的面孔和嘴唇，把一个母亲的担心和忧虑完全暴露在明亮的灯光下。

沈培的父亲鬓角已经灰白，比他母亲大十几岁。看得出来，他对妻子呵护备至，轻按着她的手背以示安慰。

谭斌同样恐惧，脑子里杂乱无章，以至于一直下意识地啃着大拇指的指甲。

仿佛是考验人的耐性，晚点一个半小时后，兰州至北京的航班终于降落。一拨一拨的旅客走尽，才看到两个曾有一面之缘的甘肃警察用轮椅推着一个人出来。

乍见到沈培的那一刻，谭斌几乎没有认出他。沈培穿着一身旧衣服，头发剃得精光，脑袋上纱布裹得严严实实像木乃伊。但他的脸，却意外地没有受到任何伤害，依然清秀如常。

沈培的母亲跌跌撞撞地扑过去，一遍遍抚摸着他的脸、他的身体，反反复复地说："培培，你吓死爸爸妈妈了！"他父亲只是站在一边，扶着儿子的肩膀，不停地安慰情绪激动的妻子。

谭斌怔怔地望着那一家三口，想走过去又犹豫，深觉这幅天伦图里，完全没有自己的位置。

倒是那个年轻的警察看不过去，忍不住低头提醒谭斌的存在。

沈培终于挣脱了母亲，回过头望向谭斌，眼神渴望而期待。谭斌上前抱住他，隔着宽大的衣服都能感觉到他瘦得厉害，只剩下皮包骨头。

沈培不说话，把脸埋在她的胸前，轻轻叫道："斌斌……"

谭斌心酸得簌簌落泪，说道："小培……你总算回来了。"

沈培的人是回来了，但回来的似乎只是一具躯壳，他的灵魂像是丢在了桑科草原上。他的作息完全颠倒，晚上不肯睡觉，白天也睡得不甚安稳，似在梦中和可怕的事物中反复纠缠，双眉紧锁。

医生说得很含蓄，患者只是受刺激过度，慢慢就会好起来的。

趁着沈培熟睡，谭斌细细地打量他，心却直往下沉。经过几天的悉心调理，沈培脸上长了一点点儿肉，头发像化疗后的癌症病人，短得贴着头皮，能看到伤口处缝针的痕迹。

沈培动了动，睁开眼睛，醒了，额头上全是冷汗。谭斌连忙握住他的手。

沈培的手不大，一度细润光洁，如今手背上到处凝结着血痂，指甲只只劈裂，呈紫黑色。想起8月的某个清晨，那个靠在帕杰罗上向她挥手的清爽干净的大男孩形象，谭斌心中难过至极。

谭斌喂他喝水。沈培却将她的手推开说："我刚才看见李罡。"他的眼睛盯着天花板，眼神涣散，思维似已不在这世界上。

"李罡？他是谁？"

"我一闭眼就能看见他，满脸是血，他看着我，对我说，救我，沈培，我不想死。可他还是死了……如果不上我的车，他不会死。"

谭斌这才恍然，沈培提到的李罡，便是车祸时死于非命的同伴。她为他擦汗，语气镇定而冷静："你不是看见他，只是梦见他。车祸是个意外，他未系安全带才是致死原因，跟你无关。"

"不是！"沈培情绪激动，从床上坐起来，把床架带得咯咯作响，"他对我说，救救我！可我什么也做不了。他眼睁睁看着朝夕相处的朋友死在你眼前，你什么也不能做……"

谭斌按着他，不得已提高声音说："小培，那只是意外，不是你的错。"

"不是……"沈培抱着头大叫。

"嘘，嘘，小培，你镇静些。"谭斌紧紧地搂着他，试图安慰他。

护士听到声音冲进来，按住沈培替他注射，并责备谭斌说："你和他说了些什么？你先出去，不要再刺激病人！"

谭斌退到走廊上，颓然坐下，忽然间疲累到极点。她从来都以自己遇事冷静而自豪，但是这一次，周围的一切仿佛都处于失控状态，令她满心挫折。

沈培回来之后，她又追加了几天年假，但是两人独处的时间并不多，很多事她也插不上手。之前只知道沈培家境不错，但没想到他家的排场铺张起来竟如此夸张。

沈培母亲每天守着儿子几乎寸步不离，又特意请了两位有经验的护工协助，还有一位年近60岁的阿姨也常常在病房里出现，据说是看着沈培长大的保姆。医生和护士每日穿梭，再加上来看望的亲戚朋友络绎不绝，不大的病房经常人满为患。

谭斌是独女，家中人口简单，她没有应付这些复杂关系的经验，一时间手足无措。她不怵任何大场面，以为总能游刃有余，但这方寸之间的周旋常让她感觉尴尬而多余。

鉴于沈培的情绪极不稳定，谭斌试着和沈培的母亲商量，建议请一位心理医生协助治疗，却被沈母婉言拒绝。

她说："培培精神没问题，他没经过生离死别的场面，受点儿刺激难免会情绪不稳定，过些日子就好了。"

谭斌试图解释心理科和精神科的区别。沈母却冷冷地看着她，嘴巴里像含着一块冰说道："谭小姐，我是沈培的母亲，这世界上最了解他的只有他的母亲。"

谭斌还想提醒她，沈培尚有一段空白的经历未曾吐露。为避免自讨没趣，张张嘴又咽了回去。冷眼旁观几日，她也看出，沈培母亲想是在家颐指气使惯了，虽然说话斯文周到，却难以容下旁人的意见。

老夫少妻配里最常见的，就是少妻被宠得骄纵跋扈，沈家亦未能免俗。谭斌直觉沈培母亲非常不喜欢自己，连带沈家的老保姆看她的目光也带着不信任。

"囡囡，"老人这样教育谭斌，"鸡汤上的油要先撇干净，才能给培培喝，他不爱吃油腻的东西，鸡肉上的皮也要剥掉，他从来不吃鸡皮。你喂汤的时候勺子不要盛满，不然很容易滴到衣服和被子上的……"

谭斌苦笑，很有自知之明地退后两步，将手揣在裤兜里不再上前。自小她也是饭来张口衣来伸手，服侍起人来顾此失彼，自然难让老人家满意。不过无所谓，她并不打算刻意讨谁的欢心，想怎么看她就怎么看她吧。

百无聊赖地站了一会儿后，她离开病房下楼，坐在楼下的葡萄架下，点起一支烟。

时值初秋，架上的葡萄已经被摘净，只留下葡萄叶在秋风里沙沙作响。秋日的阳光透明而干爽，谭斌眯起眼睛，忽然间异常想念同事和办公室的氛围。虽然也有钩心斗角，但至少她说话，不管对方爱听不爱听，总算有人把它当回事。

坐了两个小时之后，她决定销假回去上班。

对谭斌的决定，沈母话说得客气而冷淡："我也这么想，当然不能耽误你的工作，年轻人嘛，还是前程重要。培培有我和阿姨照顾，你不用操心。"其中诸多语气，酸溜溜的，让谭斌极其不好受。但她有一句话说得很对，离了谭斌，沈培并不会受任何委屈。

这些天，总有美院的女生来来往往，谭斌看得十分清楚，沈培母亲喜欢那种甜美温柔的居家型女孩，而她说话做事都太过强硬，显然不是沈培母亲喜欢的那种类型。

沈家的一切，包括家具、食物都极其讲究，即使普通的鸡汤，也必是纯正紫砂煲慢慢清炖三个时辰。谭斌则万事从简，恨不得顿顿速食，只愁时间不够分配。换作是她，恐怕也不会放心把儿子交给这样的女友。

而沈培几天来对她的依恋，更充分证实了男人的一个普遍天性，娶了媳妇忘了娘，也难怪他母亲迁怒，无论如何暂时回避一下都比较好。

听到谭斌要回去上班，沈培紧紧地拽着她不肯松手。谭斌非常不忍，看看周围没人，她亲他的嘴唇，像哄孩子一样柔声说：“乖，听话，我每天下班就来，晚上陪你，好不好？”

沈培不出声，把她的手放在脸上贴一会儿，才恋恋不舍地放开。

Chapter9

内心冲突带来的焦虑和痛苦有时候会超过事件本身造成的伤害。

{01}

谭斌一共休了八天年假，一回到办公室，便被无数个意外的消息轰炸。此时她才理解一句话，什么叫洞中方数日，世上已千年。

其中一个是在她休假期间，普达集采的技术交流已全部结束，客户对MPL技术交流的反馈还不错。田军没有食言，市场部的副经理果然出席，他对顾问型解决方案的兴趣远远超过其他内容，以至于交流期间的讨论屡屡偏题，现场几乎失控。

最终MPL技术方面的得分比一向领先的FSK还要高三分，在十几家应标的设备供应商中名列第一。这是MPL和FSK在中国市场交手十几年，第一次在技术得分上超过FSK。

集采入围名单公布，FSK和MPL两家跨国公司毫无悬念地入围，以众诚公司为代表的六家本土企业也一同出现在短名单上。

谭斌回来，刚好赶上为庆祝集采入围举行的小派对。但这次主持派对的，不是刘秉康，居然是首席执行官李海洋。他亲手打开香槟，给所有人的杯子一个个斟满，这才上前致贺词，以前的骄矜无影无踪。

谭斌看着他发愣。销售方面的事，李海洋原来一直没有机会插手，怎么她才离开一个多星期，公司内部的权力斗争竟然已乾坤大挪移？

中午一起吃饭，她偷偷问旁边的乔利维：“Kenny哪里去了？”

“去总部出差了。”

“这节骨眼儿去总部？”

乔利维笑笑说：“据说有人告他的黑状，将他下半年的行程和工作表全部公开了，说他去见客户的次数一个巴掌都数得过来，却为了抓权占着销售总经理的位置不放。这不，他专门去跟大老板们解释了。”

谭斌皱眉，觉得里外都透着诡异。刘秉康曾有句名言说：“我去见客户要他们销售干什么呢？”他最热衷的是内部会议和内部斗争，这点MPL中国几乎人人皆知。可是这种现象的存在也不是一天两天了，怎么这会儿专门把这档子事提出来，到底是谁想整刘秉康呢？

乔利维凑近一点儿，又说：“前些天盛传咱们的新老板，Kenny从亚太区挖来的销售总经理即将上任，突然又说黄了。也是，换了我我也不会来。正赶在内部斗争的风口浪尖，谁会这么傻自投罗网啊？”

谭斌问：“你们都是从哪儿得来的小道消息？为什么每次我都是最后一个知道？”

乔利维笑着回答说：“Cherie，这是立身之本，你不能总是低头干活，适当的时候也要抬头看看路。”

借着这个话题，席间众人历数历任销售总经理，提到程睿敏，谭斌的耳朵立刻竖起来。

说话的是一位在MPL中国工作了八年的产品经理。他说：“都说女的长得好升得快，其实遇到女上司，男的也一样。当年若不是北区的销售总监张彤照应，Ray哪儿能蹿得那么快。”

有人补充：“Ray也是沾了他爸的光，走到哪儿人人都卖他三分薄面。”

“那是。”那人接着说，“所以张彤不管去哪儿出差都带着他，两人的关系传得那叫一个暧昧。有天张彤的老公终于打上门，真是一个爷们儿，所经之处但凡值点儿钱的，电脑、手机统统都被砸翻在地。”

一桌人屏息等着下文，谭斌撇撇嘴，发现男人八卦起来一点儿不比女人差。

“上头开始还帮忙捂着，后来事情闹大发了，骚扰男性下属的名声传出去，哪个女的受得了这个？张彤待不住，只好辞职走人，听说后来离了婚。Ray稳当当地坐上了她的位置，年会上领着女朋友现身，没事人一样，当了一年销售经理就升总监，你们谁有这好运气？”

满桌顿时哗然，乱糟糟说什么的都有。只有谭斌不发表任何意见，夹了一筷子三文鱼放进嘴里，却被芥末辣得满眼是泪。

那顿饭直到结束，她都没怎么说话。

{02}

下午，谭斌去普达总部见田军，听到一个更为震惊的消息。原定这个星期发出的标书，被延迟至10月中旬。原因是某些供应商居然说服省分公司减少集采的设备数量和配置，留待集采之后，双方再从非集采合同中各取所需。

谭斌无可奈何地看着田军说：“少数公司犯错，咱不能惩罚连坐是不是？”

田军摊开手说：“这只是查出来的，下面还不知道有多少猫腻儿呢。我说小谭，你们要是也玩什么花样，一样不客气，立刻取消入围资格。”

谭斌连连赔笑道：“您知道，我们一向是良民，从来都不做违法乱纪的事。”

她告辞，田军起身送她，手搭在门把手上才想起一件事，说道：“小谭，有件事忘了谢你，你对晴晴都说了些什么？她这些日子每天都用功到夜里12点，她妈妈先开始高兴，现在又心疼得不得了。”

谭斌眨眨眼笑道：“我也没说什么呀？可能是晴晴大了，开窍了，知道用功了，这不是好事吗？”其实是她变相鼓励人家的孩子早恋，她并不敢说破。

“有时间你多跟她聊聊，我担心这孩子只有三分钟热度。”

“行，没问题，我也喜欢晴晴，特聪明的一个孩子。”谭斌一口答应。

出了门，她开始琢磨标书延迟的真正原因。打开车门坐进去，她正拿着钥匙发呆，有人在玻璃窗上轻轻敲了几下。

谭斌扭头，竟是余永麟在外面站着。她按下车窗，露出一脸惊喜道：“哟，怎么是你？”

余永麟手里晃着一串车钥匙，上下打量着她说：“这话该我问你，你一人坐这儿干什么？”

谭斌笑笑，实话实说：“想事呢。”

余永麟转到另一侧坐进来，向谭斌伸出手说：“来，给支烟。”

谭斌斜着眼睛看着他说：“你又在戒烟？”

“没错。丈母娘强烈要求，那我就戒呗，反正世界上最容易的事就是戒烟。”

“就是，前前后后你都戒十几回了。”

余永麟大笑，吐出一口烟雾，问谭斌：“听说你休假，去哪儿玩了？”

“什么呀，我一直在医院陪床。”

“哟，谁住院了？”

谭斌踌躇一下回答：“男朋友。”

“啊？”余永麟惊讶地回头，“男朋友找到了？”

谭斌更惊讶："你怎么知道我男朋友的事？"

"我能怎么知道啊，你现在跟我这么见外。就上回呗，Ray送你去医院，他的发小儿，那个严谨又被派出所扣了，我帮着料理后面的事。"

谭斌嘘了一口气，抱歉地说："对不起，想不到我一时冲动，竟连累这么多人。谢谢你！"

"谢倒不必，就手的事。不过Cherie，我一向觉得你做事很少情绪化，那天我可真被你吓着了。Ray也是，平常四平八稳的一个人，难得也有热血上头的时候。"

谭斌转开脸，心口像有根线牵着，抻得难过地说："他还好吗？"

余永麟看她一眼，奇怪地问："你最近没跟他联系过？"

"一星期前打过电话，他说刚从欧洲回来，我就没啰唆。"

"一星期前？"余永麟想了想，摇头，笑容无奈，"嘿，一星期前。"

谭斌觉得蹊跷，这是什么意思？他像是话里有话。

余永麟咳嗽了一声，似乎不知如何开口。

"Tony，有话你直说好吗？"

余永麟叹口气说："一星期前他在医院呢。倒是打算飞欧洲，先从北京去上海，飞机上就扛不住了，下飞机直接进了医院。"

谭斌的心几乎跳到喉咙口，问道："为什么？"

余永麟耸耸肩说："那得去问他本人。每天的睡眠时间只有四五个小时，时间长了甭说你我这种凡胎肉身，就是铁人也得累趴下。"

"现在呢？还在医院？"

"早替他老板拼命去了，现在真的在欧洲。"

谭斌咔嗒咔嗒地玩着打火机，看上去神色惘然。半天她才说："你们是朋友，你好好劝劝他，没了健康就什么都没了。E公司的总裁，倒在跑步机上的那位，不就是前车之鉴吗？"

余永麟叹口气说："有种痴人是劝不动的，非得事实给他教育。我就是一混日子的，有老婆孩子就满足了，Ray跟我不一样，他太执着，也太想证明什么。这种人，遇事也容易钻牛角尖，要么一直执迷不悟，要么最终看破红尘，并没有中间路线。"

谭斌一时没有说话。

"我得走了。"余永麟推开车门，向她伸出手，"对了，听说你们的技术交流做得不错，恭喜一下。"

谭斌抬头说道："你什么意思啊？"

"嘿，你怎么这种反应？纯粹的恭喜，没别的意思。"余永麟的笑容里有着踌躇满志的意味，和一个月前的惶惑完全不同。谭斌隐约间心生不安。余永麟离开后，谭斌又坐了很长时间。她很想给程睿敏打个电话，但拿着手机颠来倒去地折腾了很久，还是收了起来。

谭斌回到公司，第一件事是跑到公关部，借口考证公司在华的历史，借了五六本公司年鉴。一个人离开公司，旷日持久之后，曾经存在的痕迹也许只能在老照片中才能找到一鳞半爪。

谭斌为自己孜孜不倦的八卦劲头感觉脸红。

她看到张彤的照片。清癯消瘦的五官，并非美女，但眼神锐利，逼人的威势仿佛可以穿透纸背。然后在毫无心理准备的情况下，她见到一张程睿敏和张彤的合影。

说是合影也不合适，那显然是一个合同签订的仪式现场，程睿敏手持红酒杯，侧头朝着画面中并不存在的人微笑，浓眉下清澈的双眼，有让人伸手抚摸的欲望，那时他只有26岁。张彤的目光落在他的身上，眷恋而贪婪，带着不可言说的无助和绝望。

不知是哪位摄影师，居然抓拍到这真情流露的瞬间，更不知什么人，出于什么心理，竟把这张照片留在年鉴中。谭斌合上年鉴，心里有点儿酸溜溜地发堵，原来午餐时的八卦并非空穴来风。

呆呆地想了很久，谭斌才回过神，不由得低声嘲笑自己：这和你谭斌有什么关系呢？她摇头笑一笑，伸手推开年鉴，收敛心思，开始火速处理一周来积压的邮件。

她的收件箱显示出1054的字样，表示她有一千多封未读邮件。对这个惊人的数字，谭斌早已习惯，毫无受惊的意思。邮件泛滥成灾，一向是大公司的通病。

很快，谭斌的心情被一封邮件彻底破坏。她命令自己深呼吸，努力压抑着心中的怒火，先把这封邮件打印出来。

那是一个三天前的会议纪要，每月一次的销售例会。谭斌休年假，便委托周杨代她列席，协助暂时代管自己区域的乔利维进行总结汇报。

休假前，谭斌已和自己的团队达成协议，先给刘秉康一个相当保守的数字，只要能完成本季度的销售目标，保证每个人的奖金不受影响即可。其余的合同，则按可能的机会上报，不加入本季度必须签约的合同列表。这样的结果，销售经理不会有太大的压力，谭斌也可以在季度末的时候，针对中国区的销售完成情况随时做出调整，给自己区域下个季度的任务留出回旋余地。但如今谭斌看到的，却是所有可能签约的合同都变成了本季度必须完成的目标。

她把周杨叫进会议室，把打印出来的纪要摔在他的面前说：“告诉我，这是怎么回事？”

周杨拿起来看了看，一脸莫名其妙的表情：“有什么问题？”

“什么问题？”谭斌点着纸面的文字，硬邦邦地问，“这些必须签订的合同都是谁同意的？”

“Kenny啊，怎么了？”

“咱们团队达成的协议是什么？你代表咱们区参加例会，为什么不提出异议？我走的时候交代过你，有搞不定的事马上打电话，当时为什么不给我打电话？”

周杨面露委屈：“Kenny在会上请大家帮忙，你也知道，他现在的日子有点儿不好过，这季度的数字要是不好看，他就更难过了。再说其他区的总监都当场拍了胸脯，咱们区也不能太保守不是？”

谭斌气得简直不知道说什么好了。她事先绝对没有想到，周杨的主意不是一般的大，事关销售任务这么重要的事都能自作主张，并没有任何征求她意见的打算。

但是事已至此，发脾气或者抱怨没有任何意义，只能想办法收拾现在的局面。她忍着怒火发问：“别的我们先不谈，这额外增加的任务金额，百分之八十都在北京地区，你有把握吗？”

周杨说：“不知道。”

“不知道？”谭斌已经平息的怒气又冒上来，“Young，你一个工作多年的销售经理居然说出这种话？”

“我是真的没把握。其他行业的客户和普达不一样，投标中潜规则的游戏更多。咱们一直都在正面做工作，从来没有试过暗箱操作。可MPL不做，不等于其他供应商也不做啊！咱们在台面上辛辛苦苦地做戏，没准儿就是一龙套，人逗你玩呢，其实私底下早有了交易。”

谭斌被噎住，一时没有话说。她很明白，周杨这是在乘机发牢骚兼要挟。在中国，商业游戏自有其特殊规则，跨国公司不是不想配合，无奈树大招风，从股东到审计公司，无数双眼睛死死盯着，逾越雷池并不可怕，一旦被发现则代价高昂。程睿敏那么高的位置，刘秉康要整他，还不是从这种事下手并且最终得逞了？

斟酌半天她开口：“场面话我不想跟你多说，现在的条件就是这样，从公司到雇员都不允许做任何违法的事，我们最大的优势就是多年的信誉。我相信管理运营健康发展的客户，会正确取舍。”几句话堵死了他的后路，她表示以后不想再听到这种话。

“算了Cherie，不说了。”周杨向后一靠，无声笑笑，“好吧，我会尽自己的最大努力，争取拿下这几单合同。不过呢，我也不能打包票。”

谭斌站起身，不容置疑地说：“我不想听到这种话。无论如何，你都得拿下这些合同。”

就此结束谈话，两个人走出会议室时，周杨的脸色黑得跟锅底一样。

快下班的时候刘秉康现身，据说刚从欧洲回来，时差没倒就先抵达公司处理工作。

黑洞，既不肯面对也不肯消化，只是执意逃避。

沈培父母通过关系设法搞到了甘南公安局的验伤报告，但从那上面也看不出什么端倪。于是请心理医生的建议再次提上议程。

沈母却依旧兴趣不大，只抱怨说国内没有合格的心理医生，挂牌的心理诊所都是在敷衍了事地混饭吃。最后是沈培父亲出面，找到一位大学的心理教授，留洋的博士，她才不再说什么。

但教授和沈培的第一次谈话却不是很顺利，因为沈培非常抗拒，不肯配合。那位教授却安慰他们："没关系，非主动的患者都是这样。医生对患者没有太多要求，只要他放松，能按时与医生接触，真实地表达自己就可以了。他现在的状态，只是还没有做好准备。"

谭斌烦闷地问："我们还能做什么？"

"给他一个宽松的环境，不要给他任何压力。心理治疗其实是一个面对真实自我的过程，内心冲突带来的焦虑和痛苦有时候会超过事件本身造成的伤害。没有痛苦的心理治疗，只能是止痛针和麻醉剂，解决不了根本问题。老实说，心理治疗只是一种辅助手段，其实靠的还是患者的自愈能力。所以一定要让他自己做好准备，有体力有勇气经历整个过程。"

谭斌有时间也会上网搜寻相关的资料，非常吃力地理解着这段话的全部意义。

{04}

终于有时间约文晓慧吃午餐，谭斌满怀郁闷地总结道："教授的意思是说，世上并没有上帝，永远只能自己救自己？哦，晓慧，这也太让人失望了！"

文晓慧笑着说："谭斌，你永远都是这么天真，我真是爱死你了！"

"喂，你有点儿同情心好不好？"

"好吧，那么，天真小朋友，下一步你打算怎么办？"

"沈培执意要回家，谁都劝不了，闹得厉害，不答应就不吃饭，也不吃药。"

文晓慧不笑了，说道："那你怎么办？总不能跟到他家去，他妈是那样矫情的一个人。"

"要回他们家反而好了，"谭斌叹口气，"他要回自己的房子，不要他妈，也不要保姆，要我跟他住在一起。"

文晓慧手里的筷子掉在了桌上，说道："这么艰巨的任务，你真想好了？"

"嗯，"谭斌不停地叹气，"现在只有我说话他才听两句。"

文晓慧认真地想了想，最终给她下了定义："圣母，您就是改不了圣母情结。"

谭斌羞怒交加，用力拍着桌子说：“我就是，我还被下面的小孩子坑了呢，三季度生生多出来五百万欧元的任务，完不成你知道我什么下场吗？总监职位的角逐这场游戏，我就得乖乖认输，我拼死拼活干三年为了什么？”

文晓慧看着她啼笑皆非，说道：“谭斌，我觉得你还是设法讨好沈妈妈比较有前途，嫁过去和她一样做现成的少奶奶，吃穿不愁，多好……”

谭斌立刻住了嘴，呆了半晌说：“好像还是办公室简单。”

文晓慧摇头道：“吃饭吃饭，吃饱了你才有精神回去做圣母。”

那半个多月的时间谭斌过得相当艰难，作息完全混乱。婚前不同居的誓言被彻底打破，她收拾东西搬进沈培的住处。

工作的压力还在其次。普达的集采暂时停滞，现在MPL中国整个销售部门都在忙着签合同，完成三季度的销售任务。谭斌身为代理总监，北京、河南、河北和天津的客户都要照顾到，无法厚此薄彼。实际上她已经尽量减少出差的机会，实在避不过了，就采取坐最早的航班或者高铁过去，再乘当日最晚的航班或列车返回北京。保姆王姨白天在家照顾沈培，见她回来才肯交班离开。

连续多日来回奔波，再加上夜间还得照顾沈培，她渐渐有些吃不消了，迅速消瘦下去。而且谈合同期间饭局应酬少不了，参加饭局往往免不了喝酒，进家门时她身上的酒气自然无法遮掩，每次王姨脸上都会露出不以为然的表情。听了王姨的汇报，沈培的母亲放心不下，不时过来巡视，也撞上过几次，她话里话外酸酸的奚落更令谭斌窝火。

但为了沈培，再苦再累她也一直忍着，因为沈培的状况实在不容乐观。身上的外伤渐渐痊愈，可是之前那个活泼神气、有点儿轻微洁癖的青年画家完全消失不见了。

回到家后，沈培的情绪略微稳定，很少再提起车祸的事，但也不怎么说话，喜欢一个人待在画室，对着窗外的湖面一坐就是一天，偶尔回到画架前涂抹两张新画。他的身体还是虚弱，画不了几笔就累得头晕，生活习惯索性变得像小孩一样，困了便倒头睡一觉，半夜却清醒得双目炯炯。

他也不再注意细节，吃饭通常就在画室解决，吃完了把碗筷撂在一边，等着王姨或者谭斌为他收拾。除了这些，他不许任何人动他画室的任何东西。时间不长，房间里已经到处是包装袋、水果皮，以及各种各样的垃圾，加上四处摊放的画具，简直无处下脚。

谭斌看着皱眉，沈培却一点儿都不在乎。王姨开始会趁他白天睡觉的时候偷偷帮他收拾一下房间，沈培一旦发现东西被人动过，就会大发脾气。他发脾气的方式，是将自己的作品一张张从墙上扯下来扔掉；等安静下来了，又一张张捡回来看着流泪。

如此大闹过几次，谭斌不得不跟王姨交代，千万别再进他的画室，随他一个人糟蹋去。

闲暇时，一张张翻着他的新作，谭斌只觉一颗心直直沉下去，一直往下落，似找不到尽头。出事之前那种温暖的，甚至带点儿天真稚气的画风已荡然无存。现在的画布上，充斥着大团大团怪异的色块，配色百无禁忌，看得人眼睛刺痛。用得最多的颜色是暗红，画布上四处蔓延，如同淋漓的血迹。

最让谭斌感觉不安的，还是沈培对脱衣服这件事的抗拒。她曾想趁他睡着的时候为他换掉上衣，刚撩起下摆，沈培就醒了，警惕地看着她，眼中充满痛苦和恐惧。

“是我，别怕。”谭斌按着他的手背轻声安抚，“你看，我解开了一粒扣子，是不是？我们再解开一粒好不好？”

沈培慢慢坐起来，不由自主地揪紧了衣襟。

谭斌放软了声音，说道：“你放开手，我不会伤害你，我们慢慢来，你随时可以叫停。”

沈培瑟缩一下，但没有说什么。

谭斌伸出手，看着他的眼睛，小心解开全部纽扣。看得出来，沈培极力想放松，眼中的痛苦却越来越深，身体开始控制不住地发抖。

“沈培？”

沈培发不出任何声音，拼命蜷缩起身体，脸色发白，浑身瑟瑟发抖。出乎意料的剧烈反应，吓坏了谭斌，她紧紧抱住他，说道：“没事了，小培，你睁眼看看，我是谭斌，咱这是在家里……”

折腾了好一阵，沈培才渐渐安静，紧绷的身体开始松弛，冷汗已浸透全身。谭斌安顿他重新入睡，不敢再做任何尝试。她想起刚才的情景，内心难免有不好的联想，略微往深处想一想，自己先被自己吓住了，难道沈培曾受过什么不可言说的侵害？

她在电话中向那位心理教授咨询，又不好说得过于直白。

教授耐心听谭斌无比隐晦地表达完毕，却笑了，说道：“你不用太紧张，开始我也往这方面怀疑，但和他接触后又觉得不太像。哦，对了，那份验伤报告你也看过吧？”

“看过。”

“所以这种可能性暂时可以排除。”

“嗯，我相信您。不过教授凭您的经验判断，他的问题可能出在什么方面？”

“他目前显示出的，是两种症状。一种是面对死亡，尤其是非正常死亡后的郁闷消沉，这很常见，一般人或轻或重都会出现这种状况。至于脱衣服时他的反常表现，很可能是强烈的心理暗示，和某种不愉快的经历有关。”

谭斌的心又揪了起来，对着窗外出了会儿神，然后问："我能帮他什么？"

教授说："有两种方式，一是让他直接面对他最恐惧的东西，只有肯面对现实才能消除心理障碍。或者让他重新开始接触人群，用其他感兴趣的事转移注意力，慢慢淡忘这段经历。"

"好吧，我试试。"听他说得如此轻松，谭斌暂时放下了心中的焦虑。

{05}

马上要到国庆节了，看沈培的情况，谭斌显然不可能回家看望父母了。她抽空给父母打了个电话，说自己长假期间想出国玩一趟，不回去了。

父母没有任何疑心，父亲只交代她出门在外注意安全，母亲却啰啰唆唆叮嘱了二十分钟，其实概括起来还是一句话：注意安全。

谭斌一边看着电脑，一边嗯嗯啊啊地耐心应付，直到她说得累了自己收声。

挂了电话，谭斌心里那点儿欺骗父母的愧疚很快被工作上的难题转移。

截至9月23日，北京、天津地区又各签下两单七十万欧元的合同，谭斌的区域销售总额还有将近三百万欧元的缺口。

原来她的希望都放在北京，如今却发现周杨对形势的估计过于乐观。北京的几个单子虽然希望很大，可还都是青苹果，树枝上挂着诱人，却并不具备马上签合同的条件。

公事私事均令人煎熬，谭斌有点儿乱了方寸。虽然竭力控制着没有露出一点儿端倪，身体却不肯好好配合，眼看着嘴角冒出两个血疱，轻轻一碰就疼得钻心。

周一销售总监的例会上，刘秉康的脸色就不怎么好看。

几个大区的数字一出来，东方区和乔利维的北方七省已经完成任务，南方区只差了三十万左右，总监曾志强表示，9月30日之前，肯定能再拿下一个订单。

所有的压力都落在谭斌的区域里。在短暂的震惊过后，她被极度的懊悔和自责淹没了，后悔自己过于自信，而对风险掉以轻心。

时间一天天逼近季度末，来自上边的压力，对自己能力的怀疑和失望，在谭斌心中相互纠缠。再看到周杨进进出出，一副无所谓的样子，她忍不住大动肝火，即使拼命压制，脸上还是带了些情绪出来，那几天她手下的销售经理见了她几乎都是赶紧远远地绕着走。

300万欧元的任务被硬行分配下去，谭斌的指示是不惜一切代价，也要完成销售额。

临近国庆长假的前一天，河北地区意外地收获一个合同，总价296万欧元，那时签合同的代价是高于正常折扣的。看来客户对供应商的心理也摸得透熟，季度末往往是杀价的最好时机。

但此时所有人都是只求销售额，完全顾不上考虑利润的问题了。接到合同已盖章签字的消息，谭斌一口气松下来，立刻感觉双腿发软，几乎栽在地上。她知道从接受代理总监职位的那一刻开始，她终于通过了第一关的考验。

9月30日下午，做完季度总结，中国区的销售总额超出三季度销售目标的17%，伴着这个数字，刘秉康的脸色多云转晴，露出最近几个星期难得一见的笑容。

16层整个销售区域，随之呈现出长假前应有的轻松气氛，没到下班时间人就几乎走空了。

谭斌谢绝了同事集体狂欢的邀请，匆匆回家。

虽然三季度有惊无险地过去了，但四季度涉及年度计划，压力会更大，长假只是一个缓冲，加班免不了的，但毕竟有整整七天的时间，可以在家陪着沈培。她也需要几天时间好好反省，整理一下近几个月的得失。有几件事一直让她感觉不安，但没有时间静下来琢磨那些细节。

Chapter10

习惯是一件可怕的事，
总在不经意的时刻提醒人们已经淡忘的记忆。

{01}

放假了，整整七天的长假。

谭斌带着轻松的心情踏进家门，却看到沈培母亲坐在客厅，王姨一脸不知所措地站在一边。

“阿姨，您来了。”谭斌上前招呼。

沈母抬起头看看她，声音出奇的软弱，说道：“你先去换了衣服吧。”

天色已暗，客厅的光线不太好，每个人的轮廓都变得模糊不清。王姨伸手按下开关，顶灯大亮，照见沈母露出的丝丝白发，顷刻间她仿佛老了十岁。

按捺住内心的不安，谭斌进卧室换下正装，扎起头发走出来，她经过画室时探探头，见沈培好好地坐在画架前，这才拐回客厅。

“沈培今天好吗？”她问王姨。

王姨看看她，又看看沈母，没有说话。

谭斌顿时起了疑心，问道：“怎么了？”

沈母拍拍自己身边的位置，说道：“来，坐下。”

谭斌简直受宠若惊，蹭过去坐在她身边，规规矩矩并起膝盖。

沈母解开一个纸袋，拿到谭斌的面前问道：“你认得这个吗？”

那是一小袋棕褐色的干植物叶子，乍看上去非常不起眼。谭斌接过，狐疑地凑上去闻了闻，一股辛辣的异香，完全陌生的味道，她摇摇头。

沈母声音苦涩地说道：“我忘了，你当然不会知道这东西。”

“是什么？”谭斌瞬间有种不祥的预感。

沈母叹口气说：“大麻。”

谭斌张大嘴，惊惧地看着她，感觉喉间干涸，太阳穴发紧，有片刻失去了思考能力。

“上午有朋友来看他，下午王姨就发现了这东西。”沈母苦笑着，“行内有不少人靠它维持灵感，可培培一向干净，从来不沾这些东西。”

谭斌用力捏紧纸袋，双手簌簌发抖，胸腔内竟似被掏空一般。“为什么？”她知道问了也是白问，可是依然控制不住地发问，“为什么？”

在她的世界里，遇到挫折只知道咬紧牙关往前走，只相信柳暗花明又一村，永不言弃，一辈子不会有尝试麻醉剂的机会。

沈母看着她亦相对无言，神色间一片惨淡。片刻之后，谭斌跳起来，冲进画室。

“沈培！”她大声叫。

沈培没有回头也没有反应，手中的笔正用力抹下最后一笔颜色。这一次画布上不再是刺目的色块。青绿的底色上，影影绰绰地浮着两张人脸，五官模糊不清，在对角线的两端遥遥相望。黄昏暧昧不明的光线里，整个画面透出一种绝望的气氛，似从深处渗出一股寒气。

谭斌禁不住打了个寒战，后退一步。

沈培慢慢转身，眼神迷茫，反应有点儿迟钝，显然大麻的影响尚未消退。

“沈培，”谭斌蹲在他的身边，低声说，“别再碰那些东西了。它只会让你脱离现实，对你没有一点儿帮助。”

沈培不敢与她的目光接触，别转脸，过了一会儿说：“对不起！”

“我不想听‘对不起’，你跟我说，再也不会碰它。”谭斌满脸哀求，仰头看着他。

沈培垂下眼睛，不出声。

谭斌又说：“我有七天的假期，咱们明天找个地方，出去玩几天好不好？”

沈培好像没有听见，盯着眼前的画布，神思恍惚，完全沉浸在他自己的世界里。

谭斌的失望之情溢于言表，声调不觉地提高了，说：“到底为了什么？多大的事，闹这么久还不够吗？你这么作践自己，是在折磨谁你知道吗？你爸！你妈！我！谁心疼你你就在伤害谁……”

沈培像是被她吓到，不由自主地往旁边瑟缩了一下。

王姨慌慌张张地跟进来，语气极其不满地说：“培培是患者，你不要这么大声跟他嚷嚷啊，他会受不了的！那玩意儿没什么，培培好多朋友都在用……”

“行，您就这么宠着他吧，他永远也不会长全乎！”谭斌气得站起来回卧室，晚饭没吃就赌气睡了。

迷迷糊糊听到有人推门进来，坐在她身边说："谭斌。"

谭斌慌忙坐起来，揉着眼睛叫了一声："阿姨。"

沈母难得和颜悦色地说："你有点儿太紧张了。不过也难怪，你生活的环境不一样。大麻虽不是什么好东西，可和毒品毕竟是两回事。我只担心培培的爸爸，他一辈子洁身自好，恐怕接受不了。"

谭斌蜷起腿，下巴搁在膝盖上，低着头没有说话。

"我怕的不是这个，怕的是培培以后就这么下去了。他自小是个温顺的孩子，就是自尊心特强，受不得一点儿伤害。"

谭斌微觉惊异，她最欣赏沈培的就是他万事不萦心的性格，为什么他母亲描述的，像是一个陌生人？

"他四五岁的时候在幼儿园全托，自己学着系鞋带，结果系成一团死疙瘩，被老师叫到前面示众，连讽刺带挖苦，话说得挺难听，他回家之后哭了好几天。从那之后，他再不肯去幼儿园，也不肯自己系鞋带，一直到现在，他都讨厌有鞋带的鞋。"

谭斌怔怔地听着，忘记了一切，这是她第一次听到沈培小时候的故事。原来不会系鞋带的典故可以追溯到这么远。

"阿姨，我明白您的意思了，您放心，以后我不会再那么说话。"

沈母叹口气说："我现在跟他说话，完全是耳旁风。你帮我看好他，那东西还是少碰为妙。"

半夜，谭斌听到耳边窸窸窣窣的声音，开了台灯，却发现沈培躺在身边，大睁着眼睛望着天花板。

"你在做什么，怎么不睡？"

沈培翻了个身，紧紧地搂住她的腰，贴着她的身体半天没有动，头发痒痒地刺到谭斌的面颊。

"别闹了，睡觉，你看看表，都3点了。"

沈培不说话，只是贴得更紧。

谭斌的心软下来，反手拍拍他说："算了算了，你闭上眼睛好好睡觉，明早我带你出去散步。"

沈培点点头，听话地闭起眼睛。

因为不用上班，早晨起来时间充裕，谭斌果然履行诺言，好说歹说，总算把他劝出门。

太久没有在室外活动，走了半圈，沈培已经虚汗直冒，靠在谭斌身上直喘气。

“我累。”他低声说。

谭斌扶他在附近的长椅上坐下，揉揉他的头发说：“你歇会儿，我自个儿跑两圈。”

等她绕着湖岸跑回来，发现沈培面前蹲着两只金毛犬。沈培正揉弄着其中一只的下巴，那小家伙享受地眯起眼睛，喉咙里发出满意的呼噜声；另一只用舌头吧嗒吧嗒舔着他的手心，尾巴摇得像风中的狗尾巴草。

谭斌想过去，走到一半却停下脚步，凝神看着这幅和谐的图画，眼角慢慢变得湿润。沈培的脸上竟有了隐隐的笑意，这是从甘南回来后第一次看到他笑。

谭斌抬起头，四下寻找，发现狗主人就在不远处站着，并没有上前干预的意思。她对狗主人感激地笑一笑，那人抬起手，贴着棒球帽的帽檐遥遥致意，还她以微笑。

{02}

吃过早饭，文晓慧打电话来，谭斌趁机托她帮忙说：“亲爱的，帮我搞只小狗来。”

文晓慧办事神速，第二天就送来一只两个月大的蝴蝶犬。

很活泼的一只小狗，贪吃，非常黏人；开始还有些怯怯的，二十分钟后就开始四处蹦高撒欢儿；把三人挨个闻了一遍，最后认定了沈培，叼着他的裤脚不肯松口，像个特大号的毛栗子坠在他脚边，沈培走到哪儿它就跟到哪儿。

“给它起个什么名字呢？”

谭斌揪着它硕大的耳朵说：“既是小姑娘，又长得这么漂亮，就叫小蝴蝶好了。”

文晓慧大笑道：“我服了你，可真能省事！”

沈培没说什么，可是看得出来很喜欢，他向文晓慧道声谢，便离开客厅进了画室。

小蝴蝶立刻扭着圆滚滚的屁股跟过去，四只短短的小胖爪，在地板上拼命划拉，活像只长了毛的乌龟。

谭斌看得好笑，对文晓慧说：“那些猫啊狗啊好像特别待见他，看见他就巴结得不得了。”

“狗和猫在这方面都挺灵的，好人恶人看一眼就明白。”文晓慧说，“碰上我，它们肯定躲得远远的。”

文晓慧是第一次来沈培的住处，她对客厅四壁的装饰产生兴趣，四处溜达，最后在几个竖在地板上的画框前站住。

“这是沈培的新作？”她凑近了细看。

“啊，你觉得怪不怪？”

文晓慧离远几步，再仔细看一会儿，然后说：“我说实话，你不会生气吧？”

“您就别矫情了，有话请说吧。”

“我倒感觉，沈培像是开窍了。他以前的作品，软绵绵的没什么意思。这几幅，反而像任督二脉开始打通的标志。”

谭斌用力地撇着嘴说：“说得跟真的一样。”

“是真的，你不觉得这些画面都有一种非常的张力，像在表达什么吗？可惜，我理解不了。”

“去你的吧，越忽悠越离谱，我怎么什么都看不出来？”

“这叫当局者迷，旁观者清。不是我说你谭斌，你这人快废了，脑子里除了你办公室的那点儿破事，什么都装不进去。”

“那是，如今能给我安慰的只有工作上那点儿破事了。”

文晓慧连连摇头：“病入膏肓，无药可救。”

因为要买狗粮和项圈，两人开车到附近的大型超市。在进口食品的货架处，谭斌见到一个似曾相识的身影。他推着购物车，正微微俯身，全神贯注地挑选着咖啡粉。从她的方向，只能看到他沉静的侧脸。

谭斌莫名其妙地僵在那里，甚至无法挪动一根手指。

“喂，看什么呢？丢了魂儿一样。”文晓慧拉着她走开。

谭斌再回头，货架前已空无一人，仿佛刚才只是她的幻觉。

排队等着结账，文晓慧不停地抱怨飞涨的物价，谭斌却依然有点儿恍惚，垂头看着自己的脚尖，胸口似填着一块木塞，难以呼吸。

{03}

长假期间，谭斌刻意收起所有的女强人范儿，强迫自己安下心来做一个合格的女朋友。

她从来不喜欢进厨房做饭，宁可以半成品简单对付，是因为受不了一顿饭做下来，黏附在头发和衣服上的油烟气。谭斌都记不得自己是从什么时候开始对这种味道深恶痛绝的。

除了做饭这件事，其他家庭主妇必需的修养她都愿意尝试。但是因放假在家，王姨被沈母召回去了，她只能硬着头皮自己下厨。

谭斌的厨艺，严格来说，只有早餐的烤面包片和煎鸡蛋做得炉火纯青，最多再加一个番茄鸡蛋面，此时却需要修炼煎炒烹炸十项全能。她从超市买来原材料，照着网上下载来的菜谱实践，因为缺少经验，水平发挥便十分不稳定，时好时坏。好在沈培对饭菜一向不太挑剔，她偶尔做得好吃，就多吃点儿；做得不好吃，他也不出声，扒拉几口填饱肚子就回到画室。

面对这样好脾气的食客，谭斌不是不内疚的，只能想方设法尽快提高厨艺。但她的努力在沈母眼里却什么都不是。

从两人第一次见面，谭斌就察觉沈培的母亲一点儿都不喜欢自己。也许因为两个人都是那种控制欲极强的强硬性格，从开始气场就不对，谭斌不肯委屈自己去讨好男朋友的妈妈，沈母则认为儿子的女友一点儿都不懂事，绝不是宜家宜室的嫁娶对象。幸亏两个人的修养还好，彼此再不满意，表面上还能维持正常的客气。

七天假期结束，谭斌感觉比上班都累。

{04}

长假过后的第一个工作日，谭斌第一次感受到蓝色星期一的症状，几乎不想去上班。办公室的气氛也很懒散，大家似乎都尚未从长假中恢复元气。

谭斌约了一位产品经理谈事，两人一商量，索性溜到建国饭店，边喝下午茶边聊工作。

这位产品经理是谭斌做项目经理时的旧识，两人为工作并肩对外过，也关起门拍着桌子互相指责过，关系却一直很铁。

话说到一半，他压低声音说："Cherie，小心你下面的周杨，他可不是什么善茬儿。"

谭斌愣了一下，然后笑着问："这话从哪儿说起？"

"三十那天出去玩，你不是没去吗，他喝高了，跟旁边人说，三季度你的销售任务增加20%是他故意做的局。"

谭斌放下咖啡杯，想起整件事前前后后的若干细节，她的指尖开始慢慢变冷。

"你看，真是人不可貌相，平时看他挺豪爽的，谁想得到背后这样阴险？"

谭斌冷笑一声："我完成不了任务，他也没什么好处。他不会蠢到以为踩掉我，他就可以上位吧？"

同事微笑着说："Cherie，你的思维太直线了，一心都在你那些合同上。周杨很早就说过，他最受不了的就是摊上一个女老板。你再想想，踩低你，谁可以从中得利？"

谁？只有乔利维。

谭斌咬住嘴唇不说话，胸口起伏得厉害。

同事接着道："其实你们销售部门那点儿事，其他部门旁观者清，都当笑话看着呢。Kenny为什么要让老乔和你争同一个位置？因为他谁都不信任。老乔这人呢，能干是能干，就是眼皮子浅，做事太急功近利了。你呢，谁都知道原来是Ray和Tony那条线上的人。Cherie，咱俩这么多年了，我才跟你说实话，只要Kenny在一天，你这个代理总监扶正的事就悬。Kenny和老李正斗得厉害，谁最后上位还真说不好，你悠着点儿，别为他太卖命了。万一老李赢了，把你划拉进Kenny的阵营，你岂不是冤死了？”

咖啡有点儿凉了，喝进嘴里苦得竟难以忍受。谭斌轻轻放下咖啡杯，不置可否地“嗯”了一声：“你这话，对我的打击太沉重了。你也知道，我最讨厌办公室政治，从来都是埋头做好自己的事，从来没想过拉帮结派或者站队这种事。”

同事说：“必要的时候，你真得站队。别总想着做中立者能把自己撇清，那样很可能两派都放弃你。”

谭斌想了想，忽然笑着说：“这么说，周杨的做法也没什么值得非议的，他也得在我和老乔之间站队，不过他选择了老乔而已。”

“话是这么说，不过这种已生二心的人，留着他就是留一颗定时炸弹，你看着办吧。唉，想当初Tony还在的时候，几次三番动员我去销售部，我死活不肯去。我们做技术的，虽然没什么大前途，可是环境简单。看看你们那儿，会聚的全是人精，稍不留神，被人卖了还帮人数钱，我才不找那不自在呢。”

和同事分手后，谭斌没有回办公室。她想回家，想见沈培。

她平生最恨的就是被人欺骗和背叛。以前她从未尝试过，被自己人从背后插一刀的感觉竟这么痛。

谭斌开着车走在拥挤不堪的二环上，也从未感觉到如此无助，就像不会游泳的人落在水里，四处都是水，什么也抓不住，只能任由身体一点点儿往水底沉下去。

从后视镜里看到自己一脸的郁闷，她却莫名其妙地笑出来。很多次了，每次遇到荒唐事，她唯一的反应只有微笑。

因为不能痛哭。

{05}

谭斌推开家门，屋里没人，王姨常用的围裙搭在沙发扶手上，大概买菜去了。她感觉筋疲力尽，扔下包换鞋。

一串铃铛响，小蝴蝶跌跌撞撞地跑出来，咬着她的裤脚往屋里拖。

谭斌轻轻地撩开它说道：“一边儿去，等我换上鞋。”

小家伙焦虑不安地绕着她打转，呜呜低叫，两只小爪子把她的裤子磨得嗞嗞响，好像着急得不得了。

谭斌心里一动，光着脚跟在它后面，看它扑到画室的门上拼命抓挠。

门关着，她上前扭动门把手，门应声而开，扑面而来的是一股难以形容的妖异香气。

沈培正打横躺在画室正中，秀气的双眼微微合起，睫毛投下一片阴影。脸上的表情安定惬意，充满幸福感。

谭斌硬生生地钉在门口，一阵撕心裂肺的疼痛令她几乎当场背过气去。过了很久，她蹒跚上前，走到沈培面前，她的声音颤抖着说："沈培，你太让人失望了。"

沈培没有反应，完全沉浸在自己恬然自得的状态中。

谭斌跌坐在地板上，心里有东西在那一瞬间分崩离析。仰起头，她看到头顶那幅新画，男人的脸、女人的脸，都冷冷地看着她。

绝望，谭斌想，她明白了，究竟什么才是真正的绝望。身体如此贴近，心却隔着万水千山。她要的，如今他给不了；他要的，她也给不了。她什么也不想再说了，放弃了心中的挣扎，退出去，关上门，让他自己从麻醉中清醒，也给自己留一个梦醒的空间。

王姨做好晚饭摆上桌，却没有人吃。直到晚上9点多，沈培才从画室里摇摇晃晃地摸出来。

谭斌坐在客厅的沙发上等他，等他吃完饭才向他伸出手："拿出来。"

"什么？"

"你说什么？大麻！"

沈培忽然涨红了脸，下意识按住裤兜，大声说："不用你管！"

谭斌试图掰开他的手："给我！"

"松手！"

"给我！"

"走开！"

两个一向自诩知书达理的人突然间都变得不可理喻，像两个闹别扭的小孩纠缠在一起，拼命想保住自己手里死守的那点儿东西。

沈培身体复原不久，很快落了下风。他焦躁起来，再也顾不上太多，抬起手臂照她胸口大力推了一把。

谭斌没有一点儿防备，踉踉跄跄地后退，一跤跌出去，脊背重重撞在桌角上，眼前一片昏黑，她疼得嘴唇顷刻发白，有几秒的时间几乎失去了意识。

沈培扑过去扶她："斌斌！"

“别碰我！”谭斌几乎是厉喝一声，语气充满了厌恶。

沈培伸出去的手又缩回来，退后几步，靠着墙壁渐渐地滑落在地板上。“对不起！”他喃喃地说，“我不是故意的。”

待眼前的黑雾慢慢散去，谭斌扶着桌子站起来，冷冷地看着他。

沈培蹲坐在墙角，像闯祸的孩子一样把脸深埋在膝盖间。

“沈培，你就这么可着劲作吧，接着自怜自伤、自暴自弃！”谭斌的声音里，似有什么东西在一片片破碎，“谁这辈子没遇过几件倒霉事，有谁像你一样没完没了？你自己不肯放过自己，没人帮得了你！你还打人，打女人！去对着镜子照照，你还算是个男人吗？”

小蝴蝶显然被吓坏了，把头藏进沈培的腿中间，只拿一双乌黑的圆眼睛从缝隙中偷偷瞄着她，露在外面的尾巴不停地哆嗦。

谭斌头也不回地摔门离开。

10月中旬的夜晚，温度已经很低。谭斌身上只有一件薄开衫，风吹过来透心地凉，她却没有感觉到冷。所有不如意都在此刻涌上心头，四面楚歌，自己像身处孤岛，大浪一波波袭来，她没有任何招架之力。她一直走着，仿佛只有身体不停地动，才能让大脑维持着空白。

沿着东直门外大街向东，再向南，见到熟悉的酒吧，谭斌走进去。

红的酒、绿的灯，身体渐渐飘浮，轻松、愉快，所有的烦恼后退，周围一切都那么美好。

布鲁斯音乐极尽缠绵，早有半酣的酒客在昏暗的灯光里贴身共舞，肉体纠缠，灵魂飞驰。

谭斌举起酒杯，对着灯光微微笑起来。这样纵酒，和沈培依靠药物麻醉自己其实也没有什么分别。

“双份黑杰克加冰。”她口齿不清地叫过服务生。

酒刚沾唇，便被一只手拿开，一个男人的声音：“抱歉，我们结账。”

几张粉色的钞票放在桌上。

谭斌已醉得神志不清，动作比正常人都慢了几拍，她吃力地转身，透过迷蒙的烟雾，看到一张斯文而熟稔的脸，程睿敏。

她笑嘻嘻地站起来，一只手臂搭在他的肩膀上，斜着眼睛，顾盼间眼波流转，叫道：“帅哥，不要辜负良宵，来，跳支舞吧。”

这样放肆的发泄让谭斌有种歇斯底里的快感，今夜她只想自己掌控游戏的方向，谁管它代价是什么。

程睿敏愕然，他没有见识过如此风情万种的谭斌，微怔之下，她已经顺势贴近他，双臂绕上他的脖颈。

程睿敏大窘，毕竟旁边坐着他的客户和朋友，他真没有这个勇气当众表演贴面舞。他不敢乱动，但又舍不得放开手。隔着薄薄的衣物，他也能感觉到手下的肌肤紧致滚烫，散发出逼人的诱惑，稍一迟疑，已经身不由己地被她带向中间的空地。

谭斌不知道自己是否真的已经酩酊，酒精在身体里像团火在灼烧，心里的某处地方却是清明的。伏在他的肩头，谭斌有种奇特的归属感，一颗心像有了安放的地方。

酒吧混浊不堪的空气中，她又闻到了清新的沐浴液香味。那是让她安心的味道，信任、可靠而温暖，就像很久之前他的笑容，哪怕被客户刁难得焦头烂额，哪怕天要塌下来，只要他在，一切都会妥帖。

谭斌把脸埋进他的肩窝。

程睿敏察觉到肩部的异样，不用低头，他也知道那个地方正被液体逐渐浸湿。

这是谭斌第三次在他面前哭泣。

前两次，是为了生死不明的男友。这一次，又是为了谁？他只能轻拍着她的背安慰，搂着她慢慢向门口移动，心底却有一丝微微的刺痛。

服务生追到门口说："先生，找您零钱，还有这位女士的包。"

程睿敏接过，并轻声道谢："多谢，麻烦您帮忙告诉我朋友，有点儿事我先走一步。"

乍然呼吸到室外清冽的空气，谭斌酒醒了一半。风很冷，酒意抑制不住地上涌。她站住，抱紧双臂，说一声："谢谢你！"顿一顿又说，"谢谢你替我结账，回见。"她就摇摇晃晃地往出租车走去。

程睿敏几步赶上来，脱下外套裹紧她，几乎半扶半抱着她上了自己的车，替她扣好安全带，这才回答："这酒吧里至少有一半男人愿意为你买单。"

谭斌笑了出来，说道："可是最终肯做冤大头的只有你一个。"

程睿敏望着前方没有出声，点火起步，然后看她一眼说："把你那边的窗户关上，我这边开着就行了，当心酒劲上头。"

他一提醒，谭斌真的感觉头晕，胃里火烧火燎般难受，翻江倒海一样。

她拍着车门叫："停车，停车！"车停在路边，她蹲了半天，又什么也吐不出来，难受得两眼泪汪汪。

程睿敏上前，一下一下地抚着她的背，语气责怪着说："你说你一个女孩儿，自己一个人喝成这样，真有人起了坏心，有多危险你知道吗？"

谭斌晃晃悠悠地站起来，笑嘻嘻地说："不是总有你英雄救美吗？"

她回到车上，在背包里摸索半天，掏出烟盒和打火机。刚把烟点着，就被程睿敏劈手取下，直接从车窗扔了出去。

那点儿微红的火光在黑暗中划出一条弧线，无声地坠落在地，溅起几点星芒，最后归于一片沉寂。

谭斌看看空空的两指，转过头讪笑。头顶上小小的一盏灯，在窗玻璃上映出她的影子。她看到自己苍白的脸和如在燃烧的双眼。

挑衅似的，她又抽出一支，歪歪斜斜叼在嘴角，一边斜眼看着程睿敏。

除了他被解雇的那一次，从未有机会见识程睿敏的失态，此刻谭斌异常讨厌他波澜不惊的样子，莫名其妙地想激怒他。

打火机再度亮起，车厢里弥漫起一股烟草的味道。这次程睿敏却平静地看着她，脸上没有任何表情，并不打算应招。

谭斌马上觉得无聊，抽了两口就取下来，按熄在烟灰缸里，说：“不许我喝酒，也不许我抽烟，那我们还能做些什么？聊天？”

程睿敏重新发动车子，说道：“系上安全带，我送你回家。”

“别，”谭斌按住他正在换挡的右手，“再待一会儿，就一会儿。”

程睿敏无可奈何地说：“求你了小姐，我刚才抿过一口啤酒，这会儿正是抓酒后驾车的时段。”

“就一个问题，我只问一个，答完我们就走。”

程睿敏扶着额头叹气，完全不想跟醉酒的人较真，就说：“你问吧。”

谭斌伸出食指点着他的胸口说：“这里，你这里，你不觉得，身边伤心的人、伤心的事已经够多，你自己为什么还要糟蹋它？”

程睿敏发愣：“你在说什么？”

“甭装傻了。你知道，我也知道，我们两个都知道。”

程睿敏捏住她的指尖，将她的手轻轻放回她的膝盖上，然后笑笑说：“那么你知道你是伤它最重的那一个吗？”

谭斌觉得这对白太无聊太可笑了，索性捂着脸笑起来。

程睿敏侧头，不动声色地看着她，耐心等她笑完才问道：“可以走了吗？”

“走吧。”

沃尔沃平稳起步，缓缓加速，风吹上来，带着深秋的寒意，谭斌却觉得燥热，额角和手心凉汗津津。

她没有问他去哪里，也懒得问。她不想回去见沈培，那就爱谁谁吧，对她来说，今晚去哪里都一样。

车离开工体北路，拐上东三环，一路向北，眼前纷纷掠过的是谭斌熟悉的景物。她忽然惊觉，正走在回自己家的路上。

“为什么送我回家？”

程睿敏头都没回：“难道你不该回家吗？”

到了谭斌家楼下，程睿敏说：“这一片的建筑雷同度太高，我第一次来，在这儿转来转去，差点儿迷路。”

“是吗？”谭斌听到自己的声音不受控制地冒出来，“为什么我记得你第一次送我回来，从容不迫得像回自己家？你提前踩过点儿？”

程睿敏马上发觉自己说漏了嘴，话收不回去，只能尴尬地笑一笑。暧昧不明的光线下，他的脸色似在可疑地泛红。

是这样了，所有漂亮的姿态背后不过是提前做了功课，功夫用得足够，人人都是最好的戏子。也是这几年，谭斌才学着不再盲目崇拜。

她下车，俯身对着车窗说：“谢谢你送我回来！”

“不客气。”

谭斌摆摆手，转身离开。虽然极力控制着身体的平衡，深一脚浅一脚走得还算稳当，可是头晕得厉害，她想抓住什么做个支撑，四周却只有空气。直到有人搂住她的肩膀，紧紧揽住她。他人虽然瘦，可是手上还真有点儿力气。

谭斌吐口气，放松身体，就势倒在他怀里，不再挣扎。在自己家门口，她摸出钥匙开门，努力半天却不得要领，钥匙总也对不准锁眼。

程睿敏看不过去，夺过来插进门锁哗啦啦转几圈，门开了。谭斌立刻冲进浴室，隔着门都能听到她呕吐的声音。

程睿敏摇头，四处打量着充满女性气息的客厅，在饮水机的下面找到纸杯和茶叶。

谭斌漱过口，洗干净脸出来，看上去已清爽许多。

坐在餐桌前，她抱着头呻吟道：“太难受了，真是自作自受。”

程睿敏又好气又好笑，把一杯热普洱茶放她面前：“喝完睡觉去，你太高估自己的酒量了。”

谭斌双手握住茶杯没有说话。

“我走了，记得锁好门。”

程睿敏刚要打开防盗门，谭斌突然扑过来，从身后一把抱住他。

“别走。”她的脸紧紧贴在他的背上。

程睿敏的身体瞬间僵硬，过了一会儿，他慢慢掰开她的手，缓缓地说：“你喝多了，这时候不适合做任何决定，酒醒了你会后悔的。”

谭斌说：“那我宁可后悔，过了今天我怕自己再没有勇气。”

程睿敏依然背对着她说：“为什么？”

谭斌松开手臂，绕到他的面前，仰起脸问："你要听真话还是假话？"

程睿敏垂下眼帘，凝视着她的眼睛说："无论真话还是假话，我都希望你等清醒了以后再说，酒后吐真言也要承担后果的。"他说话的时候，气息有点儿不稳，带着一点点儿并不明显的酒气，温热的呼吸丝丝拂过她的脸颊。

谭斌将手按在他的心口，略带嘲讽地问："你是不是一直都这样心口不一？"

程睿敏的心跳得和呼吸一样紊乱。他看着她，嘴唇猝然就压下来。猛烈而生硬，撞得她疼痛不已，几乎迸出眼泪。

谭斌闭上双眼回应他，继续放任自己的沉醉。

他吻着她的颈部，渐渐向下，流连在她裸露的脖颈和肩膀处。她的呼吸开始急促，有太多不知名的东西堵在胸口，急着寻找一个出路，憋得她要炸开。

程睿敏的动作却突然停止，慢慢地离开她的身体。

"对不起！"他放开她，有点儿狼狈地单手撑在墙上，大口地调整着呼吸。

谭斌仰起脸，看到他额头的细汗，也看到他热情骤然消退的原因。

头顶的墙壁上挂着沈培的生日礼物，谭斌的四张小像。每一张的签名后面，都跟着"I love you"的字样。

如一盆冷水浇下，谭斌的酒彻底醒了。她想不出此刻自己脸上是一种什么样的表情，她更不敢想象此刻程睿敏脸上的表情，她甚至都没有勇气再抬头看看他。

程睿敏却只是为她拢好衬衣，将解开的纽扣一粒粒替她重新扣好。他的声音出奇地温柔："别用这种方式发泄，事后你一定后悔。"他顿一顿说，"我也会后悔。"

谭斌垂头站着，半天不说话。

程睿敏站在她身边，只把手放在她的肩头，也不出声。

好一会儿，谭斌终于苦笑一下，问道："你为什么会在那里出现？"

那个酒吧，一直就是MPL中国北方区销售们喜欢扎堆消费的地方，谭斌不确认昨晚是否有同事看见最后一幕。

程睿敏说得很淡："七八年了，我习惯了那地方。"就像他早晨上班，脑筋走神的时候经常会下意识地拐向MPL中国公司的位置，经过几个路口，才发现走错了路。

习惯是一件可怕的事，总在不经意的时刻提醒人们记起已经淡忘的记忆。

"对不起！我今天失态了，"谭斌在餐椅上坐下，犹豫很久才开口，"我心里很乱。"

"看得出来。"

"所有的事都在一天内失控。"

"我能理解。"

"很焦虑，觉得自己一无是处，什么都做不好。"

"谁都有过不去的时候，你想得太多了。"

谭斌怔怔地看着他说："我能不能问一个特别冒昧的问题，希望你别介意。"

程睿敏笑了，说道："好像每次见面你都在问我问题。你问吧，我当然不会介意。"

"你遭遇过的最伤心的事是什么？"

程睿敏一愣，说道："为什么要问这个？"

"我想知道，你是如何处理的。"

程睿敏转过脸，迟疑很久，久到谭斌以为他不会回答这个问题了，他却出乎意料地开口道："最伤心的，不过是亲人去世，而且是两次。一次送外公，一次送兄弟。"

谭斌微微张开嘴，顿觉愧疚地说道："对不起！我太过分了，不该提起这种话题。"

"没关系，说说也无所谓，毕竟过去很长时间了。"程睿敏嘴角有笑，却略见苍凉。

谭斌被他无意中流露出的哀伤冲淡了自己的烦恼，侧过脸仔细听着。

"外公走的时候我上高一，太突然了，脑出血，没有任何心理准备，他就走了。我一直发呆，就是哭不出来。后来再梦见他，醒了才明白什么是天人永隔，可最痛的时候已经过去，就变成了钝刀子割肉，一直疼，到底还能忍受。到了嘉遇离开的时候……还记得三剑客吗？老二，叫孙嘉遇……你想听吗？"

那个长得像明星一样耀眼的男生，谭斌记得很清楚，她点点头。

程睿敏的声音很平静，仿佛在讲述一个于己无关的故事。

外面似乎起风了，西风拍打着落地长窗，伴着呜呜的风声，谭斌听到一段发生在异国他乡的惨烈往事。

"他知道自己的日子不多了，瞒着女友让她离开了，然后回国……你见过晚期癌症患者什么样吗？都说患者到了最后不是病死而是疼死的，什么知觉都没了，只剩下疼痛，靠吗啡和杜冷丁硬撑着，一天天地煎熬。他从来不提女友的名字，有一天突然跟我说，'小幺，如果我自私一点儿留下她，上路的时候是不是不用这么害怕'？我立刻崩溃了，马上找人去搜寻那女孩的下落，可是当天晚上他就走了，走的时候什么都没说，只叹口气。"

餐厅低垂的吊灯透过灯罩将朦胧的光影洒落，在他脸上将睫毛拉出长长的阴影。谭斌看到他平放在桌面上的骨节分明的双手。她瞬间有握住那双手的冲动，但最终却什么也没有做，只是将自己的手垂下来，安静地放置在膝盖上。

"那一次我是真知道了什么是痛，抱着他号啕痛哭，死活不肯让人把他推走，谁劝我我就用粗话骂回去，直到被硬按着打了一针镇静剂。唉，真是……"程睿敏摇头，似在笑，睫毛却在不停地颤动，“后来我还是设法通知了那个女孩，我不能忍受自己的兄弟让人误解。严谨一直怪我辜负了他的苦心，至今我都不知道是否做了一件错事。”

谭斌抬起头，认真想了想说：“跟对错没关系。你不告诉她，她可能会逼着自己遗忘，但她心里不会忘记受过的伤害，留下的只有对男人的怨恨。你告诉了她，过去的那个人，她可能铭记一生也可能渐渐淡忘，但她会一直记着曾经有人如此爱过她。她度过的，会是两种完全不同的人生。”

这样的陈词滥调，却让程睿敏愣住，他从来没有往这个方向考虑过。谭斌的话，让他背负多年的愧疚霎时分崩离析。他握起谭斌的手，低下头，在她手背上轻轻亲了一下：“谢谢！”

他的嘴唇柔软，带着略微凉意。谭斌一动不动，留恋地感受着那温软的触感。然后她轻轻说：“该说谢谢的，是我。”是他让她明白，比起人生真正无可挽回的伤心事，比如被迫面对死亡，她所谓的伤痛不过是自寻烦恼。

当他放开她的手的时候，两个人的眼中都似有泪光在闪烁，但是，他们都以为那是自己的错觉。

程睿敏离开，谭斌送他到门口，用了很大力气才做出微笑的表情：“别开车了，叫个代驾吧。”

程睿敏笑笑：“好。”

谭斌看着电梯门在眼前合上，运行声越来越远。她站了很久，直到听见电梯里传来杳不可闻的咔嗒一声轻响，这是电梯到达底层时开门的声音，她才慢慢走进自己的家门。

在浴室里脱掉上衣，镜子里映出背上的瘀青。谭斌闭上酸涩的双眼，心里酸甜苦辣搅成一团，不知道是什么滋味，也不知道接下来该怎么做。可是她总得面对，她自己的问题还得自己解决。

Chapter11

决定命运的，

不是你面临的机会，而是你做出的选择。

{01}

当晚谭斌没有回沈培的住处，在自己家睡了一夜。

但她睡得并不安稳，屡次惊醒，牙关紧张得酸痛。自从甘南回来，沈培身边24小时都没有离过人。虽然她还生着沈培的气，但还是惦记他夜里一个人千万别出什么意外。好不容易熬到天亮，她胡乱地洗了个头，来不及吹干，披着湿淋淋的头发就出门了。

早晨的空气尤其清冷，充满秋季寒凉的气息，风吹得人头皮发紧。她站在路边，拦住一辆过路的出租车。

“您上哪儿？”司机问。

谭斌看看表，离上班时间还早，犹豫片刻，还是报上沈培的地址。

开门进去，客厅里没有人，却亮着灯，地板上到处都是亮晶晶的碎片，从喝水的杯子、玻璃花瓶，到液晶电视，全被砸得一塌糊涂。窗扇朝外大敞着，窗帘被风高高撩起。

谭斌的心一下子提到嗓子眼儿，四下没有看到沈培，声音都抖了，喊道：“沈培？”

没有人回答她，却听见“汪汪”两声，小蝴蝶从沙发上跳下朝她冲过来，它跑得太急，不小心一头撞在椅子腿上，当即栽了个跟头。

谭斌赶紧俯身抱起它，揉着它的胖头表示安慰。小蝴蝶扭头朝着沙发的方向，不停地汪汪叫。

谭斌走过去，发现沈培正仰面躺在沙发上，脸上压着一个垫子。她这才松口气，俯身拍拍他说：“怎么睡在这儿？起来，床上睡去，要着凉了。”

沈培一把打掉她的手，转过身面朝沙发背。原来他并没有睡着。

谭斌只好进卧室取床被子，正要盖在他身上，目光却突然定住了。沈培身上的衣服居然换掉了！

在医院时，谭斌曾趁着他注射了镇静剂睡着的工夫，给他换过一套干净睡衣。出院后大半个月，他就一直穿着没有脱过。

如今这件贴身白T恤和布满洞眼的牛仔裤刺目而熟悉，它们是沈培远赴甘南的前夜穿过的那一身。因为湿了水留在谭斌那里，并未带走。她收拾自己东西的时候，一起带了过来。

谭斌直起腰，愣愣地看着他，耳边轰轰作响。上次沈培剧烈的反应还历历在目，她不知道他一个人怎么脱换的衣服。

她想移开垫子，沈培却紧紧地攥住她的衣袖：“谭斌，我们还能回去吗？”

谭斌的手僵住，听着垫子下传来沈培恍惚的声音：“我做梦，梦见我从来没有去过甘南，那些都是噩梦，我还是原来的我……”

她心中大恸，用力扯开垫子说：“小培……”

沈培半睁着眼睛，视线毫无焦点，细看他的瞳孔放大，依然是吸食过大麻的症状。谭斌一颗热切的心又重新变得冰凉，双腿一软坐在地毯上，怔怔地落下泪来。

直到大门处传来钥匙转动的声音，她迅速抹去眼泪跳起来，该是王姨来接班的时间了。

但是大门一开，走进来的不仅有王姨，还有沈培的母亲。

两人傻站在门口，都被室内满地狼藉的惨状吓呆了。

面对沈母的盘问，谭斌没有提起昨晚被沈培推倒跌伤的事，只说两人拌嘴了，她一气之下回了家，但没想到沈培在她走后发了这么大脾气。

沈母当然不会相信谭斌的话。她让王姨扶沈培去卧室休息，然后对谭斌说：“上回我怎么跟你说的？你太不像话了！你坐下，我有话跟你说。”

谭斌虽然觉得自己昨晚不顾后果贸然离开的举动，确实有欠周全，但沈母命令的口气让她十分不爽，再加上被伤到的背部还在隐隐作痛，情不自禁就起了逆反心理。她将双手插进裤兜，面色冷冷地回答：“我马上就要上班了，您有什么话，我站着聆听是一样的。”

她没能掩饰住她语气中的不善，沈母当然察觉得到，当即冷笑一声说：“我能有什么话说呢？谭小姐是女强人，我们谁也不敢耽误您的前程。不过谭小姐，你要是对培培不耐烦了，你一定告诉我，久病床前无孝子，何况女朋友？我特别理解。不过愿意照顾培培的人呢，也有很多，您不用担心后继无人。”

谭斌被这番刻薄话气得肺都快炸了，可是她咬牙忍住了，硬是挤出一个微笑说：“阿姨，昨晚是我做得不好，我道歉。但我认为这会儿我们两个不适合谈任何问题，等您平静下来了，要是您不介意，我愿意陪您当着沈培的面把刚才的话题再讨论一遍。”

话一说完，她没管沈母什么反应，直接拉开门走了。

{02}

前往公司的路上被各种烦恼困惑苦苦纠缠，但一踏进写字楼的大堂，谭斌立刻强迫自己把一切抛开。

走进办公室，她迎头就碰上了周杨。

“Young，早。”谭斌若无其事地打招呼，脸上看不出一点儿真实情绪的端倪。

从昨天到今天，她断断续续想了很久，该怎么处置这个不安分的下属——想让他离开自己的团队轻而易举，周杨平日在财务上的漏洞太多，他交给谭斌签字的报销票据，有些仔细一看就有问题。可是谭斌本着水至清则无鱼的原则，只要不是太过分，一般都睁只眼闭只眼放过去了。

但此刻距离年底只剩下不到三个月的时间，和乔利维的交锋正在白热化阶段，此刻无论用什么方式把周杨挤对走，都不是一件好事，恰恰是授人以柄，暗示她作为一个团队领导的失败。

况且三季度的销售目标，最终拍板的是刘秉康。她因为这个和下属计较，等于直接打刘秉康的脸。最重要的是，北京地区的销售现在找不到合适的人能够代替他。

最终的决定，谭斌只能装作什么也不知道，暂时不动他，等找到合适的替补再谋求下一步行动。

可是面对乔利维，谭斌却有很深的挫败感。虽然两人时有矛盾，季度末兵荒马乱的时候，为了北方区售前人员的调配，更是几乎翻脸，但谭斌一直牢记着程睿敏的告诫，尽量避免和他发生正面冲突。

她的后退，并没有换来对方的让步。同为带团队的人，谭斌不得不承认，在收买人心和团队凝聚力这两方面，她的确差得很远。唯一能与之抗衡的是她永不言败的毅力和强大的抗压能力。

打开邮箱，谭斌收到一封刘秉康发给全体销售部门的公开邮件。邮件的开头先总结了三季度的销售情况，对所有人的努力表示感谢。邮件的最后，他特意表扬了两位新晋的代理总监，谭斌和乔利维，升职后第一个季度都圆满地完成了销售任务。

这封充溢着赞扬的邮件却没有让谭斌的心情转好，反而略微有点儿犯堵。刘秉康可没提她管辖下的区域，完成销售的情况是百分之一百二，销售总额占到整个北方区的七成。而大陆三季度额外完成的百分之十七的销售额，至少有百分之八十是她的区域贡献的。

接着再打开刘秉康发给几位销售总监的私密邮件，谭斌有些明白他为什么会在上封邮件里对她和乔利维一视同仁，却对她的努力视而不见了。

刘秉康的邮件里有一个附件，是乔利维每周更新一次的《普达总公司客户关系发展报告》，但这份报告和乔利维每周发给她的相同标题的报告大相径庭。谭斌收到的那份报告里，每位客户名字的后面只有简单标注的发展进程，以及需要的相应支持。但发给刘秉康的这份报告，内容却翔实充分，从客户的教育背景、家庭背景、性格模式，一直分析到普达重组后可能的位置，针对每个客户都有相对应的策略。

刘秉康显然对这份报告赞赏有加，邮件里对乔利维的工作充满了溢美之词。他当然没有提到谭斌，但是他特意将这份邮件抄送谭斌、于晓波和曾志强三位总监，这个举动本身已经表明了他的态度。谭斌读得懂这封一语双关的邮件，从字里行间都能窥探到他对她的不满，而抄送列表中的其他两位总监不过是陪绑而已。

要到这会儿谭斌才完全明白，当初她在上海开会时，乔利维为什么会乘机先挑选管理客户关系这个责任分工，而把投标经理这个角色让给她。

投标经理需要承担投标成功失败的责任，只是一方面。另一方面，是这个职务日常要管理的事情细碎而烦琐，除了最终的应标结果是唯一的考量依据，累死也显不出工作量和成绩。

想通了这一点，谭斌站起来，倒了一杯黑咖啡。她没有埋怨任何人的理由，只能责怪自己后知后觉，只能合着咖啡将满腔不愉快一点点儿嚼碎了咽下去。

一切再不如意，她也不能纵容自己的负面情绪过度发酵，必须强迫自己面对，一件事一件事地去解决。这一刻她不知道有多么羡慕沈培，没有责任加身，完全可以不计后果地任意胡为。

中午，谭斌没有约任何同事，独自一个人吃了一顿不辨滋味的午餐。等她回到办公室，发现桌子上放着一份同城快递。

黑色塑料袋里包着两本英文原版的管理书。里面有张便条："买了很久，一直没有机会送你，望笑纳。"

书里还夹着张书签，黑色的签字笔写着一句话："领导不语，沉静而御。"是程睿敏的笔迹，清隽而挺拔，书卷气扑面而来，就像他的人一样。

谭斌深呼吸几次，才把莫名的泪意强压下去。程睿敏似乎掐准了她的脉，一直知道什么时候该做什么事。在她最软弱的时候，只有他才能给她增添几分勇气和自信。

周杨一事虽然暂时搁置，但让一个不忠于自己的人离开团队不过是早晚的事，谭斌必须未雨绸缪，先做好替补的准备。

把公司内部所有具有可能的人选都筛选一遍，谭斌看中了一个相对合适的人，但她此刻只能把这个人放在心中的候选列表里，以等待最合适的时机填补周杨的位置。

做完这件事，谭斌又接着做一件事，将一封为周杨申请Performance Point的邮件发给刘秉康批准。PP是MPL公司内部的一种小额奖金，作为对员工阶段性成绩的鼓励。

将邮件发给刘秉康的同时，谭斌也将这封邮件抄送给了周杨。

没过一会儿，周杨立刻来到她的座位前道谢，显然已收到邮件。他虽然极力掩饰，却藏不住满脸志得意满的表情。

谭斌看着他，笑得轻松灿烂，说：“Young，不用客气，这是你应得的荣誉。”

就是这样，她刻意做尽仁至义尽的姿态，给周杨机会让他充分膨胀。如果他不知道收敛，继续张狂下去，总会有人看不过去替天行道，可能到时候根本轮不到她出手。就算她需要被迫亲自下手，留给旁人的印象也是他咎由自取。

快下班时，谭斌和乔利维被刘秉康叫到19层的办公室，讨论即将到来的普达集采。听着两人的汇报，刘秉康的脸色逐渐沉重。

目前的消息，招标小组中，梁副总还是名义上的组长，是最终拍板决定的角色，但他年底退休已成定局，田军说话的分量显然在一天天加重。

提到和田军的关系，谭斌说：“田军允许她的女儿每周和我视频通话一次，一两周见次面。这些日子和他的沟通比以前顺畅很多，看得出来，他对MPL以前的偏见在逐渐扭转。但是这个人城府太深，试探多次，根本触不到他的底线。坦白地说，对他我没有太大的把握，只希望他能保持公正。”

“很不够，很不够，”刘秉康摇头，“我要求你们知己知彼，你们做到了多少？有谁知道你们的竞争对手在做什么？”

一时间没有人说话。

谭斌和乔利维面面相觑，彼此都从对方的眼睛里读到无奈的苦笑。他们何尝不知道竞争对手正在做什么，但有些话有些真相却不适合由他们两个直接揭露。

同为跨国公司的FSK，除了余永麟，另有五六个VP级别的人直接对集采负责，而这些VP，其实大部分都是普达高层的亲戚或者儿女，平日只拿薪水不做事，只等着这种特殊时刻方显出作用。但MPL却从未有过如此投资，而且刘秉康身为执行董事长，日常工作千头万绪，本来就分不出太多的时间，这段日子更是频频去总部出差，很少能在办公室看到他的人，更别提和客户高层的交流。

客户的心理很微妙，设备供应商一个总监职位，在普达集团总部，交往对象最高就到部门经理。甭说谭斌和乔利维两个代理总监了，就算于晓波和曾志强两个资深总监，也只能照顾到部门经理这个级别了。更高层的客户，需要职位更高更匹配的人去照应，否则对方很可能会感觉受到轻视。MPL如今对客户高层的关系，显然是个重大欠缺。

但这种话，既不适合当众说出来，私下里也只能点到为止，不可如此直白。谭斌心里就算腹诽无数次，也不能当着乔利维的面对顶头上司毫无顾忌地畅所欲言，指责他的不是。但想起上次见面时余永麟那个耐人寻味的微笑，她心中不安的阴影在渐渐扩大。

{03}

手头的事告一段落，大脑暂时从工作中抽离，谭斌又想起那些令人烦恼的问题，想起早上那场未完的谈话。她不想回家面对沈母，无奈之下拨个电话给沈培，接电话的却是王姨。

“培培啊，正在画室呢……培培妈妈？培培和他妈妈发脾气了，培培妈妈生气回家了，说你们爱怎么样就怎么样吧，她不管了。”

王姨在电话里如是说，话里话外也充斥着对她的不满，她只能当作没听见。

回到沈培的住处，屋里的垃圾和碎片已被清理干净，沈培正坐在沙发上等她。

谭斌瞟了一眼没理他，直接进卧室换衣服。沈培跟进来，看着她脱衣穿衣，好半天才嗫嚅道：“斌斌，对不起！”

谭斌对昨晚那一掌的怒气仍未完全消解，扔下衣服瞪着他说：“对不起？那我现在扇你一耳光再说对不起行吗？”

沈培坐在床边，低着头说：“我没想打你，我不是故意的。”

谭斌垂下眼睛，就看到他头顶的那个伤疤。在甘南没有医疗条件，受伤后没有及时妥善处理，那个伤口愈合得并不好。有一处一元硬币大小的头皮上至今没有长出头发，而且看起来永远也不会再长出头发了。看到这处伤口，谭斌的心一下子就软了，她轻轻地搂着沈培，让他的脑袋靠在自己的胸前。

“小培，”她揉乱了他柔顺的头发，“算我求求你了，别再碰那些麻醉品了好吗？有什么事我们一起面对，总能过去的。”

沈培没有说话，只是把脸深深埋进她的胸口，好久，她才听见一个瓮声瓮气的回答："好。"

晚上照例是沈培的创作时间，他关上门进入自己的世界。谭斌也早早上了床，靠在床头看书。

不知什么时候，窗外开始下雨了，簌簌有声，细密的雨珠挂在玻璃窗上，被室内的灯光映得闪闪发亮。

谭斌在窗前站了一会儿，东三环的车流依然熙熙攘攘，街灯与汽车尾灯透出的光线漂浮在水雾之中，雨中的世界变得妖娆而迷离，这极易让人精神恍惚的美景令她想起一个人，也想起一些事。

谭斌点开文晓慧的微信窗口，把最近的遭遇和盘托出。

文晓慧问她："他吸引你？"

谭斌说："是，不能抗拒，磁石一样。"

"致命的诱惑？"

"对，如果不是因为沈培，我甚至不介意飞蛾扑火。"

文晓慧沉默了。

谭斌等了很长时间，没有看到回复，叹了口气，正打算关掉手机屏，一句话突然跳了出来。

"我一直觉得沈培的性格太软弱，总有一天会拖累你。但是程睿敏给我的印象，云山雾罩更不靠谱，你若是控制不住他，将来受到伤害的还是你。"

"我胡说八道惯了，你别介意。可这事，你要自己拿主意。别人告诉我一句话，送给你。"

"什么话？"

"决定命运的，不是你面临的机会，而是你做出的选择。"

谭斌盯着屏幕半天没有回复。

文晓慧再发过来一句："你要问问自己，你到底想要什么样的生活（我知道全都是废话）。"

这个问题，正是谭斌反复拷问自己的，她回道："我明白，可回头看，总有些难以割舍的瞬间阻止我往下想更多，我并不想否定过去，沈培他也没有做错任何事。事实上，我不知道到底谁错了，想来想去，好像只有我错了。"

"我只问你，假如沈培恢复了，你还能像以前一样对他吗？你们还能回去吗？"

谭斌感觉烦躁地说道："我不知道，不想回答。"

"看，你的态度已经说明一切。咱们不说幸福，幸福是一个太奢侈的词。你只要闭上眼睛问问自己的心，谁能让你更快乐？再啰唆一句，你不为自己打算，没有人会为你打算。”

带着这句话，谭斌皱着眉头睡了。文晓慧说的都很有道理，可惜感情的事永远千头万绪，永远不会是一加一那么简单。

那天的工作日志里，谭斌写下这样一句话：

终于明白自己最大的弱点在哪里，就是承受的能力永远大于改变的勇气。

{04}

普达的标书马上就要下来，谭斌想等集采告一段落再集中精力将暂时延后的几个问题一并解决，不管是公事还是私事，她都希望能处理得妥善周全，不留任何后患。

然而，世间不如意事总是十之八九，就在这个时候，一颗意想不到的炸弹爆炸了。

上班的路上，谭斌的手机就开始不停地响。她瞥一眼屏幕，见是周杨的来电，便挂断了，因为距离公司只剩下十分钟的车程。

但是电话一直响，她只好戴上耳机。这个时间的电话通常都不会有好消息。

“Cherie，出事了！”周杨的声音果然失去了一贯的张扬。

售前售后共四个部门济济一堂，这种机会并不多见，而且与会的每一个人都面沉如水。

起因其实很简单。

北京的一家企业客户，头天晚上进行业务升级，测试过程中出现了不明故障。

工程师欲切换回升级前的状态，却发现备份数据包无法恢复。

惊慌的工程师向MPL维护中心求助，位于欧洲总部的生产线支持很快远端介入，二十分钟后却退出了，理由是发现了非法的非商用软件，拒绝支持。

追查半个月前的记录，的确有人安装了一个没有任何产品代码的试用版软件，用的是MPL自己的通用密码。

半夜被叫到现场的技术经理和生产线试图协商，先恢复客户设备，再追查非法软件来源，结果生产线不予理睬。震怒之下，他写了一封邮件，发到生产线总经理的邮箱里，强烈谴责这种置客户利益于不顾的行为。

没想到生产线的态度更加强硬，回复中明确指出，商用设备私自安装试用版软件，违反公司政策在先，已经严重伤害到公司的利益，应对责任人严惩不贷。这封邮件的抄送名单里，不但囊括了各大区经理，甚至出现了全球副总裁的名字。

两个部门的扯皮并没有给解决问题带来任何帮助，反而耽误了时间。当地工程师几经努力，依然无法找到故障原因。

到了上班时间，设备仍未恢复。纸包不住火，客户的老总得知原委，火冒三丈，大骂MPL江湖骗子，一封措辞严厉的抱怨信立刻传真到了刘秉康和李海洋的办公室。

火烧到谭斌身边的时候，事态已扩大到无法收拾。

听到如此荒唐的细节，她气得手直哆嗦。苦心经营多年才建立起的客户信任就在这些莫名其妙的行为面前顷刻坍塌。如今又处在普达集采的敏感时段，等于自动给其他厂家提供攻击MPL的工具。

局势已经坏到底了，谭斌反而变得冷静，当即制止售后服务部门和技术部门的相互指责，指出当务之急的两件事。

对外，通过高层说服生产线提供支持，尽快恢复设备正常运行，并尽力安抚客户，把影响降到最低，其他细节容后再谈。

对内，马上找到试用软件的安装人，立刻澄清真相。

上午10点，远在欧洲的生产线总经理从睡梦中被唤醒，参加中国区的紧急电话会议。

12点，生产线的技术专家终于远程接入客户设备。

谭斌则在客户处赔着笑周旋了一天，精疲力竭，所幸事态没有继续恶化。

愤怒的客户发泄完毕，开始正视现实，考虑如何收拾残局及追究责任。他们要求MPL提供关于试用版软件的解释。这个要求并不过分，但是真正的事实让所有人都掉了眼镜。

技术部门根据现场记录，很快找到执行安装的工程师和项目经理。那个工程师吓得不轻，说话都有点儿磕巴。项目经理还算镇定，出示了一封半个月前的邮件。

这封信一经投影仪切换到大屏幕上，谭斌感觉像挨了一闷棍。

极长的一封邮件，经过无数人的回复和转发。她已无法集中精力去追寻前因后果，只看到最上面一句话：经确认，生产线二十天后才能正式发货，可以先安装试用版软件作为过渡。

发信人居然是方芳。收信人一栏中，只有项目经理的名字。

会议室中的人陆陆续续退出去，谭斌脸色铁青，闷头坐了很久，才把方芳叫进会议室。她忍住怒气发问：“你在做什么你知道吗？你不明白这是什么性质的问题？”

方芳脸涨得通红，急着辩白道：“不是我的意思。”

“那是谁的意思？”

“是Young交代我这么做的。”

方芳说，一个半月前签合同，销售部门与物流部门的沟通出现失误，生产线真正的发货时间比合同中白纸黑字9月26日的承诺晚了20天。

其中牵扯到几个新功能，客户原计划国庆长假前投入使用，到货的延迟完全影响了他们的业务，于是威胁要按照合同条款索取赔偿。顶不住压力的项目经理，只好把压力转嫁回销售团队。

方芳去问周杨怎么办，正被销售指标逼得焦头烂额的周杨，冲着方芳嚷嚷："这些做技术的，怎么一个个跟缺心眼儿一样？不就差了20天吗？跟他们说，随便找个试用版先装上，货到了一升级，一了百了，谁会知道？"于是她照着周杨的意思发了邮件。

谭斌听得直摇头，心想这帮人全然不知利害关系，一个个都是心存侥幸，出了问题只想瞒天过海，以至于一错再错，最后捅出了大娄子。

她逼问方芳道："如果你说的是真的，为什么不把Young的名字附上？"

方芳慢慢低下头："当时太忙了，我没想那么多，只想把事赶紧了结。"

谭斌支起额头看着她，一时不知道说什么好。这个傻方芳，枉她带了她那么久，至今还没有任何自我保护的意识。

再叫进周杨，他则矢口否认，气急败坏地说道："我从来没有说过那种话，她肯定理解错了。公司的行为准则，我怎么会忘记？"

方芳看着他，眼泪开始在眼眶里打转："Young，你说话要摸着良心。"

"不用你提醒，我的良心好好在胸口待着。倒是你，出了事就乱咬，我不得不怀疑你的人品。"

"你……你……"方芳气得浑身发抖，"你……你不要脸！"

周杨抱起手臂冷笑："嗬，这就骂上了，要不要问候我姥姥、我大爷？"

"行了，都别说了！"谭斌喝住两人，"方芳，你先回去。Young，我希望你冷静以后再说话。"

方芳用力地摔上门走了。

"Cherie，我……"周杨试图说点儿什么。

"你去现场看着吧，稳定一下军心，有进展给我消息。"谭斌疲惫至极，甚至有点儿厌恶，不想和他多话。

凌晨4点，现场终于传来消息，故障排除，设备恢复正常。

谭斌没有睡，待在客厅处理邮件。接完电话才松口气，服了一颗安眠药，躺到客卧的床上。她得强迫自己休息几个小时，明天要面对的更加艰难。公司与客户都需要她去善后，并且此事闹得全球副总裁都知道了，始作俑者亦需要处理。

这么大一轮风波过去，总要给各方一个交代，总要有人承担责任。

{05}

上午10点，谭斌坐在刘秉康的办公室里，心情异常低落。

“你要记住这个教训，Cherie，管理团队，尤其是销售团队，是非常具有挑战的一件事，松则失察，紧则失衡。”

刘秉康站在窗前，背对着谭斌，看不到他的面部表情，他的声音显得很平静。

“我很抱歉。也许是我给他们的压力太大了，才造成今天的局面。”谭斌一脸无地自容的羞愧。她不清楚这件事究竟给刘秉康带来多大的困扰。此时她宁可他大发一顿脾气，也比现在的状况让人安心。老板若平静和沉默，通常都不是什么好事。

“不全是你的错，Ray一离开，我就该给你们找个销售总经理来。年轻啊，到底都太年轻了。”

谭斌没有说话，她不想为自己辩解，也不想过多解释事情的来龙去脉，只能由着刘秉康发泄他的不满。

至于新的销售总经理，刘秉康物色好的人选，却在上任前夕风闻MPL中国正在进行中的权力僵持，被吓退了。他话中透出的无能为力的伤感让谭斌不由得不猜测，他是否在为程睿敏的离开感到后悔?

刘秉康最后问：“你打算怎么做改善？”

“北京的业务越来越大，Young一个人负责整个地区过于吃力，才会出现这种顾此失彼的事故。所以我想申请增加一个销售经理的岗位。”

谭斌想了一晚上，才决定提出这个要求。北京地区是她手里一只生蛋的金鸡，是她安身立命的根本，她不能再冒险，把最重要的地区继续交在一个她并不信任的人手里。这件事虽然对她不利，但也给了她一个机会，可以把周杨从北京的业务中逐渐剥离出去。

刘秉康看着她说：“你做销售经理的时候，也是一个人负责整个地区，并没有任何纰漏。”

“是的。”谭斌低声说了部分实话，“但是人各有所长，只能怪我当初安排Young负责北京地区是犯了一个错误。Young的能力和性格，更适合业务开拓阶段的项目，所以我想把北京地区所有的新项目都交给他，让他去专心挖掘潜在的客户和销售额。”

刘秉康一听就明白她的意思。所谓的新项目，其实就是指暂时没有可能签合同的项目，谭斌这个安排基本上等于将周杨放逐了。但是下属团队内部的事，只要不影响大局，他也不想插手去管。

想了想，他问谭斌说：“销售经理如今是一个萝卜一个坑，并没有多余的人员预算，就算我批准了，你又从哪儿找合适的人？”

“有一个人选。”谭斌说。

“谁？”

“普达总部的客户经理王奕，Yvonne。”

“Yvonne？”刘秉康沉吟片刻，然后点点头，“可她愿意吗？”

“只要您同意，我会找她谈。”

谭斌有把握让王奕同意。自从普达开始集采，王奕的位置就被架空了，她已经很久无事可做。能进入北方区销售团队，负责北京地区的销售，对她应该是一个惊喜。谭斌不存让她感激涕零的奢望，只望她能因此保持一份公正的工作态度。

如果是在以前，谭斌不会考虑王奕。因为她一直觉得多数女性普遍缺乏大局观，过于专注细节，依赖性强，处事优柔寡断，对突发事件不能做出快速反应，从而直接影响到工作效率和成果。真正带了团队之后，谭斌才开始逐渐修正自己的观念。女性的创新和逻辑思维是有所欠缺，但胜在做事认真本分，韧性好，逆境中更容易表现出坚强，平时稍微多给点儿关怀她们就死心塌地，不离不弃。

所以，她愿意给王奕一次机会。

而方芳，虽然选择完全相信她，但从看到邮件的那一刻起，谭斌就已经预见了结局。公司有明确规定，由于个人工作失误造成公司重大经济损失或恶劣影响的，将立即解除雇用合同。整件事如果必须挑中一个人来做黑羊，那个人只能是方芳。因为她离开，公司所付的代价最小，随时能找到替补她的人。她明知道周杨也需要承担责任，却不能往下深究。这件事已经捅到MPL全球的权力最高层，一个细节照顾不到，就可能殃及九族，从她、周杨、项目经理到工程师，从销售部到物流部和售后服务部，这条线上所有的责任人一个都跑不掉。

在同意解除方芳劳动合同的通知上签字时，谭斌的手都在颤抖。她知道一旦签下自己的名字，方芳的命运就再也不可逆转。但她没有办法，她也只是个普通人，遇事先求自保，本能地选择对自己伤害最小的处理方案。

周杨自始至终没有为他的下属说过一句求情的话。

方芳进入会议室，一看到谭斌的气色，马上就明白了将有什么事发生。她开始埋头哭，没有声音，只是双肩不停地抖动。

谭斌把纸巾盒放在她的手边，无话可说，只觉任何语言都苍白无力。

方芳哭了很久，终于平静下来。擦干眼泪，她安静地说：“Cherie，你不用再说了，我明白该做什么。”

“我很抱歉。”

“没关系，做错了事就要承受代价，我承受得起这个代价。”

“你放心，我会为你争取最好的补偿。”

方芳抬起头，双眼通红，勉强挤出微笑，令谭斌不忍再看。她说：“Cherie，这两年你教了我很多，谢谢你。你总是让我与人为善，信守双赢，可是你从来没有告诉过我，不是每一个人都是好人！”

谭斌神色黯然。

HR的经理敲门进来，谭斌知道是她该退出去的时候了。她轻轻关上门，离开了会议室。

她也没有告诉过方芳，在大公司做事永远不要把急人所急当美德，按照流程按部就班，保护好自己才是最重要的。

{06}

这天下午，谭斌一直感觉浑身酸痛，在公司医务室用体温计测了测，38摄氏度。这些日子透支得厉害，她早觉得不妥，如今报应终于到来。

她以为是普通流感，想起沈培的身体一直虚弱，恐怕经不起折腾，怕传染给他，赶紧给沈培打了个电话，告诉他要回望京的房子住两天，等感冒好了再回去，让王姨先陪他几天。

沈培大概还在创作状态中徜徉，心不在焉地“嗯”了一声，说：“那你自己小心，多喝点儿水。”

谭斌回到自己家，顾不上理睬满屋的灰尘，胡乱吃了颗退烧药就昏睡过去，醒来冷得全身缩成一团；再测体温，读数一直嘀嘀跳到39.3摄氏度，必须得去医院了。她看看表，已经过了午夜12点。

她挣扎着爬起来换了身运动服，先拨沈培的手机，关机；再拨座机，响了很久，一个惺忪的女声来接：“喂？”

谭斌刚说了一句：“我是谭斌……”那边电话啪的一声挂了。

谭斌握着手机愣住了，方才醒悟接电话的可能是沈母。她收起手机，再也没有打过去。人在病中，耐心尽失，她懒得听人冷言冷语。

文晓慧住在东城，一个女孩子深夜穿越半个城市实在不太安全。可是除了沈培和文晓慧，谭斌找不到其他可以坦然求助的对象。她下地走几步试试，除了腿有点儿软，头脑还算清楚，于是决定自己打车去医院。但烧这么高温度去医院，谭斌不敢保证自己会不会昏死在半路上。

总算顺利到了医院，急诊室里测体温、验血折腾一遍，再拿着处方去交款取药，谭斌终于走不动了，脑子里越来越混沌，心脏疾跳，双腿更像灌了铅一样抬不起来。她靠在墙上微微喘气。

有人从她身边经过，走出去五六步远，又退了回来："哟，是你呀！看急诊？怎么一个人？没有家属陪着？"

谭斌睁开眼睛，看到白大褂的一角，正被过堂风轻轻扬起。

"是发热吗？来，让我看看。"她手中的处方和病历被轻轻抽走。

谭斌抬起头，看到一张似曾相识的脸，但实在想不起来在哪儿见过。

"您是……"

"我也住在××花园，总看见你早上跑步，"那人伸手托住她的手肘，"忘了？汤姆和杰瑞的主人啊……"

汤姆和杰瑞，那两只小金毛犬，谭斌对它们的印象要比它们的主人更深。她勉强笑一笑算作招呼。

"你坐下，处方给我，我替你取去。"

"那就麻烦您，多谢了！"谭斌没有推辞，因为实在坚持不住了。太困太难受，她想找个地方就地躺下睡觉。稀里糊涂地，她感觉邻居在和她说话，然后，他的手落在她的额头上，接着她身子一轻，已被人横着抱了起来。

"输液室还有没有空床？这儿有一个高热病人。"

脊背终于落在实处，说不出的舒服，谭斌情不自禁地放软了身体。

耳边似有人在聊天："高大夫，您朋友？"

"啊，算是吧。"

手背先凉了一下，随后的刺痛让她清醒，她勉强睁开眼睛。

护士调整好点滴的速度，低头叮嘱她："自个儿留意，滴完了按铃叫人。"

谭斌"嗯"一声。

那个邻居，护士口中的高大夫就站在床边，双手插在白大褂的口袋里，若有所思地看着她。

护士说："高大夫，您这么明目张胆地串岗，也不怕被抓了扣奖金？"

高大夫笑笑没有回答。等护士离开，他弯下腰，凑在谭斌眼前说："真是一个人来的？"

谭斌点点头。

"看样子体温一时半会儿下不来，待会儿你怎么回家？要不要给你先生或者家人打个电话？"高大夫替她犯愁。

谭斌也正在考虑这个问题，她摸出手机，准备骚扰文晓慧，手机的屏幕却一片黑暗。

“没电了？”

谭斌无力地闭上眼睛，勉强动动下巴。

“告诉我号码，我去值班室帮你打。”

号码？谭斌不由得皱起眉头。平日的记忆都已经交给手机和电脑了，冷不丁被问起，大脑竟一片空白。她眼前的灯光越来越暗，意识也越来越模糊，但是在脑海深处，她仍有些许知觉。过去的一幕，反复在眼前重现。

他说：“这上面有我的手机号，你哪天没有饭局，想找人吃饭，随时call我。这算不算诚意？”

这个号码，并不在手机里。谭斌刻意地没有输入手机，只为了每次一个个按下那些数字，内心下意识地期待和悸动。彻底陷入昏睡前，她能记起的只有这个号码。

Chapter12

无论是职场还是感情，
要替别人着想，但为自己活着。

{01}

不知过了多久，谭斌睁开眼，眼前是一片陌生的天花板。她转头，看到整幅黑底白花的窗帘已拉开一半，阳光正透过薄纱帘摇曳不定地落在地板上。

一个人坐在床边的椅子上，手挡着脸，似在打盹，身上的衣服皱成一团。他的五官虽然看不到，但他的下巴却是谭斌熟悉的。下巴中间有一道浅浅的沟，亚洲人里少有的“美人沟”。

她试着叫了一声：“程睿敏？”

他没有任何反应。她把手放在他的大腿上，他像被烧热的熨斗烫了，浑身一震，放下手臂。果然是程睿敏。

谭斌看到他下巴上隐隐的青色须根和微陷下去的双眼，想来他被她折腾了一夜。

“怎么啦？”他凑上前。

“对不起，我想喝水。”她的声音有点儿哽咽。

喝完水再躺回去，谭斌感觉三魂六魄一一归位，眼珠转来转去打量着房间的陈设。

罕见的黑白两色装饰，因房间开阔，并不觉诡异，反而相当别致。床头贴着整幅壁纸，图案是水墨中国画，一片纠缠不清的烟墨藤蔓顺着墙壁垂挂而下。

谭斌仰起脸问：“这是什么花？”

“紫藤。”程睿敏坐在对面看着她，嘴角有含意不明的微笑。

“很美。”

“谢谢！”

谭斌终于绕回到她真正想说的话题："真的对不起，昨晚上我烧糊涂了，不是故意要骚扰你。"

"这么说太见外了吧？"程睿敏的声音低而温和，"就是昨天接到电话，我以为碰上骗子，不过听到你的名字还是赶过来，看到你把我吓坏了。唉，烧到快40摄氏度，一个人来医院，你说你傻不傻啊？"

谭斌轻轻地叹口气说："为什么总在我倒霉的时候遇到你？"

"是啊，我也纳闷，想了一夜，"程睿敏轻笑，"不过是欠你一杯咖啡，怎么会有这么高的利息？我发觉整个就是一桩赔本的生意，我一直在还债。"

谭斌望着他说："投资有风险，入市需谨慎。你早该知道。"

"太晚了，"程睿敏十分自然地拨开她脸前的碎发，试试她额头的温度，然后说，"已经被深度套牢，就算现在割肉离市，投下去的也收不回来了。"他说得极其含蓄。

谭斌移开目光，但内心一片澄明。

一只蝴蝶在巴西轻拍翅膀，可以导致一个月后得克萨斯州的一场龙卷风。自一杯十六盎司的咖啡开始，走到今天，也不是谭斌当初能料想到的。

虽然日常工作的一部分就是预测三五年后的销售目标，但她并没有能力预测人心的走向。程睿敏已经为她做了那么多，有些话，根本不用说得太明白，双方内心都已像明镜一样。可是这层窗户纸一直就这么维持着，谁也不愿捅破。

谁先暴露自己的底线，谁先输。这是商业谈判的天规，感情也一样。

沉默中门被敲响，一位40多岁的中年妇女送进来两碗白粥和几个小菜。

谭斌见过她，那个大嗓门的钟点工，于是冲她笑笑。

她依然声音洪亮地说："饿了吧？小程说今天只能白粥就咸菜，你凑合着先吃，等明天大姐再给你炒几个菜。"

谭斌夹着体温计，不方便伸手，只朝床边柜侧侧脸说："谢谢你，一会儿我自己来。"

待她出去，谭斌想起一件事，一下弹坐起来，说道："糟了糟了，我的手机呢？一直关着机，可别耽误事。"

程睿敏无奈地看着她说道："今天周六。"

"哦，对，周六，我都过糊涂了。"

程睿敏靠在椅子上，看着她似乎想说什么。

谭斌等着他开口。

他却低头笑笑，一绺头发滑下来，遮住额角。

谭斌斜睨着他说："吞吞吐吐的，不说拉倒。"

“没什么，”程睿敏只是笑，“我挺佩服你，生命力真够强悍，都烧成这模样了还活蹦乱跳的。行，自个儿把粥吃了吧，我出去打几个电话，你要是觉得无聊，让李姐给你找几本书。”

李姐进来送水，顺便带了一摞杂志。谭斌翻一翻，都是《商业周刊》《财富》之类的，看着就累，她扔到一边。

李姐一边抹着家具上的浮尘，一边和她有一搭没一搭地聊天。

“姑娘，你是小程的女朋友吧？”

“啊？”谭斌一愣，赶紧否认，“不是不是，只是朋友。”

李姐回头看她一眼，那意思明显是不相信。谭斌不愿多解释，随手拿起一本杂志，假装专心地读起来。

李姐却接着说：“朋友也好，女朋友也好，你最好劝劝小程，年轻的时候别不把身体当回事，可劲儿糟蹋。等上了年纪，什么毛病都出来了，那时候后悔也晚了。”

谭斌笑笑说：“大姐，你觉得他是那种……那种能听得进别人劝的人吗？”

李姐叹口气说：“唉，他身边也没个人照顾，你瞅瞅，昨晚肯定一宿没睡，刚吃点儿东西全吐了，说头晕得厉害，才躺下。”

谭斌忽然想起余永麟曾提过，程睿敏前不久才住过院，立刻坐起来就要下床，问道：“他在哪儿呢？”

李姐上前按住她说：“他就在隔壁书房，他没事，你让他踏实睡一觉比什么都好。”

李姐离开之后，屋子里变得非常安静，静得谭斌能听到自己血液回流的声音。谭斌担心程睿敏，又不方便打扰他，心里七上八下，一直像有一只小手在抓挠。不知什么时候她又迷迷糊糊地睡过去，然后被隐约的手机铃声惊醒。

地板上的阳光换了一个角度，估计已是下午1点左右。

隔壁有人接电话，隔着走廊听不太清楚，但确实是程睿敏的声音。谭斌竖起耳朵听着，实在躺不住了，翻身爬起来。脚底下依然发飘，她扶着墙慢慢走出去。

书房的门没有关严，程睿敏的声音清清楚楚地传出来，难得能听到他提高声音说话，说的是英语，大致意思是：“我当然明白，可是抱歉，我不得不提醒您，这是在中国，有它特殊的市场规则，我们现在面临的首先是生存问题，然后才是发展……”

事涉业务私密，谭斌发觉不妥，立刻无声地退回来。她躲进卧室的洗手间，撩起温水洗了把脸。

想找点儿护肤品，她寻觅半天，没有发现任何女性遗留的痕迹。洗手间里也是黑白两色的主调，看上去像家居杂志中的样板间。洗脸台上只摆着简单的几样东西，洁面皂、须后水和两瓶男用护肤品。

最后她只好挤出一点儿男用的护肤品拍在脸上。头发梳直了扎在脑后，重现几分清爽，她拉开门出去。别墅内已经恢复了安静，谭斌走到隔壁，从半开的门缝向里望去。

这是一间宽大的书房，四壁皆是通顶的书柜，只有房间正中摆着一组美式沙发。

程睿敏正躺在沙发上，一只手按在额头上，另一只手软软地垂落在沙发下，像是睡熟了。他的脸上依然残留着隐隐的愠色，手机远远地扔在地毯上。

谭斌怔怔地看一会儿，蹑手蹑脚走进去，拾起手机放在一边。

轻微的响动还是惊醒了程睿敏，他睁开眼睛想坐起来，谭斌按住他说："别动。"

程睿敏暂时也动不了，一抬头眼前就金星乱冒。她蹲下来，凝视着他英俊的面孔良久，伸手抚过他浓密的眉毛，停留在他的眉峰处。那里有浅浅的两条纵纹，似乎凝结着无数的烦恼与忧虑，令人有伸手抚平它的冲动。

"睿敏，你需要一个长假。弦绷得太紧，早晚会断的。你这个老板做得太累，应该让你的下属物尽其用、人尽其责，不是榨干你自己。"

程睿敏侧过头，并没有说话，只是抬起手臂，握住她的手，再缓缓地将她的手拉下来，放在自己心口的位置。

他的心脏贴着她的手心，一下接一下，规律地跳动。书房内如此安静，能听得到老式钟表的嘀答声，还有两人的呼吸声。谭斌更感觉到自己的心跳，擂鼓一样，越来越快。

"谭斌。"

"嗯。"

"假如……假如你有重新选择的机会，能不能……把这个机会留给我？"

经过上回那一幕，再糊涂的人也该明白，谭斌和男友的关系出了问题。

谭斌望着他。每次离开，她都会这样留恋地看着他，因为她不知道下一次是否还会给自己理由再见到他。屋子里这么静这么暗，除了程睿敏的目光，她什么也没有看见。他的眼睛近在咫尺，黑而深，像一潭沉静的湖水，让她情不自禁地深深沉溺进去。

终于，她慢慢将自己的手从他的手中一点点儿抽出来，声音干涩地说："对不起，我现在什么都不能说。"

程睿敏久久地凝视着她，最后说："我明白。"

送谭斌回家的路上，两人都当作刚才什么也没有发生过，竭力维持彼此间轻松的气氛，谭斌告诉他昨天发生的事。

“就因为这事受到打击了？”程睿敏说，“你经的事实在太少了，多经历几回就适应了。”

谭斌一哼道：“你一点儿同情心都没有。”

程睿敏微笑：“我记得有一个人，刚升职的时候，对两权分立这种事简直是深恶痛绝，如今她自己也学会了。”

“那时候比较天真。”谭斌脸红了，“我原来总是认为，疑人不用，用人不疑，可现实总是无厘头的，完全不按剧本演出。事故发生后我想来想去，既然无法完全信任，自己又没有精力天天盯着，唯一的方式就是学习Kenny的做法，让他们自己制约自己。还能有比这个更好的办法吗？”

“这也只能算是个权宜之计，给你争取点儿时间培养自己的人。不过很遗憾，这种方式牺牲的往往是公司利益最大化。”

“凡事总要有代价。我现在终于明白，什么是明知不可为而为之。”

“是的，只有做到相应的位置，才知道其中的难处。”程睿敏言辞间有太多的感慨。就像现在他才能真正理解，作为一个分公司的决策人，在总部和中国区之间小心周旋，利益相悖，如履薄冰有多么艰难。如果时光在此刻倒流，他重回MPL，也许能用更温和的方式，在公司法规和市场潜规则的矛盾之间设法找到一个平衡点。那么他和刘秉康的关系，也不会走到最终两败俱伤的境地。

再提到方芳，谭斌的神色便有些黯然，说：“如果我不计后果极力坚持，也许能将她留下来，换个部门转个岗，不至于离开公司。可我退缩了，我觉得为此付出的代价和我将来可能收回的利益并不相等。”

程睿敏趁着等红灯的间隙拍拍她的肩说：“利害当头，这是正常的人性、正常的选择，你不必过分责怪自己。方芳如果没有更好的去处，让她投份简历到网上，我那儿还在招市场助理。”

谭斌挺意外地说：“我没这个意思，没想让你为难。”

程睿敏微笑着说：“我还不至于公私不分，不然早就不择手段把你骗过来了。”

谭斌横他一眼，心说上次在塘沽，您出示的那offer又是怎么一回事？

程睿敏只是专心开车，脸上并无异样的表情，说：“说起来很矛盾，栽过跟头的人，再爬起来对自己的评价会比较客观，不会眼高手低。可是我特别不希望你遭遇这些，人被迫面对真实的自己是件很残忍的事，我喜欢看你意气风发、趾高气扬的样子。”

谭斌扬起眉毛说道：“我一直都很低调，什么时候趾高气扬过？”

“看，说着说着自己就暴露了。别人眼里的你和你心里的自己，总是有差距的。”

“嘿。”谭斌被堵得说不出话。从一开始他就喜欢教育她，每次都让她半边脸像发烧一样红，许久不退。

到了目的地，谭斌解开安全带说：“我回去了，你也别让人担心，回家好好休息。”

程睿敏熄了火说：“我送你上去。”

“不用，我没事。”

他不由分说地下了车，替谭斌打开车门，接过她的手袋和一包药，转身就进了电梯。谭斌只好跟进去。

她烧未全退，依旧感觉全身无力，便倚靠在电梯壁上。程睿敏看她一眼，伸手搂住她的肩膀，让她靠在自己身上。谭斌扭了一下没有挣脱，也就随他搂着。

控制板上的数字随着电梯的上升一路变换，到达谭斌的楼层，叮一声电梯门滑开。

门一开，谭斌一下愣在当地。

沈培就坐在她的门口，面色憔悴不堪，眼神直直地看着他俩，一脸难以置信的表情。

三人中最先反应过来的是程睿敏，他搭在谭斌肩上的手迅速地落下来，然后不动声色地向沈培点点头：“您好。”

沈培站起来，惊异地打量着他。眼前的男人身材颀长，容色出众，站在谭斌身边，两人同样知性的气质相得益彰，如一对璧人。

沈培的眼神顷刻间充满了不自觉的敌意，但平日的修养还是让他露出勉强的笑容，说道：“幸会。”

两个男人都若无其事，只有谭斌感觉尴尬，恨不能找个地缝钻进去。她问沈培：“你怎么会在这儿？”

沈培从程睿敏身上收回注意力，上前拉起她的手说：“斌斌，你昨晚去哪儿了？我找了你一晚上。”

他的手心里全是冷汗。面对他的焦灼和担心，谭斌不知道该如何从头解释，唯有硬着头皮低声对程睿敏说：“你先回去吧，对不起！”

程睿敏的眼神像受到重创般突然暗淡，他笑笑，不再看她，将手中的包和药都递给沈培，说道：“她还在发烧，记得让她多喝水，多休息。袋子里我留了张纸条，是口服药的剂量和服用方式。”

沈培点点头说：“知道了，多谢！”

“我走了。”程睿敏匆匆后退一步。一直洞开的电梯门恰在此时合上，砰的一声撞在他一侧的肩膀上。

这声音像刀子一样刺痛了谭斌的心，她不由自主地哆嗦了一下，望着他欲言又止。

程睿敏揉着肩膀进了电梯，依旧从容地笑着说：“再见！”

{02}

电梯门在程睿敏眼前无声无息地合上，剩下的两个人站在走廊上，彼此相视，无言以对。

谭斌受不了这种压力，想起昨夜她求助无着的惨状，心又硬起来。她挣脱沈培的手，取出钥匙开门进去。

沈培跟进卧室，坐在床边，低着头不说一句话。他身上胡乱套着一件厚绒外套，里面还是那套夏季的衣服，外套和裤子上沾满了灰尘，脸颊上也抹着几道灰。

谭斌问他："昨天夜里，你为什么不接电话？在画室？"

沈培依然低着头，没有出声。谭斌便理解为他的默认。

"在画室你就不能接个电话？嗯，你敬业，可你妈真干脆，直接挂了我电话。烧到快40摄氏度，找不到你我只能一个人去医院，要不是碰上高医生，可能当场就昏死在医院走廊里了。"

沈培抬起头看着她，目光炙热不安，看得她心中忐忑。他却依然不肯开口。

"你既然对我这么放心，还找我干什么？还找我一晚上，你觉得有意思吗？"

沈培还是不说话。他额头有撮头发翘着，上面粘着一小片草叶。瞧见他这副狼狈不堪的模样，谭斌的气就消了一半。她叹口气，取来湿毛巾，小心替他擦洗脸面和手指。

"你去了什么地方？从哪儿沾来这么多灰？"

沈培忽然推开她站起来，一声不响地走进浴室。

谭斌手拿毛巾讪讪地站着，想跟过去，又觉得没有意思。待了一会儿，她感觉浑身无力，索性脱掉外衣钻进被子里。身体逐渐回暖，刚有点儿迷糊，浴室里一声闷响，把她吓了一跳，她这才发觉沈培在浴室里待得太久了。

"沈培？"她跳下床，用力地敲着卫生间的门。

门里传来奇怪的声音，似是充满痛楚的喘息声。再也顾不得什么，谭斌一把扭开门锁。

沈培倒在浴缸前，双臂护着头脸，身体蜷缩成胎儿形状，抖得像风中的落叶。那件外套扔在地板上，他身上的T恤已经脱了一半。

谭斌立刻明白发生了什么事，她想抱起他，沈培却拼命地挣脱开她的手臂。

"你走开！"他喘息着说。

"小培，你放松点儿，我来帮你。"谭斌试图安抚他。

"你走开吧，谭斌。"沈培微弱地说，"求你了，我不能一辈子就这样了，求你！”他的声音充满绝望的哀求，谭斌松开手。

“你出去！”

她默默地退了出去，似受刑一般听着浴室里的动静，牙齿控制不住地咯咯作响。终于听到哗哗的水声响起，她靠在墙上，用手掩住面孔，脊背上全是冷汗。

时间变得如此漫长，似已停止移动，每一个细微的响动都像贴着她的头皮碾过。浴室里终于安静下来，接着是窸窸窣窣穿衣服的声音。

沈培开门出来，坐在梳妆台的软凳上，身上仍然套着那身衣服，只有头发在湿淋淋地滴水。

谭斌取出吹风机为他吹干。新长出来的头发已有一寸多长，依然柔软黑亮，曾经骇人的伤口隐藏在浓密的发根下，几乎看不到了。

吹风机开到了最大挡，出来的风已有些灼热，沈培的脸依旧触手冰凉。空洞单调的风声里，他抬起头，对着镜子笑一笑。那是谭斌见过的最脆弱最无助的微笑，但一经绽放，却带着动人心魄的灿烂和强韧。他的眼睛里不再有恍惚迷乱，恢复了以前的清澈和明净。

“谭斌。”

“什么？”谭斌关掉吹风机。

“我们分手吧。”他清清楚楚地说。

吹风机脱手，落地之前谭斌及时揪住了插线。

她的脸色变得煞白。几天来心里不止一次冒出过同样的念头，但同样的话，从事事以她为重的沈培嘴里说出来还是令人惊心，再也没有了转圜的余地。

他并没有把说再见的机会留给她。

“只能这样了吗？”长久的沉默之后，谭斌抬起眼睛。

“我想只能这样了。”沈培转过头看着她，神色平静而温柔，“谭斌，别再骗自己了，你在浪费自己的时间。”

啪的一声响，谭斌手里的吹风机还是掉在了地上。她弯腰拾起来，下意识地把电线绕在手臂上。

“你一直在等一个人，现在你等到他了，你自己可能不知道，你看他的眼光就像小孩子看到糖果。”

谭斌脸色苍白地看着他，紧闭双唇。她曾在心中预想过这个场面，但没有想到真正面对时会如此疼痛又残忍。或许只是因为说分手的不是她。

沈培的声音里有无奈和失望，但听不到任何恨意，他一直是个心性平和的人。

“昨晚我妈说你打电话来，我打回去，你的手机已经关机了。我觉得心惊肉跳，好像有什么重要的东西要失去了，可我却怎么也联系不上你。我来找你，也找不到人。我在你门外等着，可是你一直不回来。你不是问我去哪儿了吗？后来我去了世纪坛艺术馆，咱们两个第一次见面的地方，我躺在那儿从头到尾地想。谭斌，以前我总也想不明白的事忽然间就豁然开朗了。”

谭斌沉默地聆听着。

“在甘南的时候，牧民带着我南迁，没有药，也没有什么吃的，他们为了让我活下来，把最好的羊腿肉剁碎煮熟了强迫喂给我……”

谭斌的身体轻颤了一下，这是沈培第一次提到他在甘南的遭遇。他一向有轻微的洁癖，尤其受不了膻味，平时基本上不吃羊肉，偶尔经过烤串摊，闻到那股味道就会有反应。

“我的反应你也能猜出来，吃了吐，吐了又被强灌，那段日子太难熬了，我一点儿不想坚持，想放弃。可我一直记得我承诺过你一件事，我不能太自私就这么一走了之，我要回来见你。我一直想着你，想着我认识你之后的每件事，想着这些才能强迫自己活下去。”

谭斌低下头，眼泪不知不觉就涌了出来。

“可是昨晚我突然发现，你从来没在我面前哭过，一次都没有。你明白这代表什么吗？”沈培笑得有些凄凉，“我从开始就没有走进过你的内心，直到现在你也没有给过我这样的机会。”

“沈培，你这么说不公平。”谭斌倔强地回答。那些过去的美好和温暖，同样沉淀在她的心里。

“是，也许，也许你以前爱过我，但现在不爱了。你有自己的人生梦想，可我帮不了你。”沈培一口气说到这里，“我知道，谭斌，你的梦想是什么，我一直都知道。所以，我们还是分手吧。”

“沈培，”谭斌抬起头，嘴唇有点儿哆嗦，“你有没有问过，从你失踪之后我都想些什么？”

“那已经是过去的事，没有任何意义了。谭斌，我明白你，你的世界完全容不下弱者，就这么简单。”

你的世界完全容不下弱者。

沈培终于想明白了，跳出来了，才能把谭斌看得如此清晰透彻。可是这些日子她经历过的恐惧、伤痛、忧虑、沮丧和煎熬，无数个难眠的长夜，他也永远不会知道。她要的并不多，不过是疲惫时可以靠一靠的肩膀。

谭斌别过头去，明明想笑，眼泪却流了满脸，顺着两颊落在衣襟上。

“对不起！”她说，“沈培，是我辜负了你，对不起！”

沈培微笑：“说这种话有什么意思呢？你既然已经做出选择，就坚持下去，人自私一点儿不是错。”心中还是有怨怼，他毕竟不是圣人，谭斌当然听得明白。

沈培说得对，眼下这点儿内疚，今天明天后天，也许会一直存在，令她惭愧，但终将随着时间的推移完全消失。

他是彻底想通了。

沈培缓缓地伸出手，轻轻抚摸着她的鬓角说道："给他打电话吧，以后别再犯傻了，遇到难处总一个人顶着。我告诉你，男人存在的价值就是被需要。"

谭斌看着他，知道已无法挽回，她真的要失去他了。他太明白她了，他甚至没有让她去承担始乱终弃的负疚，他主动选择了退出。她浑身动弹不得，只有眼泪汩汩而下。

沈培凝视着她，眼中有不舍，但终于放开手，轻轻关门离去。他的背影在谭斌眼中模糊一片。

谭斌没有意识到，沈培只留给她一个骄傲的背影，从这一刻起，他整个人决绝地从她的生命中淡出了。

那天，谭斌倚着床呆坐很久，眼看着天色渐晚，才想起给手机充电。一开机，她看到无数个信息涌了进来，有微信也有短信，从昨晚一直到今天下午都是沈培发来的。她一条条慢慢看着，一大滴温热的泪珠落在手机屏幕上。

之后她再也找不到他了。

沈培的手机关机，座机的号码成了空号，微信和QQ没有任何回复。试着打到他父母家，她一报上名字，电话就立刻被挂断。

程睿敏也没有再联系过她，只在当晚发条短信，提醒她按时去挂点滴。

谭斌感谢他的缄默。

{03}

那一周的时间，谭斌的情绪异常消沉，不愿说任何多余的话，所有的精力都放在工作上。

那些琐碎而磨人的细节需要全神贯注地投入，也一直是镇痛的良方。

方芳要离职了，秘书惴惴地征求谭斌的意思，是否私下给方芳办个告别派对。谭斌坚定地否决，让一个受了重伤的人，当众强颜欢笑是件太残忍的事。

方芳最后一次来办公室，谭斌和她约在楼下的星巴克，问她今后的打算。她没有把程睿敏公司的网址交给方芳，事关他身前身后千丝万缕的关系，她不得不小心，为他也为自己。她只是不经意地向方芳提起，有一家这样的公司在招人。

方芳却低头笑笑说："谢谢你，不用了。我不想在这个行业待了，想去试试别的工作，或者再去考个学位，回学校做老师。"

谭斌叹口气说："有句最俗的话，有人的地方就有江湖。学校里的环境就一定单纯吗？未必。有利益的地方就有人事纠葛。"

"我明白，只是给自己留个做梦的地方罢了，Cherie，我打算去友邦了。"

"你去做保险？"谭斌大吃一惊。

"对啊！我一毕业就来了公司，除了MPL，都不知道外面的天空是什么样。这几天面试了几个地方，我发现自己几乎没有任何生存能力。所以我才想试试，把自己放在最低的位置上看看能不能扛过去，扛过去了，也许将来就什么都不用怕了。"

谭斌拍拍她年轻饱满的脸蛋，一时间说不出话来。张爱玲说过，"出名要趁早"。现在看来，栽跟头一样要趁早，至少摔倒了爬起来还有从头开始的勇气和资本。

"我走了，"方芳起身，"有什么临别赠言吗？"

"有。"谭斌看着她，"方芳，记着一句话，无论是职场还是感情，要替别人着想，但为自己活着，既不为别人牺牲自己，也不要为自己牺牲别人。"

{04}

大公司里一个人的离去，就像投进水面的石头，溅起几点水花，很快归于平静。

方芳空出的位置马上被新进的员工填补。王奕也从楼上搬下来，就坐在谭斌的正前方。有时候谭斌会失口把她叫作方芳。

普达集团的集采还在按计划进行。

MPL中国各省的销售经理，把从普达省公司挖来的情报陆陆续续报了上来。经过汇总，整个集采的框架规模及合同总额已初现雏形。

但是传说中这一周就要下来的普达标书却不见踪影，严阵以待的各家公司，士气几乎被拖至最低点。

午休时分，谭斌没有随同事出去午餐，趁着办公室无人，她跷起双腿靠在椅子上假寐。

身侧是空闲了将近五个月的总监办公室。门关着，里面黑漆漆的，透过玻璃幕墙外的光线映出家具的模糊轮廓。没有窗户，一张大班台、四把椅子、两列书柜，就是15平方米房间内的全部。

谭斌怔怔地看着，在心里计算着那个位置的价值，是否值得所付出的代价。

因为忙，所有的痛觉神经都似完全麻木，就这样浑浑噩噩地混到周末，谭斌忽然接到黄槿的电话，请她到沈培的住处去一趟。这个电话非常不合常理，不过她没有多问，放下电话就过去了。

空荡荡的客厅里只有沈母和黄槿在等她。大部分软装饰都已经撤掉，只剩下孤零零的几件家具。

“谭小姐，”沈培母亲说话时嘴里像含着一块冰，“沈培搬回家了，这房子马上要租给别人，请你查收一下自己的东西。”

谭斌“哦”一声，并没有说什么，心口却有一小片地方瞬间变得冰凉。

近房门处放着两只纸箱子。

“你的东西，都是沈培自己亲手收拾的，没有任何人动过。你最好仔细点儿，别落下什么，以后就不好说了。”

一股怒火直涌上来，谭斌转身，借着低头开箱的机会死死地咬住嘴唇。

箱子里的东西归置得很整齐。所有的衣物都用软纸包着，化妆品收集在一只藤篮中，井井有条一向是沈培的习惯。

倒是黄槿看不过去，走过来说：“谭斌，我给物业打个电话，让他们帮你搬下去。”

沈母冷笑一声说：“黄槿，你算了吧，愿意讨谭小姐欢心的人多得是，哪儿轮得到你献殷勤？”

黄槿只好站住，看着她抱歉地笑笑。

谭斌要深呼吸几次才能勉强按捺住胸口的起伏。她并不怪沈母，这是她应该得到的，脚踏两只船的报应。

临出门时，她依然恭敬地向她告别：“阿姨，我走了，您多保重。”

沈母面无表情地说：“谭小姐，不敢当，走好。”

把纸箱在后备厢安置好，谭斌已完全脱力，心神恍惚之中，手指不小心被车门夹住。她怔怔地握着受伤的中指，眼看着指甲慢慢变成紫黑色，钻心的疼痛终于传递到大脑。

空荡无人的地下停车场里，谭斌像受到冤屈有口难辩的孩子一样，伏在方向盘上号啕痛哭，哭得声嘶力竭，却不知道为谁而哭。

有人敲玻璃，急急地叫着她的名字：“谭斌，谭斌……”

哭声戛然而止，谭斌匆匆抹掉眼泪抬头，是黄槿站在外面。推开车门，她勉强挤出一个笑容，说道：“黄姐。”

黄槿坐她旁边，言语间充满了歉意：“谭斌，师母的脾气一向这样，说话做事不大考虑别人的感受，你甭往心里去。”

“我没有介意，”谭斌扯过纸巾擦净脸上的狼藉，“只是想不通，我自问没做过什么出格的事，她为什么从一开始就讨厌我？”

黄槿有些奇怪："沈培以前没跟你说过？因为你们的事，他和师母大吵了好几回，其实……其实……你知道沈培是独子，师母一直想让他娶个门当户对的圈内人。"

谭斌脸上的表情定住，好久才点点头，居然露出一丝微笑，虽然笑得很艰涩。她一直自视甚高，更是父母心中的骄傲，原来在别人父母的眼里她只不过是个觊觎高门槛的蓬门贫女。

谭斌下意识地把纸巾在手里团成一个球，又用力捏扁，然后问："沈培现在好吗？"

"还好。他肯按时去见心理医生了，前几天刚录完口供结了案。"

谭斌一愣："结案了？"

"对。"

"他都说了？"

"基本上都说了。"

"他有没有提起在甘南到底怎么回事？"

黄槿转过头："谭斌，你真想知道？"

谭斌只觉心口怦怦乱跳，说道："是。"

黄槿叹口气说："其实经过很简单，出人意料地简单。"

每个人的刻骨铭心，在其他人的眼里不过是茶余饭后的一段寻常八卦，三言两语即可道尽人的一生。

沈培的遭遇确实很简单。

铺天盖地的暴雨中，他和同伴迷失了方向，离开国道误入草原深处的无人区，车轮不小心陷入塌方之处，不幸翻车。

沈培只受了点儿轻伤，同伴李罡却在翻车时被甩出来，压在车身下动弹不得。

因为车体严重变形，随车携带的工具箱被死死卡住，千斤顶和其他工具都取不出来。沈培束手无策，只能眼睁睁地看着生命从李罡的眼睛里一点点儿消逝。

他从未见识过生离死别，深受刺激，迷乱中完全不能接受自己的无恙。带着无法承受的自责，他没有在原地等待救援，而是选择逃离了车祸现场。

向南只走了几公里，便迎头遭遇到两个越狱的毒贩。

对方的衣物虽然破烂，但上面模糊不清的某某看守所的字样让沈培意识到了危险，他主动把食物和随身的现金、相机都取出来。对方索要腕表时，他犹豫了片刻。这只表的表盘上带有指南针，靠着它才有可能走出这片无人区。不过挨了两拳之后，他还是乖乖解下腕表递过去。

当对方开始觊觎他的皮夹克和冲锋裤时，沈培反抗了。

8月底的草原，夜晚的温度已经相当低，没有水没有食物，再没有御寒的衣物，他在草原上只有死路一条。但一个人终难对付两个亡命之徒，他被按在地上，强行脱去外衣，挣扎中他清秀的五官完全暴露在对方的视线下。

这一刻的羞辱成为沈培后来睡梦中不间断的噩梦，难以摆脱。他的嘴被强行捏开，呼吸随即被一股腥臭的味道所包围。

他不断地干呕，挣扎中摸到扔在一边的三脚架。那是他用来探路和自卫的工具。他用尽力气抬起手，对方惨叫一声跳开，他的头顶因此遭到沉重的一击。

沈培倒在地上，眼前的视线渐渐被浓稠的血浆遮盖。决意灭口的毒贩下了重手，钝器击打在沈培的肉体上，鲜血飞溅，他所有的知觉都消失了，撕心裂肺的疼痛淹没了一切，

沈培的记忆就从那时开始混乱，以后的日子，一旦重复脱衣服的动作，就如一柄利刃刹那间划开黑色的记忆，令他清晰地记起每一寸肌肤上灼热剧烈的痛苦。

他蜷起身体，意识渐渐模糊，一片混沌中只剩下唯一的一点儿清明，他想起他才对谭斌说过让她等着他，他不能做食言的人。

最后一点儿残存的意识让他举起双臂，死死护住头脸，他要好好地回去见她，不能伤了脸让她担心。他就这样失去了一切知觉。

两个逃犯以为他死了，随即卷起所有的东西继续向西逃亡。

半夜的时候再次下起大雨，昏迷的沈培被雨水浇醒，雨停后他看到满天的星光，也看到了北斗七星。他想起了北京，北京有他的父母，还有他的谭斌。他终于辨清方向，朝着南方爬过去。南边就是拉卜楞寺——车队约定的集合地，他要去那里，他要回北京……

沈培的故事到此结束，车厢里是无声的寂静。

过了很久，谭斌摸出烟盒询问："可以吗？"

黄槿点点头。

谭斌低头点烟，嘴唇却哆嗦得凑不到打火机上。

"你也别想太多，沈培只是运气不好。"黄槿接过打火机替她点着，"那位心理教授说，只要有一点儿希望，人就会本能地选择逃避，只有拿走他的一切，他才会有勇气面对现实。你们分手，对沈培也算是休克疗法吧。"

谭斌用力地吸了口烟说："黄姐，你怎么看我？是不是也觉得我是那种特没品位的女人？为更好的选择不惜伤害别人？"

黄槿许久没有开口，像在考虑如何措辞，最后她说："每个人都有选择的权利，沈培就是运气不太好。"她看着谭斌，有些疑惑，"不过你真的在乎别人的想法吗？你们白领不是特自我的一个人群吗？"

谭斌的脸上浮起一个笑容，比哭更难看。

“谭斌，”黄槿望着窗外，轻声说，“其实你并不了解沈培。他看着什么都不在乎，实际上特别脆弱。19岁刚出道的时候，有个画评家把他的技巧批评得一钱不值，他赌气之下，一把火把所有的作品烧了个干净，发誓再不作画。直到先生送他去法国待了半年，他才肯重拾画笔。”

谭斌闷头一口一口地抽烟，并不出声。

黄槿看着她泛青的脸色，有些担心地说：“你没事吧？”

“没事，”谭斌用力把烟掐灭，“黄姐，谢谢你，我走了。”

黄槿把一件东西放在她手里，说：“沈培的车和东西，公安局都发还了。这是他让交给你的，说如果你愿意看就看一眼，不想看就扔了算了。”

那是一张小小的SD存储卡。

黄槿推开车门准备离开，又回头笑一笑说：“对了，他还说，谢谢你把小蝴蝶带给他。”

存储卡里的内容，完全出乎谭斌的意料。

一段视频，开始是一望无际的桑科草原，起伏的黛色远山，红墙白顶的藏式建筑零星散落在碧草之上。

沈培的画外音：“你这小妞儿总是忽悠我，自己说说放我多少回鸽子了？你不肯来是吧？我拍给你，回家我馋死你……”

镜头前突然出现一只大手。

接着有人阴阳怪气地笑：“沈培，真肉麻！”

沈培：“一边去，甭挡着我！”

“来来来，你们看看沈公子生气的样子……”那人大笑，画面外随即传来嘻嘻、哈哈、呵呵之类的各种笑声。

沈培：“李罡，你让开，不然我踹你了啊！”

镜头被切断了，屏幕黑了一下又重新亮起，草原的美景再次呈现眼前。

他什么都拍给她看，包括草丛里滚羊粪球的屎壳郎，镜头特有耐心地追着那行动笨拙的昆虫。

“斌斌，你见过这玩意儿吗？多好玩啊！”沈培的声音明显带着笑。

谭斌也忍不住笑，可是眼泪却不知不觉流了下来。

镜头拉远再拉近，日出日落，阴晴雨雾，不停在眼前变幻，画面最终出现了一片雪花。

结束了。

如影院中的终场，几十分钟浓缩的笑泪悲欢之后，屏幕上终于映出雪白硕大的一个“完”字。

开始时李罡的声音也许是他留给这个世界的最后记录。几天后，他的魂魄永远留在桑科草原上，再也不能回来。

沈培在同样的地方，丢失了他的天真，还有他的爱情。他用这样一段视频，最后一次和谭斌说再见。

谭斌一个人上街去逛，人来人往，暮色渐渐苍茫。夕阳的余晖透过薄云，给街道两侧金黄的银杏树抹上了一层绚丽的红色。

她从旧式小区中穿过，四周充斥的是热闹的市井风情，真正的人间烟火气。

街边摆满了小摊，空气中溢满油炸臭豆腐的特殊味道。那是她小时候经常吃的零食，三五个要好的同学一起放学回家，一人手上一串炸豆腐，吃得嘴边都是红油。后来很长时间，她再没有站在街边吃过东西，她也再没有过那种单纯快乐的心境。

每天追随身边的是无尽的焦虑和担心。焦虑下个季度的数字，焦虑和老板的关系，焦虑别人比自己爬得快。

谭斌摸出零钱，专门下车买了一串，也学着旁边人的样子抹上大量的辣椒酱。

回到车上，她迫不及待地咬下一口，顿时汁水四溢，溅在她浅色的外套上。豆腐很烫，烫得她舌尖几乎麻木，味道却没有她记忆中的好，咸且辣，她的胃口早已被养刁，难以接受这种粗糙原始的食物。

但谭斌还是一块块地慢慢吃完。也许人都是这样，只有失去了才知道珍惜。可是就算此刻回头，明白如何去爱，也再找不回原来的那个人了。

她去了一个地方，初夏的时候她和沈培来过，最适合她向过去告别的地方。

那里风景依旧，只是湖水不再碧绿，因为倒映其中的树林已经呈现出京城深秋特有的层次，金黄、火红间杂其中，渐入佳境。

谭斌站在湖边，将手机中保存的沈培的短信和微信一条一条地删除。那是两人当初情深意浓之时互发的，有些特别可爱的对话她一直留着舍不得删掉。此时看它们一条条消失，就像有人拿绳子不停抻着她的肋骨，岔气一般丝丝隐痛。最后她在备忘录里发现一条长长的短信，一封没有发出去的短信。

> 小培，那天我情绪激动，说了一些过分的话，请你原谅，别往心里去。我只是想让你明白，无论多么强势的女人，内心都需要足够的安全感。有了安全感，她才会对一段感情产生希望和热爱。这种安全感既来自男人的语言，也来自男人的行动。而我一向认为，求婚是对一个女人最大

的尊重和爱护。所以，请你理解我那天的失望和失态。

如果沈培没有去过甘南，如果她没有在那个午后遭遇车祸与跟人发生冲突，如果沈培从未沾染过大麻，如果她在生病时求助的不是程睿敏，这一切是不是都会改写？这段话是否终有一天会让沈培看到？

可是世事的发展从来不遵循如果，命运自有它任性而独特的轨迹。

周围依然无比安静，只能听到林间树叶的沙沙声。依然是午后，厚厚云层后的太阳，像一个橙色的蛋黄挂在枝叶间。但是风很冷，无遮无拦，透骨的凉。

谭斌紧紧地裹起风衣。文晓慧说过，决定一个人命运的，不是他面临的机会，而是他做出的选择。那么这是她选择的道路，她自己选择了一个人站在这里承受秋风的萧瑟。她只有忍受，愿赌服输。

每个人的一生都会经历无数的人和事，好的坏的，温暖的回忆，渐长的伤痕，都无法拒绝，只有接受。但就在这些人和事中，人逐渐学会了成长。

第一个男友瞿峰让谭斌彻底粉碎了对男人的幻想，初恋的背叛是她少女时期最刻骨铭心的伤害。沈培令她重拾爱的能力，可是依然逃脱不了注定的结局。路不走到尽头，你永远不会知道谁是过客，谁才是可以陪到最后的伴侣。

时间能让伤口痊愈，虽然总会留下或深或浅的痕迹。或许人生本来就应是酸甜苦辣尝遍，才能让人有活着的快感。

谭斌抬起头，最后的余晖映在她的脸上，她想她不会轻易忘记这天的夕阳。

回城的路上，谭斌接到母亲的电话。

母亲一贯地唠叨着："斌斌，你一个星期都不来个电话，你不知道我和你爸有多担心？"

谭斌的声音非常正常，却在听到母亲声音的一刹那泪水夺眶而出。

她说："妈，我很好，以后我一定记着按时打电话，骗人是小狗。"

谭斌发誓这是她最后一次落泪。

路边经过的人们步履匆匆，表情各异，奔向他们各自的家门。生活并没有因为一个人的难过而改变步伐，仍在继续。

Chapter13

对错无妨，她只想往前走，
不轻言后悔，不难为自己。

{01}

10月的最后一周，久候不至的普达集团第一轮核心设备采购标书终于公布了。

还是分技术标和商务标两部分，和常规文档没有太大出入。技术标的截标日期是三周后，即11月16日。商务标，包括商务条款应答和最终报价，向后延迟两周至1月22日上午10点截标，并当场唱标。

随后是为期十天的全封闭综合评标。按照技术和商务的分数，从八个入围供应商中淘汰得分最低的三名，再把最后进入短名单的五名供应商排出名次。这个名次，对一期招标的后期商务谈判以及市场份额的分配都有重要的参考作用。

谭斌和乔利维带着几个销售经理，用一下午时间把标书内容全部过滤了一遍。将标书里各省分公司的实际需求与销售经理挖到的情报两相对照，虽然个别省份让人大跌眼镜，但整体规模的偏差还在可接受的范围内。

最终的技术建议方案书，包括二十多个省份的软硬件清单都要在三周内完成。时间非常紧迫，工作强度也相当大，相关任务很快布置下去。除了几个正在进行中的项目，MPL中国售前所有的资源几乎都被调动起来。16层的会议室全部被投标团队占满，日日人声鼎沸，热闹得像集市一般。

用夜以继日形容并不算夸张。每天晚上9点，当天的汇总会按时发送到谭斌的邮箱里。她是负责人，要对整个投标期间的协调管理负责。

而内部销售管理系统，流程环环相扣，每天的文件都需要谭斌一份份过目，及时批准后才能转至下一步骤。当她将所有工作完成，回家洗完澡躺下通常已是凌晨。

有了上次高烧的教训，谭斌不敢再大意，每天如常锻炼，即使没有食欲，也强迫自己按时进餐。只是天天十几个小时盯着电脑，眼球四周的肌肉隐隐作痛，似已不会转动。抽屉里常备着眼罩，实在难受她就躲进洗手间，坐在马桶上闭眼热敷几分钟，出来再接着工作。

一片忙乱当中，她反而像完全找回了自己，心情异常平静。愧疚、心痛依然存在，但不再像开始时那样尖锐。

文晓慧听完她和沈培的分手经过，什么也没有说，只叮嘱她少想多睡。

谭斌问她："你不打算教训我？"

文晓慧说："男女之间缘来缘去，各有对错，局外人哪有资格评价是非？"

谭斌霎时泪盈于睫，这是多日来她听到的最暖心的话。

难以入眠的时候，谭斌枕着手臂假寐，一合眼便似听到沈培的声音："谭斌，我明白你，你的世界完全容不下弱者。"

没想到把她看得最透的还是沈培。一直以来，他几乎把她奉作神明，走到尽头，才发觉她也不过是一个普通人，和京城各大写字楼里出入的白领女性没有任何分别。

甜蜜的时刻有很多，但谭斌已经不愿去回想。健忘和迟钝，很多时候倒是最好的自我保护方式。对错无妨，她只想往前走，不轻言后悔，不难为自己。

这期间王奕帮了不少忙，工作中的表现让人刮目相看。这女孩和人交往的态度，在谭斌看来总是有点儿轻浮。可她嘴甜心细，做事麻利，周围的男性，无论老中青都挺喜欢她。和不肯合作的产品经理沟通，她一跺脚一撒娇，对方立刻软化，虽然一脸无奈，还是乖乖地听她吩咐。

谭斌叹为观止。往回追溯几年，她会对这种风格不以为然。如今不得不承认，此方式简单直接，有的放矢，省去了不少无效沟通的时间。

谭斌很庆幸，原是不得已的选择，如今竟是新添了一支生力军。

借着王奕在普达总部的背景，她把北京地区销售额最高的几家客户，包括北京普达分公司都调整在王奕的名下。周杨的愤怒是意料之中的事，因为他手里的客户都属于潜力客户，也就是不能即时签合同的客户，这样一来，不仅他年底的奖金大受影响，而且被排挤出了谭斌的核心团队，等于被变相边缘化了。可他刚捅过的娄子还没有撇清，心里再不高兴也不能说什么，谭斌等着他识趣地自动说离开的那一天。

对付周杨这件事，谭斌完全是无师自通，并不知道自己做得是对还是错。她只是反复纠结于一个问题：为什么男性上司的信任可以让下属热血沸腾，甚至不惜士为知己者死，她对周杨完全放手的信任却落得如此结果？

没人能给她满意的答案。

闲时询问王奕转职的感受，王奕笑笑说："总算能做点儿实事了，挺累，可是心情愉快，好过以前云山雾罩，尽是些虚头巴脑的东西。"

谭斌点头："那就好。"

"说实话，来之前我挺忐忑的。"

"真的？理由呢？"

王奕回答："都说你要求特别严格，以前我就怕你，这回更怕合不来。真正一打交道，却发现你是个挺好相处的上司，理性，又不教条，Cherie，我特别想谢谢你，谢谢你给了我这个机会。"

"别客气。"谭斌微笑。奉承话人人爱听，尤其王奕说得如此自然动听，句句像发自肺腑。这也是个聪明人，只不过平时娇滴滴的花瓶外表掩盖了她的城府。谭斌此刻已经吸取周杨的教训，谨记刘秉康那句"松则失察，紧则失衡"，这句话是对付聪明下属的最好办法。

但有一个问题，谭斌必须弄清楚："Yvonne，当时你为什么选择做客户经理？"

王奕低着头，有点儿不好意思地说："怕背任务，怕压力太大。后来发现，我把自己绕进了死胡同，每年年终做个人评估，都觉得无话可说。眼看着和我一起进公司的都走在前边了，我还得从头开始。"

谭斌拍拍她的手背说："别那么想，现在开始一点儿也不晚。只要用心做，每份工作都有它的价值。你想想，在普达总部的这两年，你亲手建起了自己的关系网，其他的销售经理，谁有你在总部的关系深厚？"

"是，我也是这样安慰自己的，后发制人，嘻嘻……"

谭斌趁机问出最后一个问题："Yvonne，我观察你很久，发现你跟男的打交道，几乎是手到擒来，可为什么在普达总部那么久，一直没有搞定他们的总工陈裕泰？"

陈裕泰，这位普达集团总公司的总工程师，谭斌在他面前屡屡受挫，一直耿耿于怀，几乎成了她的心病。

王奕捧着咖啡杯，歪头想了想说："他呀，我就没想过动他。"

"为什么？"

"我跟你说过，咱们公司有人得罪过他，还记得吗？"

"记得。"

"你知道得罪他的人是谁吗？"

谭斌拿笔敲敲她的脑袋说："别吊胃口，快说！"

"就是Ray啊。"

谭斌手里的圆珠笔啪一声，差一点儿脱手飞出去。

"那时候他是我的上司，他一直都跟陈总工不对付，您说我哪儿敢去刻意讨好老陈呀！”

谭斌又开始啃咬杯沿：“Ray怎么会得罪他呢？”

“听说啊，我也只是听说，有回他们在一起吃饭，当时以前的那个总监张彤也在，已经喝多了，老陈还按着她硬灌。大概场面太火爆了，Ray过去，当着所有人的面，劈手把那杯酒泼了，梁子就这么结下的。”

谭斌沉默一会儿，说：“就这样？”

“啊，就这样，”王奕摊开手，“别看Ray现在四平八稳，当年也是一热血青年。据说老陈狠狠告了一状，他差点儿被开掉，是张彤拼命保下他。”

谭斌只是点点头，对此不便发表任何意见。但想起陈裕泰戴着眼镜文绉绉的样子，她又多少有些疑惑：“老陈是迂了点儿，可不像那种人啊！”

王奕撇嘴：“怎么说呢，有种人吧，出身特苦，小时候受压抑过度，虽然靠自己的努力一路爬上来，可他心里总是不平衡，觉得社会和周围人都欠他的，所以他喜欢看别人吃苦，在他面前做低伏小……”

“行行行，你别再做心理专家了，该回去工作了。”公开议论客户隐私并不是个好习惯，谭斌及时制止她。

王奕耸耸肩，乖觉地住嘴，回座位上干活去了。

谭斌发了一会儿呆，又探过身叫她：“Yvonne，想交给你一个光荣的任务。”

“什么？”

“有时间你去努力努力，务必请老陈出来吃顿饭。”

“我尽力吧，”王奕拖长声音，无可奈何地答应，“要我作陪吗？”

“不用，你只负责把他约出来，”谭斌笑，“我准备祭出神龙教护身大法，怕你内力太浅，撑不住半路吐了，戏就演不下去了。”

坐下来继续工作，邮件中看到一处疑问，谭斌取过手机，想拨个电话给同事。

屏幕上显示出一列起始字母为R的姓名。排在第一个的是一个简单的字母“R”。那是她终于输进手机的一个号码，可是他再没有来过电话，好像完全消失在空气中。

不知谁的计算机轻轻放着音乐，是戴佩妮的《爱疯了》：

> 不敢问却一直想问，你心里藏着什么人；不敢猜却一直想猜，如回去有没有可能？我不够完整，你给的从来不够完整，你一个语气都无法确认，这种缺乏是什么象征？

谭斌托着下巴看屏幕，微微苦笑，只觉歌词甚为讽刺。终于听不下去，她起身离开办公室，溜到附近的星巴克。她不再点最爱的焦糖玛奇朵，而是换了杯朴素的黑咖啡，狠狠加了双份的糖。

此时西斜的阳光正透过玻璃窗，照在身上温暖和煦，谭斌坐在窗边喝完咖啡，耳边一直萦绕着那句歌词：“我不够完整，你给的从来不够完整，你一个语气都无法确认，这种缺乏是什么象征？”

她苦涩地笑了一下，不知为何眼圈突然一红，赶紧站起来离开，回到办公室接着苦干，不敢给自己留下任何伤春悲秋的时间。但她每次从工作的间隙抬起头，都觉寂寥似一把尖刀，直插入她的心中。

过去将近两年的日子血肉相连，一旦剥离，难免血肉模糊，即使沈培替她做出了选择，用一种决绝的方式狠狠地成全了她，免得她亲手斩断这段情缘，她也需要时间去疗伤。

{02}

这天回家比较早，也已经过了11点。谭斌在自家的车位上停好车，拎起钥匙目不斜视地往公寓走。

路边有人叫她一声：“谭斌。”

那个声音让她一激灵，转头望去，看见一辆车停在路边，一个人靠在车门旁，含笑看着她。

程睿敏穿着黑色的商务正装，衬衣的纽扣已经解开一粒，领带扯歪在一边，但依然英俊得难以形容。微敞的领口，拉出的每缕线条都像有一种诱惑存在。

谭斌愣住，仿佛被催眠一样，近乎贪婪地看着他。这个人明明就在眼前，触手可及，却总给她不真实的虚幻感。

程睿敏走近，语气熟稔，好像昨天才和她见过面一样，说道：“这么晚才回来？”他身上有淡淡的酒气，显然是刚从酒会宴席之类的场合退下来。

谭斌只好也做出没事人的样子说：“啊，工作太忙。”

程睿敏说：“你瘦了。”

谭斌笑笑说：“正在应标，人人都掉了几斤肉。”

“第一次做投标经理，还习惯吗？”程睿敏低头凝视她，目光中似有无限怜惜。

“还好。”谭斌被他看得浑身不自在，“你……有什么事？”

“没什么，刚从酒店出来，顺路，就拐进来碰碰运气。”程睿敏说得很坦然。

谭斌“哦”一声，不知道怎么接下句，想了想说：“跟我上去吧，你也喝杯茶醒醒酒。”

程睿敏的反应，像被什么东西咬了一口说：“不用不用，时间太晚，不多打扰，我马上走。”

谭斌知道他在想什么，无非是上回三人碰面的那一幕仍让他心有余悸。“那就花园里走走好了。”看看他搭在臂弯里的风衣，谭斌淡淡地补了一句说，“你最好把风衣穿上。”

程睿敏顺从地套上风衣，跟在她身后，走进了冷冷清清的花园。

在他们身后，那辆黑色的商务车静悄悄地开走了。

前两天刚有一场寒流过境，室外气温骤然下降，只有10摄氏度左右。但是刮了两天两夜的北风，吹走了北京上空的灰色雾霭，墨蓝的天空显得特别明净。

踱到树下的暗处，谭斌站住，问程睿敏道：“为什么不先打个电话？”

“我担心你见了我的电话会立刻挂掉。”

他说得完全属实。如果他打过来，谭斌很可能会挂掉。说不清为什么，或许因为对沈培的内疚依然存在，或许只是因为近情情怯，不知道该跟他说什么。她无法反驳，只得接着问：“你怎么知道我还没回家？”

程睿敏朝楼顶抬抬下巴：“你房间的灯一直没亮。”

谭斌起了疑心，问道：“你等了多久？”

“刚到。”他依然坚持，努力说得轻描淡写。

谭斌站在程睿敏对面，手插在大衣兜里并不说话。黑暗中她的轮廓愈加柔和，两只眼睛晶光闪烁。程睿敏被看得狼狈，退后两步坐在路边的长椅上。一天十几个小时的工作挨下来，他已无法站住。

“谭斌。”

“怎么了？”

“我知道我很冒昧，不该轻易来骚扰你。可我今天实在想找个人说话，如果让你觉得困扰，我很抱歉。”

谭斌端详他片刻，慢慢地说：“那我半夜把你叫到医院，是不是更该说抱歉？有什么都是我和他之间的旧账，不关你的事。”

程睿敏被噎住，半天做不得声。过一会儿他像是明白了什么，脸上忽然绽开笑容。那个笑容竟让谭斌感觉辛酸，即使在暗影里也能看到他眼底透出的如释重负。

谭斌心中积攒多日的薄怨渐渐融化，她走过去站在他面前，轻声问：“是不是出了什么事？”

程睿敏没有说话，只是垂下眼睛。睫毛的阴影似黑色的蛾翅，静静地驻留在面颊上。

“那允许我猜一猜，你们Engel刚签了一份重要合同？”

程睿敏忽地抬起头问：“你怎么知道？”

谭斌伸手拉拉他的领带说："这条领带，至少已有三年历史，三年中所有隆重正式的签约仪式，它都会出现。"

那是一条登喜路的领带，深蓝的底色上，四处散落着小小的白色R字，他英文名字的第一个字母。

程睿敏牵牵嘴角，像是在笑："谭斌，你太敏感了，简直可怕。"这就算是默认了。

至于那条领带，并不是谭斌敏感，它曾是公司八卦里生命力最长久的秘密，人人都猜那是他女朋友的礼物。每次看到它出镜，谭斌都忍不住暗笑，觉得款式巧合得惊人，也自恋得惊人，和程睿敏平日低调的风格完全不搭调，他却毫不在意地戴着它招摇过市。

"那么，你们代表处也注册升级分公司了？"谭斌追问。

代表处是没有资格签订商务合同的，所以她才如此猜测。

"全中。你真的太让我吃惊了，"程睿敏说，"我们刚和众诚公司签了一份框架协议，双方在战略层面进行全球合作。"

这下轮到谭斌大吃一惊了，问道："Engel和众诚？"众诚也是此次普达集采的入围厂商之一，是本地供应商中的领军人物，除了FSK之外，MPL最忌讳的竞争对手。

"是，在大陆本公司的第一个项目。"

"什么？"谭斌张大眼睛，困倦顿时飞到九霄云外，"你不会蒙我吧？挺大的事，怎么事前一点儿蛛丝马迹都没有？"

"之前的消息是封锁得比较严密。两个小时前才正式签字，最迟后天，应该就能看到新闻了。"

"就是说，从此你们要高举民族产业的大旗，铁了心支持本土公司了？"

"可以这么说。上次CEO来中国，费尽心思才让他意识到这点，当时就拍板定下了基调。欧洲的研发中心，年后可能要搬一部分到中国来。"

"这些天你一直在忙的，就是这件事吧？"

程睿敏点点头，神色间并不见多少喜庆之意："折腾几个月总算落停。可今天的感觉很奇怪，签约时我怎么也高兴不起来。"

为了今天的结果，上海、北京、欧洲三点一线，四个月内他飞了无数趟，差点儿把命扔在一万米的高空航线上。

谭斌在他身边坐下："明明是件好事，你怎么意兴阑珊的？"

"有点儿感慨，我想你应该能理解。十年前这些本地企业起步时，饱受跨国公司的打压，十年后我却要靠着他们的青睐，才能跨过中国的行业壁垒。"

对程睿敏的郁闷，谭斌深表惊异："看来您的身份转换还没有完成。程首代，哦不对，应该荣升程总经理了，您现在不再是汉奸和洋奴了，知道吗？您已经弃暗投明、回头是岸，这是多么可喜可贺的一件事。”

程睿敏看着她：“嘲笑我？”

“小的不敢。不过和内资合作，磨合期注定很长很痛苦，我对您致以万分同情。”

程睿敏笑一笑：“你说得对，可这是大趋势，不可逆转，整个行业遍地黄金的传奇已经彻底结束，如今的市场不再是十几年前的情形，总要有人先行一步。”

谭斌依然在消化这个消息，不过她真正想的是另一件事：“Engel和众诚现在穿一条裤子了，正好评标前众诚的利好见报，这时机选的，啧啧啧，其心可诛！”

“两码事，Engel和众诚的合作方向是海外市场，你别往一块瞎琢磨。”

“哼，司马昭之心，得了，以后咱们就彻底是两条船上的了。”

“谭斌，”程睿敏忽然拉过她的手，低头吻了一下，“这个问题我们以后再讨论，现在说点儿别的行吗？”

他的唇印落在她的手背上，冰凉，却格外轻软柔腻。谭斌心口一荡，要说的话便被堵了回去。

她叹口气：“说什么呢？除了工作我真不知道咱们能讨论什么，要不你提个话题？”

程睿敏说：“这种事，还是女士优先比较好。”

“你总要给个范围。”

“那就说说你对我的第一印象吧。”

谭斌笑笑，垂下头看着自己的脚尖：“第一次见到你，是五年前。我刚进销售部，Tony带我去见你，那时你还是北方区销售总监，我们进你的办公室，你正回复一封邮件。一个人凝神专注工作的时候总会有一种特殊的美态，况且这个人本身就是英俊的。电脑的光映在你的脸上，我只能看到你的侧面，睫毛很长，嘴唇的弧度很美。我想这个男人轻易就能让人动心，可是一辈子不知要害多少女人伤心。”

程睿敏笑了。谭斌坐在他的左侧，能清楚看到他左边脸颊上那个醒目的招牌一般的括弧状酒窝。他望着前方出了好一会儿神，才问：“那你动心了吗？”

“没有。”

“嘴硬。”

“真的。我那时想，就算能千方百计地嫁给他，那之后一辈子服侍他的衣食起居，天天琢磨如何留住他的人和心也是极大的挑战。我才不会难为自己。”

谭斌没有说，那时她刚从失恋状态中走出来，正是完全寄情于工作，恨不能把所有男人都踩作脚底泥的时候。爱上一个男同事，尤其是爱上一个男上司，这种办公室恋情里最糟糕的一种模式，她想都没想过。何况那时公司觊觎他的女同事可不少，虽然人人都知道他有一个漂亮能干的女朋友。

酒窝依旧驻留在原处，程睿敏假装叹气："唉，真受伤害。"

"我不过实话实说。"谭斌说，"那你呢？你第一次见到我是什么印象？"

程睿敏侧过头看着她："想听真话还是假话？"

"废话，当然真话。"

"真话你顶得住吗？"

"您太小瞧我了。"

"老实说，你刚说的那件事，我基本上一点儿印象都没有了，只记得那时你还是一头男孩子一样的短发。在我印象里，你们这些办公室女郎几乎都一个样，深色的职业装大同小异，坐在会议室里对着男同事时眼冒杀气，说起话来啪啪啪啪，简直像机关枪在扫射。我就常常纳闷，我们是你们的战友，不是敌人啊！"

谭斌也笑了，可是笑得十分勉强："真话的确不好听。"

"我真正第一次注意到你是我离职时，在停车场里。"程睿敏的声音突然变得极其温柔。

谭斌转过脸，正对上他专注的目光。那目光里有什么东西在经历了无数禁锢和压制之后，正在肆无忌惮地释放。

"停车场？"

"是的，停车场。"像以前他在会议上发言一样，他的强调不是用音量和声调，而是通过唇齿动作过程的大大放慢来体现，"你递给我那杯咖啡时，我在你脸上看到真正属于女性的温柔。"

谭斌忽然发觉，两个人不知不觉间坐得太近，她的腿不时会碰到他的腿，腿与腿之间虽有两层厚实的布料作为最后的界限，但那种碰触在此时此刻却有赤裸的敏感。

她站起来想逃，程睿敏却不容她走远，一把拉住她。谭斌穿着高跟鞋站立不稳，一跤跌进他怀里。她看着程睿敏，程睿敏也看着她，两人之间似有一种无形的张力把他们往一起吸引。面面相觑片刻，他张开手臂，把她裹进自己的风衣里，紧紧抱住。

触摸到他衬衣下透出的体温，谭斌突突乱跳的心脏顷刻平静下来。犹豫了一下，她伸手搂住他的腰，把头搁在他的肩膀上。他的脸贴在她的脸上，那是寒风里唯一感觉到温暖的地方。

程睿敏低头，小心翼翼地吻她，因为得来太辛苦，有种令人难以置信的错觉。

谭斌的回应有点儿慢，却比他的激烈。

程睿敏呻吟一声，按着嘴唇躲开她的牙齿："你干什么？"

谭斌说："我讨厌你！"

程睿敏压着声音低笑道："讨厌我是这种待遇？那求求你恨我吧，我求之不得。"

谭斌一个“呸”字只吐出半声，又被他堵住了嘴唇。

“谭斌，”他在她的耳边低声说，“有人在看我们。”

谭斌说：“再看就找他收费，不能免费娱乐他。”

程睿敏大笑，捏捏她的鼻尖。“你，”他停一停，“不过你总算肯笑了。”

谭斌摸摸自己的脸，好像肌肉是开始软化，最难的时候已经过去。她在心里嘲讽地笑笑，以为需要很久才能从对沈培的负疚里走出来，原来这么快就已经释然。可见人情薄如纸，世间并没有永远这回事。

一阵冷风吹过，她抱紧双臂说：“换个地方好不好？我觉得像身处西伯利亚。”

程睿敏为她竖起大衣的领子，说道：“太晚了，你还是回去休息吧。”

谭斌问：“你不是还有话要说吗？”

他低头想了想：“好像该说的都说了，至少今晚能睡着觉了。”

“就因为签了个协议？”

“你说呢？”

谭斌冻得直哆嗦，不打算和他耍嘴皮子：“那我走了。”

“先别走，商量件事。”程睿敏一把拽住她的手，再次拉进怀里。

“说。”

“我要你的时间，每天一个小时，中饭或者晚餐，你自己选。”

谭斌答：“不可能。”

“那么一周三次？”

“一次。”

“两次？”程睿敏坚持道。

“好吧。”谭斌无奈，不再讨价还价，“那就两次，不过时间由我定。”

{03}

但随后的一段日子，她并没有遵守自己一周两次的约定。

程睿敏提前透露的消息果然见报。MPL中国内部开会讨论，认为会给众诚公司的技术标加分，但不会对最终的结果有太大影响。MPL中国当务之急还是尽快完成技术方案建议书，以及向总部申请最大的折扣。

日日周而复始的数字游戏，枯燥而乏味，似乎永远也望不到尽头，到了后来，每次看到电脑屏幕上密密麻麻的数字，谭斌简直有呕吐的冲动。

和程睿敏见面，就成了唯一的调剂。他的电话一来，她的心先就飞了过去。

其实见了面也做不了什么，时间仅够在餐厅一起吃顿饭，或者在附近的小公园里手拉手散会儿步。有时候谭斌赶时间，就只能在车里匆匆见一面，程睿敏为她带快餐来。明明胃口不佳，她还是像吃药一样勉强下咽。偶一抬头，见程睿敏正怔怔地盯着她。

谭斌诧异地问："怎么了？"

程睿敏不说话，只是理理她的鬓发，过了一会儿，说："我心疼。"

谭斌停下了所有动作，低头看看咬了一半的三明治，就有点儿哽咽。她咳嗽一声掩饰过去，勉强笑笑说："真肉麻！"

程睿敏一声不响地搂过她，下巴搁在她的头顶，一下一下抚着她的背。他沉默，她也不想出声，唯恐破坏这一刻的静谧和温存。

车里只有低低的音乐声在隐约回旋，是那首*Answer*。

"I will be the answer At the end of the line I will be there for you Why take the time In the burning of uncertainty I will be your solid ground……"

空灵的女声音色纯净，如耳边的低语。

程睿敏的衬衣外套了件羊绒背心，细软的羊毛蹭着谭斌的脸颊，温煦贴心。她听到他的心跳，一声接一声，低沉而规律，令她心神安宁。

可惜如此相处的机会也并不多，更多的时候谭斌累得东倒西歪，吃完饭精神一放松，说着话就睡着了。

程睿敏无限地容忍她，把车停在她的办公室附近，坐在驾驶位等她睡醒，再送她回去。

谭斌的歉意越来越深，程睿敏也很忙，但仍肯陪着她浪费时间。每见一次面，他眼下的阴影就似加重几分。

谭斌揉着他的眉心问："合作很难是吗？"

"嗯。"程睿敏闭上双眼，"观念太多冲突，几乎天天都在死磕，我快把这辈子的耐心用尽了。"

他的手放在她的膝盖上，手指修长，但毫无血色，谭斌握住他的手。"真对不起！"她说，"抽不出太多时间陪你。"

程睿敏笑笑，却不大介意地说："这是小事，非常时期我愿意迁就。不过，亲爱的女士，请记着，欠我的，我保留追加利息一起偿还的权利。"

他问道："私人时间我们可否不谈公事？"他只有这一个要求。

"好啊，"谭斌一口答应，"那我们就来谈谈，那回在塘沽，你先用色相极尽引诱，然后再挖墙脚是怎么回事？"

那是让她一直百思不得其解的一件事。

程睿敏立刻顾左右而言他：“唉，纳斯达克指数今天居然下跌了十个点……”

谭斌气得牙痒，但对方不肯配合，她也无可奈何。

但有件比这些略大一点儿的事，却让她紧张，程睿敏说打算带她去见一个人。

乍听到这个建议，谭斌吓坏了，她结结巴巴地问：“你不觉得太早了点儿？”

程睿敏忍着笑看了她一眼说：“你想到哪儿去了？又不是带你去见公婆，探探患者而已，至于吓成这样？”

“是亲戚？”谭斌表示讶异。

“不是亲戚，是这些年真正关心我的一位长辈。”

谭斌发觉此刻他脸上苍茫的神情似曾相识，就像当初他离开MPL，满眼万念成灰的凄惶。她曾因那个表情而心动，如今却情愿它永不再出现。

提前安排好工作，下了班谭斌上车跟他走。程睿敏的车停在公司侧门100米外。这方面他一向小心，不愿给谭斌带来任何麻烦。

谭斌走过去，头发已被风吹得乱七八糟，她先用发卡把头发盘在头顶，对着镜子照一照，觉得露出尖尖的下巴面容过于单薄，又把头发放下来。

程睿敏从未见过她如此怯场，不禁惊奇。

谭斌尴尬地解释道：“我一向没有老人缘。”沈培母亲留给她的阴影实在太深了。

程睿敏拍拍她的头说：“我喜欢就行了，你怕什么？放松放松……”

谭斌只能照办，说：“好吧。”

下班高峰，北二环上照例堵得水泄不通，遇到红灯能排出300米外。程睿敏见怪不怪，不知从哪里摸出一份报纸，在停车间隙翻阅。

谭斌也凑过去靠在他肩膀上，翻到后面的娱乐八卦和文化版，漫不经心地浏览着大标题。

她的目光突然定住，许久不能移动，有条不显眼的新闻映入眼帘：

青年画家沈培拍卖旧作，所得款项尽数捐献甘肃省希望工程。

谭斌本能地缩回手，神色有点儿僵硬。程睿敏没有留意到她神情的变化。前方变灯，长长的车龙开始挪动，他放下报纸跟上去。

谭斌挣扎了半天，还是取过报纸，把那条新闻细细地看了一遍。

新闻中说，沈培的一幅近作《最远的距离》在拍卖会上备受关注，以300万元的价格落槌，创下此次拍卖会，也是他个人作品的最高价。

文章最后提到，沈培将于年底受邀赴法，作为青年画家的代表参与筹备中法艺术家的交流展览。

旁边就附有那幅画的照片，青绿的底色，层层灰暗蔓延，纠缠的枝蔓间两张模糊的人脸，谭斌再熟悉不过。

世界上最远的距离是什么？

有人说：世界上最远的距离，不是生与死的距离，而是我站在你面前，你不知道我爱你。

沈培卖掉这幅画，等于彻底埋葬了过往的一切。离开她，他竟像火鸟一样开始重生。

谭斌收起报纸，转头望向窗外，忍不住微笑，却笑得苦涩而难堪。后来一路她都没怎么出声，直到目的地。

{04}

一直听说雍和宫附近的胡同里藏着不少精致的四合院，外面却看不出一点儿端倪。见识过眼前这一家，谭斌完全相信了这种说法。

高槐深院里风摇影移，满院秋荫萧瑟有声，进门处一座玲珑的雕花屏风，紫褐明润，透出不动声色的富贵之气。

主人是位60岁出头的老太太，收拾得干净爽利，举手投足间透出一股知性和优雅。

程睿敏恭敬地叫"干妈"，态度异常亲昵。路上谭斌已经知道，她就是程睿敏那位过世发小的母亲。

她带两人去厢房的小客厅，一路嗔怪道："睿敏，你天天在忙什么？不说我病了，都见不着你的人影。这姑娘是……"

谭斌立即乖觉地微笑道："阿姨，我叫谭斌。"

她看看谭斌，客气地笑道："小谭是吧？我听严谨说了。"

程睿敏马上问："严谨来了？"

"可不是，那孩子比你跑得勤快。"

程睿敏赧然道："干妈……"

"没怪你，知道你忙。你看看你的脸，都快跟墙一个颜色了。"

进了厢房，果然见到了严谨，正大模大样地在屋里坐着，一个人占了半张沙发，两条长腿直接横在茶几上。这天，严谨穿了件规规矩矩的黑色套头毛衣，掩去了不少痞气。看到他，谭斌顿时松弛下来。

程睿敏却走过去踢了他一脚说："腿放下，像什么样？"

严谨没理他，把腿伸得更长，歪在沙发上懒洋洋地问："小幺，你还欠我一顿谢媒酒呢，打算什么时候还呢？”

“什么谢媒酒？你胡扯些什么？”程睿敏皱眉。每次到了严谨跟前，他就英雄气短，平日的伶牙俐齿全派不上用场。他是怕严谨口无遮拦，把上回的事说漏了。虽然那天什么事也没发生，讲出来还是很尴尬。

严谨大笑着，利落地翻身坐起来说：“妹子，瞧见没有，他是恨不得把我灭口啊！”

“哦。”谭斌不明白他俩在说什么，只能笑笑搪塞过去。

干妈用力地在他后脑勺拍了一下，让他闭嘴，然后对谭斌说：“我们一直等着看睿敏的女朋友，他居然藏了这么些日子才带你来。”

谭斌大大方方地回答：“可能他觉得需要足够的勇气，才敢带我出来见人吧。”

干妈扬起眉毛笑了，看得出来她很喜欢谭斌。人与人之间的气场有时候契合得非常微妙。

她说：“睿敏的脾气有时候非常别扭，你要多给他点儿时间和耐心。”

“是吗？”谭斌看了一眼程睿敏，“好像他隐藏得很好，还没机会看他现出原形，等明年端午节吧，我多备一坛雄黄酒试试。”

严谨扑哧一声喷出一口茶。程睿敏神色如常，只是斜眼看着她，一副秋后算账的样子。

干妈家的晚饭清淡而精致，她一边招呼谭斌多吃，一边看着程睿敏犯愁，说道：“这孩子，怎么吃多少都不见长肉呢？”

严谨嘀咕道：“干妈，您见过刁德一长肉吗？给他吃什么都是浪费。那点儿东西，全让他拿去长心眼儿了。”

谭斌看着他，他朝谭斌眨眨眼，两人心照不宣地相视一笑。

饭后，保姆端上水果，几个人挪到起居室。干妈招呼谭斌坐在身边，絮絮地问了一些家常问题。谭斌感觉她的气场虽然柔和，却十分强大，并不敢造次，老老实实地一一作答。

最后还是程睿敏替她解了围，岔开了话题。

电视开着，只有谭斌心不在焉地看两眼，严谨早不知溜到哪儿去了。程睿敏蹲在干妈身边，两人尽管压低了声音，谭斌依然隐约听到她说：“你爸到底年纪大了，身体又不好，你总避而不见也不是办法……”

涉及别人家的私事听也不是，不听也不是。虽然没有刻意避开她，谭斌也觉得尴尬，屏住呼吸退了出去。

出了门，她看到严谨正站在葡萄架下抽烟，黏稠的夜色中，一点儿红色的火星在他脸前时明时灭。

她走近，严谨露出一口白牙，随即递上烟盒问："来一支？"

谭斌回头看看身后的灯光，犹豫着抽出一支。严谨把打火机凑到她跟前，嘴里叼着烟含混不清地问："不会吧？你怕小幺啊？"

"谁怕他呀，"谭斌极力分辩，"我一抽烟，就要被他教育抽烟有害健康，怪烦的。以前没发现他这么啰唆。"

严谨"啧"了一声道："你甭理他，他打小就这样，道貌岸然的，总不招人待见。"

谭斌忍笑忍得烟灰簌簌直落。其实，她一直好奇，程睿敏和严谨的性格南辕北辙，一个爽朗张扬，一个温润内敛，怎么能成为过命的哥们儿？

"嘿，这话说起来就忒长了，"严谨吸口烟，做出回忆状，"高一的事了，那时小幺刚从厦门回来，说话还带南方口音。他上学早，比我们都小一岁，人长得瘦小，脾气也怪，仗着成绩好老师宠他，见了我们总是爱理不理、阴阳怪气的。我平时最讨厌三脚踹不出屁的人，每回一瞅见他那小模样就想抽他，时不时地撩拨他一下。"

谭斌听得气不过，一口烟全喷在他脸上，说道："原来是你以大欺小，还好意思说？"

严谨没避过，连笑带咳地说："我是大哥，能干那没品的事吗？愿意代劳的小兄弟多的是。可他吧，挨了打也不长记性，下回见面还那样，为这个他没少吃亏。结果有一天，有一个人口无遮拦，说到他爹妈，终于把他惹急了。甭看他平时蔫了吧唧的，打起架来还真不含糊，抡起砖头就把人给开瓢儿了。我一瞧，嘿，欺负到我严谨兄弟头上了，也撸起袖子冲上去。兜里有把弹簧刀，我原是想吓吓他的，没想到他抬手一挡，胳膊上划了这么长一口子，血哗哗地往下流……"他在自己手臂上比画着，"喏，就这儿……"

谭斌不禁啧啧出声道："你们打架居然来真的，真见了血呀，那后来怎么收场？"

"唉，我们都给拎到派出所蹲着，通知学校和家长来领人呗。我被我们家老爷子胖揍一顿，然后才知道，他爸妈离了婚，他姥爷因为这事被气成脑出血，刚过世不久。小二，哦，就是干妈的亲儿子，掐着我的脖子去找他道歉。我跟小幺说，以后什么都不用怕，大哥我会罩着他，我们就这么着成了拜把兄弟。"

谭斌长出一口气，果然是这样，难怪第一次去程睿敏的住处，就发现他家里似乎缺点什么。当时她并没有意识到，后来听到同事提起他的父亲，才想起那片挂满照片的墙上，有他的外公、母亲、同学和朋友，就是没有他父亲的任何照片。

严谨扔下烟头，用脚用力踩灭，说道："那事过后，小幺就等于没家了，所以我一直觉得欠他的。"

谭斌错愕地抬起头问道："没家了？什么意思？"

严谨被问得更奇怪，说道："小幺没告诉你？"他挠挠头，"算了算了，当我多嘴，回头你还是问他吧。妹子，哥喜欢你，所以告诉你句话，小幺脾气磨叽，可人挺好。你想收服他，就一个办法，对他好，使劲对他好。"

谭斌挑起眉毛看着他。

严谨手插裤兜里，望着她笑笑道："因为他有个毛病，别人对他不好呢，他觉得是应该的，别人一对他好，他就手无足措。"

最后一句话，像根刺一样扎进了谭斌的心里。

她一直以为悲伤、绝望、沮丧、放弃……所有这些词语，全与程睿敏毫无关系，他甚至应该是作为这些词的反义词醒目地存在于这个世上。别人习惯了，他也习惯了，把自己当作一棵遮阴的大树，能够屏蔽一切风霜雨雪。而事实上，一旦剥开外面的伪装，他内心深藏的脆弱更需要妥帖的呵护。

Chapter14

盛世能够掩盖很多问题，
颓世时最微小的疏漏都足以致命。

{01}

周六，普达集采技术文档的整理暂告一段落，谭斌给团队放了一天假，好让大家都有时间处理一下私事。

程睿敏接她先去吃了晚饭，然后两人商量着打算再看场音乐剧。

谭斌一直忘不了严谨说过的话，一路上她总想撸起他的袖子看个究竟。

程睿敏感到很纳闷，问道："你老拉我胳膊干什么？甭捣乱，我开车呢！"

不过，谭斌到底还是看见了，右臂上两寸长一道伤痕，伤口已经平复，只留下一道白印，边缘还有缝针的痕迹。她把嘴唇贴上去，轻轻地蹭了几下。

程睿敏奇怪地看着她："你今天是怎么了？"

谭斌凑过去亲亲他的脸叫道："睿敏。"

"什么事？"

"没什么，"她放低声音，"我爱你！"

程睿敏手里的方向盘几乎打滑，前面一个红灯，他一脚刹车停下了，转头看着她说："你说什么？"

谭斌白了他一眼，说："你明明听见了，装什么蒜？"

"我有间歇性失聪，关键时刻总掉链子，真没听见，再说一遍吧。"

谭斌气极道："仅此一次，过时不候，下回你最好配个助听器。"

程睿敏便不再追问，右臂绕过她的肩膀，用力地将她搂近自己的身旁。

谭斌莫名地感到了压力，不禁抗议道："你干什么？"

他却捧起她的脸，紧紧地箍着她，不管不顾地强吻下去，唇舌的辗转仓促而急迫。她耳后香水的味道随着体温散发在车内狭小的空间，即使是最素净的绿茶香味也逐渐变得浓郁，带着足够的杀伤力压迫着两个人的呼吸。

绿灯亮了，后面的车开始频闪大灯，并按着喇叭抗议。谭斌用力地挣脱程睿敏的手臂，低声说："咱别做没公德的事，快开车。"

程睿敏却没放过她。谭斌今天穿了一条浅灰色的羊毛短裙，裙摆下露出两条穿着深灰色透明丝袜的长腿。他仅用左手把着方向盘，将右手放在她的大腿上，手心热热的像个小熨斗，紧贴着她一层薄袜下的肌肤。过了路口，他突然说道："咱们别去看剧了，跟我回家好吗？"

两人相处这么久，有些该发生的事终会发生。谭斌的脸不易察觉地浮上两片红晕，极低极低地"嗯"了一声。

于是，程睿敏再次失聪："什么？你大点儿声，我没听见。"

谭斌抬手就拍在他脸上，说："讨厌！"

不疼，但声音极响，程睿敏捂着脸佯作恼怒地说道："行，你等着，看我怎么收拾你。"

谭斌不屑地抱起双臂，亦佯作勇敢，冷笑："好，我等着。"

回到程睿敏的别墅，刚关上门，谭斌便转过身，攥紧他的衣襟，用力往前一带，他整个人都俯向她。

"你想收拾谁，嗯？"谭斌故作轻佻地问道。

程睿敏极煞风景地笑起来，说道："不行不行，这眼神，差太远了。"

谭斌手下使力，让他贴得更近，问道："你说什么？"

他还是笑着说："谭斌，你知道演员怎么练习色眯眯的眼神？你得看着我，好好看着我，想象眼前是块油汪汪的五花肉……"

谭斌攒了一路的气势顿时一泻千里，只好笑了。程睿敏却趁机抱紧她，顺势吻上她的双唇。

谭斌扭来扭去地躲着他，含糊地笑："我不吃肥肉，只要排骨。"

程睿敏的手从她的上衣下摆伸进去，四处游移，说道："喏，脊骨在这儿，肋排在这儿，胸骨……嗯……胸骨……"声音停下来，他的手却留在某处，力道渐渐加重。

谭斌立刻不能动了，半边身体像过电一样酥麻，腿软得几乎站不住。然后，不知怎么回事，她就倒在他的身上，两人身下是客厅的羊毛地毯。

她俯视着他的眼睛，那双眼睛黑沉沉的，看不到尽头。他安静地回望她，唇角轻扬，很少笑得这样纯粹。

谭斌后来的记忆有点儿乱。

屋顶的吊灯忽然就翻转到她的上方，水晶瓔珞反射出华丽的细碎光芒，直沉入她的瞳孔深处。

她觉得窒息，喘不过气，浑身滚烫，像要融化在他的身体下。实际上他的动作轻柔而克制，温情有度，是她自己的心跳窒息了她的呼吸。她微微地皱起眉头，秀丽的脸上辨不清是痛苦还是欢愉。

程睿敏看着她，只觉得以前的一切都有了补偿。

恍惚战栗的一刻来得快而激烈，如烟花升空，绚烂无比的色彩扑面而来，而后碎片如雪，缤纷坠落。他伏在她身上很久不动，脊背上一层薄汗。

此时正是北京最难熬的季节，还未真正入冬，开放供暖系统有点儿早，到了晚上，室内室外几乎一个温度。

谭斌怕他着凉，把他的衬衣勉强拉好，摸过一件外套盖在他身上。程睿敏十分安静，任她梳理着自己的头发，没有任何动作。

谭斌以为他睡着了，亲亲他的脸，轻声说："我爱你！"

程睿敏却低声回答说："我也是。"

谭斌抵着他的额头笑着说："亲爱的，说那三个字有那么艰难吗？"

程睿敏抬起头看着她，无言了好一阵，然后俯下身重新吻上她的嘴唇。这一刻他的嘴唇柔软而温暖，少女一般，那吻却极深极深，他对她百般心碎的感觉全在其中。

谭斌从浴室出来，扔掉浴巾钻进温暖的鸭绒被，满足地叹息一声。程睿敏已经蒙眬欲睡，迷迷糊糊地搂着她叮嘱道："盖好，别着凉了。"

谭斌枕在他的手臂上，数着他长长的睫毛叫道："睿敏。"

"嗯？"程睿敏努力地想撑起困倦的眼皮。

"问你件事。"

"说吧。"他心不在焉，已经神游物外。

"那天严谨说，你16岁的时候就没有家了，是什么意思？"

程睿敏一下睁开眼睛，睡意跑得无影无踪，说道："他都跟你胡说些什么？"

"你甭管他说什么，你先解释解释这段话。"

程睿敏终于撑起身体，端详着她，说道："这些乱七八糟的事，你干吗要知道？"

"我想知道，我当然要知道。"谭斌固执地望着他。

"给个理由。"

"你是我的人，过去、现在、将来都是我的。"谭斌把手按在他的心口，像美国总统就职宣誓一样郑重。

程睿敏看着她笑了，说道："要不要盖个戳儿证明你的所有权？"

"咦，提醒我了，明天我就刻枚章盖在这儿。"谭斌笑靥如花，手挪到他身上肌肉最多的地方，"上书十六个字：私家专有，非礼勿摸；一定要摸，付费即可。下注：美金一百元起。"

话音未落，她的肩头被人狠咬了一口，她忍不住"啊"的一声尖叫。

程睿敏躺回去，无辜地合起双眼道："睡觉。"

谭斌努力地侧过头，臂膀上果然一圈红红的牙印，像一枚椭圆的橡皮章。她气得翻身上去，抓住他的手臂按在头顶的床架上，换成一个极其暧昧的姿势。

程睿敏含笑看着她问："你想干什么？"

谭斌将床头台灯的插线绕在他手腕上。"说不说？"见他一脸坏笑，谭斌又瞪着他补充，"你甭想歪了，我这真是在逼供。"

程睿敏笑得浑身发颤道："来吧来吧，我甘愿承受。"

谭斌没辙，问道："真不说？"见他没有任何反应，她噘起嘴，躺到一边不再说话。

程睿敏的笑容却渐渐收敛，侧过头若有所思地注视着她说："你就这么好奇？"

"我不是好奇，"谭斌抚摸着他的脸颊，"我就想知道这些年你是怎么过来的，严谨说这句话的时候我难受得不行。"

她16岁时，还天天赖床，每天都要母亲叫上三遍才肯爬起来，睡眼惺忪地换衣服上学，很多时候连头发都是母亲帮着梳理的。

程睿敏双手枕在脑后，仰望着天花板，很久没有说话。

"你怎么啦？是不是我太过分了？"

"没什么，上一辈的故事大同小异，没什么新鲜的。"程睿敏说得言简意赅，声色平淡，"我妈和我爸的婚姻，就带着那时候的特色。你知道，我外公曾是S大的教授，当年的'臭老九'；我爸家里却是根正苗红的工人阶级，他们的感情一直不是很好，我印象里两人就不怎么说话。后来我妈开始驻外，我爸忙得天天见不到人，索性把我送到外公那儿。"

谭斌拖过他的手，安抚地放在自己胸前说："那时候你有多大？"

"记不清了，六七岁吧。反正等我回了北京，他们就开始折腾离婚，一折腾就是三年。"程睿敏笑得有点儿讥讽，"当时不比现在，离婚是件挺大的事，单位天天做工作，外公也专程赶到北京，希望等我高考完再说。我妈对他说，她死都要离，哪怕放弃我的监护权也在所不惜，最后终于离了。"

谭斌睁大眼睛，却没敢出声，这个故事和她私下猜测的版本不太一样。

"我当时无论如何都想不明白，两个好好的成年人怎么会互相憎恨成那个样子？外公去世后，没人再管我，我开始逃学、打架，成绩一落千丈。”

听到这里，谭斌笑了，举起他的手对着灯光说：“你跟人打架？哎呀，真是人不可貌相。严谨说时我就吓了一跳，看看这手指，柔如春葱，居然还能拍人黑砖，啧啧啧……”

谭斌是故意岔开话题，想分散他的注意力，因为不忍看到他眉间旧日的伤痛。

程睿敏又把手放在她的脖子上，做出一副狰狞的表情，说：“你想试试？”

谭斌侧头躲开，伏在他胸口调笑：“平时看你挺瘦的，想不到还有胸肌。”再按按腹部，言若有憾，“什么时候你能把腹肌练出来呢？”

程睿敏说：“你眼神儿不好吧？我有腹肌，还是六块。”

谭斌仔细摸了摸，点头道：“嗯，有，不过它们比较低调，相当淡泊名利。”

程睿敏啼笑皆非，用力地把她推到一边。

谭斌摸着肚子笑得要岔气。

那故事的后半段情节非常像电视里的闹剧，不过程睿敏说得那么平静。

父母离婚后，迫于舆论，母亲不得不辞去公职只身出国，除了逢年过节寄钱寄礼物给他，再没有回来过。父亲很快再婚，后母只比他大十多岁。程睿敏心里非常失衡，在学校里的表现愈加出格，成绩越滑越低。

和严谨打架，进医院清理完伤口缝针后，家长被通知去派出所领人。就在派出所门口，一向脾气暴躁的父亲指着他骂道：“你丢尽了我们老程家的脸，跟你妈一样，上不得台面的坯子！”

16岁的程睿敏反唇相讥道：“那也比你一肚子男盗女娼强。”

父亲气得暴跳如雷，一巴掌把他扇在地上说：“滚，我没你这个儿子！”

程睿敏便头也不回地跑了，带着伤在外面流落好些天，才被干妈收留。等他想家的时候，他站在自己家门口掏出钥匙却发现大门的锁芯已被换掉。

“那天晚上下大雨，头顶一个雷接一个雷地劈下来。”程睿敏撑着头微笑，“就像电影里的倒霉主角，我站在公交车站等末班车，左等右等也不见车，看看表知道还是错过了，冒雨走了两个多小时才回到学校。从那以后我落了个毛病，每次开门都要反复确认，特别害怕钥匙插进去打不开门的那种感觉。”

谭斌突然想起他被迫离开MPL中国时，可不是又经历过相似的一幕，心中一酸，忍不住抱紧他的手臂。

程睿敏揉揉她的头发，似乎明白她想什么，说：“那个年纪气性真大，开始是赌气，后来是没有台阶下。我再没有回过家，我们父子俩就这样僵持了十几年。”

“你一直住在你干妈家？”

“不是，”他摇头，“高中和大学我住宿舍，后来在外面租房子。你可能想不到，高中时是后母每个月去学校看我，送钱，送衣服，送吃的。我那时特别不懂事，简直是恶毒，一边冷言冷语地嘲讽她，一边熬不住嘴馋吃她带来的东西。她常被我气得当场掉眼泪。”

谭斌扑哧一笑，说道：“真想不出你恶毒起来什么样。要说你后妈，也真够坚强的。”

“是，我问她，图什么呢？她说，你爸心里一直惦记着你，又不肯服软，我不想你们父子两个将来后悔。高中三年，我跟她的关系反而是最亲近的。不过我幸亏和我爸赌着一口气，成绩又上去了。”

“瞧你一副优秀青年的模样，没想到从小是个问题少年。”

谭斌更没有想到，严谨那句话竟是真的。六七岁就缺少母亲关注的孩子，早熟，对感情没有自信，索求也必然比常人强烈。这样的环境下他居然没有长成歪脖儿树，实在是个奇迹。

夜深了，程睿敏已经睡熟，呼吸清浅，伴着胸口轻微的起伏。

身处陌生的环境，谭斌一直无法坦然入睡。她睁着眼睛，借着窗帘空隙透进的微光，打量着他的浓眉长睫和睡梦中带点儿孩子气的表情。

身边就有出自离异家庭的同事，坚韧而能干，但是比起双亲俱全的孩子，为人处世上多少还是有点儿区别。最明显的一点，是他们对外界伤害过分敏感的自我防卫意识，没想到程睿敏也是其中一员。

谭斌握住他的手，轻轻地贴在自己的脸上，心中既有怜悯的心痛，也有点儿不堪重负的忐忑。

清晨，程睿敏先醒了，是被冻醒的。谭斌背对着他蜷在一旁，长发散落枕上，睡得好不香甜。也许是以前的习惯，她一个人斜着占据了半张床，大半条被子都被她卷在身下。

程睿敏试着拉一拉，被子纹丝不动。他笑笑，索性轻手轻脚地起身，心想，如此霸道的睡姿，以后还真是个问题，幸亏他的床有两米宽，足够大。

走出卧室下楼，程睿敏在客厅找到谭斌的手包，把两枚家门钥匙挂在她的钥匙串上，又给钟点工留张字条，提醒她去储藏室找两床单人被出来。

他低头写着字，脸上的笑容却像涟漪一般，不自觉地渐渐扩散。

{02}

那晚之后，两人见面基本上都在程睿敏的家里。如果没有应酬，他习惯把工作带回家，边工作边等谭斌下班，晚饭通常也在家里解决。

程睿敏的钟点工手艺相当不错，做一手极好的家常菜。不过稍微留意，谭斌就发现他的口味偏向清淡的潮州风味，而自己喜欢比较厚重的味道。幸好大部分工作结束后的时间往往只有夜宵可吃，这才得了机会逐渐适应。

谭斌也取了几套衣服放在程睿敏的住处，避免次日上班给人造成一夜未归的印象。

在衣帽间里，谭斌注意到一件事——和她的一样，程睿敏的衣架上罕见的休闲服饰基本上都是上班穿的衣服。那一列男式正装几乎全是登喜路的，比起流行的Boss和阿玛尼，他好像更加偏爱这个极具英伦风格的牌子。

程睿敏解释说，外公当年有套旧衣服就是登喜路的，年幼时令他印象深刻，所以成年后一直情有独钟。

实际上，登喜路是个很难讨好的品牌，对穿着者的形象和气质有着微妙和苛刻的要求。不过程睿敏穿起来确实好看，那种低调之中的奢华和优雅被他演绎得恰到好处。

她拉开抽屉，里面一格一格存着领带和皮带。有些尚未拆封的，仅看包装不像是购自国内。谭斌心一动，找个机会，装作不在意的样子问他："那些领带，都是国外出差时买的吗？"

程睿敏从电脑屏幕前抬头，想了想说："有些是。"

"其他的呢？"

"不少是别人送的。"

谭斌挤过去坐在他腿上，问道："女朋友？"

"怎么这么大酸味？"程睿敏捏捏她的脸蛋，眼睛却依然盯着屏幕，"你也会吃醋？"

"我还会吃人呢，"谭斌没好气，说得言不由衷，"就觉得你吧，清白得有点儿过分。老实说，世事反常即为妖。"

"妖？"程睿敏一心两用，只听到最后一个字，仰起头笑笑，"妖精还是妖怪？"

"这俩有区别吗？"

"当然不一样。我比较喜欢妖精，呃，草木狐蛇都不错。"

"最好还是蜘蛛精对吧？"

"对呀，因为可以七个兼收并蓄。"

谭斌"呸"一声，发觉又被他牵着鼻子转移了话题，于是正色道："严肃点儿，问你正事呢！"

程睿敏微笑道："不是都交代过了吗？以前的女友，分手已经半年了。"

"现在还戴着人家送的领带，肉麻死了知道不？"

程睿敏转头望着她，几乎是笑不可抑。

"笑什么？心虚了是不是？"

程睿敏终于笑出了声，说道："原来你拐弯抹角惦记的是那条。那是我妈送的好不好？"

"哦……"谭斌的脸红一下，还是强词夺理，"那你干吗误导我？"

程睿敏掐着她的腰，身下椅子转了180度："来，说说，你和老余又是怎么回事？"

"Tony？那是他单恋，关我什么事？"

"单恋？哎哟，瞧瞧你俩的名字，一个Tony，一个Cherie，曾经的英国第一夫妇，多般配啊！"

谭斌恼羞成怒，用力地掐了他一把，说道："早跟你说了，是巧合！"

程睿敏目的达到，忍着疼轻笑说："去帮我做杯咖啡。"

谭斌悻悻地起身道："喝什么咖啡，下午4点以后不许再喝咖啡。"

程睿敏的注意力已经迅速转回自己的工作中去，没再顾上和她斗嘴。

谭斌靠在房门上，望着他的背影静静地站了一会儿，忽然发觉这个场景极其熟悉。当初沈培作画的时候，也是这样旁若无人的状态。她嘴角微沉，神色不觉变得黯然，低头离开书房，下楼泡了一杯普洱茶放他手边，自己怏怏地上床睡觉。

不同的只是她。

在沈培面前，谭斌总想尽力做得完美，最终却发现彻底高估了自己。而在程睿敏面前，她并没有想过刻意掩饰。

半梦半醒的光景，谭斌听到耳边窸窣作响，床垫微微颤动，知道是程睿敏结束工作回到了卧室。

他的作息通常要比她晚两个小时，真正上床的时间往往已过凌晨两点。她翻过身，双臂绕过腰部抱住他，脸紧紧贴在他的背上。他不说话，只是握紧她的手，静静地享受这片刻的温存。

"什么时候你能有几天空闲？"谭斌问。

"做什么？"

"咱们去澳大利亚过个圣诞节吧。"

"宝贝儿，你在说梦话吧？合同不签完，新年前你走得开吗？"

谭斌想想果然是，懊恼地抵着他的背，不停地咕哝道："我讨厌这个集采！"

程睿敏拍着她的手安抚道："截标了吧？"

"还有几天。"

"那不是就快熬出头了吗？睡吧，你明天还要早起。"

谭斌把手心贴在他的胸口，心脏的跳动一下接一下，仿佛她的心跳也变作同一个频率。她的眼皮慢慢落下来，抱着他睡熟了。

{03}

截标的日子一天天地逼近，进度照例滞后，谭斌的耐心亦在压力之下一天天耗尽。同事笑言，看见她简直就像看见了白雪公主的后妈，晚上会做噩梦。

只有王奕给了她一个惊喜，真把普达的总工陈裕泰约了出来。

谭斌不禁惊讶，问道："我请多少回他都不肯理我，你是怎么做到的？"

"就俩字，死磕。"王奕得意扬扬地传授经验，"我在普达门口堵了他三天，最后一天一直等到晚上11点半。他说他加班，好哇，我就替他订了晚餐和夜宵，让人一趟趟地送进去。他终于不好意思，总算出来了。我开车送他回家，路上跟他装可怜，说是老板给的死任务，他再不肯赏脸我只好丢饭碗了，然后掉几滴鳄鱼泪，他就答应了。"

谭斌听得直笑，这样死乞白赖的招数，也只有王奕使得出来，换了她，碍着身份还真拉不下这张脸。

在地坛公园的北门，有一处著名的商务会所，名字很怪，叫作"乙十六"。从地坛里单独隔出的院落，花木扶疏，古色古香，即使冬季，环境也十分幽静漂亮。

唯一的缺点是出奇的贵，但是陈裕泰点名选了这里，谭斌只能让秘书先订了位。接近下班时间，她提前出发，先去包间巡视了一遍。见一切无恙，她松口气，坐下来，点开微信给程睿敏发信息道："晚上和客户吃饭，你别等我，早点儿休息。"

微信是谭斌帮程睿敏申请开通的，她没想到程睿敏之前真的没安装微信，理由是浪费时间。

程睿敏回复很快："和谁？"

谭斌回："告诉你是刺激你，不说。"

他就不再理她，倒弄得谭斌心痒难熬，只得再回过去说："为什么不问了？"

程睿敏回道："爱谁谁。"

气得谭斌跺脚，又不能拿手机撒气，只好冲着程睿敏的微信头像轻轻地"呸"了一声。

就在谭斌望眼欲穿之际，陈裕泰终于到了。

其实，他的年纪并不大，严格说起来比田军还小一岁，都是1980年以前刚恢复高考时最早的一批应届毕业生。可是因为陈裕泰肤色较深的关系，人又瘦小，所以比较老相，冷眼瞧上去两人相差七八岁。

谭斌听到门响便站起来迎接，说："陈总，真不容易，总算在办公室外见到您了！”

陈裕泰未有任何客套，大大咧咧地坐在主位上，问她：“就你一个人？”

谭斌微微一笑，说道：“是的，我全心全意等着陈总光临，不知道陈总心里还惦记着谁？”

陈裕泰看她一眼，没有说话。谭斌也就噤声，不敢太过放肆。

服务生进来递上奏折式的檀木菜单，谭斌把菜单倒转，双手转呈给他，陈裕泰却一挥手说：“你来吧，简单点儿，早吃完早回家。”

谭斌闻言，心凉了半截，他这个架势显然是在应付。不过也难怪，这年月请人吃饭，已是一件最没有吸引力的事情。她只好给自己打气，反正今天的重点也不是吃饭，重点是想办法哄得他高兴。

因为不了解他的口味喜好，谭斌瞄着菜单，不动声色地点了两个昂贵的招牌热菜。因为他对杯中物的喜好是有名的，尤其喜欢五粮液。谭斌一不做二不休，索性直接上了2015年的五粮液，55度，她这回打算舍命陪君子。深交不敢奢望，只希望今天能打开僵局，起码以后见面不再尴尬。

凉菜先上来，为了活跃气氛，谭斌搜肠刮肚，拼命回忆喝酒的段子凑趣。有美女在侧，酒过三巡，陈裕泰明显松弛下来了。

他问谭斌道：“今天这饭局是不是鸿门宴？我跟你说，如果不提集采的事，咱们还能坐一会儿；提一个字，我立刻就走。”

谭斌立刻赔笑道：“陈总，您太让我伤心了，盼星星盼月亮，我就盼着能有个机会跟您叙叙，可请了多少回，您一直拒绝，拒得我简直没了一点儿人生意义。今儿又这么说，您这不成心打我脸吗？”

陈裕泰看看她粉白精致的一张脸，总算笑了，说道：“没人舍得下手吧？”

“这话说得就该罚酒，”谭斌似笑非笑地睨着他，“您要真有怜香惜玉的心思，怎么会一直推托我？”

陈裕泰见惯了谭斌平日端庄的样子，没想到她离开办公室尚有不为人知的另一面。一件薄薄的黑色鸡心领羊绒衫把她的身形衬得凹凸有致，颈部一条细细的白金链搭在锁骨上，灯下闪着冷冷的微光，眼风如酒，却比杯中的酒液更加醉人。

陈裕泰在惊诧之下难免七情上面。

谭斌略低下头，眼角的余光将他的表情扫尽，暗暗松了一口气。毕竟做技术的人掩饰功夫还是欠缺点儿火候，初见时他脸上的排斥之色已渐渐隐退，这就是做女性销售人员的好处了，对方腹诽再多，当面总不致过于难堪。

谭斌拿起酒瓶，先为他斟满杯子，又端起自己的酒杯，笑吟吟地问：“陈总您说，这杯酒是该罚您还是罚我？”

“还用问吗？既然请我，总要有点儿诚意吧？”

“原来您要的只是诚意，”谭斌笑，“诚意我有，多的是，只要您肯收。”

“是吗？那让我看点儿实际的。”陈裕泰抱起手臂。

谭斌拿起酒杯，在他的杯沿上轻轻一碰，说道：“第一杯，老北京的讲究，这叫酒满心实，我干杯，您随意。”她非常豪爽地仰头干了，反手亮出杯底。

酒桌上的洒脱干脆，曾替谭斌赢过不少印象分。

“好！”陈裕泰亦不例外，亲自操起酒瓶，斟满了等着她，“我就喜欢痛快的人。”

谭斌却不干了，伸手按住杯口。“第二杯有个说法，叫杯对杯，一起饮，您也得净陪一杯，漏一滴呢……”她竖起三根白皙的手指在他眼前晃动，“滴酒罚三杯，您自己掂量。”

“这就是交杯酒了。”陈裕泰笑得可恶。

类似的调戏谭斌经历过无数次，早已麻木，她若无其事顺着他的话说：“对啊，在韩国，交杯酒表示友情和友谊，我觉得更合古时交杯酒的本义。您也知道，韩国文化更多传承的是我们明朝的遗风。”

就这么在风言风语中打着擦边球，热菜没怎么动，一瓶酒倒下了大半。陈裕泰已面红耳赤，但言辞依然清晰，神志尤其清醒。谭斌的体质是那种越喝脸越白的人，内里翻江倒海，头晕目眩，外表却看不出一点儿端倪。

陈裕泰吃惊于她的酒量，说道：“早就听说你能喝，想不到是真的。”

谭斌觉得到了可以借酒蒙脸的地步，她垂下头，配合出哀怨的表情说：“我今天就是超常发挥，酒逢知己千杯少，您相信吗？”

陈裕泰哈哈大笑，一点儿都不肯领情地说：“你甭顺竿爬了，说吧，今天到底有什么事？”

谭斌看着他，神情极其纯洁无辜地说：“我都说了，就是想和您聊聊天，您怎么不信呢？其实我第一次见您就觉得特别亲切。”

陈裕泰脸上略微露出点儿嘲讽的神色。

“真的，您长得像我大学时的一位师兄，特别像。”谭斌讲得动情，因为杜撰的蓝本根本就是当年的她和瞿峰，“他很照应我，自大一开始，从功课到做人教会我很多，后来……后来他出国了，把我一个人留在人生地不熟的北京。父母也不在身边，我一直想，如果有个兄长也不至于多走许多弯路……”说到这里她停下，垂下睫毛，似在掩饰什么。

在陈裕泰看来，这就是强忍眼泪的唏嘘，他咳嗽一声开口道：“小谭，这个……”

“对不起！”谭斌适时地抬头，露出勉强的笑意，“我喝多了，对不起……我认罚一杯。”她自斟一杯，果然一饮而尽，怎么看怎么带着些借酒浇愁的味道。

陈裕泰再看她时，眼神终于开始软化。谭斌由此得出一个结论，人与人的相处，很多时候突破口还是存在于最基本最原始的需求上。

那晚酒干菜尽，结账时扎眼的四位数字让她稍稍心疼了一下，她只好在心里安慰自己，这钱花得总算略有收获，至少陈裕泰说话客气了许多。

送陈裕泰到家门口，挥手道别，谭斌吩咐出租车司机掉头，直接回了自己家。她不想让程睿敏看到自己醉醺醺的样子。

忍着胃里的难受洗完澡，谭斌扶着墙摸回卧室，脑袋晕得一塌糊涂，整夜都睡不安稳。

{04}

次日清晨，谭斌对着镜子一照，脸色青白，眼睑水肿，化妆品都遮不住。

王奕看到她，先是吓了一跳，了解头尾后则做出结论：“下回奥斯卡该颁您一个最佳表演奖。”

谭斌苦笑道：“我同意。”

下班回到程睿敏的住处，她整个人都是蔫的，一个呵欠连着一个呵欠，眼泪汪汪像瘾君子发作。

程睿敏难得有片刻清闲，正在二楼书房清理书架。谭斌托着下巴坐一边，看他坐在梯子上，小心地取出几本，抹净灰尘，翻几页，然后放回去或者摞在身侧。这半架历史方面的书籍都是他外公留下的遗物。

“读史是让人成长最快的方式，”他对谭斌说，“我先帮你挑几本启蒙的，有时间你看看。看多了你会发现，办公室里那点儿事全是最低级的段数。”

谭斌凑过去看了一眼，放在他身边的是一套中华书局普及版的《资治通鉴》，她点点头，有气无力地说声“谢谢”。

程睿敏听着语气不对，抬头见她脸色灰扑扑的，像霜打的茄子，不禁诧异道：“昨晚到底和谁吃饭？怎么一夜工夫，青枝绿叶就变成了咸菜叶子？”

谭斌懒懒地趴到沙发上说：“这人你认识。”

程睿敏跳下梯子，走过去坐她身边问：“谁呀？”

谭斌挪了一下身子，把头枕在他的大腿上，犹豫一下才回答：“普达的总工。”为避免刺激他，她没有提陈裕泰的名字。

程睿敏“哦”了一声，便没了下文。他一直这样，其他方面往往不吝赐教，唯独对与集采有关的事讳莫如深，只是说：“相信你自己的直觉。我和MPL的旧日恩怨，说得太多会影响你的判断。”

谭斌虽觉这方面他有点儿矫情，不过是众诚的商业合作伙伴，哪儿至于如此小心？但她一向不喜欢强人所难，他不爱说，她也就很少再提及相关的话题。

过了许久，听不到她的声音，程睿敏低下头，见她的双手软绵绵地放在胸前，闭着眼睛一动不动。

“谭斌，睡着了？”

谭斌含含糊糊地应了一声。

程睿敏无奈，拍拍她的头说：“去洗个澡，上床好好睡。”

谭斌有点儿不耐烦，翻个身，脸藏在他双腿间说：“别管我，睡一觉起来再说。”

结果等她真正睡醒已是第二天清晨，人在床上，一夜无梦，也不知道程睿敏是怎么把她弄进卧室的。看看表，才7点，身边的床单一片皱褶，被子堆在一边，他竟起得比她还早。

对着浴室的镜子，谭斌不免大吸口冷气，昨晚残妆未卸，她的皮肤又特别吸色，眼影化开了沁进了肌理，活像吸血鬼的烟熏妆。滚烫的热水从头到尾清洗一遍，这才重新找回自己，感觉饿得前胸贴后背，她换了衣服下楼。

清晨的阳光正透过厨房的白色抽纱窗帘，在对面的瓷砖上留下模糊的光影。程睿敏刚吃完早餐，衣着整齐地坐在窗下，膝头放着电脑。

看到她问：“咦？怎么没去跑步？”

谭斌拿起一片面包，咬了一口说：“昨天一天都没怎么吃东西，饿死了，今天欠一回。”

“前天你到底喝了多少？”

谭斌随口回答：“三钱的杯子喝了十几二十个？三两四两的样子吧，我没留意。”

程睿敏收起电脑，神色郑重道：“谭斌，有没有想过辞了职再去读个学位？”

谭斌一怔，差点儿被面包噎住，说道：“你想干吗？”

“你怎么这么大反应？”

“还问我，你怎么回事？以前怂恿我跳槽，现在鼓动我辞职，为什么总想让我离开MPL？”

“跟MPL无关。”程睿敏坐在她的对面，语气依旧温和，“你看看自己，熬夜、抽烟、喝酒、失眠，再这样下去你会把自己的身体本钱糟蹋干净。我不想让你再做销售，女孩子本来就不适合做销售。”

谭斌慢慢地放下面包，笑笑说：“原来你和他们都一样。”

“什么意思？”

“性别歧视，”谭斌微笑，“永恒的性别歧视，我以为你不一样。”

“这都哪儿跟哪儿啊？”程睿敏看着她，表情无奈，“谭斌，你不要像刺猬一样，见谁都竖起刺行不行？我是心疼你，心疼你明不明白？心疼你我才这么建议，你又想哪儿去了？”

谭斌不想继续这个话题，说道：“急流勇退也得有足够的本钱吧？我可不想回家做家庭妇女，过个三年五载变成与社会完全脱节的边缘人。要么，你就等我做到真正的总监再继续这个话题。”

程睿敏明显不悦。“随便你，”他站起身取了大衣，“今早有个会，我先走了，你自己开车小心。”

谭斌送他出去，公司的车就候在门口，司机打开车门，上前接过他的电脑包。目送他的背影离开，谭斌心里多少有点儿懊悔，不甘心两人相处的蜜月期就这样结束，忍不住叫一声：“程睿敏！”

他回头，见谭斌站在门里眼巴巴地看着，便和司机交代一句，又走了回来。

“什么事？”

“以后我会少喝酒，”谭斌说，“我答应你，能不喝就不喝。”

谭斌是轻易不说软话的人，她竟然肯让步，令程睿敏十分意外，但他没说话，只是看着她笑笑。谭斌忽然觉得委屈，眼圈一下子就红了，立刻把脸扭到一边。

他捏着她的下巴又转回来，凑上去轻轻碰碰她的嘴唇，似充满歉意地说：“那我走了。”

谭斌低头“嗯”了一声，程睿敏摸摸她的头发，叹口气，上车离开。

{05}

这天是技术标截标前的最后一天，下午4点，谭斌把投标文件再次检查了一遍，点下确认键，发送给刘秉康做最终批准，终于长出一口气。剩下的工作自有助理连夜打印、装订、密封，明日一早送至普达公司，技术部分算是告一段落。

随后的商务标，除了商务条款应答，最大的挑战来自最终报价。这是一场各公司决策者之间的技巧战和心理战，虽然更加紧张，但毕竟不用再拼体力。辛苦了将近一个月的投标团队可以趁机喘口气，休一个完整的周末。

谭斌也能抽出时间过问一下自己负责的区的销售情况。

周五销售经理的碰头会上照例挨个过堂，总有销售经理被她逼近崩溃的边缘。这种场合，谭斌一向语气平和，但态度强硬，在她面前没有不能完成任务的借口。

她说：“成功的人会致力寻找解决问题的方法，只有失败者才会寻找借口。”

销售经理们被紧紧地追问道：“除了集采，其余的部分你们到底什么时候能达到目标金额？”

如果他们坚持解释不能达标的原因，谭斌也会顽强地打破砂锅问到底，试图一层层剖析真正的因果。凡事都怕认真二字，往往几个回合下来，对方就举手投降。下回交手，自然添了惧意，不敢再敷衍了事。

周杨却一反常态，话很少，公开场合也不再和她顶撞，她说什么就是什么。这反常现象让谭斌特别不踏实，但又抓不到任何端倪，她更不想轻易暴露自己的不安，于是整个团队暂时维持着一派和平的现状。

倒是王奕私下评价道：“奇怪，Cherie怎么越来越像原来Ray的风格了？连说话的方式、看人的表情都越来越像。”

谭斌回家把王奕的话当笑话讲给程睿敏听：“真有近朱者赤、近墨者黑这种事？我是不是做得过了？哪天若被好事者挖出来咱俩在一起，就太不好玩了。”

程睿敏这几天一直头疼，又不肯好好休息，疼得厉害就吃片止痛药扛着。谭斌从淘宝上买来薄荷和薰衣草的精油让他试试，却被他嘲笑像《蓝精灵》里格格巫的把戏。

谭斌只好亲自动手，放了一缸热水，再把精油调配好，强迫他躺在浴缸里放松。她自己坐在旁边的矮凳上，一边聊天一边监督。

“哎，你听见没有，我跟你说话呢！”

程睿敏懒洋洋地睁开眼睛，问她：“你怕吗？”

“当然怕。这事要曝光了，我在MPL就不用混了。壮志未酬身先死，我太不甘心了。”

程睿敏翘了一下嘴角，想笑没笑出来，说道：“放心，你不过是一个小人物，连公司二层经理的决策层都没混到，没人会费心对付你。”

“你每天不打击我一次是不是特没成就感啊？再怎么说，我现在也直接向董事长报告，不是二层也近似二层了。”

“那你能不能告诉我，你在MPL的职业目标是什么？”

“别的不说，先把名片中的代理去掉。”谭斌毫不犹豫地回答。

“那你觉得，一个真正的销售总监需要什么素质？”

谭斌想了想说：“果断、敏锐，有说服力、有凝聚力。”

“都对，可你漏了最重要的一个特征……”

“还有什么？”

“狠心。”程睿敏说，“一个销售总监的价值，业绩才是第一，其他都是虚的。一定要狠心，不要给你的下属留下任何影响业绩的借口。”

“完全同意，我的信条一直是这样，与其让上司对我狠心，不如我对他们狠心。”

程睿敏点点头说："当你发现影响业绩的本质问题时不能犹豫，该下手时立刻下手。告诉我，假如有人挡你的路，你能不能做到杀无赦？"

"你……你究竟想说什么？"谭斌问得犹豫。

"如果你没有这样的狠心，你会走很多弯路，吃很多苦，不如不玩。这是一条职场通用的原则，不仅仅限于总监这个职位。"

谭斌望着他，一时间没有说话。因为她忽然想起当初刘秉康逼他离开MPL，真称得上手起刀落，杀无赦。时隔经月，他居然也开始认同这种做法。

见她不出声，程睿敏奇怪地问："你在想什么？"

"哦，在想周杨。"

"他显然不是一个只会消极抵抗的人，你要小心。"

"我明白。我只是一直想不通，他这么做真正的原因是什么？就因为我是个女的，让他听话做事伤害了他男人的自尊心？"

程睿敏瞟她一眼，欲言又止。

谭斌叹口气，往手心里倒点儿洗发液，加水揉出泡沫，抹在他的头发上。他配合地闭上眼睛，惬意享受着她温软的手指在头皮上轻轻搔刮的滋味。

"睿敏。"

"啊？"程睿敏突然被打断遐思，回答得极不情愿。

"你也跟过女老板，那时候什么感觉？"

"忘了。"程睿敏答得飞快。

"胡说！"谭斌反手抹了他一脸泡沫，"人家为你几乎身败名裂，嘿，忘了？蒙谁呢？"

程睿敏擦一把脸，神色不变地说道："什么乱七八糟的，你打哪儿听到的？"

谭斌撇撇嘴，手下的动作却没有停，说道："装吧，你就可劲装吧。"

程睿敏不出声，过一会儿拉开她的手说："我自己来。"

"哟，生气了？"

"不是，那……唉……你别问了，出去吧。"他居然转开脸。

谭斌眼尖，见他双颊似浮起两片红晕，目光顺势向下一扫，顿时醒悟，不禁大笑。

程睿敏没好气地说："谭斌，请你矜持点儿好不好？"

谭斌伸出手指，在那个东西上轻轻一弹，嘻嘻笑着负手出门。身后传来程睿敏磨牙的声音："小浑蛋！"

想起《红楼梦》里贾琏恨恨地说平儿，一定浪出人的火来，她又跑了！谭斌捶着床闷声笑了好一会儿。

程睿敏披着浴衣出来，看她盘腿坐在床上，双目微合，口中念念有词，奇怪地问："你练什么功呢？"

"嘘……"谭斌竖起手指，装模作样地回答，"我在练习如何清心寡欲。"

程睿敏斜睨一眼她身上半透明的睡衣，根本就不接茬。对着镜子摘了隐形眼镜，换上平常的眼镜。

靠在床头刚拿起文件看几页，谭斌就腻进了他的怀里。他侧侧身，给她腾出个位置，眼睛没有离开手里的文件。

谭斌手伸进他的衣襟，不怀好意地摸来摸去。程睿敏不动声色，只是用力按住她的手。那只手消停一会儿，又开始动，而且越来越不规矩。程睿敏抽出她的手甩在一边，翻身趴在床上，支着下巴接着看他的文件。

过了片刻，背上开始痒酥酥地发麻，谭斌的指尖在他背上轻轻划着，一遍一遍写着一个"敏"字。随着她指尖的移动，那细细的一线酥麻像过电一样，似连着全身的经脉，让他的脚趾都蜷缩起来。

程睿敏终于被撮起火来，扔下文件锁住她的手臂，令她动弹不得。

"不给你点儿颜色你就不知道规矩！"他瞪着她，却说得色厉内荏。

谭斌笑着说："咬牙扮柳下惠有意思吗？是不是特有成就感？"

"还不老实？"程睿敏腾出一只手，伸到她的腋下。

这是谭斌最怕的一招，她笑得浑身发抖，连连告饶："我错了，我再也不敢了！"

程睿敏这才放开她，重新拾起自己的文件，看了两页感觉心浮气躁，只好摘下眼镜，拉过她的手覆在自己的额头上。

谭斌问："又头疼？"

"还好。"他回答得言不由衷，眉头紧皱。

谭斌安静下来，依偎着他的身体，用嘴唇蹭蹭他的下巴说："有件事我一直没敢问你，上回住院，就是九月那次，到底怎么回事？"

"没什么，作息不太规律，有点儿心动过速。"

"查出什么原因了吗？"

"别提了，彩超、动态心电图、验血糖全折腾一遍，什么也没有发现。"

"是不是因为情绪波动太大？"

程睿敏想了想说："那倒有可能，那段日子正是最困难的时候，几次想撂挑子不干。"

谭斌咬着指头没有出声，那段时间也是她初任代理总监，乱七八糟，全无章法，最焦头烂额的时候。

他的手在她光裸的背部无意识地滑动着，说道："昨天说的事，你认真考虑一下。"

"什么事？"谭斌成心装糊涂。

“咱们两个人当中，有一个人拼命就行了，犯不着两个人都折进去。”

谭斌噘起嘴说：“你又不知道我要的是什么。”

“我明白，宝贝儿，我也是从你这时候过来的，怎么会不知道？可是成就个人的职业传奇，除了自身能力，还要依附行业的发展。这个行业现在已经跨越顶峰，开始走下坡路了，以后市场会越来越难做，盛世能够掩盖很多问题，颓世时最微小的疏漏都足以致命。你不如趁着个人业绩还在顶峰时离开，充电后换个方向重新开始。”

“可是我还没到顶呢，”谭斌反驳道，“我觉得我还有上升空间，还没有遇到发展瓶颈。”

“算了算了，先不谈这个，就说现在，我们出门吃个饭都要小心避人，你觉得正常吗？如果以后一直这样，你不觉得尴尬？”

这个问题比较有杀伤力，谭斌扁嘴，心想尴尬的又不是我一个人，凭什么要求我迁就？不过她并不想和他拌嘴。

程睿敏曾是销售中的翘楚，深谙谈判中的说服技巧，出招一步接一步，层次分明，不慌不乱，真正交手她才不是对手，还正中了他下怀。谭斌只能采用回避战术：“现在没工夫想，等集采完了再说。”

程睿敏伸出手臂搂紧她，似乎想说什么，但话未出口又改了主意说：“也好，先睡吧。”

谭斌却不肯放过他，问道：“你还没有回答我呢，当初跟着女上司到底是什么感觉？”

“咳咳，我困了，想睡觉。”

“你不说，以为就睡得成吗？”

“以前怎么没发现你这么难缠？真烦！”

“你心里有鬼吧？”

“你才有鬼呢。”

“没鬼你为什么总回避？”

程睿敏侧过身，盯着她近在咫尺的眼睛说：“我怕说实话你受不了。”

“你说，我挺得住。”最多是段干柴烈火的办公室恋情，谭斌自问还没有那么小气。

但程睿敏的回答出乎她的意料，他说：“那时我一直很焦虑，觉得运气坏到了家，完全跟错了老板。”

“嗯？为什么？她不是对你很好吗？”谭斌一下坐起来，“你不是也挺怜香惜玉的吗？”

“一边儿去，再捣乱我就不说了。”

“好吧好吧，我闭嘴。”

“当时年轻，上进心太强了……”

“上进心吗？恐怕是名利心吧。”谭斌又忍不住评点，见程睿敏气恼地扬起眉毛，她赶紧举起双手。

“我爸几十年官场浮沉的经验让我明白了一件事，想往上走，跟对上司非常重要。一个好上司，不仅在公司内部能给你很多指导和资源，你也能随着他的升迁得到相应的升迁机会，否则他一直占着位置不动，你只能原地踏步。”

“所以，你认为张彤不是一个好上司，就是因为她升不上去？”

“她的能力很强，就是太感性太强势，上下左右得罪了不少人，升迁的希望非常渺茫，我看自己的前途也像是一片灰暗。”

程睿敏似陷入回忆，眼中现出恍惚的神色，过去的日子如电影镜头在眼前一一重放。

当年从做见习生起程睿敏就跟着张彤。她言辞刻薄，训起他来毫不留情，却手把手完成了他的职业启蒙，从传真机的使用、见客户的基本礼仪，直到谈判中的心理战术，他当初的风格几乎就是她的翻版。

“她离开，是有人故意整她，其实我可以为她说几句话，可是我没有……”

那种敏感时刻，沉默即默认，张彤最终只能黯然离开。

谭斌听得呆住，为张彤，也为自己，问道：“你想说，周杨，他也把我当成他上升的障碍了？”

“男人的思维都是差不多的。”程睿敏微笑，“周杨我知道一点儿，好好培养会成为非常优秀的销售经理，前提是你能驾驭得住他，控制不住，他就会成为害群之马。”

谭斌半天不说话，脸埋在他的颈间，忽然张嘴朝他肩头重重地咬了一口。程睿敏呼痛：“你干什么？”扬起手想教训她，想想舍不得，拖泥带水地又放下了。

“我恨你们这些男人！”谭斌一时气馁到极点，“晓慧说得真对，职场就是男人的世界，所有的游戏规则都是你们之间的默契。什么时候才能有真正的男女平等？”

她大发感慨，程睿敏却在一边撑着头，微微笑地欣赏她认真的神情，无意中瞄一眼床头的钟表，液晶显示1点40分，他顿时吃了一惊道：“这么晚了？”他抱住她，轻拍着她的背，“好了好了，别想了，天大的事也等明天再说。”

Chapter15

那种女人永远不会揭穿真相，不会告诉爱她们的男人，
其实他们才是需要保护的对象。

{01}

第二天是周六，集采开始后谭斌第一个真正的周末，她一直睡到上午10点才起床，早把昨晚的话忘到九霄云外。

虽是周末，但程睿敏当天还是安排了几个面试，所以一早就离开了。谭斌也有一个约会要赴，和田军的女儿，田毓晴。

晴晴期中考试的名次向前跨越了十五名，谭斌答应送她一份礼物，并买了音乐剧的票带她去看。

礼物是最新上市的iPhone，晴晴看到果然兴高采烈，当即换掉了手里的旧三星。

谭斌问她："喜欢吗？"

晴晴直接扑上去，抱着她的脖子在脸上亲了一口说："小谭阿姨，我爱你！"她身上松绿色的针织连衣裙、奶白色的小靴子、蛋白石项链，搭配得无懈可击，都是谭斌特意买给她的。

小女孩对音乐剧本身并不感兴趣，让她着迷的是那种衣香鬓影的氛围。出了保利剧院，她的小脸还兴奋得红扑扑的。

"以前看过音乐剧吗？"谭斌边开车边不经意地问。

"看过，暑假的时候在北展看过《猫》。"

"妈妈带你看的？"

"不是，是小程叔叔。"

谭斌立刻转过头问道："哪个小程叔叔？"

晴晴又取出了旧手机，调出一张照片，递给她看："谭阿姨你瞧，这就是小程叔叔。"

谭斌看看周围，没有警察的影子，便顺手接过来，照片里的人让她大吃一惊。

在《猫》的海报前面，亲热地搂着晴晴，面对镜头微笑的竟是程睿敏！

"帅吗？"晴晴追问，"我好喜欢程叔叔。同学说，他比韩国那些明星大叔帅多了。"

谭斌的心狂跳起来，深知韩国电视剧里帅叔叔们对少女的杀伤力，她紧紧地捏着手机，想了想问："照得挺好的，技术不错，谁照的呀？"

"爸爸。"

"哦。"谭斌可怜的心脏这才落到实处，把手机还给晴晴，对着后视镜做个鬼脸。

晴晴则讪讪地收起手机。

谭斌摸摸她的头，忽然想起一件事，说道："晴晴，你那个学长欧巴怎么样了？"

晴晴撇撇嘴，说了一句话，差点儿让谭斌笑昏过去。她说："小男生没意思，我早就不喜欢他了，幼稚。"挺挺小胸脯认真宣布，"我现在喜欢成熟的大叔，像程叔叔那样的。"

"哎呀，你终于发现真相了！"为孩子的自尊心考虑，谭斌忍着不敢笑出声，忍到表情扭曲。

"可是，"晴晴语气惆怅，"程叔叔好久不来我们家了。"

谭斌听得心里一动，没想到程睿敏和田军的关系已经达到登堂入室的地步了，问："程叔叔经常去你们家吗？"

"嗯，以前经常来，这几个月一直没见过他。"

谭斌把晴晴透露的点滴信息整理了一下，不禁对程睿敏肃然起敬。照她的说法，程睿敏和田军的交往曾经一度非常亲近。

这并不意外，9月的时候，在壁球俱乐部还见过两人，她只是没想到程睿敏竟能把关系做到客户家里去，这就比较难得了。做销售的，能把客户关系做成家人朋友一样随意而亲热，几乎已达到极致了。

{02}

送晴晴回去后，已经是晚饭时分，她往程睿敏家里打了个电话，接电话的钟点工李姐说："小程还没有回来，他说有事，不回来吃饭。"

谭斌放慢车速，琢磨着去哪儿解决晚饭，想起好久没和文晓慧见面了，于是打个电话把她约了出来。

文晓慧40分钟后赶到，服务员带她走过来时，谭斌眼前一亮。

她穿一件式样简单的短款皮夹克，白T恤、牛仔裤，长发在脑后扎成马尾，脸上只有一点儿浅色的胭脂和唇膏，显得异常清秀。

“嘿嘿，太阳从西边出来了，”谭斌拉着她的袖子，“你这是受了什么刺激，怎么风格全变了？”

“烦了，换个样子。”晓慧坐下说。

“你这些天在忙什么？给你发信息，都不怎么理我。”

“我刚换了工作，去了一家北美的小公司，且适应着呢。”

谭斌掩嘴道：“这么大的事怎么不告诉我？”

文晓慧笑道：“你自顾不暇，还操什么闲心？”

“这家薪水如何？”

“和原来差不多。”

“职位呢？”

“也差不多，还是业务经理。不过以前手底下七八个人，现在只有我一个。”

谭斌张大嘴道：“那换什么？做生不如做熟，你抽风了？”

文晓慧拢着茶杯，眼睫低垂，说道：“薪水没涨，可是新公司的风气比较淳朴，我觉得放松，也不用再把收入的一大半都扔在衣服和化妆品上……”

谭斌惊奇地看着她说道：“So what？”

“打算省着点儿花，攒个房子首付出来。”

这种话从文晓慧嘴里冒出来，非常刺耳，谭斌咂嘴道：“咦？你不是发过誓，坚决不自己买房子？”

“时移事易了，小姐。”

“奇怪，到底谁帮你打通的任督二脉？”

文晓慧没有回答，脸却可疑地红了。

谭斌发现端倪，扭住她问：“老实交代吧，是什么人？”

文晓慧忸怩半天，回答：“你认识。”

“嗯，接着说，姓名、年龄、职业……”

“就是那个心血管医生，高文华。”

“小高大夫？”谭斌愕然，几乎站起来，“天哪，你们俩是怎么勾搭到一起的？”

上次发烧时，因为和沈培分手，谭斌心情一度极坏，那几天都是文晓慧抽空陪着她去医院打点滴。从护士那里打听到高大夫的名字和科室，谭斌特意买了水果向他致谢。

乍一见到文晓慧，高文华一度惊至瞠目。谭斌注意到他的失态，只是向文晓慧挤挤眼睛，但压根儿没往心里去。不过是一面之缘，文晓慧又没透露任何个人信息，他是怎么找上她的？谭斌十分不解。

文晓慧笑笑说："如今信息这么透明，人肉搜索又如此发达，真想找到一个人，总会有办法的。"

谭斌低下头，一时不知道说什么好，只好默不作声。因为文晓慧喜欢的异性向来是精明入骨，并且出手豪阔的男人。而这个高文华，似乎一样都不沾边。极普通的五官，没有任何明显的特征，属于面目模糊，扔到人堆里就水乳交融完全看不见的那种。否则，以谭斌过目不忘的修行不会见过几次仍然印象不深。就连他的名字都是如此平凡朴实，"高文华"这三个字，没有一丝花哨。

文晓慧明白她在想什么，说道："谭斌，还记得大一时候的事吗？有人出过一个选择题，两个男人，一个手里有1000块钱，愿意在你身上花100；另一个只有10块钱，却愿意都花在你身上，问你选择哪一个，记得吗？"

"当然记得，我和你都毫不犹豫选了第一个，唉……"想起旧事，谭斌摇头叹气，"别人心里是不是这么想不知道，可人家都没有说出来，就咱俩老实，说什么贫贱夫妻百事哀，结果一直被人鄙视了四年。"

"什么老实？你就别往自个儿脸上贴金了。在别人眼里，我们就是两个势利的女人，既贪财又好色。"

"所以，你现在想试试第二种？"谭斌看着她问。

"正确。"

谭斌迟疑一下，欲言又止，最后还是问道："你确认，不是在浪费时间？"

"我不知道，"文晓慧垂下视线，手指下意识地转着茶杯，"真的，谭斌。开始时只交往了一段时间，我发现原来有人真正把你放在心上，发自内心地以你为重，不会给你任何压力，那种感觉是完全不一样的，我很享受这感觉。"

谭斌努力地回想着高文华的模样，私下还是为文晓慧不值。也许唯一可取的是他的笑容和整洁的牙齿，还有那双手，修长灵活，指甲洁净光亮，典型的医生的手。当然，也可以包括那两条伶俐可爱的小金毛犬。

"好吧，恭喜你，希望他真的是Mr Right。"

谈话间，服务生已经把饭菜上全，文晓慧举起茶杯碰碰她的可乐罐说："借你吉言，谢谢了，亲爱的！"

"哼，看你春风扑面的样子，他肯定好运气，捡了个大便宜。"谭斌犹自愤愤不平。

文晓慧托着下巴，笑里却掩不住隐约的酸涩。她望着窗外的人流，慢慢地说："以前经历过的那些彻底忘记不太可能，只能试着把它们打包，扔到一个角落里去，三年五年也许可以假装忘了它的存在。不过怎么说呢，它们让你伤心难过的时候，也能逼着你想很多事，强迫你看透一些东西，也坚定一些东西，明白什么值得坚持，什么可以放弃。”

谭斌点头：“我现在相信一句话，一扇门在你面前关上，上帝一定会为你打开另一扇窗。他让你吃过苦，下次一定会给你点儿甜头尝尝。否则人生在世苦多乐少，为什么人人还要挣扎求生？”

“你呢？你还好吗？”文晓慧明白她的心事，微笑着问。

“谈不上好还是不好，”谭斌照实交代，“看到沈培的消息，记起以前的事，心里还是难受。按说股市里有赔就有赚，为什么这件事里我却看不到任何胜利者？就是程睿敏，他从来不说，可不代表他不介意……”

“哦，他这么小气？举个例子来听听。”

“比如，他不想看到沈培的画，却不说在明处，就是找尽借口不肯跟我回家，后来我才醒悟过来，把那些画收进储藏室。”

文晓慧忍不住笑道：“还好，正常男人的正常反应。”

谭斌抱起双臂，连连摇头说：“说实话，我很担心他。”

“为什么？”

“这个人太……我形容不好，就是那种表面上非常放得开，其实什么事都憋在心里。你知道我一直坚持锻炼，就是为了能有个转移压力的方式。可他不一样，平时滴水不漏、无懈可击，简直没有一点儿可供发泄的途径，我担心有一天……他承受到极限真的会崩溃。”

“那种家庭出来的孩子多数都这样，对人缺乏信任感，对爱缺少安全感，地位再高都无法弥补他之前的遗憾。”文晓慧小心翼翼地挑选着合适的词句，“说真的，谭斌，对男人你总是母爱泛滥，什么时候能多为自己想一想？”

谭斌摊开手，做个无奈的手势说：“积重难返，我永远做不到你的境界。何况，”她笑笑，“我真的爱他。”

“哎呀，真肉麻！”文晓慧捂着腮帮，做出牙疼的表情。

“真的，你甭笑。以前我以为只有初恋才会是真爱，现在回头看看，那时候真的太年轻了，竟然相信承诺和誓言就能留住一个男人的心。”

“那么现在呢？”

“我发现男人总是会死心塌地爱上给他们错觉的女人，那种让他们觉得很弱小、需要他们像骑士一样保护对方的错觉。但是那种女人永远不会揭穿真相，不会告诉爱她们的男人，其实他们并不强大，他们才是需要保护的对象。”

文晓慧隔着桌子摸一摸她的脸，笑嘻嘻地说：“宝贝儿，你终于出师了！活明白了！”

{03}

谭斌告别文晓慧回到程睿敏的住处，已将近夜里10点半。奇怪的是，李姐还没有离开。

“小谭，”迎着她诧异的目光，李姐压低声音说，“小程在浴室摔了一跤，又不让告诉你。我实在不放心，就没敢走。”

谭斌脸上立刻变色道：“摔得厉害吗？骨头有没有问题？”

“自己能走，骨头应该没事。”李姐为她取出拖鞋，嘟嘟囔囔地说，“我听到里面一声闷响，知道坏事，又不好进去，半天他才出来，脸白得吓人。”

谭斌踢掉脚下的靴子，问道：“人呢？”

“卧室，像是睡着了。”

谭斌冲上楼梯，一把推开卧室的门，房内只有一盏壁灯亮着，程睿敏趴在软枕上，身上还穿着浴衣，床边柜和地毯上散落着无数页A4打印纸。

她蹑足走过去，拾起一张张满地乱飞的纸片放在床边柜上，刚要伸手摸摸他的额头，程睿敏已经翻身坐起来，神色未见一点儿异样，说道：“你回来了？”

“你吓死我了！”见他无恙，谭斌这才挨着他坐下，拍着胸口压惊，“怎么回事？”

“没事没事，”程睿敏将头靠她肩膀上，难得撒娇一回，“热水温度调得太高了，浴室又不通风，洗着洗着脑子一迷糊，就滑了一跤。”

“为什么不告诉我？”

“你难得放松一天，我又没什么事。”

“摔哪儿了？让我看看。”

“尾椎。”程睿敏一边侧身给她看，一边笑，“当时真叫一个疼，摔得我半天没爬起来。李姐在外面倒是听到了，可我什么也没穿哪，整个就是春光乍泄……”

谭斌小心地按了一遍，见周围并无异常，而他还有心思贫嘴，看样子的确没事，这才略微放心，说道：“明天去医院照个片子，看有没有骨裂，再让李姐炖锅猪尾巴汤，大补，就是当心哪天喝了雄黄酒，大灰狼的尾巴就露出来了……”

程睿敏抓住她按在床上，只是笑，还未顾上还嘴，放在床头柜上的手机开始嗡嗡振动。他立刻放手，探身取过手机。谭斌趁机脱身下楼，先打发走了李姐，又从冰箱里取出冰块，装在密封袋里带上来。

程睿敏还在通话中，听起来打电话的是他的下属。谭斌示意他翻身，把冰袋在自己胳膊上试了试，然后撩起浴衣放在他的尾椎处。

11月中旬的天气，虽然裹着厚毛巾，但是冰袋一挨身，程睿敏还是忍不住咬牙，一把攥住她的手，一边哆嗦一边说话。谭斌只能让他握着，一遍一遍地抚着他的背，等他僵直的肌肉慢慢放松。

收起电话，程睿敏对她说："谭斌，有件急事要处理，周一我得飞趟上海。"

"我好容易清闲一点儿，你又走了。哪天回来？"

"当天晚上就回。"

"怎么这么赶？一天两趟航班你顶得住吗？我以前这么飞过几次，特别累，腰差点儿坐断。"

"没办法，周二一早要见人，然后直接飞武汉，下面还有广州、长沙那几个城市，一直到下周末才能回来。其实我舍不得你，明儿晚上回来就能跟你待一晚上了是吧？"

"得了，别甜言蜜语地哄我了，"谭斌揉着他的头发，"就你一个人拼命，你下面那些人都有什么用？"

"别侮辱我的团队，怀疑他们就是怀疑我的眼光，他们大部分都是新加入公司，需要时间了解业务。"

"哼，怎么不见你这么护着我？"

"你吃醋了？"

"小姑娘说话不要这么粗鲁……哎哟……天下最毒妇人心……嗯……我是病号，你这么引诱我，极其不道德，知道吗？"

谭斌的回答是放开他的嘴唇和舌头，挪过去含住他的耳垂，用牙齿一点儿一点儿细细地啃着，像磕一颗美国大杏仁。

{04}

周一例会，谭斌第一次心不在焉地走神了。

程睿敏清晨5点半起床，7点就离开家，为了赶上午8点20分的航班。谭斌总觉得有点儿不安，却又说不出所以然，掐着时间他该到上海了，便溜出会议室。

"我到了，有人接机，你不用管我，好好上班。"程睿敏的声音从手机里传过来，一如既往地沉稳镇定，简单却令人心安。

谭斌这才放下心，收敛心神进会议室，完全恢复状态。

商务应答将从下周一正式开始，只有一个星期的准备时间了。战略情报部门的同事正在做竞争对手的报价习惯分析。

根据历史数据，几家本土企业在某些关键的投标中都有过低于成本价或者零报价的行为，不排除这次为了恶性竞争会故技重演。

众诚公司，因近几年逐渐参与国外项目投标，行为日渐规范，却热衷于实物赠送，像超市的买一赠一，实际上也是一种变相的降价行为。

FSK，最让MPL切齿且羡慕的是他们的销售部门，总能设法搞到客户的项目预算，而且特别喜欢压着预算的底线报价。这种报价方式在帮助他们最终赢标的同时，也保留了适当的利润空间。

谭斌正听得仔细，已经调成静音的手机忽然振动两下。她低头一看，是一条余永麟发来的微信，他发过来一张照片。她漫不经心地点开照片，过一会儿再一低头差点儿从椅子上跳起来。

一张成像清晰的照片出现在手机屏幕上。照片的主角居然是余永麟和周杨。两个人面对面坐在一张圆桌旁，每人面前都摆着一杯咖啡，周围环境也像是一家咖啡厅。

谭斌心口怦怦乱跳，抓起手机就走出会议室，找了个没人的小会议室关上门，直接给余永麟打了个电话过去。

余永麟像是一直在等着她的电话，回铃音只响了一声他便接起来说："Cherie，看到照片了？"

谭斌直接地问道："你什么意思？"

"你先不要用这种充满敌意的口气好吗，Cherie？"余永麟慢吞吞地回答，"周杨现在是你的手下吧？前几天他主动来找我谈判，你是他的老板，知道他什么目的吗？"

谭斌心里咯噔一下，可她不敢相信自己的猜测，说道："Young找你谈判？他有什么筹码找你谈判？"

"他以为我恨MPL，所以认为我一定会同他合作。他愿意做FSK在MPL的内应，条件是集采以后跳槽到FSK。"

谭斌紧紧地握着手机，手心里滑腻腻地出了冷汗，说道："Tony，这对你不是好事吗？为什么还要把照片发给我？"

"Cherie，你原来一直叫我师傅，现在还相信我这个师傅吗？"

谭斌迟疑片刻，说："一日为师，终生为师。我从来没有怀疑过你的人品。"

余永麟笑了一声说："好的，谢谢你这句话。不错，我是想让MPL输得一塌糊涂，可不是用这种方式。我余某人再不择手段，做人的底线还是有的，周杨恰好踩在了我的底线上。退一万步来说，即使找卧底，我至少也得找你这个级别的对吧？"

"可你不答应他就是了，我还是那个问题，为什么把照片发给我？"

余永麟叹口气说："你还是那么多疑。Cherie，如果我告诉你，做同事的时候我曾经喜欢过你，想帮你而已，你会相信吗？"

谭斌面对墙壁翻了翻眼睛，什么也不愿表示。这件事本来是他们俩之间一个从未说破的秘密。秘密的感觉就意味着应该永远是秘密，秘密地发送、秘密地接受或者拒绝，一经翻译成话语，那其间隐藏的默契就全部走样了。

她只对余永麟说："谢谢你，Tony！"

谭斌回到会议室，一直心神不定，再没心思听同事的发言，她无论如何也想象不到，周杨竟会采用如此破釜沉舟的方式来报复。她在私下警告和告知公司两种选择里斟酌许久。因为兹事体大，只要她一报告上去，周杨只有即刻离职一条路，且不会得到任何补偿。可是不到半年时间，她两个下属相继不正常离职，这个结果也对她没有任何好处。

她坐立不安地坚持到例会结束，终于还是下了决心。她拦住正要离开的刘秉康说："Kenny，我有特别重要的事要跟你谈。"

看到那张照片，刘秉康也吃了一惊，但他的震惊程度没有谭斌那么大。在他看来，周杨的职位不高，即使真成了FSK的卧底，也不会造成太大的损失。但是这种行为的性质太恶劣了，失去了员工忠诚度，犯了公司最大的忌讳。

他把眼镜摘下又戴上，戴上又摘下，把这个无意义的动作重复了好几遍，显然也在举棋不定。

最后，他终于再次把眼镜架在鼻梁上，从镜片后看着谭斌说："你觉得Tony的话可信吗？"

"基本可信，"谭斌点点头，"我跟了他五年，还算了解他的为人。他要是在这件事上说谎，我实在想不出对他有什么好处。还有，就是有句话他说得很对，这次集采，我们和FSK在技术上并没有太大差距，起决定作用的依然是最终的报价，而销售经理这一层是没有机会接触这种信息的。"

"就是说Young对他没有任何用处？"

"是的。Young显然高估了自己的价值。"

"那你打算怎么办？Young毕竟是你的下属。"

谭斌叹口气说："Young的能力没得说，就是太聪明了。聪明人最大的优点是聪明，最大的缺点也是聪明。上次试用版软件那件事，他就以为凭着自己的小聪明可以蒙混过关，可惜聪明反被聪明误。我把他调离北京业务的核心就是想磨磨他的性子，但没想到会出这种事。作为他的上级经理，我感到非常遗憾。"

谭斌的回答非常小心，除了解释上次周杨位置变动的原因，也将自己的责任抹去了一部分，说明她不是没有意识到下属的问题，她也给了他机会去改正，作为上司已仁至义尽，只能怪他自己不争气。

刘秉康点点头说："虽然这次他与FSK没给我们造成实际伤害，但下周就要商务应标了，谁也不能保证这期间他会不会再去找SCF、众诚，或者其他公司。"

话说到这一层，实际已经决定了周杨的去留，下面要面对的就是如何具体操作的问题了。刘秉康便把中国区HR的总经理James叫进了自己的办公室。

James一听缘由就头大，皱着眉头说："可是我们毕竟没有真凭实据，一张照片说明不了任何问题，辞退员工很麻烦，一个细节处理不好，没准儿就会给公司带来诉讼。"

谭斌垂着眼睛，看着桌面上的某一处地方，半晌才说："让财务查查他以往报销的发票和单据吧。"

快下班的时候，刘秉康把谭斌、乔利维还有正在北京出差的于晓波叫到自己的办公室，远在广州的南方区总监曾志强则接进电话会议。他关上门，向他们宣布了对周杨的处理方案。

周杨是个爱贪便宜的人，原先仗着谭斌的偏爱，在财务制度上一向不太谨慎，寻找他的漏洞易如反掌。财务很快就通过某些手段找出两张虚假发票。谭斌申请回避了与周杨的谈话，最终与他摊牌的是HR的北方区经理。经过一个下午的谈判，双方达成了协议，周杨同意立刻离职，公司也同意不再追究前账，按照他自行辞职处理。

刘秉康只给三位总监观看了那张照片，提醒他们都多加留意，管理好自己的下属。他小心隐去了照片的来源，没有提到余永麟的名字，但最后却多说了一句话："幸亏Cherie早有警惕，将Young提前调出了比较敏感的销售区域，不然我们不知道还会发生什么事。"

他一说完这句话，谭斌就看见坐在对面的乔利维抬起头意味深长地看了她一眼。

谭斌面无表情地回望他，直到他自己将视线移开，她明白他在想什么。可能除了这件事他不知道，之前周杨背着她做过的所有小动作，他比谁都清楚。此刻他一定认准了周杨被抓住马脚就是她在挟私报复。

谭斌在心里冷笑一声，爱怎样就怎么样吧。已经这样了，她就不指望两人之间还能维持一团和气的假象，也不奢望旁人对自己还能有美好的评价。

谭斌不想见到周杨，并非心虚，而是因为她受不了解雇员工那种场面。上次方芳离职，就让她难受了好些天才缓过劲来。程睿敏曾说她经历得太少，至少现在她尚未对炒人这种事驾轻就熟。但她必须在周杨的离职表格上签字同意，还是免不了面对面坐在一张桌子上。

周杨一点儿都不傻，他肯定明白所谓财务问题不过是个借口。接过谭斌签过字的离职表，他从上到下仔细看了一遍，嘴角浮起一丝冷笑。

“谭斌，”他连一声Cherie都不肯再叫，“做人得给自己留点儿后路，不然有一天你会后悔的。”

谭斌一直忘不了当时他眼中那抹近似仇恨的眼神，她笑笑，并没有动气，说道：“谢谢你的忠告！但我想告诉你，若要人不知，除非己莫为，你私下做了什么不该做的事，你心里比谁都清楚。如果真的是我让你离开，上次的试用版软件事件，你就可以走了。可我牺牲了方芳保下你，是因为我觉得，虽然对我来说你不是一个好的下属，但对公司来说，你还是一个有价值的员工。Young，一个人聪明不是坏事，但就怕他以此自居，以为所有人都可以被他玩弄于股掌之间。希望你记住这句话，祝你以后心想事成、前程似锦。”

周杨的离职，HR处理得十分隐晦。直到两三天之后，很多人在办公室见不到周杨，才知道他已经离开。至于他离职的原因，不少人来找谭斌打听，谭斌却守口如瓶，任凭他们去胡乱臆测，包括说她刻意挤走周杨的传言。因为她觉得自己和周杨之间并无深仇大恨，他以后还要在IT这个行业里混，没必要把别人的后路全部断绝。

{05}

周五晚上，谭斌坐在程睿敏的书房里，一边拿着竞争对手的报价分析仔细琢磨，一边等他回来。他的航班应该11点左右到达首都机场，眼看将近12点却见不到人，他的手机也一直关机。

谭斌等得焦躁，忍不住站起来四处乱走。坐卧不宁中没听到门铃响，却听到有人砰砰地砸门。

她三步并两步跳下楼梯。门一开，司机搀着程睿敏走了进来，说：“来，搭把手，我去取电脑包。”

谭斌的心几乎跳到了嗓子眼儿，问道：“怎么回事？”

程睿敏对她笑笑，似乎想安抚她，笑容却虚弱得一击即碎。毫无预兆地，他瞳孔中那点儿光亮突然消失，变得漆黑一片，像被人拉灭的灯泡，然后他直直地向前栽了下去，倒在了她的身上。

谭斌下意识地抱住他，却托不住他身体的重量，两个人一起倒在地板上。她从未经历过这样的场面，慌得不知如何是好，一边为他松开皮带和衬衣纽扣，一边叫他的名字：“睿敏……睿敏……你怎么啦？”

程睿敏靠在她的臂弯里，嘴唇和脸色一样雪白，睫毛低垂，没有任何反应。她拍他的脸，他的脸和手同样冰凉，散碎的额发被冷汗粘在额角。

"赵师傅！赵师傅！快，快打120！"谭斌吓坏了，喉咙发紧，几乎发不出完整的音节来。

程睿敏却睁开眼睛，嘴唇动了动。谭斌凑近，听到他低声说："你别怕，是心悸，很快就过去了。"

谭斌摸他的脉搏，果然快得让人害怕，她就不敢乱动，小心翼翼帮他躺平身体，心急如焚地等着症状消失。

两三分钟后，他的脸色渐渐恢复正常，谭斌松口气，和司机一起将他扶到沙发上躺好，低声和他商量道："去医院吧。"

"没必要，我不去！"程睿敏回答得斩钉截铁。

身后司机嗫嚅着解释道："程总上车的时候脸色就不好看，他说有点儿晕机，我就没在意，后来越开越不对劲，我说去医院，程总又不同意……"

程睿敏摆摆手说："小赵，你先回去吧，今天谢谢你了。"

司机犹豫着问："那……程总，明早您还上班吗？"

"你按时来接我。"

司机看看谭斌，张张嘴又合上了，最终点点头说："行，我一早过来。"

谭斌一直不说话，送司机出了门，她一屁股坐在茶几上，一脸寒霜地说："程睿敏，你没事可快把我吓出毛病了，你打算为Engel公司鞠躬尽瘁、死而后已是吧？"她实在是生气，气他的不知轻重。

程睿敏颇有些不耐烦地说："好了好了，我跟你说了没事，这几天忙完我就设法休假，你千万甭拉脸，一拉脸就太不可爱了。"

"今天是不是有什么事？众诚那边又起什么猫腻儿把你气着了对吧？这是什么合作呀？一点儿诚意都没有！我原来就讨厌这家公司，现在更讨厌！"

程睿敏无奈地苦笑道："求你了，别瞎猜行不行？"

谭斌站起来说道："你原来的病历还在吗？给我看看。"她不相信他的空头支票，不敢再相信他的任何话。

谭斌把病历取出来，透过那些潦草的字迹，勉强辨认出"阵发性室上心动过速""P波改变"几个字。

她上网搜寻一番，找到了详细的解释，但仍有不少疑问。犹豫间忽然想起一个人，便拨电话找文晓慧。

文晓慧马上说："他正好在我这儿，你等一下，我叫他过来。"

十秒之后，听筒里传来高文华爽朗的笑声："谭斌你好！"

谭斌顾不上和他客套，把自己的疑问一股脑儿都说了出来。

耐心听完她那些似是而非的专业术语，高文华解释道："如果确认是室上性，又没有器质性病变，应该没有大问题，你别太着急，注意不要让病人过度劳累，避免情绪过于激动。不过没有症状的时候，心电图一般做不出什么结果，也不能大意，有时间呢，你还是尽快带他来医院，我和主任打个招呼，请他帮忙再仔细检查一次。”

“这样啊……”谭斌沉吟。

“还是不放心？”高文华依旧耐心无限，“今晚真有什么事，你打晓慧的电话，我马上过去。”

“那谢谢你了，高大夫。”谭斌客气地致谢，心勉强落到实处。这时候她才明白文晓慧的意思。高文华虽然其貌不扬，但他是个让人心平气和的男人，没有棱角，也没有压力。

谭斌忽然想起一个镜头，在湖边的草地上，高文华对着他那两只宝贝吹声口哨，两只小狗闻声扑过去，人和狗顷刻间滚成一团，他搂着它们大笑，那个瞬间确实令人心动。

这一次，文晓慧也许终可修成正果。

谭斌握住电话出神片刻，轻轻地笑了笑，转回卧室接着和程睿敏讨价还价。

“明天的出差是不是可以取消？”

程睿敏摇头说：“不行，提前一个月就和客户约好的。”看看她的脸色开始让步，“我不坐飞机去上海，换高铁好吧？火车总比飞机好点儿是吧？”

“把你的行程表给我看看。”

程睿敏指指电脑包。

谭斌取出两张A4的纸，满满两页记录着他从明天到下周五的全部行程。

周六周日，与众诚上海总部为期两天的内部会议。周一，长沙，拜访当地重要客户，客户研讨会，媒体专访，与客户高层的晚餐；周二周三，广州，全球巡回宣传第一站，华南地区的客户大会，与Engel广州分公司管理高层的会议，当地官员的晚餐，欧洲总部的网络视频会；周四，武汉；周五，郑州。每天的商务活动都是一个接一个，从早上一直排到晚上，没有一点儿缝隙，唯一能够喘口气的时间大概是在清晨或者深夜的航班上。

谭斌看不下去了，也不想再说什么，因为知道说了也是白说。他的位置不可能说离开就离开，就算在病榻上，也会有麻烦追上来，让人不得安宁。

后半夜，程睿敏睡得不太安稳，谭斌模模糊糊听到他叫“外公”。在身体最软弱的时候，他的意志终于被撬开了一线裂缝，那声“外公”让谭斌的眼泪不知不觉地落了下来。

但翌日，程睿敏又化身为年轻内敛的青年才俊，旁人只能看到沉静自制的程总，春风化雨一般的职业化微笑，没有人想得到光鲜背后的真相。

看着他穿戴整齐准备离开，谭斌突然异常难过，放下早餐追上来，从身后搂住他的腰。

“放手，我要迟到了。”

“我能做点儿什么你才不会这么辛苦？”谭斌将脸贴在他的背上，心中有即将失去什么珍贵东西的恐慌。即使他这会儿提议让她辞职回家，她恐怕也会马上同意。

程睿敏却说：“做你自己喜欢的事，你过得好就是对我最大的帮助。”

谭斌舍不得放手。他的外套蹭着她的脸，外套上有科隆香水淡淡的味道，淡淡的柠檬味，那种多年后会引爆无数微痛记忆的清香。

程睿敏只好轻轻地掰开她的手：“我下周争取早点儿回来，你要是一个人住大房子害怕，就回自己家住几天。”他在她的额头上亲一下，带着旅行箱上车。

车子启动后，他摇下玻璃，向她挥挥手。谭斌一直站在门口看着，直到他的车子在视线里消失。

Chapter16

我们每个人的一生都要经历很多诱惑和伤害，
但唯有生命与爱不可辜负。

{01}

程睿敏走后，谭斌每每想起他疲累至晕倒的那一幕，都觉得胸口发闷，喘不上气，仿佛自己的心脏也跟着出了问题。

知道他的日程安排十分紧张，谭斌不想打扰他工作，一直等着他的电话。但直到周四，甭说电话了，连微信都没有一个。她实在控制不住自己的思念和担心，晚上10点左右，估计他的商务活动已经结束，她便拨了他的手机号码。

回铃音响了好久，有人接电话，却是一个陌生人。他说："程总让我告诉您，他正在和总部开电话会，不方便接电话，开完会他会打给您。"

但直到晚上快12点，谭斌才收到了一条语音信息："太晚了，不影响你休息了。我很好，别担心。"

谭斌把语音听了好几遍，长长地叹了口气，怏怏地上床睡觉。

周五上午，商务应标前最后一次预备会，讨论的是MPL在此次集采中的竞争报价策略。

战略部门的同事Jim对竞争对手报价策略做了更深入的分析。将FSK、SCF、众诚等竞争对手，尤其是FSK最近半年在全国各地的竞价数据全部汇总，通过分析工具，得出一个结论，结合客户关系、品牌价值、售后服务等附加条件，MPL的报价只有比FSK低百分之十或者更多，才有可能在集采中胜出。

Jim结束发言，问在座所有的销售总监道："大家有什么问题和建议?"

一片沉默，暂时没有人接话。这会儿的一言之失，都有可能带来无法预计后果的麻烦。谁都承认这个结论可能没什么问题，但事后诸葛亮容易做，事前周公瑾却不是人人可当。谁能知道FSK此次的报价折扣会是多少？这个百分之十的基数去哪里寻找？

刘秉康的目光挨个扫视一遍，脸色极其难看。谭斌知道他最近不太痛快，自从CEO李海洋在总部找到支持者，MPL中国的内部形势就发生了微妙的变化。不少人在重新衡量两人的对峙，不易察觉地调整着个人立场，李海洋的追随队伍日渐壮大。底下流传的闲言碎语，传说销售总监里已经有人私下向李海洋汇报工作了。

刘秉康终于开口："都不说话是什么意思？临到真金白银检验与客户关系的时候，全都变哑巴了？"

几位总监依旧闭着嘴不出声。MPL管理层向来强调守法合理，有些事就只可意会不可言传。一个简单的数字背后有多少灰色地带存在，每个人都清楚，就是不可能拿到桌面上掰开了揉碎了详谈。而且在前任销售总经理程睿敏离开之前，但逢如此大的集采项目，大主意都是程睿敏出的，他们只需要从他提供的答案中做是非判断题或者选择题即可。如今突然换了考试方式，需要自己出卷子再自己找答案，难免不习惯。

谭斌觉得再这么冷场下去实在不像话，咳嗽一声坐直身体说："Kenny，提到FSK，有一个风险，我必须讲一下。FSK负责集采的销售总监是余永麟，他在MPL六年，熟悉MPL的报价工具，只要他拿到我们的设备清单，就基本能估计出我们的list price，这是一个很大的风险。"

list price就是原始报价，去掉折扣以后才是真正的标底，final price。

刘秉康面无表情地看着她说道："FSK能拿到我们的设备清单？怎么可能？"

"技术标已经在普达那里了。"谭斌说得很含蓄，但在座诸位都明白她的意思。凭着FSK和普达总部的关系，看到MPL的技术应标文档不过是小意思。

砰的一声响，是刘秉康拍桌子的声音："我们什么都不知道，对手却把我们的底线探得清清楚楚，这标还怎么投？干脆别投了！"

惯常以温和形象出镜的执行董事长第一次当众发了脾气，几位总监都吓得站了起来。刘秉康一脸愠怒地往外走，他的助理Amy手忙脚乱地帮他收拾电脑和水杯。

正在此时，会议室的门被人敲了几声，然后有人推门走进来，笑着说："原来都在，太好了。Kenny，怎么回事？脸色不太好看啊！来来来，坐下坐下，怒气伤肝，有什么事值得发那么大火？"

来人竟是CEO李海洋。

刘秉康却朝他摆摆手，依然气冲冲地走了。会议室里的其他几人目瞪口呆地望着来人，都不知道这出戏的剧本接下来会是什么样，谁也不敢真的坐下。

李海洋拉把椅子正准备坐下，看看眼前几位直杵杵呆立的下属，笑道："怎么，你们都不愿坐？那也好，我时间有限，就几句话，咱站着说。”

他将几页文件放在桌上，说：“你们看看，看完了让Amy全部收回，拿到碎纸机上碎掉。先说明，这是机密文件，仅限今天在座的几位知道。”

Amy将文件一人一张发放给众人，谭斌接过定睛一看，几乎是倒吸了一口凉气。虽然这张A4纸上只是一个填满数字的表格，没有抬头也没有页标，但她一看就知道是一份预算的分项汇总页，包含了30多个省份以及省份内每个城市的分项预算。最后一行是一个汇总数字，人民币，十位数。

她惊讶地抬起头，正看到李海洋点点头说：“就是你们想要的东西。”

普达关于集采的预算。梦寐以求许久，此刻拿在手上，谭斌却感觉像做梦一样不真实。

“我再强调一点，普达这个标只能赢不能输，不仅完成今年中国的销售任务要靠它，全球经济不景气，其他国家和地区的销售状况都不乐观，MPL全球今年的年报也全指着中国和西欧，我们没有任何退路。Kenny这会儿虽然不在，但这一点上我们两个观点是一致的，希望大家努力。只要是为了赢标，我承诺，本人可以调用的任何资源随时听你们安排。”

李海洋说完就走了，当真是雷厉风行，只留下几位总监对着那几张纸面面相觑。

于晓波低头研究了很久，才抬起头，苦笑着说：“看看这数字，低得可怜，就算知道了预算也不好办。FSK一直喜欢压着预算报价，假定他们这次还是同样的做法，照刚才的分析，我们必须低于他们的百分之十才有胜算，那按我们的list price，必须打一个前所未有的最低折扣才能达到预算价的百分之九十。”

谭斌摇摇头：“我们势在必得，FSK一样。我们在分析他们，他们肯定也在算计我们，我们若出个百分九十的低价，焉知他们不会低到百分之八十五？恐怕这折扣数还得更高，低到百分之八十才有胜算。”

曾志强说：“那还玩什么？这么低的折扣，Kenny和李先生都没有权限批准，MPL能批准这个折扣的，全球大概只有一个人，Robert Simon，MPL全球副总裁。退一万步说，就算Robert批了这个折扣，明年的利润财报还能看吗？”

乔利维说：“疯了！全疯了！Ray若在，哪儿轮得着我们伤这种脑筋？”

于晓波赶紧制止他说：“老乔，你闭嘴吧！这种时候说这种话，你不想混了？”

四个人讨论了很久也没有什么结论，最后一致同意，共同起草一个邮件，把刚才关于折扣的话题做个汇总，由谭斌发给刘秉康和李海洋。最终的裁决权还是交给大老板们比较合适。

谭斌照此以四个人的名义发出了邮件。不过在走出会议室之后，她又给刘秉康补了个微信，告诉他自己会尽快和田军见一面，设法确认一下预算的可信度。

刘秉康给她回了个OK。

谭斌电话约田军周末打壁球，田军不疑有他，很爽快地答应了。

酣畅淋漓地打过三局，两人坐在壁球馆的咖啡厅喝下午茶。冬日的阳光透过玻璃窗投射室内，温暖而舒适，恰好那天北京的天气也很好，天瓦蓝瓦蓝的，难得还点缀着几朵白云，田军的心情十分愉快。

两人从田毓晴明年要面对的中考开始聊起，聊到现在把一个孩子养到18岁相当于五环边上一套商品房的花费，再聊到如今物价飞涨、唯独工资不涨的遗憾，谭斌慢慢地将话题引到了她的套子里。

“听说普达每年年底都会有一两个月的时间致力突击花钱，包括给职工年终奖，否则账面上盈余过多，年报上就不太好说。”

田军说：“尽是谣传，哪儿有这事？”

“可我听人说得有鼻子有眼的，说到今年的年底，花钱的指标还剩29个亿。”

田军大笑：“29个亿？这是谁跟你说笑话呢？普达五年的利润加起来有没有29个亿还得另谈。”

“跟我说这话的人，态度很严肃的。那咱们打个对折？”谭斌看着他，小心翼翼地报出李海洋那份预算上的数字，“14.5亿，有没有？”

田军一下不笑了，转过脸端详她半天，眼看谭斌神色镇定地望着他，并未有一丝异样。他移开目光，淡淡地说了句：“你愿意相信吗？你愿意相信它就是真的。”

从壁球馆出来，与田军告别，谭斌一边开车一边给刘秉康发了条信息：预算可信。

{02}

新工作周开始的第一天，上午10点，普达集采的商务标书准时发到各设备供应商联系人的邮箱里。

商务条款的应答一如既往地烦琐和谨慎，对MPL中国的投标团队来说，又是几个早上9点上班晚上11点下班的工作日，直到周四下午5点，才全部尘埃落定。

当晚9点，谭斌终于见到了总部最终批准的集采折扣。折扣幅度大于以前任何一份合同，按照这个折扣计算，MPL整个集采的最终报价比普达的集采预算低4500万欧元左右，也就是4.5亿元人民币，真的达到了预算的80%。但相较以往签订的合同，毛利也由平均15%左右降到了3%。

谭斌看着“3%”这个数字直皱眉头。她知道上周末李海洋飞去欧洲总部，专门去见全球副总裁Robert，就为游说集采的折扣。可她想不到总部真能批准中国区要求的折扣深度，财务部门也不再纠缠中国地区过低的折扣对财务报表的冲击，可见今年的销售形势有多么严峻，否则不会从上到下如此不计代价地要求赢单。但是价格降到如此地步，如此难看的毛利，一不小心就可能变成负利润，明年的日子可怎么过？去哪儿找高利润的新合同来填补这个无底的大坑，应付今年早早被透支的利润？

不过大老板们既已做出决定，这个问题的答案显然不是谭斌这一层可以左右的。

谭斌将批准后的折扣数据输入报价工具，准备最终报价的文件。按说一切都没有问题，但她大脑皮层的深处似乎总有一点儿不安的预感。因为一切似乎过于顺利，而她难以忘记余永麟那个胸有成竹的微笑，老觉得前方某处有个看不到的陷阱，正张大口等着他们跳下去。但她又说不出这点儿不安的源头出自哪里，只能寄望是自己神经过敏。

晚10点，谭斌亲手给商务标书贴上封条，亲眼看着助理和秘书一份份装箱，最后密封锁进文件柜，钥匙由她贴身保存。

明日一早，王奕将代表公司送标书去现场，并等待唱标的结果。

{03}

走出办公室，谭斌仰起脸朝着天空长吸了一口气。室外的空气清冷湿润，稀疏冰凉的雨点落下来，带着冬雨萧瑟的气息，她的心情却充满雀跃的愉快。

将近两个月的忙乱，终于告一段落了。等明日唱完标，程睿敏也就该回来了，她可以轻松地陪着他过一个完整的周末。她甚至已经计划好，明天一下班就去超市买只甲鱼回家煲汤。

在自己家的楼下，谭斌站在大堂内等待电梯，忽然觉得裤脚被扯了一下。她没有在意，往旁边让了让，一个毛茸茸的小东西凑上来蹭着她，汪汪叫了两声。

谭斌低头一看，一只几个月大的蝴蝶犬咬着她的裤腿，水汪汪的黑眼睛正眼巴巴地看着她。她几乎不敢相信自己的眼睛，蹲下来叫它："小蝴蝶？"

蝴蝶犬两只硕大的耳朵立刻扑扑地动了几下，撒娇似的"嗯嗯"两声，伸出舌头吧嗒吧嗒地舔着她的手。真的是小蝴蝶。

谭斌盯着眼前那双棕色的浅筒室外靴，慢慢地抬起头。

"斌斌，你下班了？"沈培就站在几步远的地方，微笑着看着她。

谭斌霍地站起来，叫道："沈培？"

沈培走过来，弯腰抱起小蝴蝶，说："我等你好长时间了，又加班？"

他语气平静得像什么也没有发生过。

"你……你……有事？"谭斌反而慌乱无措，不知道说什么好。她打量着沈培，不过一个多月的时间，他好像胖了很多，只有眉宇间依旧纯净的笑容让她依稀记起两年前那个踌躇满志的年轻画家。

沈培正要开口，电梯到了，叮当一声在他们面前滑开双门。

谭斌只得说："上去坐坐？"

她的房间没什么改变，唯一的变化，是餐桌上方的墙壁上空荡荡地留着四个突兀而醒目的钉孔，尚未来得及修补。那四幅画被软纸仔细包裹着，正躺在她储藏室的深处。

沈培的目光从墙上飞快掠过，黯然的表情在脸上一闪而逝。

谭斌不敢看他，倒杯温水放他手边，又觉得房间内安静得让人不安，随手选了张CD放进音响。

歌手的声音轻轻传出来：

那天傍晚我走在街边，看着往来如浪的人群，想起曾经走过的岁月，想起曾经热爱的你……

沈培似受到触动，蓦然抬起眼睛，因为这首歌的名字就叫《时光倒流》。

谭斌感觉到不妥，拿起遥控器，把声音尽量调低。

音箱里依然隐隐约约送出清晰的歌词：

我想哭，却流不出眼泪；我想喊，却发不出声音；我愿意抛弃我的所有，如果能时光倒流……

沈培垂下视线，端起马克杯喝一口，盯着杯中微微起伏的水面，慢慢地说："过几天我就要出发去法国了。"

"我知道。"

"我来，是为了小蝴蝶。"

谭斌做出一个诧异的表情。

"小家伙太聪明了。我跟它说，我要离开一段日子，它就躲在自己窝里绝食，三天了，一点儿东西也没吃。"

"真的？"谭斌笑起来，向小蝴蝶伸出手，"来，宝贝儿，这儿来。"小蝴蝶立刻跳到她的腿上，胖头拱进她的怀里，似乎受尽了委屈。

"它不肯跟我妈亲近，所以我想留给你，可能它还会接受。"

谭斌抚摸着小蝴蝶光滑的皮毛，半天没有说话。小蝴蝶也歪着脑袋打量她，圆圆的黑眼睛里似有千言万语。

“斌斌……”

谭斌抬起头看着他。

“你……还好吗？”

谭斌抱起小蝴蝶，把脸贴在它温暖的身体上，好一会儿才回答：“我很好，我一直想说……谢谢你！谢谢你两年的包容，谢谢你最后的放手。”

沈培只是微笑，过了一会儿说：“我在法国，可能要待很长时间。”

“嗯，巴黎是艺术之都，对你的发展有好处。”

“可我不放心你。斌斌……你看着精明，其实很傻，根本不会保护自己。有句话，我一直想对你说，总也找不到合适的机会。”

“现在不能说吗？”

沈培微微一笑，说道：“是，现在不说，也许以后再也没有机会了。你还记得我跟你说过藏民的灌顶法会吗？我说他们为了一个无法验证的承诺，就把一生最好的时光都献给了他们的信仰，却不知道维持他们所有希望的那根细线，另一端很可能空无一物。”

“我记得，印象很深。”

“斌斌，你有没有觉得你跟他们也很像？你拼命往前走，用生活和健康做代价，任何人任何事都不能让你停下脚步。可你想过没有，你放弃一切爬到顶峰，如果那上面并没有你想要的东西，那时候你怎么办？”

谭斌低头不出声，眼眶顿时变得酸热。

沈培站起来说：“我走了，好好待小蝴蝶，它是个好孩子。”

“是的，”谭斌抱紧小蝴蝶，“它比人更懂得不离不弃。”

沈培笑笑，没有接话。谭斌带着狗送他下楼。他在公寓大门处停下脚步，说：“外面冷，你别出来了。”

“小培……”谭斌叫住他，却又不知道说什么好。

沈培转过身，突然，将她和小蝴蝶一起搂在怀里。

“斌斌，”他在她耳边说，“最后再跟你说句话，我们每个人的一生都要经历很多诱惑和伤害，但唯有生命与爱不可辜负。”

沈培真的走了。谭斌望着他颀长的背影逐渐远离，心里空荡荡的，像被人狠狠挖去了一块。

小蝴蝶在她怀里不安地骚动，拼命挣扎。谭斌放它下地，低声道：“他舍不得你。去，死缠烂打耗住他，他一定会带你走。”

小蝴蝶迅速转过脑袋看着她，似乎听懂了她的话。

谭斌为它拉开门道："乖，上啊！"

小蝴蝶似离弦的箭一样冲了出去，一头撞在沈培腿上，死死地咬住他的裤脚，再也不肯松口。沈培无奈地拍着它的头顶，转过身朝谭斌摆摆手。

谭斌怔怔地立住脚，像看一个陌生人。他静静地站在那里，静静地注视她，浓密的短发，乌黑的眼睛，未曾褪色的淡泊从容。小蝴蝶安静地蹲在他身边，也静静地看着她。

一人一狗的身后，是林立楼群间璀璨的万家灯火。

谭斌抬起手，慢慢摇了摇，寒风撩起她的长发贴在脸上，视线变得模糊，这幅画面就这样永远定格在她的心里。

{04}

11月22日，周五，上午10点，普达集团公司集采第一轮商务标截标。

谭斌和其他人都在办公室等着现场唱标的结果。11点了，王奕那边依然没有消息。谭斌原本平静的心境变得忐忑，拿起手机离开办公桌，打算出去给她打个电话。

她刚站起来，手机就响了，正是王奕的电话。

"Cherie，Cherie……"她的声音竟带着哭腔。

"怎么了？Yvonne，你慢慢说。"谭斌的心抽紧，已有不祥的预感。

"我们完了！"王奕到底哭出了声。

谭斌眼前黑了一黑，她扶住桌角，喘口气，尽力让自己的声音正常，说道："你好好说，出了什么事？"

"八家公司，我们的价格……价格最高，"王奕断断续续地说，"FSK第二，比我们低了4.5亿元……第三名众诚，居然比FSK只少一块钱；最后一家公司，百分百折扣，零报价，我们这是被人耍了……"

谭斌的耳畔有细微的嗡嗡声，王奕还在接着汇报，她却一个字都听不进去。

完了，的确如王奕所言，彻底完了。第二名、第三名的报价竟比MPL11.5亿元的报价低了30%，再加上一个零报价，阶梯式的记分方式更会人为加大彼此的差距，即使MPL的技术标满分，也已无法挽回商务标上的颓势。

这轮游戏胜负已定，甚至不必等待十天后性价比的综合评标结果，就已经有了结论。

MPL铁定出局了。

市场份额排名第二的供应商，居然第一轮就被踢出了短名单。

谭斌仍维持着声音的镇静，慢慢地对王奕说："你辛苦了，赶紧回来吧，路上开车当心。”

挂了电话，她茫然地抬起头。前方的格子间里有几个同事也站了起来，彼此惶惑对视，显然他们也得到了消息。销售办公区一片沉寂，是大势已去的缄默。

谭斌闭上眼睛，勉强使自己定下神来，别人可以方寸大乱，她却不能乱，她需要找个地方一个人待会儿。

写字楼下的小花园，不复春夏两季的繁茂葱茏，触目一片枯黄。

谭斌攥着从抽屉里摸出的半包烟，按下打火机点燃一支。因为程睿敏不喜欢她抽烟，她已经戒了一个多月，这是最后一点儿存货。

谭斌想厘清头绪，大脑却呈现胶着状态，倒是一些不相干的小事异常清晰。她想起初进MPL，曾以为外企都是衣履风流的俊男靓女，报到第一天却大跌眼镜。所到之处，销售们打电话时温和谄媚，放下电话就大声骂娘；工程师们则穿着牛仔裤走来走去，说话时更是直接坐在别人的桌面上。

和余永麟第一次谈话，余永麟问她酒量如何，她看着他回答，放倒你肯定没有问题。

第一次招标预备会，余永麟说：“最终能巅峰对决的，只有FSK和MPL。”记起这句话，谭斌竟然埋头笑起来。此刻它显得如此讽刺而荒唐，决战尚未开始，其中一方的入场资格已被取消，不战而败。

谭斌试着给程睿敏打电话，但铃声只响了一声便被挂断，显然他在一个会议中。这是他的习惯，会议进行中无关电话一概不予接听。

谭斌坐了很久，抽掉半包烟，并且错过了午饭时间。往常这个时候，总会有人打电话来约工作餐，但是今天，她的手机一直保持着沉默。

两点多的时候，它终于响起来，一遍遍地奏着欢快的音乐。谭斌看一眼号码，是公司的总机，她接起来，找她的是刘秉康的助理。

助理往日对总监们一向客气，未言先笑，今天却是一副公事公办的腔调：“Hi，Cherie，我刚发了会议通知给你，现在确认一下，Kenny的通知，明天上午10点，19层1号会议室，所有总监和销售经理都要参加。”

“明白，谢谢！”

谭斌没有问什么内容，因为纯属多余。想必刘秉康已得到消息，刚从震惊中反应过来。

以为第一轮十拿九稳，至少可以囊括七个省的核心设备，合同价值将近人民币4亿元，年底签完合同，至少2500万欧元可以计入今年下半年的销售收入，完成全年的销售目标完全没有问题。但这自说自话的如意梦如今却被现实毫不留情地粉碎，而且坏消息来得如此突然，没有给人留下一点儿缓冲的机会。

刘秉康一直没有出现，他一定在为晚上的电话会议做准备，向总部解释，向董事会解释。普达集采的失利对MPL中国，甚至对MPL全球，都是一件相当于八级地震的大事。

那个下午无比平静，所有人都在埋头工作，该做什么还做什么，像是一切都没有改变。

对谭斌来说，它却是如此漫长，她几乎是在一分一秒地熬着时间。她不知道刘秉康会如何向总部解释失利的原因，但明天会议之前她还有几件事要做。虽然败局已定，再说什么都于事无补，但她总要给上面一个完整的交代，死也要死得明白。

她第一个拨通的是田军的电话。他没有像往常一样，接到电话后慢条斯理地问一句："小谭，又有什么吩咐？"而是沉默，长时间的沉默。时间似凝滞不动，谭斌听得到他轻微的呼吸声。

仿佛过了很久，田军开口说："你们是怎么报的价？唱标结果报上去，我们魏总当场发了脾气，说别的公司都已经开始摆正位置，只有你们MPL还是妄自尊大，放不下跨国公司的架子！如今弄得一点儿转圜的余地都没有了，你让我怎么办？"

魏总就是普达的总经理魏明生，普达一把手，谭斌没想到他对MPL的反感会上升到如此高度。

她深呼吸，尽量让自己的声音显得坦然一些说道："田总，您的意见我一定转达高层。您能告诉我，还有补救的可能吗？"

"没有！投标完全公开透明，没有任何暗箱操作的可能。"田军停顿片刻，语气缓和下来，"小谭，这个局面已经不是你能挽回的了，让你们的高层出面吧。也难怪魏总生气，你回去问问你们的执行董事长刘秉康先生，这半年和我们普达的人照过几回面？"

田军就这样结束了通话。

谭斌握着电话愣了一会儿，回过神来再找普达招标小组的其他人，除了或真或假的同情，总算收获一点儿有价值的信息——FSK的低价竟来自30%的免费赠送。

这一招相当老辣，既把价格降到和国内供应商近似的水平，又维持了正常的折扣率，为第二轮的价格谈判和今后的商务合同留下了足够的余地。

4000多万欧元的价格跳水终于把老对手MPL踹出战局，它丢下的将近30%的市场占有率完全值得这份投资。谭斌无言以对，明白这回MPL是彻底被人玩了一把，被FSK和众诚联手玩了一把。两家竞争对手用仅仅相差一元人民币的报价不露声色地嘲笑着一直蒙在鼓里的MPL，如今她只剩下一个疑问，普达集采的预算难道也是一个骗局？

为她解答疑问的，竟是陈裕泰。

谭斌和他通话的时候，她正走出写字楼的大门。

昨天的小雨今天转成了雨夹雪，大厦的物业管理还没有来得及铺上防滑地毯。她在恍惚之中踩在台阶的边沿，脚下一滑，结结实实地摔了下去，手机滑出去很远。

落地的瞬间，谭斌下意识地用左手撑了一下地面。她倒在地上时，臀部没什么感觉，左臂却像断了一样剧痛入心。

门旁的保安过来扶她，她已经疼得说不出话，只能坐在地上大口吸气。保安一声的"小姐你没事吧"让谭斌维持一天的冷静完全崩溃，眼泪如断线的珠子一样不受控制地流了一脸。

"我的手机……"她哽咽道。

保安跑过去替她拾起来。

手机屏碎了一处，碎裂的纹路细密地延伸着，忽然屏幕亮起，陈裕泰又拨了回来。通话功能没有影响，谭斌试了几次，终于接通了来电。她的左臂几乎不能挪动，只能勉强用右侧肩膀夹住手机。

"出了什么事？"陈裕泰急问。

"我……刚摔了一跤。"

"喂，你没事吧？"

"没事，就是胳膊垫了一下，有点儿疼。"谭斌用右臂撑地，慢慢地站起来，擦净眼泪，说话时依然有掩不住的浓重鼻音。

她忍着疼痛努力伸直弯曲的左臂，看起来活动还算自如，骨骼并未受伤。

电话那头安静片刻，然后陈裕泰说："我在安定门附近的那家茶楼，你来过的，过来吧，说话方便点儿。"

安定门附近有一家茶馆，号称北京最豪华高档的茶馆，传说中豪富高官的出没之地，陈裕泰一向喜欢这种地方。

服务生带着谭斌到四楼的包间，进门她就闻到一股浓烈的酒气。陈裕泰脸红扑扑的，显然在他来这里之前刚刚结束一场酒局。

"坐吧，"他给谭斌倒了一小杯茶，"这里最好的冻顶乌龙，尝尝。"

谭斌机械地坐下，端着茶杯的手一直在抖。

陈裕泰看着她问道："怎么？因为上午的事吗？"

"是的。"谭斌没有刻意阻止眼中即将夺眶而出的泪水，"陈总，您能告诉我，这是为什么？我为之努力三年的位置，因为这件事成了泡影，不弄明白为什么，我死都不甘心。"

那天晚上，谭斌记不清喝了多少壶极品冻顶乌龙，从茶楼出来，她几乎不辨东西南北，陈裕泰的话一直在她耳边轰轰作响。

“你们MPL，一个个看着也都挺聪明啊，怎么会傻到去相信一个半年前的预算？此一时彼一时也，那份预算早作废了。田经理是谁？他马上要高升了，他马上就要变成田副总了！你知道他升职的投名状是什么？就是保证集采成本降低30%，他果然做到了！那他升职的路又是谁帮他铺了最关键的一块砖？谁引荐他认识了李司长？你肯定想不到，就是你们MPL被开除的前销售总经理，程睿敏！”

陈裕泰借着酒劲说这番话时情绪十分激动，嘴里的唾沫星子几乎隔着桌子喷到谭斌的脸上，看得出来他对田军非常不满，谭斌猜测那应该是妒火中烧。他也是找不到合适的人宣泄一腔怒火，才会挑中她发泄。

她在黑暗里抱膝坐着，浓茶的刺激加上手臂的剧痛，让她清醒得双目炯炯，完全没有睡意。她将半年来的情景一一回放，许多不经意的小事慢慢被串在一起。

FSK、众诚、Engel、普达，余永麟、程睿敏、田军，她最终勾画出了事件的整个轮廓。

谭斌仰起脸，对着天花板笑起来，笑得酸楚而嘲谑。

原来如此。

原来是这样的。

被她关掉声音扔在客厅沙发上的手机，屏幕不停地闪动。

谭斌不想再见任何人，也不想听任何人说话。她不知道几百公里外的铁道线上，有人一遍遍拨打着她的手机和座机，因为无法联系到她而满心焦虑，同样无法入眠。

{05}

程睿敏知道普达集采的消息时已是晚饭时分，一桌人觥筹交错，正轮番向他敬酒。接完电话，他脸色大变，当即说声抱歉，起身离开饭局，站在酒楼过道里打通余永麟的电话。

余永麟心情极好，兴高采烈地嚷嚷道：“老程，你什么时候回来？我们喝酒去。太痛快了，实在是太出人意料了！我真没想到啊，刘秉康居然愚蠢到这种地步，给他下个套，他竟然真的就钻进去了！本来我还留着几个后手，准备后期和他们短兵相接呢，现在全用不着了。”

程睿敏耐心等他说完，却迎面泼了他一瓢冷水，说道：“你并不比他聪明！完全做了别人的枪手。”

余永麟愣住：“什么意思？”

“我这儿不方便说话，等我回去再谈。”

程睿敏接着找谭斌，无论怎么拨打她的手机，都只听到铃声一遍一遍地空响，却一直没有人接。

程睿敏急躁起来，电话直接打到公司的秘书处，让她查一查今晚的航班是否还有空位。秘书的回答让他失望，当天是周末，飞往北京的航班已经全部满员。

“Ray，”秘书好意提醒他，“北京现在的天气状况不好，气象预报明早有雾，您最好改签明天下午的航班，这样比较保险。”

“还有什么交通方式能让我尽快回到北京？”程睿敏耐着性子问。

秘书说：“今晚有一趟火车，10点半从郑州发车，我可以试试，看能不能为您买张软卧票，明天一早6点半到北京。”

程睿敏如愿进了软卧包厢。但他没想到上铺的旅客是个胖子，鼾声震得墙壁都微微颤抖，担心加上焦虑，他竟一夜没有合眼。

清晨6点半，火车正点驶进北京西客站，程睿敏打了一辆出租车直奔谭斌的住处。

谭斌凌晨四五点的时候方蒙眬睡去，睡梦中听到门铃声，她拉过被子蒙在头上。

门铃声停了，她翻个身，接着睡。5分钟后，门铃又继续响起来。谭斌懊恼地起身，挣扎着披上睡袍，摇摇晃晃地挪到客厅，打开顶灯。

看到灯光，门外的人改用拳头砰砰地敲着她的门：“谭斌，开门！”

熟悉的人、熟悉的声音，但她心中却有一股怒火燃烧着，拿不定主意是否放他进来。

砰砰砰。

“谭斌！”

对门的邻居打开了房门，用气急败坏的语调说：“干什么呀，你们？神经病！”

见骚扰到邻居，谭斌终于掀起防盗门上的小窗，程睿敏带着行李站在防盗门外。

看到她出现，程睿敏明显松了一口气，脸上现出笑意，说道：“你没事就好。”

谭斌却隔着防盗门，冷冷地看着他说：“你来干什么？”

程睿敏感到莫名其妙，于是也静下来，说：“开门。”

“对不起，现在我不便待客，您请回吧。”

“开门。”他还是那句话。

“程先生，您是不是听不懂中国话？”谭斌强硬地问。

“你是不是想让邻居投诉你？”门外的程睿敏脾气也不怎么好。多日奔波，又一夜无眠，他已经双腿发软，头昏得几乎站不住。

门终于开了。他把行李箱扔进门，人却没有马上进来，乏力地靠在门框上，一声不响。

谭斌看着他，胡须没有刮，衬衣是皱的，这么冷的天，穿件羊绒大衣却衣襟大敞，围巾也忘了系，里面只有一件细线羊毛背心。

“你进来。”谭斌的声音软下来。

程睿敏进门，一下跌坐在鞋凳上，眼前金星乱冒，他闭上双眼。

谭斌托着依旧无法伸直的左臂，远远地站着，表情漠然。

半晌，程睿敏叹口气，才开口说话：“谭斌，你为什么不接电话？我担心了一个晚上。”

“是吗？”谭斌冷眼看着他，“你有什么可担心的？”

“我听到集采的消息，实在是担心你想不开，你别怕，形势还没到最坏的时候……”

“谢谢你的关心，”谭斌打断他，“可这不正是你想要的结果吗？”

程睿敏仰起脸，疲倦的面容上分明有备受困扰的痕迹：“你在说什么？我也没料到会是这个结果，所以才急着赶回来。”

谭斌唇边露出一个讥讽的轻笑，说道：“别装了。我知道你曾是咱们这行里最牛的销售，你的演技早就炉火纯青，可以去竞争影帝了。”

“你是不是受刺激太大了，胡说什么呢？”

“程睿敏，我能不能问你几个问题？”

“你说。”那冷冰冰的语气让程睿敏明白有什么事情脱离了他的控制，他扶着鞋柜想站起来，但前胸后背突如其来的撕裂般的疼痛令他放弃了努力。

“你告诉过我，你和你父亲僵持了十几年没见过面。那为什么会有人说，田军升职是李司长说了关键的一句话。而他和李司长的交情来自你，还有你父亲？”

程睿敏脸色剧变，怔怔地盯着她，一时说不出话来。

“你觉得奇怪是吧？这么隐秘的事，我怎么会知道？可惜，别人得了便宜，如何会舍得锦衣夜行？你一向谨慎，这次怎么这么大意呢？你难道忘了天下没有不透风的墙？”

“谁告诉你的？Tony？”方寸大乱之后，程睿敏问了一个不该问的问题。

谭斌果然敏感地抓住了其中的漏洞，说道：“余永麟也插了一腿？难怪难怪！”她冷笑，“做销售做到你这份儿上，也算是登峰造极了吧？不仅费尽心机成为入室之宾，还让人15岁的女儿春心萌动。程睿敏，我对你真是佩服得五体投地！”

程睿敏瞪着她不出声，完全想不到那秀气柔软的嘴唇能吐出这样刻薄的言辞。

“我只是不明白，你为了什么？报复MPL？不，恐怕区区一家MPL还轮不到您的青睐，值得您如此大费周章。那就是为了新合作伙伴众诚？”谭斌忽然发觉情势比她的想象还要戏剧化，“余永麟知道吗？No，这会儿他怕是刚从哪家酒吧狂欢出来，还不知道他被他最好的朋友利用了吧……”

听到这里，程睿敏忽然笑了，说道：“谭斌，你以为是我在集采里做了手脚，才造成今天的局面？你太高看我了！实话告诉你，这一仗MPL如果不输，那才真是没有天理！你知道FSK的几个VP，这半年在普达里里外外做了多少工作？可你们MPL在干什么？上上下下忙着内斗！众诚在做什么你知道吗？他们在和普达谈合作，共同成立服务外包的合资公司。MPL呢？刘秉康这半年去见过几次客户？客户在想什么他又知道多少？我当初……”

他突然停下，伸手按住胸口，过一会儿放开手，眼神渐渐冷却。他颓然笑笑说：“算了，你已经先入为主，我说什么你都不会相信了。”

这个动作落在谭斌眼里，她的心忽地软了一下，可一时半会儿找不到下来的台阶，只能努力克制着自己的语气说：“可你还有什么是可以让我相信的？程睿敏，你知不知道我最恨什么？我最恨别人的欺骗和背叛！你告诉我，当初接近我，你到底是什么居心？你那么费心地记着我的生日，揣摩我的喜好，甚至提前在我家楼下踩点儿，都是为了什么？”

程睿敏抬起头，眼里闪过刹那间的惊愕，最后还是选择了沉默。

“你没办法解释是吧？对，还有那次，蒙你相救，时间掐得真准，你可千万别跟我说是碰巧。太冷的笑话，我会起一身鸡皮疙瘩。”

“你都说完了？”程睿敏慢慢站起来，眼神犀利，笑容讽刺，“谢谢你的诚实，原来你是这么想的，你对我的信任是这种，我领教了。我告诉你，谭斌，你也不过是家普通外企的小总监，我想摆平你轻而易举，还用不着这么大的阵仗，你也太瞧得起自己了。”

“你走吧！”谭斌退后两步靠在墙上，气得胸口起伏，“我们现在不适合谈话，我也不想听你说话，请你离开，请！”

程睿敏一声不响真的走了，大门在他身后重重地摔上，震得门框上的墙皮呼呼直颤。

谭斌盯着紧闭的屋门，没想到他果然说走就走，居然没有一点儿回头的意思，顿时满腔怒火无处倾泻，抬起腿对着门用力踹了两脚骂道：“浑蛋！”

但一番发泄之后，她反而平静下来。虽然气得胸口滞痛，但她还没有忘记上午10点的碰头会，她知道前方一定有什么事在等着她，尽管现在她还不知道那是什么。

Chapter17

也许每一个工作狂的背后都有一道过不去的坎儿。

{01}

碰头会前半个小时，谭斌接到刘秉康助理的电话，请她速到董事长办公室。

她乘电梯上19层，只觉手脚冰凉，五脏六腑都在相互纠缠着急速下坠。入职五年，面对任何环境她从来没有害怕过，这一回却是例外。孤立无援的感觉让她浑身发冷。

站在刘秉康的办公室门口，谭斌立住脚，心里对自己说：该来的总会来，最坏的结果不过是辞职走人。

长吸一口气，她敲门进去。

刘秉康就坐在办公桌后，正对着他的电脑屏幕忙碌。他的身后是270度的大落地窗，窗外映着北京灰蒙蒙的天空，远处密集的楼群在薄雾中影影绰绰地露出模糊的轮廓。

谭斌想起她第一次进入这间办公室的情景，那种得意中夹杂不安的心情还恍如昨日。

她坐在刘秉康的对面，等着他开口。对方转过身，沉默地望着她，似乎也在等待她说话。

僵持了一会儿，她只能说：“Kenny，您找我有什么事要谈？”

“集采的结果，你有什么感想？”刘秉康问得很直接。

“感想？”谭斌奇怪自己这时候还能笑出来，除了难过和气馁，失败者还能有什么感想？他真正想问的大概是她打算怎么办。

刘秉康直视着她，眼神专注地等着她开口。

谭斌只好清清嗓子实话实说：“很难过，很沮丧，完全不能接受。”

刘秉康“嗯”了一声，点点头说：“这是所有人的一致感受，无法接受。”他的身体倾向写字台，双臂搭在桌面上，换了英语，仿佛接下来的谈话令他难以启齿，“Cherie，It is very difficult，but I have to say……”

谭斌清楚地预感到自己一直在等的东西来了，她坐直身体，默默地听着。这种大客户团队销售，胜了，是团队的共同努力；输了，不管有多少客观原因，总要有人被挑中来承担责任。而她当初不辨轻重，轻率接下投标负责人的工作，正好成为最现成的那只替罪羊。

奇怪的是，一旦心落到谷底，所有的忐忑反而消失，只留下麻木的平静，仿佛她将面对的是别人的命运。

上午10点，MPL销售部门所有北京办公室的员工相继进入了大会议室，正在出差的以及工作地点不在北京的销售经理和销售代表则通过会议电话加入。

难得一次即使周末也没有人迟到的会议，难得一次人人聚精会神而不是人手一部笔记本电脑心不在焉的会议。

会上除了通报昨日集采唱标的情况，刘秉康还宣布了三件事。

一是普达的集采并未结束，高层还在努力斡旋，希望能有所挽回，即日起所有关于集采的工作由于晓波负责。

二是谭斌手里的三省一市，从下周起交接给乔利维，乔利维将担任整个北方区的代理销售总监。

最后就是谭斌的新职位安排，她将担任Consulting Selling Leader（顾问型销售负责人），负责今后所有新方案在各省的销售。

会议室里一时鸦雀无声，每个人都在各自默默消化着这些消息，各自打着自己的小算盘。

谭斌坐得端正，脸上没有什么特别的表情，甚至挂着微笑。她还记得当初接受投标经理这个职位就是在这间会议室里。那时她极其担心责任和权力的不平衡，会成为她的滑铁卢。没想到一语成谶，且结果比她想得更加悲惨。

新职位甚至没有任何级别的标示，只含含糊糊给她一个Leader的头衔，没有下属，没有任何资源，明眼人都看得出来，这就是一个临时的位置。以前有过不少先例，往往过不了多久，类似位置上的人就会主动递上辞职信。

谭斌显得如此轻松，是因为最大的冲击波刚才已经在刘秉康的办公室里遭遇过，此刻才能保持镇静。和刘秉康的谈话像镌刻在她的记忆里，谭斌相信很久之后她都不会忘记这一幕。

他说："Cherie，我觉得很难开口，但我不得不说，集采失利是非常严重的事，影响到今明两年将近一个亿的销售，这件事，我们必须有一个交代……"

谭斌还记得自己问："能不能给我个解释？集采失利，我愿意承担责任，但我在北方区的工作为什么也被否认？"

"我们必须面对现实，现实是我们失去了极重要的销售机会。"刘秉康看着她，"我们必须对员工，对总部有一个令人信服的解释。"

谭斌也就明白了他的意思，明明是沉重的话题竟有了要笑的冲动。集采为什么失利，他不想和她讨论，他要的就是一个结果、一个了结。

想起自己处理方芳事件时，谭斌明知方芳替人背了黑锅，虽然心里惋惜，但在同意解除合同的文件上签字时，下意识里仍有一丝难得的轻松。因为方芳的离开于大局完全无碍，却可以把整件事画个句号，对所有人有个交代，这是一个相对圆满的结局。

三年风水轮流转，今天终于轮到了她。

她没有像方芳一样被扫地出门，是因为她还有利用价值。

"今年的指标已经很难完成，但明年上半年必须有所补救。Cherie，我希望你利用顾问型销售项目，帮助当地的销售团队把普达省公司从集采中压下的配置一个个挤出来。"刘秉康的脸上有惋惜，有冀望，也有驾轻就熟的威严。

谭斌专注地望着他，神情奇特。她记得半年前刘秉康还是一张白净的圆脸，如今却皮松色暗，眼睛下面两个大眼袋，两天内像老了七八岁，显然他这几天也是过得生不如死。李海洋从全球副总裁Robert那里为集采争取来最低的折扣，他的动机如何尚值得商榷，但MPL中国得到一个史无前例的最低折扣却是人人皆知，在这样有利的条件下，集采却输得一败涂地，恐怕这些日子最难过关的就是他了。

职场果然似江湖，越高越险，每个人都是提着脑袋过日子，稍不小心就人头落地，能坚持活下来就已经是最大的胜利。

想起一句话，谭斌终于翘起嘴角，不合时宜地笑起来。那句话是：有情皆孽，无人不冤。她心中的悲愤和自怨自艾就是在这一刻被稀释淡化的。

学艺不精，她愿赌服输。

"我接受新的职位。"谭斌终于开口，语气平静。

结局已定，再说什么都是多余的。现在她只有两条路可选，要么安静接受，要么回去写辞职信。后一个不是她的选择，就算离开，她也会选好下家再走。

赌气辞职的事谭斌见过太多，当时图一个痛快，事后后悔的居多。都说天下乌鸦一般黑，不找到自己失败的真正症结，换个地方仍会遭遇同样的问题。辞职或许能带来暂时的轻松，但它摆脱的只是问题的起因，而不是问题本身。

刘秉康反而意外地愣住，用看陌生人一样的眼光打量着谭斌，显然他没有想到谭斌接受得如此从容。但他很快恢复常态，温和地说："这样很好。"

谭斌也微笑地看着他："您放心，只要还是MPL的员工，我就会尽职尽责每一天，这是我最基本的职业操守。"

以后还是要在一个行业里周旋，大家低头不见抬头见，不如好聚好散，细水长流。

会议结束了，人们小声议论着鱼贯而出。不时有人走到谭斌的身边，在她肩头用力拍一拍。谭斌抬起头，能看到平日熟悉的同事充满同情的目光，谭斌一一报以微笑。其实她这会儿最想做的是找个没人的地方待着。凭着她自己的坚持，尚可维持人前的平静，她只怕看见太多的同情，胸口那口真气一散，反而会忍不住当众痛哭。

她来到洗手间，用冷水反复洗着脸，看着镜中自己凌乱的额发和一脸湿漉漉的水渍，她告诫自己这个时候一定要控制住，不能失态，不能哭泣，要哭也是回家找个没人的地方去哭。

一只手忽然伸过来，递给她几张面巾纸。谭斌扭过头，是王奕站在身边。她眼眶泛红，眼泪都快下来了。

"这不公平，怎么是你一个人的错儿？明明是高层关系没到位……"

谭斌接过面巾纸，对着镜子擦净脸上的水渍，拢拢刘海，看看镜子里自己的表情还算自然，才开口回答："我在那个位置上当然要负责，没什么可说的。"

"可是以后我要向老乔报告……"

谭斌擦干净手，拍拍王奕的后背说："别想太多，好好做你的区域，有业绩撑着，跟谁都一样。还有，以后记着不要在洗手间里说不该说的话，这儿并不是安全的地方。"

王奕眨巴着眼睛还在回味，谭斌对她笑笑，开门走了。

{02}

当日深夜，FSK的北方区总监余永麟裹挟着一身浓重的烟气和酒气，摸到程睿敏的家里。

"你白天忙什么？一直找不到人。"余永麟打着酒嗝躺在书房的沙发上，"昨天晚上你到底想和我说什么？什么叫我做了别人的枪手？"

程睿敏从电脑前转过身说："老余，你真的相信MPL出局，FSK就能独占鳌头？"

"什么意思，嗯？"余永麟斜着眼睛问，"这是我降价的条件，田军他不多给我几个省份，我送他30%的设备？"

"你太天真，政治觉悟也太低了。"程睿敏冷笑，"你换位想想，如果你是甲方，会不会把原来两家相互制约的均衡局面彻底破坏，让你FSK成为一枝独秀？他一定还会给你找个对手，防止你做大。”

“你是说，众诚要和我们平分半壁江山？开什么玩笑！”

“如果这样倒也简单，”程睿敏疲倦地揉着眉心，“之前FSK和MPL是对手，也是盟友，如今MPL出局，你FSK将来孤掌难鸣，只怕早晚要被内地的竞争对手围歼掉。”

余永麟一骨碌坐起来，睁大眼睛望着他。

“原来的技术门槛已经形同虚设，你和本土企业拼什么？价格？质量？服务？还是回扣？你还有什么优势？老余，你以价格换市场份额的打算很可能会落空，最大的赢家另有其人。”

“全都是马后炮！”余永麟弓起背，脸埋在膝盖间愣了很久，才抬起头问：“你既然看得那么清楚，为什么不早说？为什么布完局你就撤了，撇下我一个人去操作？”

程睿敏笑了一下，心平气和地回答：“因为走出来之后，我发现外面的世界很大，可做的事情太多，我和MPL的恩怨简直不值一哂，所以我撤了。还因为你是我兄弟，众诚是我的业务伙伴，我只能选择中立。”

“程睿敏！”余永麟捶着沙发大声说。

“还有一件事要告诉你，你可以攒在一块骂，省点儿力气。”程睿敏站起身，让开电脑屏幕前的位置。

余永麟走过去，看到程睿敏正在准备的文件，疑惑地问：“这不是你那份《葵花宝典》吗？你想做什么？”

“给谭斌，也许能帮她渡过难关。”

余永麟顷刻间酒意上涌，气得额头上的青筋都暴了出来：“你是不是有病？你脑子进水了？”

“老余……”

“你别叫我老余，我不认识你！”余永麟脸色铁青，“眼看刘秉康那浑蛋马上就能卷铺盖滚蛋，你帮他？你帮谭斌就是帮他，你难道不明白？你忘了他是怎么对你的？”

“谭斌现在是我的人，我不能害她。”

“哈……你的人？是你的女人吧？好吧好吧，我承认，可这事过去，你有多少种方式可以补偿她？”

“那不一样，老余。我忘不了你带她第一次见我时的样子，那么意气风发的一个女孩子今天却变成另一个人。我栽过跟头，知道那是什么滋味，所有的自信全部摧毁，锐气全失，一辈子都难以补偿的伤害，我不想让她经历。”

余永麟不再说话，从兜里掏出香烟，叼起一支又去找打火机，不知是打火机里的液体用完了，还是他的手哆嗦得不得要领，无论怎么较劲就是不见火星。

程睿敏瞪了他一眼说：“阳台上抽去。”

余永麟一下就爆发了，用力地把打火机扔在地板上，又抬起脚后跟用力跺几下，近乎咆哮道：“我就在这屋里抽怎么了？有种你开始就别算计MPL。做到一半你放手，你还是不是男人？”

程睿敏也忍无可忍地让他离开。

多年的好友第一次翻脸，灯光下程睿敏的脸色透出惊人的惨白，余永麟犹豫片刻，还是摔门而去。

{03}

此夜节令为小雪，北京城果然飘起了入冬以来的第一场雪。

对余永麟来说，这天是他人生里最重要的日子。

他的妻子出现早产症状，连夜被送进医院。余永麟在产房外等得团团乱转，不时有医生送出各种生死状要求他签字。

他在慌乱、烦扰、不安、恐惧中度过了六个小时。

清晨6点10分，他的儿子宽宽终于伴着雪花提前半个月呱呱坠地。

护士把那个软若无骨的小东西交到他手里，余永麟战战兢兢地拨开婴儿袋，看到一张比成人拳头大不了多少的小脸，皮肤皱巴巴，浑身通红，像只出生不久的小老鼠。

他备受冲击，忽然间就落泪了，七尺高的男人当众哭得眼泪滂沱。那一刻，除了怀里的小生命，其他一切身外之物皆变得无关紧要。

余永麟急于和人分享这种感受，完全忘记了头天晚上和程睿敏的龃龉，看看表应是程睿敏平日起床时分，他迫不及待地拨通程睿敏的电话。但任凭他拨了手机再换座机都是一样的结果，一直无人接听。再打到他的办公室，依然找不到人。

余永麟有些不安，因为这不是程睿敏的风格——除了在飞机上，他的手机永远处于开机状态——想起昨晚他脸上那种不正常的苍白，更加重了余永麟内心的忐忑。

他打算开车过去看看，病房里乱糟糟的一时又离不开人，觑着丈母娘的脸色他挣扎良久，忽然想起一个人。他扒开皮夹找了半天，谢天谢地，那张奇特的名片竟然还在，他立刻照着号码打过去。

严谨原本迷迷糊糊的声音，听他说明来意一下精神起来，爽快地说：“我去一趟得了，物业那儿有他的钥匙，您先忙着，谢谢啊！”

放下电话，余永麟想来想去放心不下，还是把妻儿交给家中老人，驱车朝着机场高速的方向奔去。

等他赶到，正看到两个人站在程睿敏别墅的门口，其中一个就是严谨。他们已经站在门外按了半天门铃，屋内却无人应门，而二楼明明亮着灯。

商量了一会儿，物业的工作人员取出备用钥匙，开门进去。

窗外的天色依然半明半灭，别墅内静悄悄的，一层完全黑着灯，只有楼梯拐角处漏下二楼书房的灯光。

严谨扬声喊："小幺，你在吗？"

没有人回答。

三人拾级而上，书房的门半掩着，严谨上前一手推开，几个人如被雷电击中，全部呆立当场。

严谨最先回过神，像体操运动员跳鞍马一样，他直接从房间正中的书桌上飞了过去。抱起已毫无知觉的程睿敏，他气急败坏地叫："小幺，你搞什么鬼？甭吓哥哥，醒醒！"

物业的工作人员则麻利地退到一边，掏出手机打电话："喂，110吗？我是××山庄的物业，我这儿有住户出了问题……"

余永麟一脚踢了过去，亦是气急败坏地说："打120叫救护车！你打110干什么？"

二十多分钟后，救护车才开到别墅楼下。余永麟把医生和护工带到楼上，严谨还在锲而不舍地做胸外心脏按压——他的动作熟练而标准，一看就是经过专业训练的——直到换了医生过来套上氧气面罩，静脉注射，指挥护工将人送上急救车。

一阵忙乱过后，人去屋空。暂时留下来善后的余永麟发现书桌上的鼠标被人无意中碰触，原来黑屏状态的显示屏竟然亮了起来。

那上面正开着一个新邮件的页面，发送地址和附件都已附上，唯有正文写了一半，还没有完成。余永麟静静地看一会儿，伸出手，轻轻点下发送键。

{04}

京城的东北部，熟睡中的谭斌突然被剧烈的心跳惊醒。她按着几乎要冲出胸口的心脏，只觉得一阵阵难以控制的心慌意乱，跳得她再也无法入眠。

她坐起身，纳闷地看看窗口，天色尚未大亮，地板上只有窗帘缝隙透进来的一线晨光。既然睡不着，她索性起床，拉开窗帘惊喜地发现窗外已是银装素裹的世界，澄明安静。

吃完早餐准备出门才想起今天是周日，谭斌自嘲地笑笑，又把外套脱了换上家居服。

周日是例行的家庭日，每周这个时候她都会给父母打电话报个平安。对父母她向来是报喜不报忧，说来说去都是那些车轱辘话，我很好，我没事，工作身体都很好。

虽然她在和母亲聊天时，提到“工作”两个字屡次有哭的冲动，但都咬牙忍住了，为了不在母亲面前失态，她找个理由匆匆结束通话。

放下电话，谭斌打开电脑开始收邮件。过去两天发生太多的事，她整个人处于飘浮的状态，完全没有顾上看一眼收件箱。其实看不看都那么回事了，她已经不再是普达集采的负责人，也不再是北方区三省一市的代理销售总监。

一些尚未打开的新邮件里，有封早上6点多收到的外部邮件，没有题目，发信人是Ray Cheng，她现在非常不愿意看到的一个名字。

经过一天一夜的缓冲，她已经意识到自己盛怒之下对程睿敏口不择言，实在有点儿过分，可是一想起他最后那句极其刻薄的话就忍不住怒火中烧。盯着那个名字看了半天，她一咬牙点了删除，合上电脑离开书房。

屋里转了一圈，她发觉有很多事可做，却不知从哪里下手，她已经很久没有过这么闲暇的周末，最后她拉开衣柜的抽屉开始一个个清理。手里忙着，脑子也就可以暂时处于冻结状态。

过去48小时里发生过的事她完全不敢回想。新鲜的伤口还鲜血淋漓，任何轻微的碰触都能带来钻心的疼痛。她只能等待时间将那种尖锐的刺痛打磨到迟钝。

一旦专心做事，时间就过得飞快，一直到傍晚才理出眉目，谭斌感觉饿，拉开冰箱却找不到可吃的东西，只好换了衣服去超市。

刚出了公寓门口，便听到身后有人说话：“这是16号楼吗？这是什么鬼地方？所有楼房活像一个模子倒出来的，晃得我头都晕了。”

声音有点儿熟，谭斌转过脸去看，正和那身材高大的男人打了个照面。

“严谨？”她睁大眼睛。

严谨也看到她，立刻大踏步走过来，直接攥住了她的手腕说道：“真巧，我正找你。跟我走！”

他的手劲极大，谭斌的手腕像被铁钳夹住，疼得眼泪差点儿下来，拼命想挣脱，问道：“你要干什么？”

“我干什么？”严谨怒气冲冲地逼近她，“我还想问你，你对小幺做了什么？”

谭斌停下挣扎，看着他忽然笑了：“我对他做了什么？他是一男的，你觉得我能对他做什么？”

严谨不由分说拖着她就往前走，边走边说：“懒得跟你说，跟我走！”

谭斌挣扎道：“你放手！我凭什么跟你走？你再不放手我叫警察了！”

严谨一把甩开她，谭斌站不稳，差点儿坐在地上。

“行，你狠！算你狠！”他叉着腰嚷道，“小幺现在重症监护室躺着，你是不是觉得特解恨？”

谭斌像遭了雷劈，脸色一下变得煞白。

{05}

去医院的路程只有三十分钟，谭斌却觉得像三年一样漫长。

心内科的主治医师竟是她的熟人，文晓慧的现任男友，高文华。看到谭斌，他露出恍然大悟的神色：“难怪我看着他眼熟，原来是上回见过一面。”

谭斌紧贴着玻璃窗，在几张床之间拼命寻找着，却只能看到乱七八糟的氧气筒、各种各样的仪器和管子。

“心肌梗死，幸亏他朋友懂得急救，不然就危险了。”高文华站在她身边，“平时有症状，估计被他自己忽略了。头疼、胸闷、心悸、心前区疼痛，都是发作前的征兆。”

“心肌梗死？”谭斌转过脸，用力地绞紧自己的双手才能让声音保持正常频率，“他才34岁……”

“现在年轻人得这病的越来越多，今年我就遇到五六例，最小的只有28岁，送来的时候也是心源性休克，最后没有抢救过来……”说到这里，高文华忽然停下，因为谭斌正看着他，眼睛里满是泪水。那是他见惯了的患者家属的眼神，充满了祈望和哀求，像仰望上帝一样。

“高医生，求求你，让我看看他！”

高文华叹口气说：“跟我来，换一下鞋套和衣服，我带你进去。”

病床前只看了一眼，谭斌就已经坚持不住。程睿敏的脸上似乎只剩下黑和白两个颜色，睫毛覆盖在眼睑上，毫无生气。

她茫然地伸出手，似乎想摸摸他的脸，被高文华眼明手快地拦住道：“不行。”

她把右手食指塞进嘴里，紧紧咬着，浑身发抖，整个五官都扭曲了。高文华看情形不对，伸手揽住她的肩膀，果断地挟持她出去。她的双腿早已难以支撑身体的重量，模糊中她觉得被转移到另一个人手里，那人搂着她，在她耳边低声说：“孩子，别这样。”

谭斌抬起眼睛，眼前的老人正关爱地看着她，是程睿敏的干妈。她的眼泪决堤一样疯狂地涌出来，抱住老人终于哭出了声：“我错了，阿姨，我错了！”

“别哭别哭，好孩子，他没事，会好的。”

严谨在一边抱着肩膀冷冷地说了一句：“现在知道哭了，早干什么去了？”

“你这孩子，住嘴！”干妈呵斥他。

严谨哼一声，跺脚走了。

“唉，你们这些孩子就都仗着年轻胡闹，从来不把老人的话放在心里。”在一间安静的休息室里，程睿敏的干妈递给谭斌一条热毛巾，摸摸她的头发。

谭斌低头接过，说声“谢谢”，却把湿漉漉的毛巾放在膝盖上呆呆看着。

“睿敏的父亲刚还在这儿，老头儿自己血压高，心脏也不好，先回去了。”

谭斌“嗯”了一声。

“他母亲过两天也回来。”

谭斌这才抬起头：“他国外的母亲？”

“啊，原来睿敏和你说了，没错。我和她在电话里谈了很长时间，她非常后悔，”干妈拍着谭斌的手背，“睿敏是我看着长大的，他的心结我很明白。毕业后不肯让他父亲帮忙，一个人跑到外面拼命，是因为他总想做成点儿什么给他母亲看，让她后悔当年放弃的是个多么优秀的儿子。”

谭斌想起那条领带，一时没有出声，眼泪倒是收住了。她有过预感，可是没有往深处想过，原来真相真的是这样。都说好逸恶劳是人的天性，并没有天生的工作狂，也许每一个工作狂的背后都有一道过不去的坎儿。

程睿敏的坎儿是他母亲，她的坎儿不管她是否愿意承认，她心里都非常明白，是瞿峰。

人性有时候不得不说很奇怪，最在意的往往不是爱自己的人，而是曾经伤害过自己的人。

“他从小没有和父母在一起，遇事自主惯了，从不喜欢和人商量，更不喜欢解释，你和他在一起一定要多点儿耐心才成。我知道这很委屈，可是孩子，”程睿敏的干妈看着她，眼神通透，像能穿越另一个世界，“人这一辈子，再怎么风光最后都免不了一个人孤单地离开，运气好，你能遇到另一个人陪你走到尽头；运气不好，你要一个人走很长的路。真的遇上了，就要好好珍惜，别辜负了彼此。”

谭斌的眼泪再次落了下来，说道：“阿姨，我懂。”

程睿敏从手术室出来就一直处于昏迷不醒的状态，一直没能撤下呼吸机。主刀的医生解释，可能他平时身体透支得太厉害了，才难以承受大手术的伤害。谭斌和严谨在重症监护室外等到晚上他也没有苏醒的迹象。

高文华劝他们暂时回家：“你们在这儿也没用，先回去休息吧，有什么消息会通知你们。”

严谨也让谭斌先回去，夜里他一个人守着就行了，谭斌却明确表示不想走。因为只有待在离他最近的地方，她才能制止自己胡思乱想。

严谨只好说："等小幺醒了，更需要人照顾。他爸爸和干妈身体都不好，只能靠咱们两个，你要是再倒下，我连个替补都没有了。"

这句话说服了谭斌，她忐忑而不舍地离开了重症监护室，却在住院部的门口遇到匆匆赶来的余永麟。

他见到谭斌顿时一愣，说道："哟，严谨真把你找来了？"

谭斌这才明白严谨怎么能熟门熟路地摸到自己家去，从这点上来说，她应该感谢余永麟，否则她可能会后悔一辈子。

"老程怎么样了？"

"还在重症监护室，一直没醒。"

余永麟叹口气说："聊会儿再走？"

他脸上恳切的表情不像是装出来的，谭斌点点头说："好。"

"我说Cherie，我大概是你现在最不想看到的人吧？"提起MPL的落败，余永麟的神色多少有点儿尴尬。

谭斌双手插在大衣兜里，淡淡一笑，说道："如果我说不是，你会不会很失望？"

"还真有点儿，"余永麟也笑起来，取出烟盒递她跟前，"要不要来一支？"

"不了，谢谢！"谭斌转头望着身边的树丛，慢慢地说，"他不喜欢我抽烟，他……"

一股热流从鼻根处涌上来，灼痛了她的眼眶，眼中慢慢聚起眼泪。她用力咬着嘴唇，才能压抑住眼泪。

余永麟默默地看她一眼，收回手，自己点了一根。"今年的天儿还真邪乎，都11月底了还跟小阳春一样，说冷一下就进了隆冬。"他有意转换话题。

谭斌深吸一口气，已经控制住自己，扭头看着他说："好像你戒烟又失败了？"

余永麟抽进一口烟，再缓缓吐出来，眯起眼睛说："啊，我本来还扛着，想想老程，又抽回来了。人生苦短，生死有命，享受本来就不多，我干吗还要跟自个儿过不去？"

谭斌微微牵动嘴角，却完全无话可说。

余永麟一口一口地抽着烟，终于问道："老程那封邮件你看了吗？"

谭斌立刻转头盯着他，像是在问：你怎么知道？

"那封邮件是我发的。"他犹豫半天才说下去，"我今天一天都在琢磨，究竟是他没来得及发呢？还是他没有想好到底发不发，我就怕他将来埋怨我。"

谭斌沉默了一会儿问："我还没有看，他写了些什么？"

"那你自己决定看还是不看吧，或者等他醒过来再说。不过就老程这事吧，我不知道该怎么评价，哎呀，反正他够狠，换了我肯定做不出来这种事。这世上最亲的人是谁？除了爹妈，就是老婆孩子，怎么能对女友一字不提呢？不过Cherie，你得这么想，一个人要是仇都不记，你还能指望他记恩吗？"

谭斌苦涩地笑笑。

“可我还真得告诉你，这次集采的结果真跟老程没什么关系，他早就洗手不玩了，你可千万别怪他。当然你也不能怪我，是你们MPL把客户决策人的真正需求给搞错了。老田他现在可顾不上考虑什么业务增长点，他最想的是如何顺利登上副总经理的位置。”

谭斌低着头，没有说话。

余永麟沉默地吸完半根烟，扔掉烟头说：“那我进去了，赶紧看一眼，回去晚了老丈母娘不愿意。”他走了几步又转回来，“对了，忘了给你看看我儿子的照片，一大胖小子，帅，像我！”

{06}

回到家里，谭斌把程睿敏那封邮件从删除文件夹里拖了回来。

邮件的正文很长。

谭斌，其实这封邮件不该发到你这个邮箱，可是我想公司邮箱应该是你能最快看到的地方。

从第一次见面，我就为你的敏感惊异，可是今天我却希望你能多少迟钝一些。发这封邮件，不是为了请求你的原谅，而是为了告诉你真相，你应该知道的真相，有些话面对你我永远说不出来。

集采之初，我的确促成过Tony和田军的相交，MPL集采中的问题我看得清楚却没有提醒过你，那是因为我介意和MPL曾经的恩怨，其中更涉及现公司的合作伙伴，在商言商，我很抱歉对你的伤害。但是宝贝儿，我该怎么说你才能相信，任何一个大型商业行为的背后，各方利益互相纠缠绝不是你想得那样简单，一个人一件事就能搞定所有。实际上，集采的结果也完全出乎我的意料。你要沉住气看到最后，才能得到最接近真相的答案。

白天自不同渠道得到一些消息，希望能帮到你。

一是MPL失利，应是来自普达高层多年的不满，这是给MPL一个教训。如果高层肯出面斡旋，并利用已经习惯于MPL设备的省公司向集团总部施压，事情当有转机，第二轮或许可有机会。

二是集采的失利并不全是坏事，可以促使你们下决心转型。这种集采每年一次，利润会越杀越低，直到无法承受变成鸡肋。普达目前最需要的是业务增长的刺激。附件中是我多年收集的客户资料，对你也许有用。

请你答应我一件事，不要轻言放弃，不要意气用事，否则你永远跨不过自己那道坎儿，永远会觉得自己是个失败者。

你对感情的质疑，我无言以对。当初接近你的确动机不纯，但是塘沽一行让我放弃了这个念头，你是念旧和有底线的人，有些事你永远做不出来。可是，谭斌，我只想问你一个问题，这么久的相处，你竟没有感觉到一点儿真情？你说那些话……

邮件就在这里中断，没有写下去，谭斌撑着头，想象他在打这些字时的心情，眼泪一滴一滴落在键盘上。照他的脾气，一口气解释这么多恐怕已至极限。

她无法猜测，如果今天早上就看到这封邮件，自己会是什么反应，会不会冷笑一声，一边删除一边骂他虚伪？延迟到此刻才让她读到它，或许是上天充满怜悯的安排。在她此刻的心里，过往的一切真真假假、是是非非，她不愿意再回想，不愿意再分辨，它们都变得不再重要，她只要他能无恙。

邮件中还有一个附件，是Excel格式的文件。最后的修改时间是今天早晨6点半。一打开文件，谭斌听见自己倒吸一口冷气的声音。

这是一个无法计算价值的数据库，十几个省的详细客户资料和业务运营分析历历在目，不知花费多少心血和精力才收集而成。他竟整个交给了她。

谭斌握着鼠标的手出了汗，怔怔地盯着电脑屏幕，记忆的电流还是击中了她，一截一截、一片一片的情节和细节构成了完整的故事。那反复闪回的画面却是她第一次见到他映在他侧脸上的电脑的微光，他漆黑的浓眉、浓密的睫毛、线条优美的唇线，他转过身，对她微笑："你好，Cherie，欢迎加入我们的队伍。"

谭斌伏在手臂上，眼泪渐渐地洇湿了半条袖子。不知过了多久，她终于抬起头，擦干眼泪，再把正文来回看了几遍，试图把每一个字都记在心里，然后她按下删除键，连同附件永久删除。

过去的一切都已过去，生命原来就是一个不断受伤再不断复原的过程，世界仍是一个温柔地等待着她的成熟果园，她愿意一切从头开始。

那天晚上，谭斌在窗前站了很久，程睿敏干妈的话在她的心中徘徊不去。

或许世上所有白头到老的故事都情节迥异，却都有着相似的轨迹，真正的情感到了最后，应该能够包容一切。

爱一个人，爱他的光亮，也爱他的阴影。

她推开阳台的窗户，窗外的寒风像是等了许久，立刻把室内的窗帘高高卷起，扑面而至的寒气呛得人呼吸为之一窒，却带进室外新鲜的空气让人精神一振。

{07}

两天后的中午，谭斌正在办公室和于晓波做集采方面的交接，忽然接到严谨的电话："小幺醒了，已经从ICU转到特护病房，允许家属探视了。"

谭斌立刻撂下手中的文件，找车钥匙，穿大衣，同时对于晓波道歉道："对不起，我家人在医院，我现在必须过去。"

于晓波却在她身后慢悠悠说了一句："是Ray吧？"

因为吃惊，谭斌手里的车钥匙差点儿掉在地上，她转身盯着他："你说什么？"

于晓波笑了笑说："Cherie，天下没有不透风的墙。不过你放心，我会为你保密的。"

震惊过后，谭斌反而感觉无所谓了，她扣上大衣的最后一粒扣子说："都知道了也挺好，省得我自己宣布了。"

于晓波说："帮我代问Ray保重，顺便告诉他，我们都想念他，真的。"

谭斌颇为意外地看着他，却见他一脸郑重，她点点头："谢谢！我一定带到。"

尽管心里急得恨不能插翅飞到医院，谭斌还是顺路拐回了家。她想换身衣服，换掉身上这套素色的职业装，以全新的形象出现他眼前。

衣柜里一排黑白灰的素色里夹着一件珊瑚粉的大花衬衣。这件衬衣是她夏天时买的，至今还没有机会上过身。她换上衬衣，套在浅灰色的羊绒开衫里，明亮的颜色把她衬得肤色水润，头发光洁。她对着镜子里的人影感觉十分陌生，像是十年前的自己突然回归了。

高文华看到她崭新的形容亦是一怔，不过他很快意识到自己的身份，斟酌着字句，反复叮嘱："他的心脏依然很脆弱……像一颗会不定时引爆的炸弹，不要刺激他，不要让他说太多的话，不要让他激动……"

谭斌推门进去，尽管十分小心，衣履间的摩擦声还是惊动了程睿敏。他微微睁开眼睛，看到是她，目光中似流露出无限欣慰，吃力地对她笑笑。

他身上还啰里啰唆地连着一堆心电监测仪的胶皮线。谭斌走过去，伸出手轻轻地抚摸着他的脸，无限怜惜。她也想笑一下，嘴角翘了翘，却没有成功，倒是有滴眼泪滚出眼眶。

"谭斌……"他的声音很虚弱，也没有什么力气，他似乎想抬起手，却只动了动手指。

"别说话，"谭斌俯身凑近他的耳边，低声道，"医生说你要静养，不能说话……你什么都不用说，我明白。"

程睿敏却轻轻地摇头，仿佛在说："你不明白。"

谭斌在床边的凳子上坐下，一根一根地轻轻抚摩着他的手指。因为点滴的关系，他的手指冰凉，手背上呈现出瘀青。

"那封邮件……"她缓缓说，"Tony到底帮你发了。"

病房内的空气忽然沉寂下来，程睿敏目不转睛地看着她，眼神的含意极其复杂。

谭斌说："我看了，然后全部删了。我会努力忘掉它。"

他看着她，视线从她的脸上挪到她的衣服上，眼睛里的光点渐渐聚集，没有出声，嘴形却分明做出两个字：傻子。

谭斌笑笑说："傻子比较容易幸福。"

程睿敏的手指动了动，在她手心刮了几下。谭斌迟疑片刻才明白他的意思，摊平手掌放在他的指尖下，他的右手食指开始在她的手心划动。

谭斌侧过头凝神细看：N、O、T、T、O……

Not to be a loser.

他想跟她说的还是那句话：不要轻言放弃，不要意气用事，否则你无法跨过自己那道坎儿，永远会觉得自己是个失败者。

谭斌用力咬紧牙关，强忍着心中不期而至的酸楚，点点头说："我明白，我知道该怎么做。"

实际上，谭斌这几天的日子并不好过。同事间那些真心的或者虚假的关心和不平都让她难堪，为维持面部表情的松弛，她几乎筋疲力尽。

程睿敏攥住她的两根手指，稍微用了点儿力，目光里有抱歉也有痛惜。谭斌握紧他的手，还他一个安心的微笑。以前她真不知道，一个人的眼神竟能传递出如此复杂的信息。

病房里的温度有点儿高，她的手心也有点儿热，这点儿体温伴着她腕间若有若无的香水味一直沁入人心的深处。

程睿敏终于合上了眼睛，在药物的作用下昏睡过去。

冬日的阳光透过玻璃窗照进来，纯净干爽，温暖得令人恍惚。谭斌垂下头，把嘴唇紧贴在他的手背上。

这时，身后传来门扇开合的声音，随即脚步声渐近，有人把手放在她的肩上。

谭斌回头笑笑，站起身，让出床前唯一一把椅子。

进来的是一个衣着优雅的女子，服帖的棕色短发，背影苗条而纤细，转过脸来，才能见到岁月浸透的痕迹。

谭斌静静地退了出去，把时间留给了这对多年未见的母子。

走廊内的光线有点儿暗，刚刚离开明亮的地方，她的视力暂时受限，只看到一个人逆光站着，却看不清对方的脸。那人走近，一言不发紧紧地拥抱着她，很久没有放开。

来人大衣上柔软的毛领贴着谭斌的脸颊，是好久不见的文晓慧。

“你怎么来了？”谭斌惊讶。

“高文华怕我给你添乱，一直没跟我说，我刚刚知道，害怕你顶不住，急着赶过来。”

谭斌微笑着，声音却有点儿哽咽：“没事，你看看，我好好的。”很多时候，最贴心的反而是多年的闺密。闺密就是最黑暗的时候可以陪你一起等天亮的人。

站在楼梯的拐角处，文晓慧问她：“他怎么样？”

“还好，就是出院以后恐怕有段日子不能工作了。”

“他那么年轻，怎么会弄成这样？”

“他自己不在乎，总以为自己是超人，”谭斌苦笑，“我也粗心，平时好多症状都忽略了。而且明知道他一晚上没休息好，还拼命犯浑，拿不靠谱的话刺激他。”

想起那天的情景，谭斌打了个冷战，时隔这么多天，她想起来还是后怕。如果不是余永麟警醒，严谨又恰好懂得心肺复苏，后果真是不堪设想。

文晓慧跺脚埋怨道：“高文华怎么不早告诉我？”

“他人很好，你别老欺负他。”

“老实人才不好欺负呢！你都不知道从哪儿下手。”

谭斌笑着说：“你看一提起他来，你这眉梢眼角的春色。好事快近了吧？你准备什么时候带他去觐见母亲大人？”

“很快很快，放心，谢媒酒少不了你的。”文晓慧搂住她的肩膀，“你开心点儿，倒霉事不会一直缠着你不放的，最坏的事情过去了，以后就是好的和更好的。”

“我都明白，”谭斌转头望着窗外，“再冷的冬天也终会过去的，对吧？”

Chapter18

低潮的时候只能咬牙坚持，

默默做好此刻能做好的事，柳暗花明需要更多的努力。

{01}

那年的冬天，寒冷而多雪，是一个多事而震荡的冬天。

十天后，普达集采第一轮综合评标的结果再次爆出冷门。

技术标综合排名第一的依然是MPL，但排名第二的却不是FSK，而是行业内后来居上的众诚公司。FSK只能屈居季军。

技术标与商务标的分数加总之后，MPL的出局毫无悬念，而众诚凭着排名第二的技术分和不错的价格分一跃成为头名。曾经市场份额第一的FSK，多年来稳居行业老大的位置，虽然商务标价格大跳水，跳到和众诚一样的水平线上，却因为技术标的分数低于众诚，只能委屈地排在它的后面。

这个结果令FSK的高层极为震惊，而被失利打击得垂头丧气的竞争对手，比如MPL，却免不了幸灾乐祸。

随后要公布的是中标的五家供应商各自得到的市场份额，这将是现场最紧张的时刻。

谭斌坐在会议室的后排，和许多同事一起凝神听着会议电话里传来的嘈杂声。开标现场有销售部的同事通过手机进行现场直播。即使MPL在这场游戏中提前出局，但游戏终场谢幕时，最终的结局究竟如何，对所有的游戏参与者来说还是具有相当大的吸引力。

“安静，安静，客户出来了。”会议电话杂乱的背景音里传来同事清晰的说话声。

现场似乎沉静了片刻，接着轰的一声，像炸了窝一样，电话里叽叽喳喳，再也听不清一句完整的对话。

“Tommy，怎么回事？出什么事了？”乔利维对着会议电话嚷嚷。

“FSK和众诚的市场份额……”电话那头的声音都有点儿抖。

“啊，到底多少对多少？”

“32%对37%。”

MPL会议室这边一下也乱套了，好几个人扑过去，同时对着会议电话说话。

“什么？不可能吧？”

“兄弟，你没看错吧？”

“普达疯了吗？”

FSK对众诚，32%对37%，这个结果对众诚是绝对的胜利；对FSK来说，价格上的大跳水并没有换来市场份额的增加，MPL丢下的江山几乎都落入了众诚的掌握之中。FSK的如意算盘完全落空，亦可以用惨败来形容这场战役，这场叫作集中采购的游戏眼看着越来越往失控的方向滑去。

但如此混乱的局面却让陷入绝境的MPL见到一线生机，看起来普达下定决心要教训的不仅仅是MPL一家外企。

谭斌站起身，安静地走出会议室。现在她终于明白了，为什么程睿敏会让她沉住气看到最后，才可以得到最接近真相的答案。

游戏至此还没有完全结束，众诚也不一定是最后的赢家，最终的答案仍需等待。她要耐心地等到最后，才能给自己一个完整的答案。

{02}

12月初，北京的冬天开始进入了最冷的时候。

谭斌出了办公室，拉了拉已经裹得严严实实的围巾，朝MPL大厦外的出租车停靠点走去。她的车今天限号，只能打车去医院看程睿敏。

排在她前面的是两个年轻女孩，看衣着打扮像是附近其他外企的员工。两个女孩正在聊天，其中一个面部表情完全呈现义愤填膺的状态。

“我哪儿是她的秘书啊？我整个就是一跑腿的。不仅要帮她洗咖啡杯，交水电费，把车送到4S店保养，还得替她孩子做家庭作业。上回为小孩儿找一张一个世纪前的老照片，半个部门的人都被动员起来上网搜索。你见过这么母仪天下的上司吗？”

“命不好摊上个女老板可真够闹心的，公私不分先就要了人命。”

“可不，我每天面对她都快要疯了。”

谭斌在后面一边听一边乐。同时来了两辆出租车，她走向后一辆，关门的瞬间，她朝两个女孩笑了笑。她多想跟她们说一声："姑娘们，不是所有的女上司都如此。职场中确实有许多不靠谱的女上司，但不靠谱的男上司更多，他们都可能会成为你生活中的荆棘。面对这片荆棘，你要么绕过去，要么换双结实的鞋蹚过去，别无他法。但是等你们成长为职场生力军的时候，千万不要将此刻遭受的不公平再延续下去。男女真正平等的职场氛围需要每一个人争取和努力。"

谭斌在病房门外看到两个鲜花篮，就知道现在一定有探病的人还在病房里。程睿敏三天前已从特护病房转入普通的单人病房，医生特意叮嘱鲜花不能入病房，所以同事或者朋友带来的鲜花都是等人走了以后才转给护士站的小护士处理。

她敲了敲门，没有人回应，但隐约听到程睿敏说话的声音，她以为他在打电话，便推开门。

门一开，门里门外的人都吃了一惊。病房内果然有人，而且还不止一个。程睿敏的床前坐着四五个男男女女，都穿着职业装，其中两个人的膝盖上还放着打开的电脑。他们都扭过头看着她。

谭斌惊讶之余，立刻明白过来，这些都是Engel公司里程睿敏的下属。

她的脸当即不受控制地沉了下来，她轻轻地说了一句"对不起"，便关上门退了出去。

站在病房外的走廊上，谭斌发觉自己的手竟然在轻微地发抖，可她自己都不明白，到底是因为生气还是因为伤心。

二十分钟之后，那五个人才告辞。谭斌却没有马上进去，她怕自己和程睿敏一照面会忍不住大发脾气，为他如此不知保重自己。

直到护工来收拾椅子，谭斌总算找到怒气的发泄口，她拎起那两个花篮，对护工说："麻烦您给扔了，扔得远远的，别让我再看见。"

护工不明所以，抱着两个花篮一头雾水地走了，谭斌这才推门进了病房。进门前她特地将脸部肌肉放松至柔软。做了销售这么多年，她深深明白一个道理，要想说服一个人，就算全世界的道理都攥在你手里，你也得心平气和。

程睿敏正斜倚在床头，沉默地望着窗外灰白的天空。听见她的声音回过头，只不过看她一眼，他就注意到了她特意藏起来的愠怒。于是，他笑了笑说："你生气了？"

谭斌坐在椅子上，抱起双臂看着他，却不肯说话。不知是因为刚才说话太多又伤了元气，还是因为白色窗帘的关系，他的脸色看上去还是有些不健康的灰白。

面对这张脸，心中再多的气恼也顷刻消散，谭斌只能叹口气，将抬起的床头放低，让他在床上躺平，再为他掖好被子。

程睿敏看着她，还是问："你是不是生气了？"

谭斌说："我不是生气，是心凉。你看看你因为这场病瘦了多少？"她抚摸着他的脸颊，"原来这里是两个酒窝，现在整个变酒槽了。"

程睿敏扑哧笑了出来，说道："酒槽？亏你想得出来。"

谭斌没有接话，伏下身将脸贴在他肩膀上。长过肩的浓密长发，水一样倾泻在他的胸口。程睿敏轻轻梳理着她洁净的发丝，半天才说："我知道你为什么不高兴，但有些事是迫不得已。之前很多工作没有来得及安排，总不能让公司业务因为我停下来。责任感，这是职业经理人最基本的素质吧？"

谭斌抬起头，盯着他近在咫尺的眼睛说："说得好，既然你提到责任感，那我问问你，你对你父母有责任感吗？你对我有责任感吗？你难道从来没有想过，你要是万一有点儿什么事，你把我一个人撂下，你让我怎么办？"

程睿敏却没有她那么严肃，也盯着她看了一会儿，然后笑着说："我相信你会一个人坚强地活下去。"

谭斌哭笑不得，一下坐直身体，说道："我如此锥心泣血地告白，你竟然不当回事，太让人伤心了！"

程睿敏拉住她的手说："你以为我没想过吗？这些天我想得最多的就是关于那五个球的寓言，你还记得吗？"

"什么寓言？"

"每个人一生都拥有五个重要的东西：健康、家庭、生活、工作和灵魂。这五个东西，只有工作是橡皮球，其他四个都是玻璃球。橡皮球落到地上不会坏，反而会弹起来；但玻璃球一旦掉到地上便会破碎，即使世上有强力黏合剂可以将它黏合起来，可它再也不是原来的样子。"

"哦，听过，可口可乐CEO说过的话。当时我也挺触动，觉得需要改变点儿什么了，可过两天工作一忙起来便忘得干干净净。你也知道，大多数人都是短视的，相比一生的长远之计，还是眼前的工作更重要，因为稍不小心饭碗就会碎成渣渣。"

程睿敏将她的手凑在唇边，轻轻地吻了她的手背，这是他每次向她承诺什么事情时的习惯动作。他说："你不用担心，我在认真考虑一些事，我不会让你失望的。"

谭斌更喜欢这个动作每次传递出的温情与柔软。她此刻的感觉就像一个人在风雨交加的室外待了一天，突然走进一个宽敞明亮的房间。他对她而言，永远是一个窗明几净、暖和干爽的地方，无论她之前多么心灰意冷，一旦走进这个房间便会完全放松，撤去了所有或真或假的面具。

她深深地望着他，说道："我爱你，亲爱的！"

程睿敏也望着她，过了一会儿，慢慢地亮出他的招牌笑容，谭斌听到了他从未说过的一句话。

他说："I love you！"

虽然他依然借助英语的掩护才能表达出这最简单的三个字，不过谭斌已经满足了。毕竟这个年纪的中国传统男人能大大方方、情真意切地用母语说出"我爱你"，对他们的考验不亚于攀登喜马拉雅山。

{03}

第一轮应标结束后，五家中标的供应商无论是喜是忧，都开始着手准备第一轮核心设备的商务谈判和第二轮外围设备的投标。

MPL的高层却在忙着安抚普达的高层领导。全球副总裁Robert特意赶到中国，回访普达的总经理魏明生，试图弥补以前的怠慢和疏忽。一直被排挤在销售之外的CEO李海洋，也动用了多年前的同学关系给魏总递话，希望能再给MPL一个机会。

但这一切都已和谭斌无关。她安静地和于晓波、乔利维交接，开始着手做新业务的市场开发规划。乔利维熬过五个月，终于结束了与谭斌分而治之的局面，心愿得偿，成为整个北方区的销售总监。

乔利维总监任命公布那天，谭斌特意选择了出差去外地拜访客户。她不是接受不了现实，而是不知道自己该以何种态度和表情面对众人——太严肃了会有人说你得失心太重，输不起；太不在乎了，又会有人说你没有上进心，烂泥扶不上墙。她只能选择暂时逃避。

如此坚持着和自己较劲只是为了给自己一个交代，谭斌不想在若干年后回忆起这一幕只留下一个落荒而逃的印象，给自己的职业生涯涂上一个抹不去的黑点。她也在等待着机会，虽然此时她并不知道那机会将是什么，何时到来，她只知道任何人任何事不可能永在风光的顶峰，也不可能永在低谷。低潮的时候只能咬牙坚持，默默做好此刻能做好的事，柳暗花明需要更多的努力。

从外地回来，谭斌带着于晓波去见普达总部的客户，为自己的告别，也为介绍新人。

来到田军的办公室，她在门外站了二十秒才把脸上的表情调整到最合适的状态，满面春风地推门进去。田军看到她，不禁一怔，脸上似有一丝抱歉的神色一闪而过。谭斌不能判定，是不是自己的一厢情愿。

"小谭，好些日子不见了。晴晴问我好几次，说小谭阿姨怎么不理她了，是不是她做错什么事让你不高兴了？"田军若无其事地和她聊起女儿。

"怎么会呢？"谭斌也笑得轻松灿烂，"最近家里出了点儿事，医院公司两头跑，实在有些顾不过来了。”

“小程怎么样了，好点儿没有？”

谭斌知道他去医院看过程睿敏，当时她虽然不在，但是两人的关系是再也瞒不住了。不过田军一说完，立刻意识到旁边还站着一个于晓波，话出口收不回来，他有些尴尬地看着谭斌。

谭斌笑笑说：“没关系的，晓波知道。”她就势将于晓波介绍给田军，“田总，这是我同事于晓波，从现在开始他接替我负责普达集采的业务。”

田军大为惊讶道：“为什么？集采还没结束呢，临阵换将是兵家大忌，你们MPL是怎么回事？”

谭斌笑笑回答：“田总，凡事都有例外，阵前易帅也不是没有成功的先例。美国南北战争的时候，林肯临阵撤掉麦克莱伦才能在内战中取胜，您说是吧？”

即使心中有再多的不满，谭斌也不会在客户面前刻意毁损公司的形象。实际上，对方对你的尊重，大部分也是因为你身后那个声名显赫的跨国大公司。把自己对公司的怨气在客户面前发泄，除了显示自己的气急败坏，并不能让对方尊重你的砝码增添一丝一毫的分量。

田军尚未说什么，于晓波接过了话题：“其实Cherie另有重任。今年公司新推出的顾问型一揽子解决方案，将由Cherie负责中国区的销售。如果田总肯照应，没准儿我们能促成全球第一个合作项目。”

谭斌十分意外地看了于晓波一眼，她没想到这会儿他会帮她说话，于晓波则朝她不易察觉地挑挑眉毛。

谭斌心领神会地收回目光，若无其事地顺着刚才的话题聊下去，趁机将MPL将要实施的顾问型销售方案仔仔细细地向田军做了介绍。

于晓波和田军倒是一见如故，或许因为彼此籍贯的地理位置十分接近，整整一下午，三人言谈甚欢。

告别时，田军握着谭斌的手对她说：“上回做技术交流，市场部的廖总对你们顾问型的解决方案印象很深，你可以找他多聊聊，到了下面的省公司，有什么需要我帮助的，尽管开口。”

谭斌致谢道：“多谢田总。”

至于这番好意的背后到底是为了弥补之前的歉意，还是看程睿敏的面子，谭斌不打算深究了，毕竟她曾经拒绝过一个令人垂涎的数据库，这回能占上程睿敏的便宜就占一次吧。

回公司的路上，谭斌感觉这一下午特别累，强打着精神开车，一直没有出声。

于晓波坐在副驾驶的位置上，觑着她的脸色，犹豫几次才开口道："Cherie，谢谢你，真的……发自内心的……"

谭斌被他逗笑了，说："难道你以前说谢谢都不是发自内心的？"

"不是……"于晓波发觉说错话，有些尴尬，"我是说，我挺佩服你，一个女孩子，能顶住这么大的压力，没有露出一点儿情绪。"

"那是因为我脸皮厚，"谭斌轻轻打转方向盘，然后补充道，"又没心没肺。"

于晓波笑了几声，短暂的沉默过后，他扶扶眼镜说："你知道吗？现在上面正努力周旋，想挤进第二轮投标，咱们那个排名第一的技术分就是最大的底气。那天我对李先生说，当时如果不是你坚持，MPL拿不到这个名次。"

"李先生"三个字令谭斌心里咯噔一下，她略微转头，用眼角的余光扫了他一眼。如此看来，传说中第一个倒向李海洋阵营的销售总监就是于晓波了。谭斌笑笑，没有接话，耐心地听他后面的内容。

于晓波接着说下去："前几天魏总已经松口，就差给他一个台阶，需要普达的技术部门为MPL说句话，Kenny和李先生都不能出面，因为太着痕迹了。咱们销售部门里面，现在只有你能和总工程师陈裕泰说上话……"

谭斌扭头看了他一眼说："你想让我去找他？"

"我知道这要求过分，实在对不起！"说出最难出口的话，于晓波的神情明显放松，"Cherie，就当帮我个忙好吧？"

谭斌面无表情地望着前方，握着方向盘的手收紧又松开，想了很久，虽然胸口像堵着一块石头，她还是说："好。"

因为她马上就有求于晓波的地方。这些天她一直在寻找顾问型新解决方案的销售突破点，经过反复权衡与考虑，已经挑出四个条件相对成熟的城市作为新业务销售的试点。

而第一个城市就是上海，于晓波的直辖区域。谭斌最熟悉的客户一直都在北方区，若没有于晓波这个东方区销售总监的帮助，她在上海就很难打开局面。

谭斌当着他的面打电话给陈裕泰，依旧约在安定门那个茶馆。自从上回在这个地方喝过茶，陈裕泰好像就不再把她当外人。

谭斌却不敢太放肆，依然维持适当的尊敬和距离，关系再亲近，对方也是客户。不过她已经摸到他的脾气，这个人不喜欢听到任何批评和指责，不管是针对他自己还是他的下属的。所以她没有明着提出任何要求，只是在喝茶的时候随口说了一句："这些天我听到不少省公司的担心，都说这次集采，成本是降下去了，可是也给他们带来不少麻烦，尤其是技术上的，他们压力挺大。"

“哦，”陈裕泰慢吞吞地品着茶，从茶盅上面扫视着她，“他们说些什么？”

“他们说，以前用的都是MPL的产品，技术人员也培养了将近十年，如今一换供应商，两家产品并存，兼容首先是个问题，很可能会影响到业务质量，技术人员也要为另一家的产品重新培养，不仅耗时，人员上也是巨大的浪费。现在是市场领导一切，如果因为这些原因影响了市场部的业务发展，那技术部门岂不成了罪魁祸首？”

陈裕泰不喝茶了，手在空中停顿片刻才放下茶盅，漫不经心地说：“全是杞人忧天，这些风险立项前都做过分析，哪儿有这么严重？”

“那是，这么大的项目怎么会不考虑周全？唉，我也就传个话，没别的意思。”陈裕泰“嗯”了一声，端起茶盅放到嘴边，才发现杯中已空。

谭斌不易察觉地笑笑，知道他已经上了心。

技术部门的最终拍板者毕竟是陈裕泰，此刻恰好又处在上市改组的风口浪尖上，技术方面的抱怨一旦多起来，吹到魏总的耳朵里对他绝对是负面影响。

不过此事点到即止，不可再多说一句。谭斌及时转移话题，把陈裕泰的注意力挪到了茶具上。

提点陈裕泰，谭斌原本只当作送了一个顺水人情给于晓波，但她没想到，李海洋竟会因为这件事专门把她叫到自己的办公室。

谭斌接到李海洋助理的通知以后，颇踌躇了一会儿。刘秉康因为集采失利的影响，最近在公司里十分低调，很少见到他的人，稍有点儿警觉的人都明白刘秉康身下的座椅已经开始摇摇欲坠。而谭斌现在虽然无人无权，但直接上司仍然是刘秉康。在这权力交替的敏感时刻，她不想被人扣上趋炎附势的帽子。

谭斌一直磨蹭着，直到约好的时间马上就到了，实在没有一丁点儿推托的余地，她只好硬着头皮上了19层。

李海洋让她坐下，他是这么开始说的：“关于普达陈总工的事，Bowen已经告诉我了，我十分感谢你能够不计前嫌帮助集采团队进入第二轮投标。”

谭斌只觉“不计前嫌”四个字极其刺耳，当即笑道：“什么叫不计前嫌呀？李先生您是不是在国外待久了，把祖国的成语都忘得差不多了？我可从来没有计较过任何问题。”

李海洋却说：“有些事是对你不太公平，不过你却做得很好，滴水不漏，这些我都看在眼里。”

“谢谢李先生，您过奖了。”

“Cherie，叫你上来是有件事想跟你谈谈。”

谭斌摆出正襟危坐的姿势，说道：“您说吧。”

“我一直没有告诉你，让你负责顾问销售这个项目其实是我的建议。因为我想观察一段时间，你到底值不值得我做投资。”

因为消息太过震惊，谭斌一时没有做出反应。她一直以为让她从北方区出来担任这个临时性的角色是刘秉康的决定。她万万没有想到，会和李海洋有关系。

“很吃惊是吧？你大概不知道，集采唱标的当天，我和Kenny都收到了一封匿名的外部邮件，说你和前任销售总经理程睿敏那个什么……哦，关系密切，有可能你已被众诚或者FSK收买。我们也都知道，程睿敏所在的Engel公司与我们的竞争对手众诚是合作伙伴，Kenny本来打算马上让你离开公司的，被我拦下了。我说我不了解你，但我了解程睿敏，我相信他不会做出公私不分的蠢事。换句话说，即使你和他关系密切，你也一定是干净的。特设你现在这个职位，就是我向总部提出的建议。”

谭斌的大脑几乎变成了一片空白，她怔怔地看着李海洋，被突如其来的打击搞得措手不及，而这种措手不及是她平日最痛恨的状态。她绝对想不到，自己曾濒临被离职的边缘。刚才屏住呼吸的动作太过猛烈，此刻她的胸膈都在隐隐作痛。

李海洋却从大班桌后走出来，走到她身边，拍了拍她的肩膀说：“知道我为什么要特设你这个职位吗？因为Consulting Selling（顾问型销售）将是公司转型的关键，是明年我们要面临的最重要的挑战，MPL中国要为这个改变，专门成立一个大客户部。所谓大客户部，其实就是作为总部与中国的接口，便于总部控制所有重要的项目，所以这个职位，我一定要放一个我绝对信任的人。

谭斌终于缓过神来。李海洋这番话里的信息量太大，需要她好好消化，一时不便胡乱开口，只“嗯”了一声。

李海洋接着说：“那么Cherie，你对大客户部这个位置有兴趣吗？”

石破天惊一般，谭斌再次被震得晕头转向，愣了半天她才说：“李先生，谢谢您的厚爱，我需要考虑一下。”

李海洋回到大班椅上意味深长地看着她。他的身体语言和刘秉康截然相反，总是给人强烈的压迫感。

他说：“我给你足够的时间考虑，Cherie，机会总是转瞬即逝，你要好好把握。”

{04}

回到家里，谭斌脱掉大衣就蜷缩在客厅的沙发里，直到天黑都没有站起身打开顶灯。

程睿敏自出院以后，因为手术刀口尚未完全长好，上下楼不方便，就搬到一层的客卧住。他从卧室出来，见她一个人独自坐在黑灯瞎火的客厅里十分吃惊，走过去问她："你怎么啦？"

谭斌伸手搂住他的腰，喃喃地说："我今天像遭遇了地震一样，太受打击了，三观被震得粉碎。"

听她讲完经过，程睿敏在她身边坐下，然后说："我只告诉你两件事，其他的你自己判断。第一，关于普达集采的预算，李海洋既然能够搞到，他就不一定不知道那份预算已经作废。刘秉康是吃了他一个哑巴亏，有苦难言。第二，李海洋在上一家公司升任总经理的第一天，就将五个直接向他报告的三线经理撤掉四个，换上四个他早已看中、原来并不起眼的人。他用人一向这样，喜欢雪中送炭，因为只有如此，他提拔起来的人才会对他感恩戴德，忠贞不贰。"

谭斌问："那你觉得他说的那个匿名邮件，到底是谁发的？谁这么恨我？周杨？乔利维？"

程睿敏摇摇头说："我不替你分析所有的疑点，你自己去思考去判断，否则你永远不可能快速成长。"

谭斌把头靠在他的肩膀上，说："虽然知道你是为我好，但有时候我真恨你这不合时宜的原则性。"

程睿敏怜惜地摸摸她的头发说："卿本佳人，奈何一定要走这条最难走的路？"

"因为大千世界，我总要为自己找一个角色。"

程睿敏笑起来，说："有时候我真爱你这种倔强天真的迂腐劲。"

谭斌伸手去拧他的耳朵，说道："谁迂腐啊？你才迂腐呢！"

程睿敏躲开她的手，笑着说："好了好了，我怕你行吗？别闹了，咱俩谈谈正事，你打算怎么回复李海洋？"

谭斌立刻端端正正地坐好，咳嗽一声说："睿敏，我跟你说正经的，我现在一点儿自信都没有，落到这一步，我知道自身肯定有问题。我也想了很多，可我就不能确认到底哪个才是关键问题？别人不明白我为什么还能在MPL忍辱负重，我心里很清楚，不弄明白这一点，无论什么样的职位给我，或者离开MPL跳槽其他公司，我都害怕还会遭遇同样的困境，每走一步，我可能都会怀疑自己做得是否正确。如果这样，我不如退回去做销售经理，至少那个职位是我能够完全控制的。"

程睿敏离开她的身边，坐到她的对面，认真地看着她，说："想听听我的意见？"

"是的。"

"我的言辞可能很尖锐，你能承受得住吗？"

"听你骂总比听别人冷嘲热讽强吧？"

程睿敏把她的两只手都握在自己手里，说："我当然不会骂你，但你需要面对真实的自己，那比被人骂要难受得多。"

“我……”谭斌假装做出不胜瑟缩的样子，“不要这么吓人好吗？我胆子很小的。”

程睿敏被逗笑了，低下头亲了亲她的手心，然后说：“其实也没什么，主要原因是你太聪明了，并以此自居，看不上那些复杂的人事关系。你觉得与天斗、与地斗其乐无穷，但一旦需要你与人斗，你就不知道怎么办了。告诉你，宝贝儿，作为一个manager，你足够优秀，但你的心智还停留在职场最基本的做事层面上，更高的做人层面你还缺乏锤炼，还缺乏一个团队领导人应有的智慧。你以为把事做好就行了，却不知道到了某一个层次需要拼的是做人和资源。或者你非常明白，但是不知道该如何去做。”

谭斌果然被他说得两腮麻辣，恨不能站起来立时走开，但是忍了忍，她决定把这场令人颜面俱失的谈话进行下去。

“照你说的，我该怎么做才能有所改进？”

“这事有点儿困难，”程睿敏看着她的脸色放慢了语调，“做人的智慧，不是纯粹靠学出来的。这种能力，跟一个人的出生和教育背景，以及个人悟性都有关系。你父母都是知识分子，我猜他们一定从小教育你要独立自主、低调做人对吗？”

谭斌点点头说：“是的。”

“你是工科出身，在学校时老师一定言传身教让你不要好高骛远，要一步一个脚印、踏踏实实做事对吗？”

“没错。”

“你看，这就是问题所在。时代变了，你现在所经历的已经超越了他们的文化背景。你想进步，首先要设法突破自己的出生和教育背景的局限。在这个转变过程中，你还要经历价值观的坚持或颠覆，明白如何在取舍与得失之间取得真正的平衡，甚至你要不时地面对内心对自己良心和道德的谴责。你要学的东西很多，前面的路还长着呢。”

谭斌从沙发上溜下去，单膝跪在他的面前合起双掌，一脸哀求地说：“程大师，程大师，跪求您给小女子指点迷津。”

程睿敏忍俊不禁，捧起她的脸在脑门上亲了一口，然后将她搂进自己怀里，下巴抵着她的头顶摩挲了一会儿，忽然说：“宝贝儿，你出去读两年书吧。从这个环境中暂时脱离出去，学学西方人的思维方式，无论是对你将来的职业发展，还是对你的生活都有好处。”

谭斌原本闭着眼睛，听到这里一下子睁开了眼，说道：“那你呢？”

“我当然在国内等你。”

谭斌犹豫了，说道：“可我听说，你前任女友就是去了美国之后才跟你分的，你不怕我再跑了吗？而且我走了你怎么办？谁照顾你？”

程睿敏的眼神暗淡了一下，说："感情的事，我一向随缘。你还年轻，只要对你有利，你自己想做的，就别管我，你无论做什么决定，我都会支持你。"他的语气尽量表现得轻描淡写，但是她却听出声音中透出的一种无奈与伤感。

谭斌站起身，小心翼翼地将他搂在自己的胸前，她竟不小心碰到了他的伤口。他最在意的亲人，他曾经爱过的人，都在他需要她们的时候选择了离开。之前一直是程睿敏在她面前扮演师长和父兄的角色，她从未见过他流露出如此无助的神色，这也许是第一次，她在他面前母性泛滥。

双手摸索着他的脸，她清清楚楚地说："我爱你，我不会离开你！"

{05}

谭斌还没有想好如何答复李海洋。不过，李海洋暂时也顾不上理会和她的那场谈话了。因为这时候，普达总部招标小组重新公布了第二轮外围设备投标规则。

相比原来的条款，比较大的变化有两条：一是原定邀请招标方式作废，第一轮核心设备的短名单不再具有任何参考意义，八家入围厂商重新竞价投标。二是投标规则中明确规定，所有供应商不得再有任何赠送行为，违者当场废标。

这两条规定，对第一轮进入短名单的供应商不亚于当头一棒。

一是MPL公司居然死而复生，重新进入第二轮的投标，他们不得不与这个强大的竞争对手再次较量。

二是那条不可再进行赠送的规矩，这就意味着投标的价格要建立在实打实的折扣上。此头一开，供应商们今后的日子会越来越难过。但是鉴于MPL第一轮惨败的前车之鉴，还没有哪家供应商敢出头挑战规则。

技术应标、商务应标、最终报价，再一次周而复始地循环。12月23日，圣诞节前夕，是第二轮投标的最终截标日。

当天上午现场唱标，于晓波亲自赶了过去，这大概是MPL中国总监级别的大人物第一次出现在唱标现场，以前为示矜持，往往派出一个销售经理已经足够。但这回MPL孤注一掷，自绝后路，将自己逼到只能赢不能输的华山一条路上，谁也不敢再大意。

谭斌也来了，她悄悄地站在人群之后不起眼的地方，并没有人注意到她。

普达总部招标现场的负责人先向在场的各供应商代表展示投标文件的密封条，确认没有任何拆动的痕迹。

唱标开始了。

"FSK，4.17亿。"

招标负责人清楚无误地唱出FSK的价格，并把招标文件用投影仪打到大屏幕上，便于所有人都看明白。

“众诚，2.63亿。”

供应商代表们一阵骚动，因为不少人还对第一轮时两家相近的价格印象深刻，没想到第二轮开始，众诚又恢复了原来打江山时低价通吃的策略。

“MPL……”

招标负责人开始拆MPL投标文件的封条，现场突然变得鸦雀无声，死而复生的MPL是第二轮招标中最引人注目的供应商，谁都想看看它能出什么奇招扳回一城。

“2.35亿。”

嗡的一声，招标负责人的声音几乎被现场的嘈杂声淹没了。MPL不负众望，果然爆出一个令人瞠目的历史最低价。为挽回颜面，显示势在必得的决心，MPL高层已将来年的利润完全置之脑后。

最终第二轮中标的，一共五家，MPL、FSK、众诚和另外两个本地供应商。

谭斌冷眼旁观着，两个月内形势大起大落，让人如坠迷魂阵，她要看到最后，明白谁是最终的利益获得者才能拨开迷雾看清真相。

一场集采，彻底颠覆了两家跨国公司占绝对优势的局面，不仅MPL被整得一败涂地，FSK同样损失惨重。第二轮的价格更是杀得昏天黑地，每家供应商都被折腾得元气大伤，包括众诚，其实没有谁是真正的赢家。

最大的赢家只有一个：普达集团有限公司。所以梁副总退休之日，田军如愿以偿升任集团副总经理。

而MPL虽然在第二轮外围设备的招标中取得了市场份额第一的成绩，但由于第一轮颗粒无收，第二轮又价格跳水，当年的销售任务受到严重影响，距离目标差了三千多万欧元。说起来MPL进入中国市场二十多年，销售额一直年年递增，保持着强劲的涨势；无法完成销售目标，在MPL中国公司二十多年的历史中是破天荒第一次。

圣诞节假期过后，MPL中国执行董事长刘秉康的办公室就再也没有亮过灯，据说他已经递交了退休申请。

在MPL中国的这个舞台上，最终胜出的是后来者李海洋，MPL中国史上最强势的CEO，他冷血果断的北美风格将把来自欧洲的MPL中国带往何处，无人知晓。

{06}

新年假期，程睿敏家里迎来了一位意外的小客人，就是余永麟的儿子——宽宽。

宽宽的满月酒，程睿敏由于身体原因没有出席，余永麟便和妻子一起带着他来给程睿敏和谭斌过目。

说起来，谭斌十分感激这个名叫宽宽的小孩子，当初可以说是他的原因才救了程睿敏一命。但当宽宽的妈妈把那个柔软温暖的小肉团交到她怀里时，她因为紧张竟有些手足无措，不知道该如何做才能讨得他的欢心。

宽宽睁大黑白分明的眼睛盯着她看了一会儿，忽然嘴一咧开始大哭，宽宽的妈妈赶紧接过他，一面安抚着一面对谭斌说："大概因为你没有带过孩子，太紧张了，所以他也紧张，等将来你有了孩子就好了。对了，小谭，你和小程什么时候办事啊？赶紧办了，趁着还年轻赶紧生孩子，再拖几年可就成高危产妇了。"

这是谭斌最怕听到的话题之一，尴尬得不知如何回应。幸亏余永麟听见了，过来推开自己的媳妇说："行了行了，人家小谭的志向跟你不一样，别瞎说了。"

谭斌解围了，朝他感激地笑笑，顺便聊了两句集采的事。昨天才公布的二轮市场份额，MPL排在第一，众诚第二，FSK落到了第三名。她担心余永麟会因为二轮投标失利影响他在FSK的位置。

余永麟却满不在乎地说："反正公司内部对集采负责的又不是我一个，还有田军那层关系，能怎么样我呀？再说了，凭我这圈儿里的客户关系，走哪儿不能混碗饭吃？我早想开了。知道为什么给我儿子取名叫宽宽吗？这人哪，只要心宽了，就天宽地也宽。之前我就是太想赢了，给自己的压力太大反而失去了客观判断的能力。"

程睿敏端着两杯红酒走过来说："来，别忙着自省了，你们师徒俩一个毛病。一人一杯，干了吧，我清茶作陪。"

谭斌接过红酒，对余永麟说："你这位老同学有严重的好为人师的情结，你知道吗？我经常被他教育得无地自容。"

程睿敏白了她一眼，说："可你少走多少弯路你知道吗？你不应该感谢我吗？"

余永麟呵呵笑，假装没看见这两人的打情骂俏，轻轻地碰了一下谭斌的酒杯，说："乱哄哄你方唱罢我登场，反认他乡是故乡，甚荒唐。这就是真实的职场。"

他仰起头，将杯中酒一饮而尽。

Chapter19 尾声

世间最好的情话，不是“我爱你”，

而是你让我成为最好的自己。

{01}

过完元旦，谭斌的顾问型销售计划已规划良久，终于正式启动。

作为普达总公司主管业务和市场的副总，田军多少帮她在下面说了几句话，为她的工作去除了不少障碍。阻力反而来自内部，以前总部曾尝试着推过类似业务，但本地的技术支持跟不上，最终往往无疾而终，留下一个烂摊子给中国区收拾。

现在的各省销售队伍听到“新解决方案”几个字就回避不迭。

谭斌非常无奈，但相当理解，当初她做销售经理的时候一切求稳，对待新产品或者新方案也是同样的态度。虽然处境艰难，但她还是竭力维持着信心，因为相信这是一个正确的商业方向。

中国地区找不到熟悉顾问型解决方案的产品经理，她费尽唇舌，终于从总部争取到几个专家到中国，去四个省公司进行前期的交流研讨。济南、武汉、成都，一路下来，交流的最后一站放在上海普达分公司。

普达的客户倒是很重视，组织得非常积极，但是交流当天MPL却出了问题。几个上海地区的产品经理一个个临时都找理由溜了。没有了翻译，陪同的销售经理傻了眼，一时不知如何是好。

给专家做翻译是件吃力的事，他们的谈话中充斥着大量的专业词汇，翻译者不仅要熟悉这些词汇，还要有很好的现场中文组织能力。那几个产品经理也许是知难而退，也许是根本不想介入新业务，万般无奈之下，谭斌只好亲自上场。

她站在台侧尽量不引人注意，但还是夺去了专家的不少眼球。

销售出身的磨炼让谭斌的措辞比产品经理们的更加妥帖，一个星期的耳濡目染，临行前她又花了几天恶补了不少资料，她的技术专业词汇也朗朗上口，时不时蹦出个小段子，引得笑声一片，那天的交流效果明显要比前几站好。

只是四名专家讲了整整七个小时，谭斌也站了七个小时，最后结束的时候，她的嗓子哑得几乎说不出话。

谭斌的现场表现引起了一个人的注意，吃饭的时候他坐在谭斌身边，问了她的背景，也问了不少关于中国的业务问题。

这个人就是总部业务发展部门的头儿，Scott Dean，一个不苟言笑的英国人。他这几天正好在上海开会，临时起意来参加技术交流，借此机会了解一下中国的客户现状。

交流结束，Scott和几位专家从上海直接离开中国，谭斌去机场相送，Scott拥抱着谭斌，话说得意味深长："Take care, girl, trust me, it will be ok."

谭斌当时并不明白他的意思，从机场回来，她径自回上海办公室处理白天耽搁的工作。

晚上9点的办公室里空无一人，她正忙着回复邮件，有人走到身边，把一杯水放在她的手边："Cherie，喝点儿水……"

谭斌抬起头，旁边站着的竟是于晓波。

"你还没走呢？"她不经意地问。

"今天的事我刚听说，"于晓波一脸歉意，"让你受累了，我替他们向你道个歉。"

"那件事啊，"谭斌微笑，"没关系，他们都忙吧。"类似这种小事，她早就懒得生气，完全不会放在心上。

"明天下午我约了普达的上海老总谈今年的计划，你做好准备，给他讲讲我们的Consulting Solution（顾问型解决方案）。"

"真的？"谭斌惊喜地站起来。

如果于晓波肯出手相助的话，凭着他在上海客户中多年的人脉，这件事会容易很多。

只要能拿下销售合同，她也并不想追究他是投桃报李，还是另有所图。

"真的。"于晓波抬腿坐在桌子上，认真地说。

"能问一下，为什么良心发现吗？"

"没什么，东区上半年的销售没什么拿得出手的案例，公司今年的大方向又是转型，多少配合一下。"于晓波回答。

谭斌瞟了他一眼，笑着说："你的话我一个字都不相信。"

于晓波看似与世无争，平和安静，半年多相处下来，谭斌才看清他绵里藏针的本质，实在是大智若愚的典范。但他确实是踏实做事的人，工作能力也很强，和他的合作是非常愉快的经历。谭斌在上海半个月的时间里，他安排两个东方区的产品经理和销售经理一直跟在她身边，所有琐事都安排得周密妥帖。

元旦过后的第三周已临近春节，谭斌在上海、杭州两地签下两份合同，中国区由此成为MPL全球第一个签订顾问型解决方案商业合同的地区，顾问型销售模式在中国的前景渐现曙光。

{02}

谭斌回到北京，正赶上MPL大中国区的一场人事地震，新的组织架构宣布了。

首席执行官李海洋隐忍半年，借助去年集采事件对刘秉康的负面影响，终于把这盘棋彻底翻了过来。完全掌权之后，他要做的第一件事依然是血洗管理层，换上他自上任以后悄悄培养起来的亲信。

各个大区不再设置销售总监一职，取而代之的是大区经理，除了销售队伍，售前和售后全部纳入其管辖之下，均直接向李海洋报告。中国区原有的销售总经理职位不复存在，刘秉康时期的管理风格与各项流程也随之烟消云散。

关于大区经理的人选，各种版本的臆测和谣言流传半个月之后终于尘埃落定。

原三大区的销售总监，只有作风一向低调的于晓波没有改变，原地就任东方区经理，创下了MPL中国一个不倒翁的神话。

原南方区销售总监曾志强转做第三方合作管理的总监，南方区经理的职位由原产品部经理Philip担任，Philip是一个香港人，是在李海洋的势力开始加强时风向转得最快的一个。

北方区的经理由外部空降，一周后即将上任。新组织架构中，没有原销售总监乔利维的任何位置。他在刘秉康和李海洋权力僵持的阶段明显站错了队，又表现得太高调，已被结结实实贴上了刘秉康的标签，连曾志强那样转换职位的机会都没有得到。乔利维在新架构宣布的第二天，递上辞职书就此消失。

其他各部门的经理也各有调整，李海洋以雷厉风行之势迅速完成了他的权力洗牌。

他曾对谭斌提过的大客户部也赫然出现在新的组织结构中，大客户部经理一职却标着“暂缺”两字。他没有对谭斌食言，依然在等她的答复。这个部门虽然与各大区经理平级，但是直线经理却是欧洲总部的大客户部经理，仅仅虚线向中国区CEO报告。

谭斌看戏一样远远观看着这场生旦净末丑齐全的闹剧，想起自己也曾在其中乐此不疲地演出过，不禁哑然失笑。

此事无关风和月，胜败输赢皆是局，人人都是其中不能自控的棋子，而坐庄的永远是资本。但资本总是以为驾驭了股权就驾驭了一切，其实一个企业的成功不在资本，更在于人心。看破这一点，谭斌相信自己今后能更从容地面对挫折和荣誉。

至于大客户部经理的职位，谭斌反复考虑过，那个职位作为总部和中国区的接口，其实就是总部放置在中国区的一个监控镜头，便于总部随时了解中国区大项目的进展情况，及时控制。这就要求坐在那个位置上的人必须做到八面玲珑、左右逢源，才能够在总部和中国区的利益夹缝中生存。她自问并不是符合要求的拔尖人才，不知道李海洋选择她的真正原因到底是什么。难道仅仅因为确信她会因感激他的提拔而完全听话？所以她一直在犹豫，没有给李海洋正式答复。

静静地面对最新的组织结构图，谭斌看了许久，在下定决心的同时她关掉电脑，收拾干净桌面，按时下班回家。

这段日子除了出差在外，没有什么事比回家更让她挂心。

程睿敏一直处于静养阶段，每天只能在家处理半天公务。好在春节前事情不多，除了必须由他亲自批复的文件，秘书会及时送到家里来，其他业务基本可以利用远端网络解决。

更多的时候，谭斌就是他的秘书，他口述，她帮着起草邮件或者一些文件。草稿递到他眼前，谭斌经常能听到类似的挑剔：“谭斌，你这拼写错误也太多了吧，怎么在外企混了五年？”

谭斌忍无可忍，扑过去打他，说道：“我帮你做事，一分钱不拿，你怎么这么多事呀？”

程睿敏就势搂住她，她听到他说：“丫头，你这两个月心太闲，已经开始长肉了，当心吃成个小胖子，我就不要你了。”

谭斌心头刚浮起的柔情蜜意被打压得无影无踪，直接一口咬了下去。

春节假期前，办公室里人心渐散，小年这天，谭斌收到了一份来自总部的邮件，发信人是Scott Dean，总部业务发展部的经理。每次看到这个名字，谭斌都能想起他那口标准的BBC口音。

Scott在邮件里说，下半年起，全球几个重点地区分公司的业务模式将会有重大变化。因为相应的管理方式和流程的改变，需要这些分公司的协助，他看过谭斌的简历，感觉非常满意，问她是否有兴趣到总部工作六至八个月。

把这封不长的邮件反复看了几遍，谭斌非常心动，如果接受这份工作，对她的人脉和发展将有极大的帮助，也是她重新开始的最好机会。

而且总部所在的国家是个风景极其秀丽的地方，每次出差来去匆匆，谭斌都遗憾不能多停留一段日子，细细地感受湖光山色。

她甚至觉得，也许这就是她一直在等的机会。但她犹豫了很久，还是写了一封措辞委婉的回信给Scott，拒绝了这份工作。程睿敏的身体还在恢复阶段，她不可能在这个时候离开他，离开中国。

谭斌没有想到，Scott的电话居然追到了家里，她只能按照邮件里的回答再重复一遍。

Scott却不肯放弃，说道："我听得出来，Cherie，这些都不是真正的理由。"

逼得谭斌说了实话："Scott，我非常感激你的欣赏，我也非常愿意在你身边工作，但是我的家人在中国，我离不开他们。"

这个理由一摆出来，Scott只好遗憾地挂上了电话。

谭斌则放下手机愣了半天才翻开书桌上的GMAT考试指导书。上个星期她已经正式回复了李海洋，考虑到自己经验有限，暂不接受大客户部经理的职位，李海洋便知她已萌生离意。这段日子确实已有猎头开始同她接触，除了同类外企的类似职位，甚至还有众诚公司以大区经理的位置伸出的橄榄枝。但是谭斌深知自己在外企多年，早已被打磨成一颗只适合外企的螺丝钉，离开这台独特的大机器，只怕自己会水土不服。前面几代外企人飞蛾扑火式空降民企的教训，早已给后辈敲响了慎重的警钟。至于其他外企，职位类似，工作环境换汤不换药，福利和薪金都差不多，都不是特别好的跳槽理由。考虑很久，趁着春节前的闲暇，她开始准备GMAT考试，打算给自己找到一个除跳槽之外的其他选择。

一道简单的逻辑题连看几遍不得要领，谭斌不禁有点儿急躁，明白自己多少还是在为放弃的机会而遗憾。她微微叹息一声，抬起双臂向后伸个懒腰，动作忽然在空中顿住。

程睿敏正靠在门框上安静地看着她。

谭斌吓了一跳，说道："你走路怎么一点儿声音都没有？没有这么吓人的。"

程睿敏走过来，双手落在谭斌的肩膀上，拨开长发，轻轻摩挲着她的颈背，说："我站这儿半天了，是你太专心。"

谭斌拉过他的手贴在脸上，问道："刚才你都听见了？怕不怕？我这辈子吃定你了。"

程睿敏却说："把电话打回去，告诉他你愿意接受这个职位。"

"你抽风啊？"谭斌白了他一眼，"你是不是想把我远远地打发走，好趁着春天开几朵小桃花？"

程睿敏在她身边坐下，说道："谭斌，有件事我还没来得及告诉你。"

“哦，好严肃，你前女朋友回头求复合了？”

“你正经点儿。”

“那就是你有个私生子，啊，太劲爆了，男的女的？”

“死丫头，”程睿敏看着她啼笑皆非，“你听好了，我已经递了辞职信，后半辈子靠你养了。”

谭斌这一惊非同小可，差点儿跳起来，问道：“什么？为什么？”

“没什么，一场病后我想开了。毕业十几年，一直在路上不停地走，我很累，想休息一段时间，做点儿自己喜欢的事，也好好考虑一下今后的个人发展方向。”

“你老板肯放你吗？”

“他当然不肯了，不过明天他一定会同意。”

“为什么？说说理由。”

“我去跟他说，老婆在哪儿，家就在哪儿。你也知道，家庭优先，在欧洲人眼里是优先级别最高的原则。”

“谁是你老婆？”谭斌笑着揪住他的耳朵。

窗外的景色依旧带着冬日的苍白和寒冷，她却明明嗅到了春天的气息。

岂有豪情似旧时，花开花落两由之。

也许每个人的一生，都在寻找那个能让自己像花一样盛开的人。虽然花开花落，是逃避不掉的规律，但是这一次，谭斌决定尽情享受她的花开时节。

原来世间最好的情话，不是“我爱你”，而是你让我成为最好的自己。

厨神养成记

程睿敏和谭斌出发到MPL总部所在地，F国的H城。在酒店住了半个月之后，终于在CVD地区租了一栋独门独院的小别墅，算是在F国安顿下来。

新家位于临海的一座小山坡上，大门正对着山顶的社区小教堂，每天清晨都能听到层层绿树后传来的悠扬钟声。推开后窗，是一片平缓的绿色草坪，天气好的时候，总有人躺在草地上看书晒太阳，偶有鸽子飞上飞下，咕噜咕噜的声音反而给安静的环境更增添几分静谧。再远处，便是水天一色的波罗的海。

每天清晨，程睿敏开车先送谭斌去上班，然后自己进市区会朋友或者参观博物馆，下班时分再接上谭斌，两人一起找家餐厅吃晚餐，饭后回家。

F国纬度很高，最著名的除了湖光山色，还有它冬季漫长的黑夜，因此H城冬季的夜生活极度匮乏。两个人回到家，所能做的不过是在壁炉前，一人捧本书，裹着一张毯子挤在一张椅子里起腻。逢到天气晴朗的日子，还可以一人裹一个棉睡袋，躺在后院的草地上看星星。

如此神仙日子过了两周，谭斌和程睿敏就不得不面对一个非常实际的问题：吃饭。在国内，家里有钟点工处理家务兼做两顿饭，两人都是双手不沾阳春水的甩手掌柜。但到了F国，人工奇贵，照谭斌的说法，现在她一个人的工资养两个人，凡事需要省着点儿花，工人肯定是请不起了，但总下馆子也不是办法，尤其是F国这种隶属黑暗料理后备梯队的餐饮系统，偶尔吃个一顿两顿还行，如果顿顿西餐，谭斌宁可回家餐餐泡方便面。于是三餐问题顿时上升为两人F国生涯的第一丛荆棘。

不过谭、程二人皆出身销售，都是发现问题和解决问题的高手。经过一番商议，两人一致同意，最好的解决办法就是自己动手，丰衣足食。因为谭斌要每天上班，于是这个光荣任务就责无旁贷地落在程睿敏肩上。

虽然之前几乎从未进过厨房，但程睿敏认为，对一个智商高过140的前销售精英来说，厨房里那点小事儿简直不值一提。他用IPAD从网上下载了八大菜系中数个经典菜谱，再将IPAD固定在料理台的上方，卷起袖子开始大展身手，一代厨神自此横空出世。

｛土豆烧牛肉｝

程睿敏将大部分菜谱研究了一遍，做出一个结论：红烧是最容易上手也最容易出美味的烹饪方式。所以他决定洗手做羹汤之后试水的第一道菜，便是土豆烧牛肉。

F国的牛肉，比国内的牛肉鲜嫩且价格便宜。他从超市买回一大块牛腩，按照菜谱中教授的流程一道道工序严格执行，牛肉和土豆终于在炒锅中开始咕嘟咕嘟散发迷人的香气。

谭斌原本在客厅看工作文件，闻到香气顿时口水四溢。她坐不住了，跑进厨房掀起锅盖，眼前是一大锅红黄相间的牛肉与土豆，色泽油亮，极其诱人。吃久了西餐，她的味蕾已经完全经不起挑逗，忍不住用勺子舀起一勺，随便吹了吹，顾不得滚烫的温度，就嘬起一块牛肉。虽然汤中尚未放盐，味道略淡，牛肉也欠缺一点儿火候，还没有炖至酥烂，但熟悉的味道落肚，已能感受到从口腔、食道到胃部一路游子归家般的妥帖与安心。

程睿敏站在厨房门口，微笑地看着她："怎么样？高手一般不轻易出手，一出手便是必杀技。"

谭斌被第二块土豆烫得嘶嘶吸气，一面跳脚一面没忘记对他竖起大拇指。

午餐时间未到，谭斌便早早地坐到餐桌旁等着，和她一起等待的，还有住在五十米开外的邻居，汤姆森太太。

汤姆森太太接到谭斌的午餐邀请时，开心地睁大了灰蓝色的眼睛："真的吗？真的可以一起午餐吗？我非常喜爱中国的美食。"

此刻谭斌一边教她用筷子，一边不无炫耀地说："我男朋友，烹饪高手，不亚于你们的Mikkounen。"

Mikkounen是F国著名的厨师，汤姆森太太闻言眼睛睁得更大，发出一串"哦，上帝，哦，基督"的惊叹声。

程睿敏终于将一大锅土豆烧牛肉端出来，随着炒锅一起上桌的，还有三只小号的空碗。他将三只小碗在餐桌正中一字排开。又从厨房取出一只中号的玻璃沙拉碗，里面盛满无色透明的液体。

谭斌看着他："这是什么？"

程睿敏回答："你一会儿就知道了。"

汤姆森太太十分好奇："哦，太有趣了，古老的东方总是充满了未知，我在中餐馆从未见识过这种有趣的进餐方式。"

程睿敏将那种透明的液体均匀地倾倒进三只空碗里，然后朝两人摊开双手："女士们，猜一猜吧，这是什么？"

谭斌先猜："二锅头？"

程睿敏摇头："不是。"

汤姆森太太猜得十分中国化："红高粱酒？"

"也不对。"

谭斌凑近闻了闻，似乎什么味道也没有，抬起头看看程睿敏脸上的笑容，她狐疑地问："不会是白开水吧？"

"Bingo。"程睿敏坐下，给每人面前的盘子里舀了一勺土豆烧牛肉，淡定地揭开了答案，"就是白开水。"

这回轮到谭斌瞪大了眼睛："你拿三碗白开水干什么？"

"中间接了个电话，不小心盐放重复了，咳，你把牛肉在第一个碗里涮涮，第二个碗里淘淘，第三个碗里洗洗，差不多就能吃了。"

｛尖椒塞肉｝

隔壁的汤姆森太太有一个小菜园，每次收完菜，她都会给谭斌送来一些尝鲜。这天送来的，是一大包青椒。

程睿敏因为在福建厦门长大，口味一直偏清淡，吃不得辣味，而且心脏手术之后，遵照医嘱，他也不能过量摄取食盐及刺激性食物。谭斌来自湖北，简直无辣不欢，但为照顾程睿敏的口味，也为了保护自己的皮肤，不得已大量删减辣椒的摄入。见到这包青椒，谭斌感觉既高兴又惆怅。按照她自己的口味，她准会做一盘虎皮尖椒，一次性干掉。但虑及程睿敏，只好折中，按照尖椒塞肉的材料给他下厨做准备。

谭斌正在清理青椒籽，程睿敏推开厨房门进来，一见之下立刻把她推到一边。

"边儿去边儿去！"他挽起衬衣袖子，"笨手笨脚的，一看就没下过厨房。就你那两只细皮嫩肉的小白手儿，还敢直接剥辣椒，不怕一会儿辣得你痛哭流涕？"

谭斌听话地让到一边，看他熟练地握着青椒柄，向内部使劲一推，朝外用力一拉，一串青椒籽就被完整地带了出来。再从中间一刀破开，刀尖一转，内部最辣的筋络部分便被剔除干净。

“看见没有？”他习惯性地教育谭斌，“无论做什么事，都需要动脑子。你得先有做到极致的愿望，才有可能达成完美的结果。你们女人哪，天天嚷嚷减肥，对食物缺少真正的热爱，难怪出不了大厨。”

谭斌暗暗撇下嘴，但没出声。他既有好为人师的情结，她就尽情满足他。

程睿敏却忽然住了嘴，放下刀子走出厨房。

谭斌在他身后问：“干什么去？还没弄完呢。”

“卫生间。马上回来。”

但程睿敏这一去，十几分钟也没见人回来。谭斌倒是听见客厅传来奇怪的声音。她走出去，就看到程睿敏眉头紧皱，正在客厅来来回回疾走。

自两人相识至今，谭斌还从未在他脸上看到过那种火烧火燎的猴急表情，不禁大为奇怪：“你怎么啦？怎么抓耳挠腮的？”

“没事儿。”

“没事儿你一刻不停地乱晃什么？”

“跟你说了没事儿。快走开！”

谭斌却没走开，站在旁边抱着手臂看了一会儿，突然间醒悟过来，开始哈哈大笑。她笑了好久，笑得眼泪都出来了，干脆直接扑倒在地毯上，缩成一团滚来滚去，头发披了一脸，但还是笑，笑得程睿敏恼羞成怒，蹲下去扒拉开她的手：“你笑什么？你笑什么？”

谭斌爬起来，努力长吸了一口气，勉强忍住笑：“我笑我的，关你什么事？”

“你不说是不是？好，不说我就离家出走三天，你好好想想值不值得？”

“好好好，我说我说。”谭斌抹去眼角笑出来的眼泪，“琼瑶有本书，讲一个双目失明女孩的故事，你知道书名叫什么吗？”

“不感兴趣，我从来不看小说。”

谭斌伸出双臂搂住他的脖子，整个人一下腻在他身上：“哎呀，这本书可好看了，我明儿从网上给你下载一个，你好好看看，不看是你人生的损失。”

即使温香软玉满怀，程睿敏还相当能把持得住，坚持刚才的话题：“少来这套腐蚀我，别转移话题！我问你刚才笑什么？”

谭斌轻佻地捏住他的下巴：“想知道？真想知道？来，先给大爷笑一个，笑一个我就告诉你。”

四目相投笑一个的后果，就是天雷勾地火，宝塔镇河妖。

可惜程睿敏从浴室出来，还是没有忘记他的问题，依旧孜孜不倦地追问：“你刚才到底笑什么？”

谭斌拿脚尖指指床尾凳，那上面放着她的笔记本电脑。程睿敏拿起来，只见屏幕上是本书的封面，上面是五个大字。

燃烧吧！火鸟！

{葱姜炒蟹}

周末谭斌和程睿敏去超市采买日用品和食物，看到超市在卖一种海蟹，蟹盖比盘子还要大，一对大螯像老虎钳，一只足有两公斤重。谭斌当即眼睛就亮了。她一向爱吃海鲜，程睿敏最清楚不过，看她一副垂涎欲滴的样子，二话不说，拎起一只海蟹就扔进购物车。

但是两人都没想到，最难的并不是如何烹煮这只海蟹，而是如何弄死它。因为没有蒸锅，清蒸是不可能实现的，只能大卸八块之后做葱姜蟹或者咖喱蟹。但若活着把蟹五马分尸，两人都觉得这种方式太过残忍以及太缺乏人性。

但是怎么杀死一只蟹呢？

他们俩蹲在厨房的地板上研究了好久，设想出种种屠杀的方式，从淹死、摔死、醉死、砸死到烤死，并且充分发挥职业经理人的专业执行能力，从理论到实施细则到所需工具样样齐备，记录下来几乎可以成就一部与哈珀·李媲美的《杀死一只蟹》。但是两个小时过去了，那只蟹依然好好地活着，在大盆里挥舞着两只大螯耀武扬威地散步，同时不忘从凸起的小眼睛边缘，蔑视地瞟一眼两位束手无策的职场精英。

最后的选择，是程睿敏冒着被无情嘲笑的风险，打国际长途请教远在北京的严谨。严谨听完汇报，果然笑得差点儿从椅子上滚落到地板上。不过他还算厚道，一边狂笑一边在笑声的间隙插播杀蟹的正确方式：“……难怪我家老头儿说，百无一用是书生……哈哈哈……你拿根筷子……哈哈哈……把那只蟹翻过来肚皮朝上，看见团脐了吗……哈哈哈……就是那三角形的顶端，那儿是蟹的心脏，拿筷子尖儿扎进去，插透，就成了……哈哈哈……听清楚没有？喂喂喂你当心那两只大钳子，别夹了手……”

方法有了，但是，谁来亲手执行死刑呢？程睿敏和谭斌面面相觑片刻，忽然异口同声地开口：“猜拳！”

“人在江湖漂呀，谁人不挨刀呀！”

“一刀砍死你呀……”

“五刀砍死你呀……”

猜拳的结果，自然是谭斌胜，即使她有很大的出老千嫌疑，但程睿敏一向秉承

“人艰不拆”的基本做人原则，尤其对方是女朋友，再不乐意也不会当面揭穿她，只能硬着头皮担当刽子手的重任。

谭斌不敢看，死刑执行的整个过程都紧闭着眼睛。听到程睿敏小声嘀咕：“这样一箭穿心真的好吗？”她颤抖着声音问：“死了吗？”

“痛不欲生，还得会儿。”

“死了吗？”

“生死一线，就快了。”

“死了吗？”

“苟延残喘，差不多了。”

“死了吗？”

“油尽灯枯，善哉善哉。”

谭斌这才慢慢睁开眼睛。那只可怜的海蟹肚皮朝天仰躺在盆底，已经一动不动了，两只蟹钳定格成一个悲愤的“Y”字。

程睿敏从外公那里继承下来的独家烹蟹秘诀十分美味，谭斌如愿大啖一顿葱姜炒蟹，但整个血腥屠戮的过程却让两人的心灵深受伤害。饭毕程睿敏直接推开碗站起来：“我得出门走走，让满街美女安抚一下我脆弱的心脏。”

谭斌则将所有的蟹壳收集起来，埋在院中的铃兰花下。填土的时候她默念一句：“阿弥陀佛，愿你下辈子别再投生为蟹。”

{蜜汁煎三文鱼}

F国盛产一种鲑鱼，其实就是国内常说的三文鱼，但因新鲜及鲜少污染，味道极其鲜美。谭斌身体结实兼肠胃坚强，一个人一顿可以吃掉一斤多生鱼片，可程睿敏就没有那个口福。他从小就脾胃虚弱，实在消受不了生肉，但轻易放弃如此美食，又着实遗憾。他闷头实验了几天，终于开发出数种新的做法儿。其中最好吃的，就是蜜汁煎三文鱼，鲜甜可口。

可惜他第一次正式做给谭斌品尝，便付出了惨痛的代价。鱼肉上沾着水忘了擦干，放进油锅时，爆起无数油花，高温的油滴在他脸上留下了两个颤巍巍的水泡，足有半个小指甲盖那么大。

谭斌虽对这道菜赞不绝口，但总觉得有什么地方不对劲儿。略一思忖，她那前优秀销售雷达一样敏感的神经，就帮助她找到真相。整个晚上，程睿敏都拿右半张脸对着她。趁着程睿敏警惕性松懈的瞬间，她瞅准机会走到他的左侧，于是，那两个有碍观瞻的水泡明晃晃地进入她的视野。

谭斌一下子急了。

“你怎么弄的？怎么这么不小心啊？”她一边给水泡上涂烫伤药，一边气急败坏地追责。

“烫的。”程睿敏倒是毫不在意。

可是谭斌在意。程睿敏这张脸，早已被她视作私人财产，今日遭受如此损失，由不得她感觉特别心疼，好似遭遇了股市暴跌。

“程睿敏，我警告你啊，要是再不小心，真破了相，我就给你一纸休书，我不要你了。”

程睿敏只当她顺嘴说说，压根儿没当回事儿。可谭斌却是认真的，她回书房，真的写了一封休书。

休书

程睿敏，谭程氏，因其不谨守夫道，不吝惜色相，故立此书休之，此后各自婚嫁，永无争执。恐后无凭，自愿立此文约为照。

立约人：

年　月　日

谭斌说：“程睿敏，哪天你再不听话，我就摁上手印签上日期，即日生效。”

这封立约人和年月日皆为空白的休书，就贴在厨房的冰箱上，从冬到春，从夏到秋，伴着他们在F国度过了九个月的时光，亦漂洋过海跟随他们回到中国，在北京家中的冰箱上重新找到安身之地。

在婚后漫长的婚姻磨合期里，每一次和谭斌拌过嘴或者吵过架，程睿敏都会梦想自己有足够的勇气拿起这封休书，对老婆大人说一声：“娘子，请下休书。”

“等下辈子吧。”谭斌总是这样冷冷地粉碎他微弱的渴望。

也许他这一生也难以实现这个梦想了。

图书在版编目（CIP）数据

格子间女人 / 舒仪著. — 北京：中国友谊出版公司，2018.12
ISBN 978-7-5057-4554-4

Ⅰ. ①格… Ⅱ. ①舒… Ⅲ. ①长篇小说－中国－当代
Ⅳ. ①I247.5

中国版本图书馆CIP数据核字（2018）第262532号

书名 格子间女人
作者 舒 仪
出版 中国友谊出版公司
发行 中国友谊出版公司
经销 新华书店
印刷 北京嘉业印刷厂
规格 700×980毫米 16开
21.5印张 420千字
版次 2018年12月第1版
印次 2018年12月第1次印刷
书号 ISBN 978-7-5057-4554-4
定价 45.00元
地址 北京市朝阳区西坝河南里17号楼
邮编 100028
电话 （010）64678009